FANPRO

Achim Mehnert, 1961 in Köln geboren, hat bereits mehrere PERRY RHODAN-Romane und ATLAN-Romane für die größte Science-Fiction-Serie der Welt beigesteuert. Neben seinem Lieblingsautor Philip K. Dick schätzt der langjährige COLONIACON-Mitveranstalter besonders William Voltz, Thomas Ziegler und Iain Banks. Ferner hegt der Autor eine große Leidenschaft für Rockmusik und ist Fußballanhänger – natürlich des 1. FC Köln.

Achim Mehnert

Tschirque, der Kreuzwächter

Zweiter Band der Marasin-Trilogie

Originalausgabe

FanPro
Band 71026

Titelbild: Arndt Drechsler

Redaktion: Sabine Kropp
Lektorat: Michael Thiesen
Satz und Layout: Ralf Berszuck
Umschlaggestaltung: Ralf Berszuck
Druck und Bindung: CPI Moravia Books s. r. o., Tschechien

Besuchen Sie unsere Website *http://www.fanpro.de*

http://www.atlan.de

Printed in Czech Republic 2010

ISBN 978-389064-066-2

Kleines Who is Who

Atlan – der Lordadmiral der USO findet sich auf einer nie gesehenen Wunderwelt wieder

Fagamaltas – der Paspa pendelt zwischen Kneipe und Tempel

Farfink – der Sektenführer wartet auf die Rückkehr der Leuchtenden Erlöser

Galafarm – der wissenschaftliche Rat von Tretlok verleiht den Illochim neue Gesichter

Githamainen, Thopoclarc, Methiklan, Dathakalaynen – die Doviate schwingen sich zu Herrschern auf

Hurrinka – die Hohrugk-Kuh wartet in der Verbannung auf den Tag der Befreiung

Juristhan – eine Ödwelt hält für den Raumfahrer eine Überraschung bereit

Karainis – der störrische Hohrugk-Züchter kuscht nicht vor seinem Herrchen

Karscht – der Wexlot liefert Antworten und sorgt für Verwirrung

Koschkromen – Juristhans Führungsoffizier macht einen unfreiwilligen Sprung

Leutnant Dart Hulos – der Waffeningenieur des Thunderbolt-Teams trifft eigene Entscheidungen

Lop – Tschirques Vertrauter entpuppt sich als Ränkeschmied

Major Amos Rigeler, Captain Cool Aracan, Captain Mirus Tyn und **Oberleutnant Drof Retekin** – die Siganesen sind Paradebeispiele für USO-Disziplin

Major Harl Dephin – der Kommandant der Thunderbolts wahrt stets die Form

Maudi-Haup Maon – ein kranker Kalfater-Junge liebt Geschichten über alles

Parjasthina – der Doviat führt die Illochim in eine neue Zeit

Schofarth – der Illochim-Kommandant trifft auf Widerstand

Shapda-Shapda Maon – die Flößerin erzählt eine Geschichte aus der Vergangenheit

Shinchen – der oberste Baumeister der Washiden fällt in Ungnade

Trilith Okt – das Schemawesen sucht seine Schöpfer

Tschirque – ein Tunneleinsturz raubt dem Kreuzwächter von Avidarn mehr als nur den Appetit

Zintob – der Regular von Avironda bläst zur Hetzjagd

Kapitel 1

Atlan

Die Worte des Hohrugk-Züchters Innis verwehten und blieben hinter mir zurück. In der nachfolgenden Stille war ich nicht sicher, sie wirklich gehört zu haben. Ich vernahm keinen Laut außer jenen, die mein Herzschlag in dieser absoluten Stille produzierte. Der Sog, der an meinem Schutzanzug und an jeder Faser meines Körpers zerrte, verriet mir, dass ich transportiert wurde, fort von Charastinte und hin nach Marasin. Ohne ihn hätte ich das Gefühl gehabt, bewegungslos in einem rotierenden Schlund aus Schwärze zu hängen.

Mein Körper kam mir tonnenschwer vor und wie der des Paladin aus Super-Atronital-Compositum gefertigt. Aus den Augenwinkeln sah ich den Giganten, in dem die Thunderbolts steckten. Er schwebte in meiner unmittelbaren Nähe, gelenkt von den gleichen unsichtbaren Kräften, die auch mich zur Untätigkeit verdammten. Dabei hätte ich während dieser Reise, auf die wir durch die Hohrugk-Kuh Jamanastan, durch diese Abstrahlstation eines organischen Transmittersystems, geschickt worden waren, auch bei uneingeschränkter Bewegungsfreiheit nichts unternehmen können. Das Medium, durch das wir glitten, war mir so unbekannt wie die Technologie, die den Transport von einer Galaxis in eine andere bewerkstelligte.

Nicht unbedingt in eine Galaxis, in ein Zwischenreich, erinnerte mich der Extrasinn an den Wissensschub, der von Innis auf mich übergeschwappt war. *In die Domäne der Illochim, in ihre Heimat.*

Der Einwurf meines Logiksektors war berechtigt. Ein Zwischenreich hatte der Züchter Marasin genannt, aus dem die Illochim vor vielen tausend Jahren verbannt worden waren. Marasin musste nicht zwangsläufig etwas mit einer Sterneninsel zu tun haben, wie ich sie mir unter dem Begriff Galaxis vorstellte.

Ich versuchte Trilith Okt zu lokalisieren, die bei unserem unfreiwilligen Aufbruch unmittelbar neben mir aufgetaucht war. Ich entdeckte sie nicht. Entweder schwebte sie in meinem Rücken oder hinter mir. Die Transportrichtung, der ich unterworfen war, erkannte ich an der Vektorierung des Ziehens und Zerrens an meinem Körper. Ich wollte mich rühren, um Ausschau nach dem Schemawesen zu halten, doch es gelang mir nicht. Ich war zu keiner Regung fähig, nicht einmal den Kopf konnte ich drehen. Unter Aufbietung sämtlicher Kräfte schaffte ich es zumindest, die Lippen zu bewegen. Zitternd formten sie stumme Worte, die auszusprechen mir unmöglich war.

Es war erstaunlich, dass ich überhaupt zu einer Wahrnehmung und zu klaren Gedanken fähig war. Die Transmitter, die wir benutzten, bewirkten eine räumliche Versetzung in Nullzeit. Das Gleiche galt für die von Mutanten durchgeführten Teleportationen. Bedeutete mein Erlebenszustand, dass dem Abstrahlvorgang durch eine Hohrugk-Kuh eine dem Linearflug vergleichbare Reise folgte, die eine für den Passagier messbare Zeitspanne in Anspruch nahm? Die Vorstellung hatte etwas Beunruhigendes an sich, da ich nicht wusste, wie viel Zeit außerhalb des Transporttunnels verging.

Meine Sorge endete, als sich übergangslos die Umgebung änderte. Die Schwärze des rotierenden Wirbels wich einer anderen, weniger intensiven Dunkelheit, die in der Ferne von Lichtstrahlen durchbrochen wurde. Ich stand auf meinen Beinen und konnte mich wieder bewegen. Probehalber streckte ich meine Gliedmaßen. Bis auf eine Schwäche, die vermutlich auf den Durchgang zurückzuführen war, war alles in Ordnung.

»Scheint so, als hätten wir unser Ziel erreicht«, drang schauderhaftes Interkosmo an meine Ohren.

Ich drehte mich um und sah in Trilith Okts wässrige Augen, die selbst im herrschenden Zwielicht hellrot leuchteten. Ich war erleichtert, das Schemawesen, neben dem der vier Meter große Paladin aufragte, vor mir zu sehen. In den hinter mir liegenden Jahrtausenden hatte ich zahlreiche Transmitter der unterschiedlichsten Völker benutzt, und diese Art des Reisens war für mich zu einer Selbstverständlichkeit geworden. Dennoch blieb bei jedem fremden System ein Restrisiko, das sich nicht ausschließen ließ. Die Liste vorstellbarer Unfälle war lang, und ebenfalls war nicht auszuschließen, dass auf der Strecke ein Passagier auf Nimmerwiedersehen verloren ging.

»Offenbar«, sagte ich. »Wie fühlst du dich?«

»Blendend«, antwortete Trilith. »Du wirst es nicht glauben, aber meine Kopfschmerzen sind weg.«

»Sie sind einfach so verschwunden, nachdem du dich seit geraumer Zeit ohne Unterlass damit geplagt hast?«

Trilith nickte. Das Düsterlicht verlieh ihrem mit zahlreichen Muttermalen gesprenkelten Gesicht, in das die vorderen Ausläufer des um ihren Hinterkopf gespannten Knochenwulstes ragten, einen unheimlichen Ausdruck. »Ich spüre keine Nachwirkungen. Die Kopfschmerzen sind wohl auf Charastinte geblieben.«

»Die Passage hat dich davon befreit«, sagte ich verwundert, während ich mich umschaute. Wallender Nebel bedeckte den Boden und erhob sich als Schlieren bis in mehrere Meter Höhe. Inmitten der vom sanften Wind hin- und hergetriebenen Schwaden stand der Paladin regungslos wie ein Mahnmal seiner selbst.

»Major«, wandte ich mich an Harl Dephin, »wie geht es Ihnen und Ihren Männern?«

»Uns ist der Durchgang schlechter bekommen als Miss Okt, Sir.« Die Stimme des siganesischen USO-Spezialisten, der den Kampfroboter mittels SERT-Haube steuerte und das Thunderbolt-Team kommandierte, drang aus den Außenlautsprechern des Spezialroboters, der von einem groß gewachsenen Haluter nicht zu unterscheiden war. »Wir fühlen uns entkräftet, dadurch aber keineswegs in unserer Leistungsfähigkeit beeinträchtigt.«

»Ist der Paladin uneingeschränkt einsatzfähig?«

»Wir checken die Systeme.« Harl Dephin klang müder als sonst. »Eine erste Diagnose ergibt keine Schwierigkeiten.«

»Gut, Major.«

Ich verzichtete darauf, Dephin Anweisung zu geben, mit den Messungen zu beginnen. Die Thunderbolts waren seit beinahe

700 Jahren aufeinander eingespielt und wussten, was sie zu tun hatten. Der Kräfteverlust, den die Versetzung an diesen Ort mit sich brachte, würde ihrem Pflichtbewusstsein keinen Abbruch tun. Dephin war in der Lage, den Paladin im Alleingang zu steuern. Die anderen fünf Siganesen, Dart Hulos, Cool Aracan, Amos Rigeler, Mirus Tyn und Drof Retekin, konnten abwechselnd eine Auszeit nehmen, um wieder zu Kräften zu kommen, doch sie würden diese Option nicht ergreifen. Sogar für USO-Verhältnisse stellten die Spezialisten aus dem Sonnensystem von Gladors Stern ein außergewöhnliches Musterbeispiel an Disziplin und Durchhaltevermögen dar.

»Hast du mit den gleichen Schwierigkeiten zu kämpfen wie deine Zwergenschar?«, fragte Trilith.

Das hatte ich in der Tat. Ich spürte der körperlichen Schwäche nach, die sich in meinem Inneren deutlich bemerkbar machte. »Mein Zellaktivator kompensiert den Kräfteverlust.«

»Ich sehe dir an, dass das im Augenblick nicht zutrifft. Ich kenne deine Mimik zur Genüge, Arkonide.« Das Schemawesen machte eine wegwerfende Handbewegung. »Und ich kenne deine Zähigkeit. Du weißt so gut wie ich, dass wir keine Zeit für eine Rast haben.«

»Die ziehe ich nicht in Erwägung.« Ich ärgerte mich über Triliths Vorhaltung, obwohl ich mit ihrer direkten und häufig brüskierenden Art vertraut war.

»Was also hast du vor?«

»Zunächst machen wir uns mit den hiesigen Verhältnissen vertraut. Wir müssen herausfinden, wohin es uns verschlagen hat.«

»Lupenchoi muss gehalten werden«, zitierte die Psi-Kämpferin Innis. »Da die Passage uns hierher versetzt hat, können wir davon ausgehen, dass es sich bei dieser Welt um Lupenchoi handelt.«

Dessen war ich mir nicht so sicher. Vielleicht war es dem Hohrugk-Züchter nicht möglich gewesen, uns auf direktem Weg nach Lupenchoi zu befördern, und wir waren auf einer Zwischenstation herausgekommen, von der aus wir den weiteren Weg selbst finden mussten. Ich legte den Kopf in den Nacken und schaute zum Himmel empor. Die Sternbilder am Firmament sagten mir trotz meines fotografischen Gedächtnisses nichts. Wir hielten uns in einem unbekannten Teil des Universums auf. Da ich noch nie von einer Galaxis Marasin gehört hatte, wunderte mich das nicht.

»Hast du eine Ahnung, wer Parjasthina ist?«

»Nein.«

Triliths voller Mund verfärbte sich dunkelblau. Ich hatte mich an das Phänomen gewöhnt, das stets auftrat, wenn das Schemawesen einer intensiven Gefühlsregung unterlag. Die Farbpalette, die ihren Lippen zur Verfügung stand, schien unerschöpflich.

»Innis hat dich vor Parjasthina gewarnt«, bohrte sie weiter. »Du sollst dich vor ihm in Acht nehmen. Offenbar ist der Züchter davon ausgegangen, dass du mit dem Namen etwas anfangen kannst.«

»Dann hat Innis sich geirrt. Oder er erwartet, dass wir zwangsläufig auf Parjasthina treffen werden, wer oder was auch immer sich hinter diesem Begriff verbergen mag«, antwortete ich und spähte in alle Richtungen. Vergeblich hielt ich nach Gebäuden oder anderen Anzeichen von Besiedelung Ausschau. Der Nebel gestattete kaum eine Orientierung. Eine kleine Armee hätte sich als Empfangskomitee darin verbergen und in der nächsten Sekunde über uns herfallen können.

»In unserer Nähe gibt es keine Energieemissionen«, meldete sich Harl Dephin. »Oberleutnant Retekin hat ausgiebige Messungen vorgenommen, zumindest hat er es versucht.«

»Versucht?«, echote ich.

»Ja, Sir.« Der Major klang zerknirscht. »Meine Wortwahl dürfte Ihre Frage nach der uneingeschränkten Einsatzfähigkeit des Paladin beantworten. Ich muss Ihnen leider mitteilen, dass die Messungen Probleme bereiten, ohne dass wir die Ursache ermitteln können. Wir haben einen Systemcheck durchgeführt, der allerdings nur an der Oberfläche unserer Einrichtungen gekratzt und keine Resultate erbracht hat. Für eine eingehende Untersuchung brauchen wir mehr Zeit.«

»Die haben wir nicht, Major. Gibt es neben den Problemen mit den Messeinrichtungen weitere technische Pannen?«

»Negativ, Lordadmiral. Die Hauptpositronik arbeitet einwandfrei, Funk und SERT-Steuerung sind in Ordnung und die Waffensysteme einsatzbereit. Energieversorgung ist gewährleistet. Die drei Kraftwerke beschicken die Speicher mit Normalwerten. Keiner der fünfzehn Reaktoren zeigt Abweichungen in der Energieproduktion.«

»Also sind nur die Messeinrichtungen defekt.«

»Nicht defekt, sie arbeiten lediglich unzuverlässig und liefern Werte, die keinen Sinn ergeben.«

Ich seufzte. »Also schön. Haben die Versuche überhaupt Resultate erbracht?«

»Zumindest haben wir festgestellt, dass die Schwerkraft 1,2 Gravos beträgt und das Atemluftgemisch erdähnlich ist«, beeilte sich Dephin zu sagen. »Es gibt geringfügige Abweichungen in den Edelgaskonzentrationen, die keine Auswirkungen auf uns haben. Ich bedaure, dass die ermittelten Ergebnisse weit unter der normalen Leistungsfähigkeit des Paladin liegen. Wenn Sie es wünschen, degradiere ich Oberleutnant Retekin, Sir.«

Für einen Moment dachte ich, ich hätte mich verhört. Dann begriff ich, dass Harl Dephin wieder einmal die Gelegenheit nutzte, um auf das Thema hinzuweisen, das den Thunderbolts am Herzen lag. Trotz der Langlebigkeit von Siganesen waren alle sechs Besatzungsmitglieder des Paladin im fortgeschrittenen Alter und seit Jahrhunderten nicht befördert worden. Ich konnte Dephin verstehen, doch dies war weder der richtige Ort noch der passende Zeitpunkt, um auf sein Anliegen einzugehen.

»Der Oberleutnant bleibt vorerst Oberleutnant«, beschied ich. »Wir werden uns zu gegebener Zeit über seinen Dienstgrad unterhalten. Das gilt auch für den Rest Ihres Teams, Major.«

»Ich danke Ihnen, Sir.«

Trilith bedachte mich mit einem fragenden Blick. »Muss ich das verstehen?«

»Keineswegs. Kannst du mit deinen besonderen Fähigkeiten mehr erkennen als ich?« Ich spielte auf ihre angezüchtete Gabe an, gewisse Lichtbrechungsfaktoren ausklammern zu können. Ihre Sehfähigkeiten waren in der Dunkelheit und sogar in tiefes Wasser hinein ausgezeichnet, weil sie in der Lage war, extrem weit und extrem in die Tiefe zu fokussieren.

»Nein«, bedauerte sie. »Meine Scharfsicht hilft uns in diesem Fall nicht. Der Nebel stellt mich vor die gleichen Schwierigkeiten wie dich.«

»Und die Infrarotsensoren sowie die sonstigen optischen Einrichtungen des Paladin lassen uns im Stich.« Ich streckte einen Arm aus. »Da bei den uns zur Verfügung stehenden Informationen eine Richtung so gut ist wie jede andere, gehen wir dort entlang.«

»Der Paladin kann Sie und Miss Okt tragen«, schlug Harl Dephin vor. »Auf diese Weise kommen wir schneller voran.«

»Ich komme vielleicht darauf zurück«, lehnte ich das Angebot fürs Erste ab und setzte mich in Bewegung.

Im zunehmenden Licht des anbrechenden Tages änderte sich an dem Bild, das sich uns bot, nur wenig. Der Nebel schien sogar noch dichter zu werden. Milchigweiße Schwaden, die den Geruch von fauliger Erde mit sich trugen, umgaben uns. Stellenweise hatte ich den Eindruck, durch Watte zu marschieren. Ich musste mir meinen Weg buchstäblich bahnen. Die hohe Luftfeuchtigkeit benetzte mein Gesicht und ließ die Umgebungstemperatur niedriger erscheinen, als sie war.

Triliths einzige Äußerungen waren gelegentliche Flüche. Sie verwünschte Innis, weil er uns in dieses unwirkliche Niemandsland geschickt hatte. Das Schemawesen wich keine drei Schritte von meiner Seite, sonst hätten wir uns aus den Augen verloren. Wie ein monströser Schatten stapfte der Paladin neben uns her. Sein halbkugelförmiger Kopf blieb mir ebenso wie die uns umgebende Landschaft verborgen. Er kam mir vor wie ein Wolkenkratzer in Terrania City, dessen oberes Drittel in einer Wolkenbank versunken war.

Mit den eingeschränkten Möglichkeiten, die ihnen blieben, nahmen die Thunderbolts weitere Messungen vor. Sie erbrachten keine Resultate, die uns halfen. Uns blieb nichts anderes übrig, als auf gut Glück immer weiter geradeaus zu gehen. Ich vertraute darauf, dass wir früher oder später auf Einrichtungen einer Zivilisation stoßen würden. Innis erwartete, dass wir uns um Lupenchoi kümmerten. Daher ging ich davon aus, dass er uns mittels der Hohrugk-Kuh an einen Ort abgestrahlt hatte, an dem wir unsere Aufgabe beginnen konnten. Alles andere hätte keinen Sinn ergeben.

Deine Überlegungen implizieren, dass Innis über die aktuellen Verhältnisse auf Lupenchoi Bescheid weiß, meldete sich der Extrasinn. *Davon abgesehen, dass du bislang keine Gewissheit hast, dich wirklich auf der Welt Lupenchoi aufzuhalten, solltest du in Betracht ziehen, dass Innis von früheren Gegebenheiten ausging, die heutzutage nicht mehr mit der Realität entsprechen.*

Wenn Trilith und ich eine so wichtige Rolle dabei spielen, Lupenchoi zu halten und das Wiedererstarken der nach Marasin zurückkehrenden Illochim zu verhindern, wird der Züchter sich nicht auf ein Experiment eingelassen haben, widersprach ich. *Er wusste genau, was er tat, als er uns auf diese Welt schickte.*

Auf diese Welt, ja, aber es ist nicht gesagt, dass es sich bei Lupenchoi um einen Planeten handelt. Vielleicht ist es eine wichtige Einrichtung, eine Anlage, die einen unbekannten Machtfaktor darstellt.

Vor meinem inneren Auge erschien die riesige Ebene, die ich bei der Geburt des Hohrugk-Kalbes gesehen hatte. War sie lediglich eine Illusion bar jeglichen realen Hintergrunds, oder lieferte sie mir einen Hinweis auf das, wonach ich suchte?

Als ich mich umdrehte, konnte ich durch den Nebel hindurch die Sonne als einen verwaschenen Fleck erkennen, der nur wenig Licht spendete. Sie prangte als Ausschnitt einer diffusen Scheibe am Horizont. Irgendetwas an dem Bild störte mich. Es kam mir unwirklich vor, ohne dass ich definieren konnte, woran dieser Eindruck lag.

»Der Nebel lichtet sich ein wenig«, machte mich Trilith auf die Veränderung vor uns aufmerksam.

Seltsamerweise klarte es am Boden auf, während sich der milchige Schleier in Kopfhöhe des Paladin und darüber hielt. Immerhin konnte ich endlich das Gelände, durch das wir marschierten, einer näheren Betrachtung unterziehen. Die Gegend wirkte ländlich und karg. Soden eines grasähnlichen Bewuchses wechselten sich mit unbewachsenen, erdbraunen Schollen ab, die in dem düsteren Licht vor Feuchtigkeit schimmerten. Ein wenig rechts von uns bildete ein Waldstreifen die einzige Unregelmäßigkeit.

»Begeben wir uns dort hinüber«, forderte ich meine Begleiter auf.

Zum ersten Mal wurden mir die schmatzenden Geräusche bewusst, die bei jedem unserer Schritte entstanden. Zuvor waren sie mir nicht aufgefallen, nicht einmal die, die der knapp dreieinhalb Tonnen schwere Paladin produzierte. Sein Gewicht war bereits beim irdischen Normwert von einem Gravo beträchtlich. Hier wog er sogar noch ein wenig mehr.

Das Waldstück war nicht besonders ausgedehnt. Ein schmaler Bach trat daraus hervor und führte in unsere anfängliche Marschrichtung. Kurzerhand folgten wir seinem Verlauf und erreichten schon bald kultivierte Felder. An drei Meter langen Stangen wanden sich Pflanzenranken, irdischen Bohnen nicht unähnlich, in die Höhe. Sie waren dicht behangen mit knallroten Schoten.

»Landwirtschaftliche Ausprägungen«, kommentierte Trilith unsere Entdeckung. »Das wurde auch Zeit. Ich habe schon befürchtet, dass wir hier allein sind.«

»Ich registriere Bewegungen am jenseitigen Ende des Feldes.« Der Paladin streckte seinen unteren rechten Arm aus.

»Vielleicht erhalten wir dort ein paar Antworten«, verlieh ich meiner Hoffnung Ausdruck.

»Das glaube ich nicht. Ich erkenne eine automatische Arbeitsmaschine«, versetzte Harl Dephin meiner Zuversicht einen Dämpfer. »Sie ist nicht bemannt, wird uns also nicht weiterhelfen können.«

Triliths glattes Gesicht war ausdruckslos. »Zweifellos gibt es einen Besitzer. Wenn man hier nicht ganz hinterm Mond lebt, erhält er beim Ausfall der Maschine eine automatische Nachricht und wird sich so schnell wie möglich um eine Reparatur bemühen.«

»Sie ist aber nicht ausgefallen, sondern versieht ihre Tätigkeit.«

»Das wird sich gleich ändern«, versetzte das Schemawesen und ging, ohne einen Kommentar abzuwarten, in die angegebene Richtung.

»Bewusste Sabotage, Sir?«, wandte sich Harl Dephin an mich. »Ein solches Vorgehen halte ich für kein probates Mittel, um an Informationen zu gelangen.«

»Sie kennen eben Trilith Okt nicht, Major.« Auch mir war nicht wohl bei Triliths Vorhaben, doch ich kannte sie. Hatte sie sich etwas in den Kopf gesetzt, war sie kaum davon abzuhalten. Außerdem widerstrebte mir das ziellose Umherirren. Ich hatte mich schon häufig auf mich allein gestellt und ohne Ausrüstung durch unbekanntes Terrain geschlagen. Dazu blieb in diesem Fall keine Zeit. Ich musste mich so rasch wie möglich orientieren und mehr über diese Welt in Erfahrung bringen, um in die Offensive gehen zu können.

Bei der Maschine, auf die das Schemawesen zusteuerte, handelte es sich um eine automatische Ernteeinheit, die sich auf einem Antigravpolster zwischen den Stangen hindurch schlängelte. Das Antriebsaggregat summte wie ein Schwarm Insekten. Lange, flexible Aktionsarme griffen nach den Schoten, pflückten sie behutsam ab und warfen sie in einen Auffangkorb, der wie ein umgedrehter Höcker auf der Antriebseinheit der Maschine saß.

Trilith erreichte die Maschine und ging achtlos an ihr vorbei. Sie drehte den Kopf und bedeutete mir durch Winken, mich zu beeilen. Anscheinend hatte sie etwas entdeckt, das interessanter war als die Ernteeinheit. Ich beschleunigte meine Schritte und lief hinter ihr her, bis ich sie einholte.

Vor mir lag eine Trasse, die durch angrenzende Felder führte. Ein paar Meter vor mir hockte ein Wesen und befestigte einen vollen Auffangkorb wie den, den die Erntemaschine befüllte, an einem Schweber. Es drehte uns den Rücken zu und hatte uns noch nicht bemerkt.

»Einen schönen guten Tag«, sagte Trilith ohne Umstände.

Das Wesen drehte sich um und fuhr in die Höhe. In einem Echsengesicht funkelten zwei schwarze Knopfaugen, die erst mich und dann Trilith beiläufig maßen und sich schließlich auf den Paladin richteten. Die Echse, die etwa so groß war wie ich und auf zwei stämmigen Säulenbeinen stand, öffnete das Maul und zeigte zwei Respekt einflößende Zahnreihen.

»Puh, du stinkst ja bestialisch.«

»Halte dich zurück, Trilith«, mahnte ich meine gentechnisch aufgewertete Begleiterin. Mir entging nicht, dass sie Anstalten machte, nach ihrem Vibro-Messer zu greifen. »Und lass die Finger von deinem Messer. Mein Translator dürfte sich als effektivere Waffe erweisen.«

»Ja, du hast recht, Arkonide«, räumte sie ein und ließ die Hand sinken.

Noch immer starrte die Echse den hünenhaften Roboter an. Sie stieß eine Folge unverständlicher Laute aus und verharrte an Ort und Stelle. Die Tatsache, dass sie weder floh noch erkennbar Verteidigungs- oder gar Angriffstellung einnahm, ließ mich vermuten, dass sie an Zusammentreffen mit anderen Spezies gewöhnt war.

»Wir sind nicht die ersten Vertreter eines fremden Volkes, denen die Echse begegnet«, bestätigten Harl Dephins Worte meine Einschätzung.

»Ich bin Atlan«, nannte ich meinen Namen und deutete erst auf meine Lippen, dann auf die des Reptiloids.

Sofort begann unser Gegenüber zu sprechen und machte keine Anstalten, wieder aufzuhören. Es plapperte in einem fort.

»Entweder haben wir es mit einem besonders geschwätzigen Vertreter seiner Art zu tun, oder der Reptiloid kennt das Prinzip eines Translators«, überlegte Dephin.

Trilith maß den Schweber mit einem abschätzigen Blick. »Technisch besonders weit entwickelt sieht das Fahrzeug nicht aus. Ich kann mir nicht vorstellen, dass der Bursche Ahnung von einem Translator hat.«

Trotzdem setzte die Echse ihre Tirade fort, bis die Positronik des Übersetzungsgeräts die Grundstruktur der Sprache erfasst hatte. Schon nach wenigen Minuten war eine fließende Verständigung möglich.

»Mein Name ist Atlan«, wiederholte ich meine anfängliche Selbstvorstellung und nannte die Namen meiner Begleiter.

»Karscht.« Die Echse zeigte keine Scheu. »So taufte mich meine Eimutter. Ich bin Karscht von den Wexlot. Die Völker, denen ihr angehört, sind mir fremd. Ich weiß, das besagt nicht viel. Schließlich leben Dutzende verschiedener Völker auf Lupenchoi und Kamsporn.« Karscht legte den Kopf schief und schien nachzudenken. »Nein, eher Hunderte. Ihr sprecht kein Shuli?«

Bei der Nennung von Lupenchoi merkte ich auf. Im gleichen Atemzug hatte die Echse den Begriff Kamsporn, mit dem ich nichts anfangen konnte, verwendet. Jedenfalls hatten wir die Bestätigung, an den richtigen Ort oder zumindest in dessen Nähe gelangt zu sein. Ich wägte meine Worte vorsichtig ab, um bei unserem neuen Bekannten kein Misstrauen zu wecken.

»Was dein Problem mit den zahlreichen Völkern angeht, so teilen wir es. Bei all den verschiedenen Wesen, die auf Lupenchoi leben, verliert man die Übersicht. An jeder Stelle des Planeten stößt man auf andere Wesen.«

Karscht, der den Paladin bisher nicht aus den Augen gelassen hatte, richtete seine Aufmerksamkeit unvermittelt auf mich. »Wieso nennst du Lupenchoi einen Planeten? Kamsporn ist die Welt, die um Ionkost kreist.«

Vorsicht, alter Narr, warnte mich der Extrasinn.

Sofern ich richtig verstand, stand ich auf der Oberfläche von Kamsporn, und dessen Sonne hieß Ionkost. Was war dann aber Lupenchoi? Womöglich eine Einrichtung, wie mein Logiksektor vorgeschlagen hatte? Ich durfte die Frage nicht stellen, um uns ins Karschts Augen nicht verdächtig zu machen, denn ich erhoffte mir weitere Informationen von ihm.

»Verzeih Atlans missverständliche Ausdrucksweise«, ergriff Trilith das Wort und deutete mit dem Daumen hinter sich. »Wir haben einen langen Weg hinter uns. Wir sind erschöpft und müde, da kommt es schon mal vor, dass man die Dinge durcheinander wirft.«

Die Echse stieß eine keckernde Lautfolge aus, die ich für Lachen hielt. »Du wirfst die Dinge ebenfalls durcheinander, Trilith Okt. So lang kann der Weg, den ihr beschritten habt, nicht gewesen sein. Es ist nicht viel mehr als ein halber Tagesmarsch bis zum Rand von Lupenchoi oder von dort nach hier. Niemand begibt sich bis zum Rand. Man weiß nicht, was am Ende der Welt mit einem geschieht. Jeder kennt die Schilderungen über unheimliche Begebenheiten, die einen in der Nähe des Randes ereilen und denen man nicht entkommen kann.«

Ich dachte über den Hintergrund von Karschts Ausführungen nach. Sie klangen wie Versatzstücke einer verbrämten Mythologie, die mangelndes Wissen ersetzen sollte. Wenn ein Sinn dahintersteckte, erschloss er sich mir nicht. Ich fürchtete, mit jeder weiteren Frage sein Misstrauen zu schüren. Vergeblich wartete ich darauf, dass der Extrasinn sich meldete und mir eine schlüssige Interpretation von Karschts Worten anbot, doch mein stummer Dialogpartner schwieg. Wir hatten allenfalls ein paar Kilometer Wegstrecke zurückgelegt. Sofern ich die Erklärungen der Echse nicht als Unsinn abtun wollte, endete nicht weit entfernt die Welt.

Welche Welt?

Ich ahnte, dass nur eine ausschlaggebende Information fehlte, ein einziges Puzzleteil, das einen Sinn in das Gehörte bringen würde.

Unwillkürlich drehte ich mich um und blickte in die Richtung zurück, aus der wir gekommen waren. Ich zuckte zusammen, als ich den verwaschenen Fleck der Sonne gewahrte. Wie zuvor sah ich nicht mehr als eine Halbscheibe. Sie war nicht höher gestiegen, sondern hatte sich exakt entlang der Trennlinie zwischen Himmel und Erde weiterbewegt. Sie ritt gewissermaßen auf diesem schmalen Grat.

»Trilith«, machte ich das Schemawesen auf die außergewöhnliche Konstellation, für die ich keine Erklärung fand, aufmerksam.

»Ein ... erstaunliches Bild«, kommentierte die schwarzhaarige Frau den Anblick, der sich uns bot, und schob schnell hinterher: »Immer wieder, egal wie oft man es schon genossen hat.«

»Die Plattform Lupenchoi trennt Kamsporn, und Lupenchoi trennt Ionkost«, plapperte Karscht gedankenverloren vor sich hin. »Das Bild von Ionkosts Wanderung ist nichts gegen den Anblick Kamsporns, wenn er durch die Morgennebel Lupenchois zum Vorschein kommt. Ich genieße den Anblick während der Passage nach Avironda, oben auf der Anhöhe von Zelika, sobald der Nebel zerreißt.«

»Du fährst nach Avironda?«, reagierte ich geistesgegenwärtig, wobei ich darüber nachdachte, was der Wexlot mit Plattform gemeint hatte. »Das ist auch unser Ziel.«

»Ich bringe meine Ernte in die Stadt. Der Marktpreis für Mochikola zieht kräftig an.« Karscht deutete auf den geparkten Schweber. »Ich würde anbieten, euch mitzunehmen, aber Paladin passt nicht hinein.«

»Unser Kamerad ist gut zu Fuß«, tat Trilith die Einschränkung ab. »Ich schätze, er kann so schnell laufen, wie du mit deinem Schweber unterwegs bist. Für Atlan und mich genügt der Platz allemal.«

Nachdenklich musterte Karscht den Roboter, den er für ein lebendes Wesen hielt. »Ich erreiche eine Höchstgeschwindigkeit von 150 Stundenkilometern«, erklärte er stolz. »Da kann Paladin nicht mithalten. Kein mir bekanntes Wesen ist dazu in der Lage.«

»Paladin schon.« Ich lächelte in mich hinein. Der Roboter schaffte eine höchste Laufgeschwindigkeit von 162 Kilometern in der Stunde, und das über jedwede Strecke, ohne zu ermüden.

»Das will ich sehen. Ich bin sogar bereit, eine Wette abzuschließen. Wie wäre es mit einem Einsatz von hundert Carolen?«

Ich nahm an, dass es sich bei Carolen um die einheimische Währung handelte. Das Angebot der Echse kam mir sehr gelegen.

Da ich sicher war, mich auf die Fähigkeiten des Paladin verlassen zu können, ging ich kein Risiko ein, auf möglichen Wettschulden sitzen zu bleiben. Ich zögerte ein wenig, damit meine Siegesgewissheit den Wexlot nicht zu einem Rückzieher bewog. Da wir mittellos auf Lupenchoi eingetroffen waren, konnten wir das Geld gut gebrauchen.

»Einverstanden.«

Die Echse war Feuer und Flamme. »Kommt, steigt ein. Ich habe den Frachtbehälter schon befestigt und wollte gerade aufbrechen.«

»In Ordnung, Major?«, fragte ich.

»Selbstverständlich, Sir.« Ich bildete mir ein, das schelmische Grinsen des Thunderbolt-Kommandanten zu sehen. »Sie werden staunen, wie gut ein Achthundertjähriger zu Fuß unterwegs ist.«

Karscht kletterte in den überdachten Pilotenstand des flachen Gefährts, und Trilith und ich stiegen neben ihm ein. Mit wenigen Handgriffen aktivierte die Echse den Antrieb. Ein sonores Brummen erfüllte die Fahrgastzelle, und meine Sitzmulde vibrierte sanft. Mit einem Ruck setzte sich der Schweber in Bewegung, und Karscht sah durch die transparente Verkleidung nach draußen. Er stieß einen überraschten Laut aus.

Der Paladin hatte sich auf seine Laufarme hinuntergelassen und stürmte los.

Kapitel 2

Tschirque

Der Summton erklang ein und gleich darauf ein zweites Mal. Die nach Sekunden eintretende Wiederholung an sich war ein Verstoß gegen die Etikette, der schrille Dauerton glich gar einer Belästigung, die nicht hinnehmbar war. Das Mittagsmahl war dem Kreuzwächter heilig. Er vollzog es wie ein Ritual und verabscheute es zutiefst, dabei unterbrochen zu werden.

Abermals setzte das Summen ein, und Tschirque erhob sich von seinem Stuhl. Kein Wesen außer Lop war zu einer solchen Dreistigkeit fähig. Tschirques Augenband richtete sich auf das Bouquet aus frittierten Zulta-Käfern und erlesenen Naschki-Kirschen, die in einem streng riechenden Sud schwammen, der umso milder mundete, je intensiver er den Geruchssinn penetrierte.

»Ja!«, rief Tschirque und ging achtlos an seinem Helm vorbei, der auf einer Anrichte ruhte. »Ich komme.«

Seine graue, mit schwarzen Pigmentflecken versetzte Haut raschelte, als er sich zur Tür begab und dem Störenfried öffnete. Wie nicht anders erwartet, war es sein Berater und engster Vertrauter Lop, der das heilige Mahl störte. Die stacheligen Haarbüschel des Ida-Boro waren aufgerichtet, was auf höchste Erregung hindeutete. Die rosafarbenen Gesichtszeichnungen, in die seine schwarzen Glubschaugen eingebettet lagen, pulsierten in schnellem Rhythmus.

»Verzeiht mein Eindringen, doch mein Anliegen duldet keinen Aufschub, Wächter. Etwas Furchtbares ist geschehen«, sprudelte es aus Lop heraus.

»Das will ich für dich hoffen.« Tschirque bedeutete seinem Berater einzutreten und schloss die Tür hinter ihm. »Ich nehme an, ich kann dir nichts anbieten. Mit deiner Störung hast du mir den Appetit verdorben.«

»Ihr wisst, was ich von Euren bevorzugten Speisen halte, Wächter. Sie mögen köstlich sein, aber sie stinken.«

Hunderte millimetergroßer Pünktchen trieben anstelle von Augen in dem ständig tränenden Band aus hellgelber Flüssigkeit, das sich um die Vorderseite von Tschirques Kopf spannte. Die Pünktchen trieben zueinander und formten einen diffusen Fleck des Unverständnisses, bevor sie sich wieder über das ganze Augenband verteilten. Was kulinarisches Vergnügen anging, war Lop ein unbeleckter Naivling, dem man einen Napf Fitzen-Würmer hätte vorsetzen können, ohne dass er den Unterschied zu einem Zulta-Käfer herausgeschmeckt hätte.

»Nun sprich. Was ist so wichtig, das nicht einen kurzen Aufschub duldet?«

»Es hat einen Unfall gegeben.«

»Einen Unfall?« Tschirque begriff nicht, wovon sein Berater sprach. »Drück dich gefälligst so verständlich aus, dass ich deinen kryptischen Andeutungen einen Sinn abgewinnen kann.«

»Es gab einen Unfall in Abschnitt Avi-7326-A.« Lops dreieckiger Mund öffnete und schloss sich hektisch.

Mit seinen 2,80 Metern Körpergröße überragte Tschirque seinen Vertrauten um mehr als einen Meter. Die dünnen Arme und Beine und die schmalen Schultern des hageren Kreuzwächters bewirkten, dass der Unterschied einem Betrachter noch gravierender vorkam. Tschirque wusste sehr wohl, dass das optisch ungleiche Paar die Zielscheine manch feinsinnigen Spotts war. Wären da nichts Lops herausragende Fähigkeiten gewesen, hätte er sich längst einen anderen Berater an die Seite geholt. Lops Anflüge ungezügelter Nervosität bildeten den einzigen negativen Aspekt seines Wesens, und in diesem Moment steckte er den Kreuzwächter damit an.

»Was genau ist geschehen?«

»Bisher gibt es lediglich Gerüchte. Ich habe Ordnungskräfte ausgeschickt und erwarte in Kürze ihre Berichte.«

»Obwohl du keine konkreten Informationen hast, machst du dir Sorgen. Anders kann ich mir deinen Auftritt nicht erklären.«

Lop antwortete nicht, und das war bedenklicher als eine Zustimmung. Tschirque konnte das gut verstehen. Allein die Gerüchte kamen einer Katastrophe gleich und würden, selbst wenn sie sich als falsch erwiesen, nicht so schnell aus dem öffentlichen Gedächtnis verschwinden. Unruhig schritt der Kreuzwächter im Büro seiner Station auf und ab. Ein Unfall – darunter konnte man sich alles und nichts vorstellen, und er stellte sich das Schlimmste vor. Ein Baukran mochte umgestürzt sein, eine Magnetschwebebahn einen schwerwiegenden technischen Schaden davongetragen haben oder gar ein Arbeiter zu Tode gekommen sein. Solange Tschirque Stationsvorsteher der Haltestelle Avidarn war, war das noch nicht vorgekommen, und auch aus den Stationen in den Avironda nächstgelegenen Städten war ihm kein solcher Vorfall bekannt.

Der Kreuzwächter kannte sämtliche zu seinem Bezirk gehörenden Streckenabschnitte auswendig. Jedes Teilstück des Lupenchoi durchziehenden Transportnetzes, das dem Haltestellendistrikt Avidarn angegliedert war, hatte er in den vergangenen Jahren ein Dutzend und mehr Male besucht. Er konnte die Bezeichnungen aufzählen und hatte bei jedem ein bestimmtes Bild vor Augen, das eines Tunnelsegments, einer Verbindungsröhre, einer im Depot abgestellten Cabis oder der verschachtelten Haltestelle selbst. Das galt auch für Avi-7326-A, einen Abschnitt, in dem seit ein paar Monaten Bauarbeiten durchgeführt wurden. Das Verkehrsaufkommen stieg, und zwei Ausweichröhren für zusätzliche Vakuumtunnels sollten die in Betrieb befindlichen Bahnsteige entlasten.

Tschirque hatte seinen Einfluss in Chamenspall in die Waagschale geworfen und sich für den Ausbau stark gemacht. Es war ihm gelungen, Begeisterung für sein Vorhaben zu wecken und Fördermittel lockerzumachen. Damit hatte er sein persönliches Schicksal noch enger mit dem Avidarns verknüpft als zwischen einer Station und ihrem Kreuzwächter ohnedies üblich. Die Vorstellung, dass ein Zwischenfall eingetreten war, der sich nicht korrigieren ließ, verlieh Tschirques grauer Gesichtshaut einen aschfahlen Stich.

»Worüber denkt Ihr nach, Wächter?«, fragte Lop.

Die Stimme seines Beraters glich einem Rettungsanker, der Tschirque aus seinen Grübeleien zog. Er war dankbar dafür, denn es war wenig produktiv, sich den Verstand zu martern, solange er die Fakten nicht kannte.

»Ich frage mich, weshalb es so lange dauert, bis du eine Antwort erhältst«, fuhr er seinen Vertrauten an.

Lop zuckte unter dem Vorwurf zusammen. »Ich bin sicher, dass jeden Moment Entwarnung kommt.«

»Bis dahin versuche ich mir selbst einen Überblick über die Ereignisse zu verschaffen.« Der Stationsvorsteher begab sich mit weitgreifenden Schritten zu einem Bildgerät, das in einer Raumecke stand, und aktivierte es. Schon die ersten Holoaufnahmen ließen ihn keuchen. Was er sah, konnte nur einem Alptraum entsprungen sein.

Der Ida-Boro machte Anleihen in den Zeiten seiner Urahnen und stieß einen schrillen Pfiff aus. »Das soll ein Unfall gewesen sein?«, krächzte er. »Es sieht vielmehr so aus, als sei die Welt eingestürzt.«

»Und die Nachrichtensender sind schneller am Ort des Geschehens als unsere Leute.« Tschirque taumelte bei den Kommentaren, die den Bildbericht des Holofernsehens unterlegten. Seine anfänglichen Befürchtungen wurden bei weitem übertroffen. Der Vorfall war so ungeheuerlich, dass er ihn in den düstersten Befürchtungen nicht in Erwägung gezogen hätte. Ein Stück des Bauabschnitts, in den er so große Hoffnungen setzte, war eingestürzt. Über eine Länge von fünfzig Metern hatte das Erdreich nachgegeben und Arbeiter und Maschinen unter sich begraben.

»Ihr müsst Rettungsmaßnahmen in die Wege leiten, Wächter.« Lops Stimme schien aus weiter Ferne zu kommen.

Die Bilder schlugen Tschirque in ihren Bann, und seine Gedanken kreisten nur um ein Thema. Er trug die Verantwortung für Avidarn, und jedes Unglück fiel zwangsläufig auf ihn zurück. Der Kommentar, dessen Inhalt er kaum mitbekam, schien ihn zu verspotten. Er glaubte sogar, seinen Namen zu hören. Die Öffentlichkeit rief bereits nach ihm.

»Wächter, kommt zu Euch!«

Nur mit Mühe gelang es Tschirque, sich aus seiner Erstarrung zu lösen. Seine dünnen Glieder schlotterten, doch sein Berater hatte recht. Er musste etwas unternehmen. »Leite alles Nötige in die Wege«, hörte er sich sagen.

»Sofort«, versicherte Lop. »Danach sollten wir aufbrechen und uns zum Ort des Unglücks begeben.«

»Bist du von Sinnen?«

»Man wird erwarten, dass Ihr dort erscheint und eine Stellungnahme abgebt. Ihr seid der Kreuzwächter.«

»Schließt das ein, dass ich mich dem Mob zur Schau stellen muss?« Tschirque hob seine Hände und malte mit den zwanzig Zentimeter langen Fingern wirre Symbole in die Luft. Die Situation überforderte ihn. In gleichem Maße wie sein Leben folgte die Rolle eines Kreuzwächters bestimmten Regeln, aus denen Tschirque niemals ausgebrochen war. Er war stets stolz darauf gewesen, alles unter Kontrolle zu haben, Abläufe voraussagen und den Fluss der Zeit mit geplanten Handlungen füllen zu können. Abweichungen von kalkulierten Schemata und seinen festgelegten Zeitplänen, zu denen auch das mittägliche Mahl gehörte, empfand er nur dann als Bereicherung, wenn sie sich mühelos korrigieren ließen.

Hier aber, begriff er mit selten gekannter Klarheit, ließ sich nichts korrigieren. Alle würden sie über ihn herfallen, denn das System der Cabis galt als zuverlässig. Weder gab es Störungen noch Pannen, weil es sich bei den meist hoch angesehenen Kreuzwächtern um Koryphäen handelte, denen keine Fehler unterliefen.

Fehler! Tschirque gluckste. Hätte es sich doch bloß darum gehandelt, um einen simplen kleinen Fehler, den selbst Lop zu beheben in der Lage gewesen wäre. Aber nein, das Projekt, das untrennbar mit Tschirques Namen verbunden war, stellte sich als Fiasko heraus.

Er bemerkte, dass sein Berater in ein Handgerät sprach. »Was machst du da?«

»Ich habe Anweisungen erlassen und die Notfallpläne freigegeben.«

»Gut.«

»Und ich habe den Medien mitgeteilt, dass der Kreuzwächter von Avidarn den Nachrichten-Sonden in Kürze am Ort des Unglücks für Fragen zur Verfügung stehen wird«, fügte der Berater nach kurzem Zögern hinzu.

»Wer hat dir das gestattet? Wie kommst du dazu, so eigenmächtig zu handeln?«

»Weil es notwendig ist und Ihr offenbar nicht die Kraft zu diesem Schritt aufbringt.«

Ein solches Aufbegehren hätte Lop vor dem heutigen Tag nie gewagt. Der Unfall schien ihm schwerer zuzusetzen, als ersichtlich war. Vor Entsetzen verschloss Tschirque seinen Corren, den unter dem Augenband liegenden vertikalen Fleischspalt, in dem die übrigen Sinnesorgane wie Geruchs- und Geschmacksnerven und Hörrezeptoren untergebracht waren. Wohltuende Stille hüllte den Stationsvorsteher ein. An den Bewegungen von Lops dreieckigem Mund erkannte er, dass sein Vertrauter einen wahren Redeschwall von sich gab, doch Tschirque vernahm die Worte nicht.

Eine schreckliche Ahnung plagte ihn. Hatte er womöglich etwas übersehen und damit eine Teilschuld auf sich geladen? Er kramte in seiner Erinnerung nach düsteren Vorzeichen, die ihn hätten warnen müssen, und fand keine. Nein, er hatte sich nichts vorzuwerfen. Die Vorstellung, sich der Öffentlichkeit zu stellen, verursachte dennoch ein Unwohlsein, das körperliche Schmerzen in ihm auslöste.

Er bemerkte, dass sein Berater ihn vorwurfsvoll anstarrte.

Reiß dich zusammen!

Er musste Stärke demonstrieren. Einen anderen Weg, mit der Situation umzugehen, gab es nicht. Lop hatte ganz recht.

Tschirque war der Kreuzwächter und würde diese Krise überstehen, vielleicht sogar gestärkt aus ihr hervorgehen. Er öffnete seinen Corren und lauschte, doch Lop schwieg.

»Wir begeben uns zum Ort des Unglücks«, kündigte er an. »Du wirst mich begleiten.«

»Ich bin bereit, Wächter. Ich werde nicht von Eurer Seite weichen.«

Tschirque redete sich ein, vor Selbstsicherheit zu bersten. Doch wieso hatte er dann das Gefühl, zur Schlachtbank geführt zu werden, wenn er die sicheren Hallen seiner Station verließ?

Kapitel 3

Shapda-Shapda Maon

Maudi-Haup stand an der Reling und schaute auf den Kovenor hinaus, auf dem unzählige weitere Boote wasserten. Sie sprenkelten den Fluss wie ein Flickenteppich, den jemand achtlos weggeworfen hatte. Einige trieben mit der Strömung, andere kämpften dagegen an. Die meisten, wie das Stammesboot von Shapda-Shapda Maon, ankerten in Ufernähe und waren durch Stege untereinander verbunden, über die andere Händler und die an Land lebenden Kunden spazierten, die ihre Vorräte an Gewürzen oder Kräutern ergänzen wollten.

»Was beobachtest du, Maudi?«, erkundigte sich Shapda-Shapda.

Ihr Enkel stand schon seit einer ganzen Weile regungslos zwischen mit Teeblättern gefüllten Ballen, was ungewöhnlich war. Normalerweise lief er unablässig umher und mischte sich in die Tauschgeschäfte der Erwachsenen ein. Kein Tag verging, an dem er nicht versuchte, seiner Großmutter zu beweisen, was für ein gerissener Händler er bereits war. Außer ihm kannte sie keinen Achtjährigen, der solche Freude am Tagwerk der Erwachsenen zeigte. Er entwickelte ein Verständnis fürs Geschäftliche, das sein Vater und sein Großvater bis zum heutigen Tag nicht besaßen.

»Den Kovenor.«

»Gibt es denn etwas Besonderes zu sehen dort draußen?«

»Der Kovenor selbst ist etwas Besonderes, oder nicht? Hörst du sein Wispern, Groom?«

Shapda-Shapda lächelte. Ihr Stamm zählte über einhundert Köpfe, von denen keiner so klug war wie Maudi-Haup. Shapdas drei Ehemänner waren so lästig wie dumm und taugten zu nicht viel. Sie waren brauchbare Händler und verstanden sich darauf, Nachwuchs zu zeugen, zwei Dinge zugegebenermaßen, die wichtig waren für den Fortbestand des Maon-Stammes. Doch damit erschöpften sich ihre Fähigkeiten. Shapda-Shapdas acht Kinder und die anderen beiden Enkel waren kaum besser geraten als die Väter. Allein der vorlaute kleine Maudi ließ die Kapitänin zuversichtlich in die Zukunft schauen. Wenn er eines Tages die Führung übernahm, war ihr um den Stamm nicht bange. Täglich unterrichtete sie ihn und lehrte ihn alles, was sie wusste, um ihn eines Tages zu ihrem Nachfolger zu machen.

»Ja, ich vernehme das Flüstern«, sagte sie. »Spricht Gevatter Kovenor zu dir?«

»Er hört niemals auf zu reden. Er trägt Geschichten mit sich. Er berichtet mir davon, dass er uns ernährt und uns beschützt. Er ist unsere Heimat und begleitet uns unser ganzes Leben lang.«

Die Kapitänin des Stammesbootes atmete tief ein und inhalierte den Geruch des Wassers. Das Verständnis ihres Enkels überraschte sie immer wieder. Männer begriffen Gevatter Kovenor und seine Verwandten nicht. Die Flüsse und Kanäle waren mehr als nur ein Geflecht aus Wasserstraßen, die als Verkehrswege und Handelsrouten dienten. Sie waren der Lebensraum, der den Maon-Stamm und all die anderen Kalfater-Stämme beherbergte.

»Willst du mir eine seiner Geschichten erzählen?«

»Nein, Groom.«

»Wieso nicht?«, fragte Shapda-Shapda verwundert. Ihr Enkel liebte Geschichten. Er hörte sie aus dem Mund seiner Stammesangehörigen ebenso gerne, wie er sie selbst zum Besten gab.

»Weil mein Kopf weh tut.«

»Komm her und lass mich einmal sehen, ob dir etwas fehlt.« Die Kapitänin legte eine Hand auf die Stirn des Jungen und erschrak. »Du bist ganz heiß.«

»Ja, es fühlt sich an, als würde mein Kopf verbrennen.«

»Wann hat das angefangen, Maudi? Seit wann schmerzt dein Kopf?«

»Ich weiß nicht. Vielleicht seit wir hier angekommen sind?«

Seit drei oder vier Stunden, hieß das. »Warum hast du nichts gesagt?«

»Weil ich dachte, es hört von alleine wieder auf. Wir müssen Geschäfte machen, da darf niemand krank werden.«

Shapda-Shapda schnaubte ärgerlich. »Die Geschäfte können die Erwachsenen ausnahmsweise einmal ohne dich abwickeln«, tadelte sie ihren Enkel und zog ihn von der Reling weg.

»Was machst du, Groom?«

»Ich bringe dich in den Schatten.« Erst jetzt fiel der Flößerin auf, dass die sonst mäßig gefärbten Wangen des Jungen in dunklem Rot glühten, und seine Stirn sah nicht besser aus. »Das gefällt mir nicht. Du willst uns doch nicht wirklich krank werden, mein Lieber.«

»Nein, das will ich nicht«, versicherte der Achtjährige.

»Das war nur so eine Redensart. Man kann es sich nicht aussuchen, und ich fürchte, dich hat es erwischt, ob dir das nun gefällt oder nicht.«

»Es gefällt mir überhaupt nicht.«

»Das ist gut, aber es ändert nichts an den Tatsachen. Ich bin stolz auf dich, weißt du das?«

»Nein. Wieso denn, Groom? Du bist stolz auf mich, weil ich krank werde?«

Die Stammesführerin lachte glockenhell auf. Im Gegensatz zu Maudi-Haup wäre so mancher aus dem Stamm dankbar für eine Krankheit gewesen, um sich ein paar Tage auf die faule Haut legen zu können. Nicht so der Junge.

»Lachst du etwa über mich, Groom?«

»Nein, ganz bestimmt nicht. Ich erkläre es dir ein andermal«, versprach Shapda-Shapda. »Jetzt komm aber endlich aus der Sonne weg.«

Widerstrebend ließ sich Maudi-Haup mitziehen. Shapda-Shapda brachte ihn in den kastenförmigen Aufbau auf Deck, der in mehrere Räume unterteilt war. Eine kleine Kammer war für Fälle wie diesen angelegt. Der Junge verzog mürrisch das Gesicht.

»Warum kann ich nicht in mein eigenes Zimmer gehen?«, protestierte er.

»Es tut mir leid, mein Lieber. Aber ich will verhindern, dass du deine Brüder ansteckst.«

»Ist es so schlimm?«

»Nein, das ist es nicht. Trotzdem sollten wir kein Risiko eingehen, findest du nicht auch?«

Maudi-Haup verzog trotzig das Gesicht und wendete sich von seiner Großmutter ab. Nach nur wenigen Sekunden drehte er sich wieder um. »Ja, du hast recht. Ich sehe es ein. Aber ich will nicht allein hier drin bleiben, Groom. Das ist fürchterlich langweilig.«

»Soll ich bei dir bleiben?«

»Und mir eine Geschichte erzählen?«

»Na schön, unter einer Bedingung«, stimmte Shapda-Shapda zu. »Du legst dich hin und deckst dich gut zu.«

»Einverstanden.« Maudi-Haup ließ sich auf der Liegestatt nieder.

»Was möchtest du gerne hören, mein Lieber?«

»Eine Geschichte, die ich noch nicht kenne«, platzte es aus dem Jungen heraus. »Eine wahre Geschichte aus unserer Vergangenheit.«

Shapda-Shapda machte eine zustimmende Geste. »Es gibt etwas, das ich dir schon lange erzählen wollte. Bisher bin ich davor zurückgeschreckt, doch inzwischen bist du alt genug, um gewisse Dinge zu erfahren, die vor langer Zeit geschehen sind. Du bist klug genug, um die Geschichte zu begreifen.«

»Worum gehst es darin?«

»Um ein Volk namens Illochim«, eröffnete Shapda-Shapda, »und um ein Wesen namens Parjasthina.«

Kapitel 4

Parjasthina

In Parjasthinas Kopf summten tausend Stimmen zugleich eine Melodie, die sich mit dem Rauschen des Meeres vereinigte und den Doviat jauchzen ließ. Er durchstieß die Wasseroberfläche und schmeckte das salzige Nass, dessen perlendes Vergnügen er nicht minder genoss als frisches Süßwasser.

Zehn Meter unter sich gewahrte er den weißen Schimmer feinen Sandes. Dorthin zog es ihn, dieses eine Mal noch, dieses letzte Mal wahrscheinlich. Denn bald schon würde er Unti an Bord eines Raumschiffs verlassen, um auf einer anderen Welt namens Trikrik seiner Pflicht nachzukommen. Zupfsporen warteten darauf, befruchtet zu werden, und dies war seine, Parjasthinas Aufgabe. Als einer von 22 Doviaten war er auserkoren, die Vermehrung und Ausbreitung seines Volkes voranzutreiben. Gleichwohl es eine ehrenvolle Aufgabe war, die vielleicht wichtigste, die man sich vorstellen konnte, war Parjasthina weit davon entfernt, Stolz zu empfinden. Die Natur hatte es so eingerichtet, dass allein die Doviate die Zupfsporen befruchten konnten. Sie beging keine Fehler. Ihr perfekt aufeinander abgestimmtes System war nicht immer auf Anhieb zu durchschauen, doch seine Funktionalität bestätigte sich über Äonen hinweg. Was an einem Tag fragwürdig erschien, erhielt tausend Jahre später einen Sinn und erwies sich als richtig. Die von der Natur ausgetüftelten Axiome waren über jeden Zweifel erhaben.

Bis auf das Zwischenreich, dachte Parjasthina ohne Gefühlswallung. *Bis auf Marasin.*

Marasin ergab keinen Sinn, jedenfalls keinen, der sich den darin lebenden Völkern erschloss. Denn nur dieser zerrissene Spiralarm, der einstmals Teil einer größeren Galaxis gewesen war, bestand noch. Nach kosmischen Maßstäben war er mit seiner Ausdehnung von 6000 mal 1000 Lichtjahren und einer Dicke von 150 Lichtjahren kaum der Rede wert. Doch es würde der Tag kommen, an dem sich den Illochim auch der Sinn der Restegalaxis offenbarte. Sie begingen nicht den Fehler, den die anderen Völker Marasins machten. Sie haderten nicht mit ihrem Schicksal. Während andere Völker unter den Auswirkungen der schrecklichen Katastrophe litten, die geschehen war, und Zeit brauchten, um sich zu sammeln und auf die neuen Verhältnisse einzustellen, wurden die Illochim bereits wieder aktiv. Sie jammerten und klagten nicht, sie wunderten sich nicht einmal über die bis vor kurzem unvorstellbaren Zustände, sondern zeigten unermüdlichen Einsatz, der stets auf den nächsten Tag und auf die kommende Generation ausgerichtet war.

Die Zukunft wird uns gehören, dachte Parjasthina, als er unter eine Welle hinwegtauchte und sich um seine Körperachse drehte.

Er stieß bis auf den Meeresgrund hinab und grub die Finger in den sandigen Untergrund. Seine Hand umschloss den feinen Sand und rieb ihn, zur Faust geballt, wie einen wertvollen Besitz, dessen Wert man nie ausreichend gewürdigt hatte. Erst wenn man sich davon trennen musste, erkannte man die wahre Bedeutung. Parjasthina schien die Zeit zu vergessen, obwohl nur eine Minute verstrich, bis er die Hand wieder öffnete. Ihr Inhalt rann zwischen seinen Fingern hindurch und rieselte zurück auf den Grund, langsam und majestätisch.

Sekundenlang noch verharrte der Doviat, dann krümmte er sich, zog er seinen Körper zusammen und ließ ihn wie eine unter Spannung stehende Feder der Oberfläche entgegenschnellen. Sein Kopf tauchte aus einem wirbelnden Sog auf, und Parjasthina schnappte nach Luft. Einst hatten die Illochim unter Wasser atmen können, doch diese Zeiten gehörten der Vergangenheit an, seit die Schwarmwesen den Weg an Land gefunden hatten. Das änderte nichts daran, dass Parjasthina das Wasser, das seinen Körper umschmeichelte und ihm einen Eindruck davon gab, wie es in der Vergangenheit gewesen war, genoss.

Mit kraftvollen Schwimmzügen behauptete er sich gegen die Brandung, die gegen die Felsen von Hakunuda anrollte, wo sie sich an den Klippen brach und gischtende Schaumkronen in die Nisthöhlen der Seevögel warf. Als Kind war er in dem unwegsamen Gelände umhergeklettert und hatte Eier als Trophäen gesammelt. Heute hatte er für die zerklüfteten Grate, die wie schwarze Löcher anmutenden Höhlen und die Scharen aufgeregter Vögel nur einen beiläufigen Blick übrig. Angesichts dessen, was ihm bevorstand, war Wehmut unangebracht.

Parjasthinas mächtige Oberarme und die vier kräftigen Paddelbeine bewegten sich synchron, als er nach Osten hin abdrehte und der Küstenlinie einen Kilometer weit folgte. Er nahm die Anstrengung, der er sich aussetzte, nicht wahr. Mit stoischer Gleichmäßigkeit machte er einen Schwimmzug nach dem anderen und trotzte den Strömungen, die ihn an Land werfen und gleich darauf ins offene Meer hinausziehen wollten. Einmal gönnte er sich das Vergnügen, die Kontrolle abzugeben und sich dem Toben der haushohen Wellen hinzugeben. Von den Kräften der See gepackt, drehte er sich, wurde emporgehoben und davongeschleudert. Sekunden später war er wieder Herr der Lage. Mühelos gewann er die Orientierung zurück.

Im gleißenden Sonnenlicht blieb das Schreien und Zetern der Vögel in gleichem Maße zurück, wie die Felsen niedriger wurden. Sie gingen in einen flachen Strand über, hinter dem sich unbewohntes, karges Ödland erschloss. Von den nun flacher werdenden Wellen ließ sich Parjasthina zu dem weißen Streifen tragen, von dem aus er seinen Ausflug begonnen hatte. Er gelangte genau an der Stelle zurück an Land, wo er eine Stunde zuvor ins Wasser gestiegen war.

Er lief ein paar Schritte bis zu seiner auf einem Stein abgelegten Kleidung und schüttelte sich. Das Wasser perlte von seiner grauen Haut ab, als sei sie imprägniert. Die Vorstellung, dass die ersten Schritte der Illochim an Land mühsam und beschwerlich gewesen waren, kam ihm unwirklich vor, so unwirklich wie die Tatsache, dass Marasin lediglich das kosmische Überbleibsel von etwas Größerem war.

Ein Schatten glitt über den wolkenlosen Himmel, ein filigraner, im Sonnenlicht glitzernder Flugkörper, der vom weit im Norden liegenden Raumhafen gestartet war. Parjasthina hatte keine Ahnung, welches Ziel vor dem Schiff lag, das rasch kleiner wurde und sich anschickte, durch die Atmosphäre ins Weltall hinaus zu fliegen. Dieser Tage brachen zahlreiche Expeditionen auf, die den interstellaren Raum durchreisten, Sonnensysteme kartografierten und Planeten erkundeten.

Noch waren die Illochim eine unbedeutende Randerscheinung im Völkergemisch von Marasin.

Noch beschränkte sich ihr Reich auf wenige Sonnensysteme mit Welten, die verträgliche Lebensbedingungen boten.

Noch.

Die tausend Stimmen in Parjasthinas Kopf verhießen ihm jedoch eine Welt, in der sich die Dinge veränderten. Ausgelöst von fremden Kräften, war ein Prozess im Gange, auf den die Illochim mit der ihnen eigenen Geschäftigkeit reagierten. Sie nahmen die neuen Gegebenheiten hin und reagierten angemessen auf die veränderten Erfordernisse.

Parjasthinas Gedanken eilten ihm voraus zu den Zupfsporen, die ihn erwarteten.

Kapitel 5

Atlan

Karscht sah schnell ein, dass es ihm nicht gelang, den Giganten abzuhängen. Es schien ihm nichts auszumachen, dass er die Wette verlor. Im Gegenteil zeigte er reges Interesse, weil er noch nie zuvor auf einen Angehörigen von Paladins Volk getroffen war. Bald drosselte er die Geschwindigkeit und flog mit geringerer Geschwindigkeit weiter. Ich hatte den Eindruck, er verzichtete auf eine Fortsetzung des Wettrennens, damit der in die Jahre gekommene Schweber keinen Schaden davontrug. Er zog einige Münzen hervor und reichte sie mir.

»Einhundert Carolen, wie vereinbart«, sagte er.

Ich nahm die Münzen an mich und verstaute sie in der Tasche meines Schutzanzugs. Es war ein USO-Standardmodell, für Kampfeinsätze kaum geeignet. Trilith trug eine schlichte Variante aus Beständen der GAHENTEPE. Bei der unerwarteten Versetzung nach Lupenchoi war uns keine Zeit geblieben, eine andere Ausrüstung zu wählen. Wir besaßen nicht einmal Waffen, doch diesen Mangel machte die Schlagkraft des Paladin mehr als wett. Seine technischen Probleme blieben auf die unzulänglichen Messungen beschränkt, wofür wir keine Erklärung fanden.

An der ländlichen Umgebung änderte sich nichts. Eine Menge Felsen sprenkelten die Felder, doch ich entdeckte nur wenige Erhebungen. Gelegentlich fielen mir Stellen blaugrauen Gesteins im Boden auf. Ich maß ihnen keine besondere Bedeutung zu. Das Halbdunkel blieb. Kein Wunder, da die Sonne nicht weiter aufging.

Vor uns stieg das Gelände bis auf eine Höhe von fünfzig Meter sacht an – und plötzlich riss der Nebel auf und blieb hinter uns zurück.

»Was ...?«, stieß Trilith aus und verstummte sofort wieder.

Ich glaubte meinen Augen nicht trauen zu können. Was sich in der Ferne abzeichnete, hatte ich nie zuvor gesehen hatte. In Fahrtrichtung erhob sich eine Wand, die in den Himmel hinaufragte und den größten Teil meines Blickfeldes ausfüllte. Nein, bei der halben Kugel handelte es sich um keine bloße Wand. Die spärlichen mir bislang zur Verfügung stehenden Informationen verdichteten sich zu einer schlüssigen Folgerung, die zu akzeptieren mein Verstand sich weigerte.

Alles, was du bisher gesehen und erfahren hast, lässt nur einen Schluss zu. Du siehst auf den Planeten Kamsporn hinab, wisperte der Extrasinn, *jedenfalls auf eine Hälfte von ihm. Dies hier, Lupenchoi, ist offenbar ein künstlich geschaffener Anbau, der den Planeten in zwei Hälften teilt.*

Wieder kam mir die riesige Ebene in Erinnerung, die bei Innis vor meinem geistigen Auge erschienen war. Ich war überzeugt, mich nun genau auf dieser Ebene zu befinden.

Das also hat Karscht mit Plattform gemeint, begriff ich.

Ich gehe noch weiter, fuhr der Extrasinn fort, unbeeindruckt von dem künstlich erschaffenen Wunder. *Lupenchoi ist eine Scheibe, die ganz Kamsporn auf Äquatorhöhe umgibt. Stelle dir die Ringe des Saturn als eine einzige massive Scheibe vor, die bis in die Oberfläche des Planeten hineinreicht – und komm nicht auf die Idee, mich darauf hinzuweisen, dass es sich bei Saturn um einen Gasplaneten handelt. Ich will dir nur die Analogie verdeutlichen.*

Danke, gab ich sarkastisch zurück.

Über die Abmessungen kann ich nur Vermutungen anstellen, doch sie sind gewaltig, sonst wäre diese Aussicht nicht möglich.

Nun konnte ich mir das Halblicht erklären. Die Düsternis blieb, weil die Sonne Ionkost zwar über Kamsporn aufging, aber nicht über Lupenchoi. Der Planet besaß nur eine minimale Achsneigung, sodass Ionkost die Kante Lupenchois in grelles Licht tauchte, während auf der eigentlichen Wohnfläche der dämmrige Zustand blieb.

Das Bild, das sich mir bot, schlug mich in seinen Bann. Wenn Wasser und Land auf ganz Kamsporn so verteilt waren wie in dem sichtbaren Ausschnitt, kam ich auf etwa siebzig Prozent Wasserfläche. Ich entdeckte schwimmende Städte, die wie riesige Lichtpunkte in den Ozeanen trieben. Ob sie stationär oder auf beweglichen Inseln eingerichtet waren, konnte ich nicht erkennen. Auf den Landflächen dominierten grüne und braune Flecken, die auf landwirtschaftliche Nutzung in großem Ausmaß hinwiesen. Es stand außer Frage, dass dort eine wesentlich fortschrittlichere und effektivere Technologie zum Einsatz kam als die, der sich Karscht bediente. Im Vergleich zu Kamsporn kam mir die Wohnfläche auf der Plattform technisch rückständig vor.

Es gibt nicht nur eine Wohnfläche Lupenchois, machte mich der Extrasinn auf einen Denkfehler aufmerksam. *Eine Plattform hat stets zwei Seiten.*

Daran hatte ich bei meiner Begeisterung nicht gedacht. Ein durch eine Plattform geteilter Planet war selbst für mich, der ich mehr kosmische Wunder gesehen hatte als die meisten Menschen jemals zu Gesicht bekamen, etwas Besonderes. Ich fragte mich, wie dick die Plattform sein mochte.

»Kamsporn ist eine Pracht. Eigentlich muss man von einem Wunder reden.« Triliths Worte zeigten mir, dass sie die gleichen Schlussfolgerungen wie ich gezogen hatte.

»So ist es.« Karscht ließ die keckernden Laute erklingen, die ich schon einmal vernommen hatte. Er deutete auf ein wucherndes Geflecht, dessen Abmessungen ich schlecht abschätzen konnte. »Das gilt besonders für Chamenspall auf Celemen. Manchmal habe ich den Eindruck, dass die Stadt jeden Tag ein Stück größer wird.«

Was ich nicht für ausgeschlossen hielt. Der wuchernde Moloch, dessen Ausprägungen den Fangarmen eines Kraken glichen, war größer als alle anderen Städte, die ich sah. Soweit ich es von unserer Position aus bestimmen konnte, reichte er bis an die Stoßkante Lupenchois heran und wirkte dort wie in der Mitte durchgeschnitten. Das ließ vermuten, dass Chamenspall wie der ganze Planet von der Plattform in zwei Hälften geteilt wurde und sich auf der anderen Seite Lupenchois fortsetzte. Man konnte die Stadt also von beiden Wohnflächen aus betreten.

»Warst du schon einmal in Chamenspall?«, erkundigte ich mich.

»Ich? Oh, nein.« Die Frage schien den Wexlot zu überraschen. »Was soll ich dort? Meine Ernte kann ich in der Stadt losschlagen. Mich hat es nie weiter als bis nach Avironda getragen. Es gibt für mich keinen Grund, nach Chamenspall zu reisen.«

»Auch nicht deine Neugier?«, setzte Trilith nach. »Du sagtest eben selbst, Chamenspall sei eine ganz besondere Pracht. Läge es da nicht nahe, sich die Stadt aus der Nähe anzusehen?«

»Ich bleibe lieber dort, wo ich mich auskenne. Hier ist alles überschaubar.« Karscht senkte die Stimme zu einem Flüstern. »Die kleinen Dörfer sind uninteressant. Sollte jemals eine Bedrohung über Kamsporn kommen, so wird sie nach den großen Städten greifen.«

»Eine Bedrohung?«, fragte ich, während die leichte Anhöhe hinter dem Schweber zurück blieb.

»Es dauert nicht mehr lange, bis wir Avironda erreichen«, wich die Echse aus. »Gibt es eine bestimmte Adresse, zu der ihr wollt?«

Durch die transparente Verkleidung beobachtete ich den Paladin, der mühelos neben dem Schweber herlief. Unter seinem Tonnengewicht spritzten Erdreich und Wasser davon. Unwillkürlich dachte ich an einen Haluter, der sich aufmachte, um seinem Verlangen nach einer Drangwäsche nachzugeben.

»Wir haben einige Dinge zu regeln. Wir müssen unsere Papiere in Ordnung bringen.«

»Eure Papiere?«, echote Karscht. »Ist das nicht geschehen, bevor ihr nach Kamsporn gekommen seid? Seid ihr etwa nicht im Besitz eines Legitims?«

»Eines Legitims?« Vor uns gewahrte ich die Umrisse von Häusern, die meisten zweigeschossig. Im Halbdunkel erkannte ich nur wenige Gebäude, die höher waren. Ein paar vereinzelte Türme waren darunter. Ich wäre fast gegen die Konsolen geprallt, als der Schweber mit einem Ruck zum Stehen kam. Nur dank meiner schnellen Reaktion gelang es mir, mich am Rahmen der Einstiegsluke festzuhalten.

»Was soll der Unsinn?«, zischte Trilith.

»Steigt aus«, keuchte Karscht. »Bitte, steigt aus. Ich will mir keinen Ärger einhandeln.«

»Was ist denn los?« Ich ahnte, dass ich einen Fehler begangen hatte.

»Ihr besitzt kein Legitim«, bestätigte der Wexlot meine Befürchtung. Mehr zu sagen war er nicht bereit. Er sah Trilith und mich stumm an.

»Also schön«, gab ich nach. »Wir steigen aus. Aber sage mir vorher, wo wir unsere Angelegenheiten regeln können. Wo erhalten wir ein Legitim?«

Karscht blickte in alle Richtungen, als befürchtete er, bei etwas Unrechtmäßigem beobachtet zu werden. »Es gibt keine Dienststelle in Avironda«, sprudelte es dann aus ihm heraus. »Ein Legitim hättet ihr gleich bekommen müssen. Ohne Legitim habt ihr keine Aufenthaltsberechtigung für Lupenchoi und Kamsporn. Ein Legitim erhaltet ihr, wenn überhaupt, in Chamenspall, doch ohne Legitim ist es unmöglich, nach Chamenspall zu gelangen.«

Trilith richtete sich drohend auf. »Das ergibt keinen Sinn.«

Der Wexlot sank in seiner Sitzmulde zusammen. »Bitte«, wisperte er. »Geht endlich.«

Ich sah ein, dass wir so nicht weiterkamen. Die Echse schlotterte fast vor Angst. Es war offensichtlich, dass sie uns vor lauter Furcht nicht weiterhelfen würde. Ich gab dem Schemawesen ein Zeichen, das Trilith mit einer Verfärbung ihres Mundes quittierte. Dennoch folgte sie meinem Beispiel, als ich ausstieg. Wir hatten den Schweber kaum verlassen, als er anruckte und davonschoss.

»Was ist geschehen?«, wollte Harl Dephin wissen.

Ich sah dem Schweber nach, der auf die Stadt zuflog. Auf Einfallstraßen entdeckte ich weitere Bodenfahrzeuge. Entweder gab es auf Lupenchoi keine Flugmaschinen, oder sie waren rar gesät. Auf Kamsporn mochte das ganz anders aussehen. In knappen Worten informierte ich den Major und sein Team darüber, warum der Wexlot uns aus seinem Schweber hinauskomplimentiert hatte.

»Ein Legitim, das uns berechtigt, uns auf Kamsporn und Lupenchoi aufzuhalten?«, grübelte der Siganese. »Man erhält es also allem Anschein nach ausschließlich in Chamenspall, hat aber nur geringe Aussichten, die Stadt zu erreichen, solange man nicht bereits im Besitz eines solchen Legitims ist. Das klingt recht grotesk, Sir.«

»Ganz meine Meinung, Major.«

»Ich finde noch etwas anderes merkwürdig.« Trilith Okt war anzusehen, dass sie mit meiner Entscheidung, den Schweber zu verlassen, nicht einverstanden war. »Karscht sprach von einer Bedrohung, ohne sie zu konkretisieren. Was hat er damit gemeint?«

»Vielleicht hatte seine Andeutung keinen konkreten Hintergrund«, mutmaßte Harl Dephin.

»Oder einen, den wir nicht kennen.« Ich gab dem Paladin und dem Schemawesen durch einen Wink zu verstehen, mir zu folgen, und marschierte los. »Jedenfalls wissen wir dank Karscht, wohin wir uns wenden müssen. Da öffentliche Angelegenheiten in Chamenspall geregelt werden, ist es wahrscheinlich, dass dort eine Art Regierung existiert. Oder zumindest eine Behörde als Ansprechpartner.«

»Eines würde mich interessieren.«

»Ich höre.«

Missmutig stapfte Trilith neben mir her. »Unser Ziel hat Innis klar vorgegeben. Lupenchoi muss gehalten werden. Er erwartet folglich, dass wir Maßnahmen in die Wege leiten, die darauf abzielen, die Illochim aufzuhalten. Sofern sie tatsächlich hierher kommen, wofür es keine Bestätigung gibt. Aber schön, gehen wir davon aus. Was hast du vor?«

»Ich werde den Verantwortlichen auf Kamsporn klarmachen, welche Gefahr auf sie zukommt.«

»Du willst vor sie hintreten und ihnen erzählen, dass du die baldige Ankunft der Illochim erwartest? Die Ankunft von Wesen, die seit Jahrtausenden verschwunden sind und in der galaktischen Geschichte lange Zeit nicht einmal für eine Randnotiz gut waren?«

»In etwa so stelle ich mir das vor.«

»Zum Glück kenne ich dich zu gut, Arkonide. Sonst würde ich glauben, dass du wirklich so naiv bist.«

»Und ich kenne dich zu gut, um deine Zweifel und deinen Sarkasmus überzubewerten. Irre ich mich, oder begleitest du mich?«

Die Psi-Kämpferin winkte ab. »Ich hatte ja wohl kaum die Freiheit, mich gegen den Transport durch die Hohrugk-Kuh zu verwahren. Sonst hätte ich es in Erwägung gezogen. Zumindest hätte ich mein Howalgonium nicht unbewacht zurückgelassen.«

Die 500 Kilogramm Schwingquarz, die einen Verkaufserlös von zweieinhalb Billionen Solar erzielen würden, waren ein Pfund, mit dem sich wuchern ließ. Trotzdem war das nur die halbe Wahrheit. Ihr Leben lang war Trilith von Unbekannten gelenkt, geleitet und ausgebildet worden, zum Teil mit martialischen Methoden. Inzwischen wusste sie, dass die Illochim sie und die anderen Schemawesen erschaffen und konditioniert hatten. Zwar betrachtete sie sich selbst als Söldnerin, die für die richtige Summe alles zu tun bereit war. Dennoch war ich sicher, dass ihr mehr an der Begegnung mit ihren Schöpfern als an dem zugegebenermaßen immensen Reichtum lag. Dies war der persönliche Hintergrund, der sie seit Jahren antrieb.

»Ich erspare es mir und dir, dich an deine inneren Dämonen zu erinnern.«

»Ja, schon gut, Arkonide. Wir beide wissen, dass ich dich auf jeden Fall begleitet hätte«, räumte Trilith ein und fuhr sich mit ihren langen, feingliedrigen Fingern über die Augen. Darüber, auf der Stirn, trug sie ein schwarzbläuliches Feuermal, das die ungefähre Form eines Kraken mit neun Armen besaß. Das Mal, von dem ich wusste, dass sie ein zweites, fast identisches über dem Bauchnabel trug, erinnerte mich ein wenig an das Erscheinungsbild Chamenspalls.

Ziehe aus einer zufälligen Ähnlichkeit keine falschen Schlüsse, riet mir der Extrasinn. *Trilith Okt hat nie zuvor einen Fuß auf Kamsporn gesetzt.*

Die Illochim sehr wohl, und sie waren es, die Trilith und die anderen Schemawesen erschaffen haben, verteidigte ich meine Assoziation. Dabei hielt auch ich die optische Verwandtschaft zwischen dem Aussehen der Stadt und den Malen meiner Begleiterin lediglich für einen Zufall.

»Geht es dir wieder schlechter?«, fragte ich die Zellaktivatorträgerin.

»Nein, es ist alles in Ordnung. Ich dachte nur darüber nach, wie wir nach Chamenspall kommen. Wir hätten den Schweber behalten sollen.«

»Du weißt, dass ich solche Methoden nicht schätze«, wies ich ihren Vorwurf zurück.

»Deine Rücksichtnahme ist übertrieben, und das weißt du selbst am besten. Dank deines zartbesaiteten Wesens müssen wir uns nach einem anderen Beförderungsmittel umschauen. Ich schätze, dass auf der Plattform ein paar hundert Kilometer vor uns liegen.«

»Wir sehen uns in der Stadt nach einem Fahrzeug um.«

»Um dort eins zu stehlen? Wir besitzen nämlich nichts, was wir eintauschen können. Mit den paar Münzen kommen wir nicht weit. Das hätten wir einfacher haben können.«

Sie hat recht, schlug der Extrasinn sich auf die Seite des Schemawesens. *Bist du erpicht darauf, deine moralische Kompetenz vor Major Dephin und seinem Team zur Schau zu stellen? In der Vergangenheit hast du selten davor zurückgeschreckt, dir widerrechtlich etwas anzueignen, wenn die Notwendigkeit bestand, und dieser Fall ist offenbar gegeben. Nun sieh zu, wie du dich aus dieser Zwickmühle befreist, ohne deine Glaubwürdigkeit zu verlieren.*

Übersieh bei deinem Vorwurf nicht, dass mich zuweilen auch meine Glaubwürdigkeit einen feuchten Kehricht interessiert, wenn höhere Interessen auf dem Spiel stehen, konterte ich.

Der Extrasinn schwieg.

Kapitel 6

Tschirque

Tschirque taumelte.

»Offenbar bestehen die eklatanten Sicherheitsmängel schon seit geraumer Zeit«, plärrte eine anklagende Stimme. Sie war kalt und aggressiv. »Die Hinweise, dass Ihr Eure Pflichten vernachlässigt habt, verdichten sich. Entspricht es den Tatsachen, dass in jüngster Zeit vermehrt Pannen aufgetreten sind, die totgeschwiegen wurden? Unabhängige Fachleute kolportieren, dass bereits der Einsturz des Stadtarchivs auf schlampiger Bauplanung beruhte.«

»Nein, das stimmt nicht.« Tschirque schnappte verzweifelt nach Luft. Die Welt schien sich um ihn zu drehen, und er hatte den Eindruck, dass es diesmal der Boden unter seinen eigenen Füßen war, der nachgab. Gleich mehrere Fragen prasselten auf ihn ein, und es gelang ihm nicht, ihren Sinngehalt zu erfassen.

»Das sind böswillige Unterstellungen, die jeder Grundlage entbehren«, antwortete Lop an seiner Stelle. »Sofern es Beweise für diese Vorhaltungen gibt, ist der Kreuzwächter gerne bereit, sich damit zu beschäftigen.«

Der Ida-Boro gab den städtischen Ordnungskräften von Avironda durch ein Zeichen zu verstehen, sie mögen die Absperrung schließen. Tschirque atmete auf, als die Fragen endeten und er nicht länger belästigt wurde. Er hatte geahnt, dass er einen Fehler beging, und sich trotzdem von seinem Berater drängen lassen. Am liebsten hätte er Lop davongejagt, doch das konnte sich als weiterer Fehler erweisen. Es gab zu viele Interna, in die sein Vertrauter eingeweiht war, zu viel zwischen ihnen geteiltes Wissen, das sich öffentlich gegen den Kreuzwächter verwenden ließ. Hinzu kam, dass Lop gewisse Ambitionen hegte, über die er zwar nicht sprach, die sich jedoch durch Kleinigkeiten ausdrückten. Gerade jetzt brauchte Tschirque einen starken Verbündeten mehr denn je zuvor. War diese Angelegenheit erst ausgestanden und halbwegs aus dem öffentlichen Interesse verschwunden, blieb immer noch Zeit, sich damit zu beschäftigen, wie er Lop am elegantesten loswurde.

Er zog sich von der Absperrung zurück und begutachtete das zu seinen Füßen liegende Trümmerfeld. Räummaschinen waren damit beschäftigt, den halb verschütteten Tunnel wieder freizulegen. Das Wummern ihrer Aggregate klang wie ein Herzschlag, der sich gegen das Ende von Tschirques Traum stemmte. Feiner Staub hatte sich über den gesamten Streckenabschnitt, über die angrenzenden Straßen und Gebäude und sogar über Bäume und Chuchunda-Sträucher gelegt. Die Sträucher, gemeinhin als Symbole des Lebens geltend, hatten sich in skurrile graue Flechten verwandelt.

»Was habt Ihr vor, Wächter?«, fragte Lop.

Tschirque gab keine Antwort. Er vermochte nicht zu sagen, was ihn antrieb, denn kein anderer Bewohner von Avironda war an diesem Ort so überflüssig wie der Stationsvorsteher von Avidarn. Bei den Aufräumarbeiten helfen konnte er nicht. Davon abgesehen wäre es seinem Ruf als Kreuzwächter wenig zuträglich gewesen, wenn er selbst Hand angelegt hätte.

Seinem Ruf! Er stieß ein heiseres Lachen aus, und sein Augenband produzierte einen dünnen Film hellgelber Flüssigkeit. Sein Ruf war dahin, unwiederbringlich zerstört. Daran hatten die Pressevertreter mit ihren respektlosen Fragen keinen Zweifel gelassen. Nie zuvor war ein Kreuzwächter dermaßen gedemütigt worden wie Tschirque bei der peinlichen Befragung, die wie ein Gewittersturm über ihn hereingebrochen war.

Ein paar Arbeiter sahen zu ihm herauf, als er über einen provisorischen Steg schritt und den südlichen Einsturzbereich inspizierte. Ihre Blicke schienen ihn sezieren zu wollen, aber wahrscheinlich bildete er sich das nur ein. Dennoch war er froh, den Helm angelegt zu haben, der sein Gesicht bis auf das Augenband und den Corren verbarg. Wie bei jedem öffentlichen Auftritt trug er seine aus dunklem Leder gefertigte Rüstung, die an den Schulteransätzen mit Metallapplikationen besetzt und im Nacken mit einem breiten, hochstehenden Kragen versehen war. Er legte sie stets an, bevor er seinen im Herzen der Haltestelle eingerichteten Privatbereich verließ. Wie das mittägliche Mahl handelte es sich um ein Ritual, und heute erschloss sich ihm zum ersten Mal dessen tieferer Sinn. Die Rüstung war ein Panzer, der seinen Träger gegen die Feindseligkeit schützte, die ihm aus allen Richtungen entgegenschlug.

Am Rande eines Erdaushubs entdeckte er brennende Wachslichter und ein paar Blumen, die jemand im Gedenken an die Unfallopfer dort platziert hatte. Zwei Tote waren zu beklagen, das wusste Tschirque inzwischen. Obwohl es viel schlimmer hätte kommen können, hatte er sie auf dem Gewissen. Auch daran hatten die Reporter keinen Zweifel gelassen. Sie hatten ihn für an der Katastrophe schuldig befunden und verurteilt, bevor er Gelegenheit erhalten hatte, sich zu rechtfertigen. All die Fragen waren im Grunde überflüssig gewesen, weil niemanden interessierte, was er dachte und fühlte.

Und – er kam nicht umhin, es sich einzugestehen – er hätte keine Antworten parat gehabt. Er war geistig wie gelähmt. Sein Verstand wollte sich gegen die ungerechtfertigten Anschuldigungen zur Wehr setzen, doch Tschirque brachte nicht die Kraft auf. Er war müde, unsagbar müde und sah sich vor einem Abgrund stehen, dem er nicht ausweichen konnte.

Hinter ihm blieben die Geräusche der Maschinen und der Lärm der Arbeiter zurück. Tschirque stieg eine Treppe hinab und fand sich in einem verlassenen Trakt des unterirdischen Bahnhofs wieder. Der minimale Schein eines einsamen Notlichts schaffte es nicht, die nähere Umgebung aus der Dunkelheit zu reißen. Der Kreuzwächter konnte kaum erkennen, wohin er seine Schritte lenkte.

Es war, als sei er geradewegs in eine andere Welt versetzt worden, die mit Geheimnissen und freundlichen Überraschungen lockte. Zu gern ließ sich Tschirque von der Illusion gefangen nehmen, die ihm weismachen wollte, dass die Tragödie nicht eingetreten war, die sein Leben verändert hatte. Wenn er anschließend in die Wirklichkeit zurückkehrte, würde er feststellen, dass sich ihm alles so darstellte, wie er es immer gekannt hatte, geplant, überschaubar und systematisch. Das Erwachen aus seinem Alptraum wäre seine persönliche Auferstehung, einem zweiten Leben gleich.

»Wir sollten uns nicht allein hier unten aufhalten«, zerstörte eine Stimme den Tagtraum des Kreuzwächters.

Tschirque fuhr herum und sah in die undeutlichen Züge seines Beraters. Versunken in seine Probleme, hatte er Lop ganz vergessen und nicht einmal bemerkt, dass sein Vertrauter ihm gefolgt war. Tschirque bedauerte den Umstand. Er wäre gern für eine Weile allein gewesen.

»Fürchtest du, dass auch wir einem Unfall zum Opfer fallen?«

»Ihr solltet damit keine Späße treiben, Wächter.«

Nein, dachte Tschirque, das tat er durchaus nicht. Die Vorstellung, vom gleichen Schicksal ereilt zu werden, das kurz zuvor so gnadenlos zugeschlagen hatte, besaß beinahe etwas Tröstliches. Es würde ihm all das ersparen, das ihm nun bevorstand.

Er griff in eine Tasche seiner Rüstung und zog die Lenkmaschine hervor, die er Tag und Nacht bei sich trug. Mit ihr ließen sich die Haltestelle und all ihre Funktionen kontrollieren. Er umklammerte die Kugel mit seinen fünf Fingern, von denen einer wie ein Daumen abgewinkelt, aber genau so schlank wie die anderen war. Da jeder Finger aus über vierzig Knochen und Knorpeln bestand, verfügte Tschirque bei jeder manuellen Tätigkeit über eine unglaubliche Beweglichkeit. Seine Hand schmiegte sich um die Lenkmaschine, als würde sie damit verschmelzen. Die bloße Berührung genügte, um die Kugel in einen sanften Schimmer zu tauchen, in dem die Bedienungseinrichtungen sichtbar wurden. Mit routinierten Bewegungen nahm der Stationsvorsteher eine Schaltung vor.

»Es riecht muffig hier«, beschwerte sich Lop.

»Weil die Belüftungsanlagen bisher nicht aktiviert wurden.« Und nach dem Tunneleinsturz würde es in absehbarer Zeit nicht dazu kommen, weil dieser Teilabschnitt keine Funktion erfüllte, solange die Arbeiten an den angrenzenden Sektionen nicht ebenfalls abgeschlossen waren. Tschirque mochte nicht an die Reaktionen in Chamenspall denken, wo die Holosendungen über die Katastrophe längst angekommen waren. Alle, deren Vertrauen und Unterstützung er erworben hatte, würden sich von ihm abwenden.

Licht flammte auf und brachte Konturen und Schärfe in den zuvor unwirklichen Anblick. In regelmäßigen Abständen in die Decke eingelassene Leuchtplatten sorgten für eine gleichmäßige Ausleuchtung des Abschnitts, der vor wenigen Wochen fertig ausgebaut worden war. Damals waren Planungen und Ausführung der Arbeiten gleichermaßen zufriedenstellend vorangeschritten. Jetzt sah Tschirque seinen gesamten Traum infrage gestellt. Er hätte sich nicht gewundert, wenn selbst die Lenkmaschine ihm ihren Dienst versagt hätte.

»Ihr seht nachdenklich aus, Wächter.«

»Wundert dich das?«

Lops Gesichtszeichnungen pulsierten. »Lasst ihr mich an Euren Gedanken teilhaben?«

Ein plötzlicher Widerwille gegen den Ida-Boro befiel Tschirque. Er hatte das Gefühl, dass sich sein Vertrauter mit einem Mal über Gebühr stark für sein Gefühlsleben interessierte. Das war früher nie vorgekommen. Bis auf die gelegentlichen Anflüge übersprudelnder Nervosität war Lop ein nüchterner Analytiker. Die Emotionen, die er sich gestattete, versuchte er jederzeit unter Kontrolle zu behalten.

»Meine Gedanken sind nicht der Rede wert.«

»Wie Ihr meint, Wächter.« Lop gab nicht zu erkennen, wie er die Abfuhr aufnahm. »Darf ich vorschlagen, dass wir diesen Ort verlassen und an die Oberfläche zurückkehren?«

Tschirque war nicht hergekommen, um gleich wieder umzukehren. »Geh voraus«, wies er seinen Berater an.

Er wollte allein sein, verborgen vor der Welt und all jenen, die sich wegen eines einzigen Ereignisses gegen ihn stellten. Erleichtert verfolgte er, wie Lop die Treppe hinaufstieg, ohne sich umzusehen. Die Stille, die den Kreuzwächter umgab, war ein schützender Wall gegen das Ungemach, das ihn ereilt hatte. Nur ein leises, kaum wahrnehmbares Pfeifen unterbrach sie, als eine Magnetschwebebahn durch einen nahegelegenen Vakuumtunnel fuhr. Er liebte dieses Geräusch seit dem Tag, an dem er sein Amt angetreten hatte. Wie lange er es noch bekleiden würde, war indes eine Frage, auf die er keine Antwort fand.

Seine Hand presste sich um die Lenkmaschine. Mit der Steuerung erzeugte Tschirque ein Holo, welches die Medienberichte abspulte, die sich mit dem Tunneleinsturz beschäftigten. Was den Kreuzwächter anging, fielen sie noch schlimmer aus als erwartet.

Kapitel 7

Parjasthina

Vor einem halben Tag hatte die Fleischkugel sich aus dem Nistschlamm erhoben. Der Druck der Luftpolster in ihrem Inneren hatte sich ausreichend potenziert, um den erforderlichen Auftrieb zu erzeugen, der sie die Anziehungskraft überwinden und ihre Reise antreten ließ. Im frühen Morgennebel des neuen Tages bot sie einen Anblick, der Parjasthina, da er sie zum ersten Mal nach der Befruchtung wiedersah, überraschte. Im warmen, nährstoffreichen Nistschlamm des Planeten war die Zupfspore auf das Zehnfache ihrer ursprünglichen Größe angewachsen.

Ihr immens gesteigertes Volumen war nicht die einzige Veränderung, die sofort ins Auge stach. Wo anfangs eine durch nichts unterbrochene glatte Oberfläche gewesen war, erwuchsen Dutzende von Stacheln aus der blassen Außenhaut, schlanke Gebilde von erhabener Schönheit, die Leben verhießen und dieses schon bald milliardenfach ausstoßen würden. Trotz ihrer Größe war die Zupfspore so leicht, dass sie von den Aufwinden getragen wurde. Immer, wenn sie der Planetenoberfläche Trikriks entgegensank, geriet sie alsbald in einen thermischen Ausläufer, der sie mit spielerischer Leichtigkeit weiter über das Land trieb und sie nicht zur Ruhe kommen ließ. Die komprimierten Luftpolster in ihrem Inneren, die sie in die Höhe gehoben hatten, stabilisierten sie und verhinderten ein zu starkes Absinken.

Für Ruhe, dachte Parjasthina, waren Zupfsporen nicht geschaffen. Vom ersten Augenblick ihres Daseins an bis zu der Stunde, da sie explodierten, dienten sie einem einzigen Zweck. Als fleischliche Gebärmaschinen sicherten sie Vermehrung und Überleben der Illochim. Würde es dereinst keine Zupfsporen mehr geben, wäre das Ende der Illochim gekommen. Die Vorstellung war so absurd wie die vom Erlöschen der Sterne selbst. Es würde niemals eintreten, da jedes Ende einen Neuanfang in sich barg.

Die Kugel, der er in einem Abstand von einem halben Kilometer folgte, hatte inzwischen den Durchmesser des Gleiters erreicht, vor dessen Kontrollen Parjasthina saß. Der Doviat steuerte das Fluggefährt in einem Zustand physischer Erschöpfung, doch mit wachen Sinnen, denn er wollte keine Wachstumsphase der Zupfspore versäumen. Er hing gefangen in einem euphorischen Schwebezustand zwischen Müdigkeit und unbändiger Vorfreude auf den alles entscheidenden Moment, in dem Myriaden Pollen sich über den Planeten hermachten und auf Nahrungssuche gingen.

Noch war es nicht soweit. Noch lag die unberührte Natur von Trikrik mit ihrer üppigen Flora und Fauna unter dem Gleiter und verhieß ein nahezu unerschöpfliches Nahrungsreservoir für die Milliarden Lebensfunken, die die Zupfsporen gebären würden.

Drei Sporen insgesamt reisten als Lebensbringer über weit voneinander entfernte Kontinente. Je größer der Verbreitungsraum war, desto mehr Fleischpollen fanden Nahrung und würden sich zu Kanarves entwickeln.

Nur einigen wenigen unter all den Milliarden normalen Illochim war eine Entwicklung zu Navigatoren vergönnt. Voraussetzung dafür war das Versinken einer Polle in geeignetem Wasserschlamm, wo sie mit mehreren ihrer Artgenossen zu einem Gewebeknoten verklumpte und über die Jahre der Reifung Kräfte und Fähigkeiten ausbildete, die weit über denen der Kanarves lagen.

Vom Ergebnis her famos, vom Ablauf schauderhaft und unvollkommen!

Das Entstehungskonzept der Navigatoren pflegte Parjasthina zu verwirren, so oft er auch darüber nachdachte. Es gehorchte dem Prinzip des Zufalls und fiel damit in den Denk- und Handlungsschemata der Illochim aus dem Rahmen. Ein Schwarm orientierte sich nicht an Zufälligkeiten, sondern folgte Regeln und gemeinsamen Leitmotiven, welche die kollektive Entwicklung bestimmten. Gingen sie verloren, musste der Schwarm zwangsläufig zerfallen und war zum Untergang verurteilt.

Eine Böe traf die Zupfspore und trieb sie Richtung Westen auf ein fernes Gebirge zu, dessen höchste, schneebedeckte Gipfel sich mit dem Himmel vereinigten. Unter ihr glitt eine weite, sumpfige Ebene dahin, an die sich im Norden Meeresgestade anschloss. Mit der ihr eigenen Intelligenz, die auf die erfolgversprechendste Verbreitung der Pollen ausgerichtet war, hielt sich die Fleischkugel vom Meer fern. Schlamm war hervorragend, Moor und Sümpfe vielversprechend, doch ausgedehnte Gewässer boten an ihrer Oberfläche keine Nahrung für die Pollen.

Die Morgensonne tauchte die Gebirgsgrate in einen unwirklichen Schein und ergoss sich golden schimmernd in die See. So sehr Parjasthina sonst ein Bad im offenen Meer genoss, heute lockte es ihn nicht. Seine Überlegungen drehten sich um die nächste Generation, für die auf Trikrik die Basis gelegt wurde. Auf Trikrik sollten die Illochim aufwachsen, um dann auf Raumschiffe verladen und zu anderen Welten gebracht zu werden. Marasin war durcheinander geraten und befand sich in einem bedenklichen Zustand des Ungleichgewichts. Überließ man die Restegalaxis sich selbst, würde sie eines Tages ebenso verschwinden wie die Illochim ohne Zupfsporen.

Die Wissenschaftler hatten Berechnungen angestellt, die nachdenklich stimmten. Lagen sie mit ihren Hochrechnungen richtig, wovon Doviate und Navigatoren ausgingen, würde die Restegalaxis nach kosmischen Maßstäben relativ bald vollends zerfasern. Es stand zu befürchten, dass ihr in ihrer jetzigen Form als halbwegs kompaktes Gebilde höchstens noch 100.000 Jahre beschieden waren. Danach würden sich mehr und mehr Brocken aus ihr lösen. Diese vage Aussage vermochten die Wissenschaftler nicht zu konkretisieren. Zu was sich Marasin dann entwickelte, wusste niemand genau zu sagen.

Ein solches Wissen war auch unnötig, dachte Parjasthina. So oder so mussten die Illochim aktiv werden. Den gegenwärtigen Zustand behielt man nicht durch Untätigkeit bei. Um ihn zu konservieren, mussten Voraussetzungen geschaffen werden, die große Veränderungen unterbanden. Was wie ein Widerspruch klang, war eine Unabdingbarkeit.

Parjasthina änderte den Kurs und folgte der Zupfspore mit gleich bleibendem Abstand.

Auch die anderen beiden Sporen waren befruchtet und nach Erreichen des Quellendzustands vom Planetenboden aufgestiegen, um die Keime des Lebens auf den Weg zu bringen. Gleich nach der Befruchtung, die sie in Gruppen vorgenommen hatten, waren die Doviate auseinandergegangen. Nach dem Gemeinschaftserlebnis verspürte jeder von ihnen den Drang nach räumlicher Distanz. Dies stellte keinen Gegensatz zum Schwarmdenken dar, denn die befruchteten Sporen woben ein unsichtbares Band zwischen den Doviaten, die die Navigatoren und damit das Volk der Kanarves lenkten.

Vor Parjasthina trat eine Veränderung ein. Die Zupfspore verlor an Geschwindigkeit und blähte sich auf. An ihrer Oberfläche gerieten die Stacheln in Aufruhr. Sie wanden und bogen sich, kontrahierten, richteten sich zu ganzer Länge auf und strafften sich. In Erwartung des freudigen Ereignisses schienen sie zu tanzen. Unablässig wiederholte sich der Vorgang.

Parjasthina justierte das Holo, um kein Detail des Schauspiels zu verpassen.

Er zog den Gleiter steil nach oben, bis er hoch über der Fleischkugel schwebte, die in der Luft verharrte. Konvulsivische Zuckungen erschütterten die Sporenhülle. Der Druck in den Luftpolstern stieg sprunghaft an und suchte nach einem Weg, auf dem er entweichen konnte. Doch die Zupfspore war dicht, ihre Hülle geschlossen und von gleichmäßiger Stärke. Es gab kein Ventil, das den Innendruck mindern konnte.

Und dann spuckten die Stacheln kleine Wolken aus. Zwei oder drei Sekunden lang nur waren sie zu sehen, dann geschah, worauf der Doviat wartete. Der ständig steigende Druck sprengte die Zupfspore von innen heraus. Sie explodierte förmlich und wurde dabei pulverisiert. Die aus ihrem Leib losgesprengten Fleischpollen rasten mit enormer Geschwindigkeit in alle Richtungen davon, zu klein, um einzelne Exemplare erkennen zu können.

Parjasthina sah nur eine schnell expandierende Wolke irisierenden Glitters, von der er wusste, dass sie aus Milliarden mikroskopisch feiner Pollen bestand. Die von der Zupfspore übrig gebliebenen Gewebeklumpen, die keinen Zweck mehr erfüllten, stürzten in die Tiefe, während die Myriaden Fleischpollen von der Druckwelle in alle Himmelsrichtungen getrieben wurden. Millionen von ihnen hatten nur einen kurzen Weg vor sich, weitere Millionen strebten in entferntere Gegenden, entlegeneren Nahrungsgründen entgegen. Es war den Sporen bestimmt, sich über ein Gebiet von mehreren tausend Quadratkilometern auszubreiten.

Eins hatten sie alle gemein, nämlich einen unersättlichen Hunger.

Der Doviat zog den Gleiter in eine enge Kehre und flog zum provisorischen Stützpunkt der Illochim zurück.

Er hatte drei Stunden geschlafen und fühlte sich ausgeruht und in bestem körperlichem Zustand.

Im Gemeinschaftsraum hatten sich weitere Doviate eingefunden. Sie waren Parjasthina so vertraut wie er sich selbst. Da die Doviate viel Zeit miteinander verbrachten, sah er seine Kollegen, wie sie sich gegenseitig nannten, häufig. Den Körperbau und das Gesicht eines jeden einzelnen von ihnen hätte er auch nach einem Jahr der Trennung bis ins letzte Detail beschreiben können. Die massigen Köpfe mit den in tiefen Höhlen liegenden, lidlosen Augen, die breiten Schnauzen und die schlanken Körper ehemaliger Wasserwesen, den zweigeteilten hinteren Körperbereich, der in paddelähnliche Beine auslief, konnte er in Kleinigkeiten bei jedem seiner Kollegen unterscheiden. Das galt besonders für die Physiognomie, die sich dank zahlreicher Gesichtsmuskeln deutlich voneinander abhob. Das Gesicht eines jeden Doviats war über alle Maßen erhaben und ausdrucksstark.

Schließlich gab es nur 22 von ihnen, und ihre Lebenserwartung übertraf die der Kanarves um ein Vielfaches. Die Arbeiter kamen und gingen, Generation folgte auf Generation, doch die Doviate blieben und setzten ihre Herrschaft fort. Und nun war eine neue Generation Kanarves in die Welt entlassen worden. Milliarden Wesen wuchsen auf Trikrik heran.

Eine Phalanx Holomonitore lieferte Bilder aus verschiedenen Regionen des Planeten. In Vergrößerungen und Detailaufnahmen zeigten die von einem Sondenheer übermittelten Aufnahmen vieltausendfache Bewegung, wo Stunden zuvor die Ruhe vor dem Ansturm neuen Lebens geherrscht hatte.

»Das Wachstum der Pollen ist mit bloßem Augen erkennbar«, empfing ihn Githamainen.

Parjasthina verfolgte das überwältigende Schauspiel wortlos. Die im Reifungsprozess befindlichen Pollen krochen über den Untergrund, fingergroße Wesen mittlerweile, die fraßen, was ihnen im Weg war. Mit ihren kleinen Armen tasteten sich die schlanken Quappen voran, griffen nach jeder Art der Flora und verwerteten sie als Nahrung. Nichts war vor ihnen sicher, und sie hatten keine natürlichen Feinde.

»Beinahe die gesamte Population wird durchkommen.« Parjasthina sah das Ergebnis des milliardenfachen Krabbelns und Kriechens voraus. An manchen Stellen schien der ganze Boden in Bewegung. Zurück ließen die Pollen karge verödete Landstriche.

Sie wuchsen und wuchsen. Githamainen hatte nicht übertrieben. Tatsächlich gewannen sie vor Parjasthinas Augen an Größe. Angetrieben von unstillbarem Hunger überwanden sie die vor ihnen liegende Ebene und fraßen sich durch einen Wald.

»Bis sie ausgewachsen sind, haben sie den Planeten kahl gefressen«, sprach Thopoclarc aus, was die versammelten Illochim dachten.

Es würde nicht in ferner Zukunft geschehen, sondern noch an diesem Tag. Das war nicht tragisch, denn sobald die neue Generation das Ende körperlichen Wachstums erreicht hatte, war die Fresssucht gestillt. Am Abend waren aus den mikroskopisch kleinen Pollen ausgewachsene Illochim geworden. Zumindest galt das für die Kanarves. Parjasthina erwartete, dass in den warmen Feuchtgebieten auch ein paar Navigatoren heranwuchsen. Ihr Reifeprozess dauerte wesentlich länger, und entsprechend würde man sich um sie kümmern. Sie, die auf einer Entwicklungsstufe zwischen Doviaten und Kanarves standen, unterlagen einer lückenlosen Obhut und Hege.

»Ihr wisst, dass die ausgewachsenen Kanarves eine Weile ohne Nahrung auskommen«, wandte Parjasthina sich an seine Kollegen. »Sie zehren von ihren Vorräten und werden nicht unter Mangelerscheinungen leiden, bis wir sie verschifft haben.«

Verschifft, dachte der Doviat. Der Zauberklang dieses Ausdrucks führte geradewegs in die Zukunft. Parjasthina lag nichts an Veränderungen, und damit stand er exemplarisch für sein Volk. Nachhaltigkeit war ein bestimmender Faktor im Dasein der Illochim, der jedoch durch die Zerstörung der ehemaligen Galaxis gefährdet war. Andere in der Restegalaxis beheimatete Völker standen unter Schock und waren wie gelähmt. Doch es würde der Tag kommen, da sie zu alter Stärke zurückfanden und sich um die zur Verfügung stehenden Territorien zu streiten begannen. Interstellare Auseinandersetzungen würden zwangsläufig auch die Illochim mit einbeziehen und ihnen Bedingungen aufzwingen, die nicht hinnehmbar waren.

Es gab nur einen Weg, fremde Hegemonie zu unterbinden. Es galt in ganz Marasin ein Gesellschaftssystem zu etablieren, dessen herausragendes Element unabänderliche Nachhaltigkeit war. Was einmal errichtet war, musste die Jahrtausende überdauern. Das war im Sinne nicht nur der Illochim, sondern aller Völker. Parjasthina plante und arbeitete nicht explizit in diese Richtung, sondern ließ sich von seinen tief verankerten Wesenszügen leiten. Planungen waren kaum nötig, weil jeder Schritt, den die Illochim gingen, einen weiteren logischen Schritt nach sich zog.

»Ich bleibe bis zum Ende des Tages auf Trikrik«, kündigte Parjasthina an. »Sobald die Kanarves ausgewachsen sind, begebe ich mich an Bord eines Schiffes und verlasse diese Welt.«

»Du willst nach Perl'ton fliegen?«, vermutete Thopoclarc.

»Uns wurde übermittelt, dass die Arbeiten abgeschlossen sind und die neuen Kanarves von Trikrik abgeholt werden können. Ich werde mich selbst davon überzeugen.«

»Ich begleite dich.« Es war keine Bitte, sondern eine Feststellung.

Parjasthina hatte kein Problem damit. Die Doviate waren gleichberechtigt und agierten auf einer Ebene. Er richtete seine Aufmerksamkeit wieder auf die Holos. Die kriechenden Scharen, bei seinem Eintreten noch fingerlang, waren inzwischen auf die doppelte Größe angewachsen.

Kapitel 8

Atlan

Vier Arachnoiden, um deren Körper bunte Stoffe geschlungen waren, überquerten vor uns die Straße und verschwanden in einem Durchlass zwischen eingeschossigen Flachbauten. Für einen Moment war ich überrascht, weil ich weitere Wexloten wie Karscht erwartet hatte. Zweifellos hatten die Spinnenwesen meine Begleiter und mich gesehen. Die Tatsache, dass sie kaum Notiz von uns nahmen, obwohl sie noch nie einen Arkoniden oder einen Haluter gesehen haben konnten, rief mir Karschts Worte in Erinnerung. Angeblich lebten auf Kamsporn und Lupenchoi zahlreiche Völker.

»Auffallen werden wir in der Stadt nicht«, sagte ich. »Das hat den Vorteil, dass wir uns ungehindert bewegen können.«

»Und wohin?«, stellte Trilith die Frage, die mich schon die ganze Zeit beschäftigte. »Chamenspall ist ein paar hundert Kilometer entfernt. Du erwartest hoffentlich nicht, dass wir den Weg zu Fuß zurücklegen.«

»Ich erneuere das Angebot, das ich bereits einmal gemacht habe, Sir«, vernahm ich Harl Dephins Stimme aus der Sprachausgabe des Roboters. »Der Paladin kann Sie und Miss Okt tragen. In ein paar Stunden würden wir Chamenspall erreichen.«

»Lächerlich«, protestierte das Schemawesen.

»Wieso, wenn ich fragen darf?«

Harl Dephin kam mir mit seiner Frage zuvor. Ich ahnte Triliths Antwort. Sie verließ sich lieber auf sich selbst als auf andere. Sich von einem Robotermonster, das von einer Handvoll kleinwüchsiger Menschen gesteuert wurde, transportieren zu lassen, widersprach ihrem Selbstverständnis. Triliths nächste Worte bestätigten meine Erwartung.

»Bei allem Respekt für die Fähigkeiten deiner Däumlinge ziehe ich jedes andere Beförderungsmittel vor, Arkonide.«

»Nett von dir, dass du immerhin von Respekt redest. Nehmen Sie es ihr nicht übel, Major.«

»Ganz gewiss nicht. Wir haben uns beratschlagt und sind zu dem Schluss gekommen, dass es ein überregionales Verkehrssystem geben muss.«

»Wie kommen Sie darauf?«

»Karscht sprach von Hunderten Völkern, und Avironda ist nicht allzu groß. Die Stadt hat höchstens hunderttausend Einwohner. Von keinem Volk können hier also mehr als tausend Angehörige leben, wahrscheinlich nicht einmal halb so viele«, dozierte der Chef der Thunderbolts. »Völkerübergreifende Geburtenkontrolle? Wohl kaum. Vielmehr dürfte es unzählige Städte wie Avironda nicht nur auf den Kontinenten Kamsporns geben, sondern auch auf Lupenchoi. Wenn sie über die ganze Plattform verteilt sind, muss ein ausgebautes Verkehrsnetz bestehen. Sehen Sie sich den spärlichen Individualverkehr an.«

Die Überlegung der Siganesen war nachvollziehbar.

»Denkst du, was ich denke?«, fragte Trilith. »Ein unterirdisches Verkehrsnetz?«

»Durchaus möglich. Einen Vorteil hat das Völkergewirr von Avironda. Wir werden kein Aufsehen erregen.«

Bei unserer Ankunft in der Stadt herrschte weiterhin das Halbdunkel, das uns den ganzen Weg über begleitet hatte. Als wir zwischen den ersten Häusern hindurchgingen, schenkte uns kaum jemand Aufmerksamkeit.

Nur dem Paladin wurden wegen seiner Körpergröße gelegentliche Blicke zugeworfen. Er überragte sämtliche Wesen, auf die wir trafen, um Längen.

»Ein buntes Völkergemisch«, sagte die Psi-Kämpferin so beiläufig, als würde sie ein allgemein gültiges Axiom benennen. Dabei war die Vielfalt unterschiedlicher Spezies schon im Randbereich der Stadt bemerkenswert. Auf dem ersten Kilometer, den wir hinter uns brachten, unterschied ich Vertreter von knapp zwei

Dutzend Völkern, die ich mir nur dank meines fotografischen Gedächtnisses merken konnte.

»Das alles erinnert mich an Lepso«, stellte ich fest.

»Dann sollten wir aufpassen, dass niemand auf die Idee kommt, uns auszurauben.«

Manchmal konnte ich nicht mit Bestimmtheit sagen, ob Trilith ernst meinte, was sie sagte, oder ob sie sich bloß in Sarkasmus übte. Daran, dass ihre rechte Hand meistens in der Nähe des mit Ornamenten versehenen Vibro-Messers ruhte, hatte ich mich gewöhnt. Das war eines von mehreren Verhaltensmustern, die ihr in Fleisch und Blut übergegangen waren. Dabei brauchte sie die Waffe nicht, um einen scheinbar gleichwertigen Gegner zu überwinden.

Trilith bewegte sich mit dieser Gelassenheit und Kälte, die ich des Öfteren bei ihr beobachtet hatte. Schon während ihrer Jugendzeit, in den Jahren ihrer Ausbildung, nachdem sie aus Dachaya-Daya, der Herberge der Auserwählten, in die Welt hinausgezogen war, war sie mit Vertretern unterschiedlicher Völker und Kulturen konfrontiert und in fremder Umgebung geformt worden. Diese besondere Art der Sozialisation hatte ihre Spuren bei dem Schemawesen hinterlassen. Sie agierte nicht nur wie selbstverständlich in einem ihr fremden Umfeld, ohne sich darauf einstellen zu müssen, sie verschmolz gewissermaßen mit ihm und wurde zu seinem integralen Bestandteil.

Im Außenbezirk der Stadt herrschte, wie der Paladin festgestellt hatte, nur wenig Verkehr. Neben Schwebern entdeckte ich vereinzelte Radfahrzeuge, die anachronistisch auf mich wirkten. Dieser erste Eindruck relativierte sich bei näherer Betrachtung der Gebäude. Sie sahen alt aus. Obwohl sie nicht heruntergekommen oder gar verfallen waren, haftete ihnen eine Aura des Vergangenen an, eine schwer zu beschreibende Patina aus Stillstand und Stagnation.

»Drei Humanoide«, machte mich Harl Dephin auf ein Trio aufmerksam, das uns entgegenkam.

Die leicht vornübergebeugt gehenden Gestalten waren wenig mehr als 1,80 Meter groß. Bodenlange Kaftane, die von glänzenden Spangen zusammengehalten wurden, schlotterten um ihre ausgemergelten Leiber. Die blauhäutigen Humanoiden redeten hektisch aufeinander ein und schütteten im Vorbeigehen einen Wortschwall über uns aus. Dank des Translators bekam ich mit, dass sie in ein Streitgespräch über die Kompetenz des Kreuzwächters verstrickt waren. Es ging um Schuld und Sühne. Weitere Einzelheiten verstand ich nicht, weil Trilith mich mit sich zog.

»Ist dir bei den Wesen, denen wir bisher begegnet sind, nichts aufgefallen?« Der ausgeprägte Kehlkopf an ihrem langen, schlanken Hals hüpfte. »Gruppen setzen sich stets aus den Angehörigen ein und derselben Spezies zusammen. Obwohl sie alle zusammen Avironda bevölkern, könnte man meinen, dass sie in ihrem unmittelbaren sozialen Umfeld lieber unter sich bleiben.«

Das Schemawesen hat recht. Deine Aufmerksamkeit lässt zu wünschen übrig, tadelte mich der Extrasinn.

Sein Vorwurf ließ mich kalt, denn ich hielt Triliths Schlussfolgerung für übereilt. Noch hatten wir kaum etwas von der Stadt gesehen. Über das soziale Geflecht und die Hintergründe besaßen wir selbst für vage Spekulationen zu wenige Informationen. An einem belebteren Ort mit gelöster Atmosphäre würden wir mehr erfahren. Ich hatte in den Weiten der Galaxis noch keine Stadt ohne gewisse Etablissements kennengelernt. Meist genügte es, dort Augen und Ohren offenzuhalten, um Dinge in Erfahrung zu bringen, über die auf der Straße kaum gesprochen wurde.

»Wir halten Ausschau nach einem Ort, an dem man etwas mehr aufschnappt.«

»Du willst in einer Kneipe Einkehr halten?«, interpretierte Trilith meine Ankündigung.

»Oder in einer anderen Vergnügungseinrichtung mit geselligem Publikum.«

Ich bog in eine Seitengasse ein, und wir folgten ihrem Verlauf. Zwischen den eng stehenden Häusern verstärkte sich die Wirkung des allgegenwärtigen Halbdunkels. Ich kam mir vor wie während der Morgen- oder Abenddämmerung auf Arkon. Bei solchen Lichtverhältnissen hätte man auf der Kristallwelt die Straßenlaternen eingeschaltet, auf Lupenchoi hingegen waren sie tägliche Normalität. Einwohner Avirondas, die nicht schon einmal auf Kamsporn oder einer anderen Welt gewesen waren, kannten keine anderen Gegebenheiten und ließen sich davon nicht verunsichern.

»Ich würde für den Paladin eine weniger enge Gasse bevorzugen«, beschwerte sich Harl Dephin über den Weg, den ich eingeschlagen hatte.

In der Tat hatte er Schwierigkeiten, den an den Schultern 2,90 Meter breiten Roboter durch die Gasse zu manövrieren. Uns entgegenkommende Passanten kamen nur vorbei, wenn der Paladin sich mit dem Rücken gegen eine Hauswand drückte. Dadurch erregten wir weitaus mehr Aufsehen als zuvor, was nicht in meinem Sinne war. An der nächsten Abzweigung wählten wir eine Straße, die mehr auf die Körperabmessungen der Haluternachbildung zugeschnitten war. Fortan achtete ich darauf, den Paladin nicht abermals in eine Mausefalle zu führen.

Je weiter wir vordrangen, desto großzügiger angelegt wurde die Straßenarchitektur ohnehin. Die anfangs recht engen Verkehrswege wandelten sich zu breiten Straßen, die weiträumige Plätze miteinander verbanden. Die Gebäude wurden ausladender, kamen jedoch auch hier kaum einmal über zwei Stockwerke hinaus.

»Ich habe inzwischen Angehörige von achtundvierzig verschiedenen Völkern gezählt«, verriet Harl Dephin.

In früheren Zeiten hätte man ein derartiges Völkergemisch als Multi-Kulti-Gesellschaft bezeichnet. Für die Menschheit war es seit dem Aufblühen von Terrania City als Hauptstadt eines beherrschenden Sternenreichs zur Normalität geworden. Im Vorübergehen schnappte ich immer mal wieder ein paar Unterhaltungsbrocken auf. Die meisten Wesen sprachen Shuli. Zwar wurden auch andere Sprachen benutzt, aber Shuli schien die Lingua Franca von Lupenchoi zu sein. Das verhinderte ein babylonisches Sprachengewirr.

Und es zeigt, dass sich all diese Wesen schon lange auf Lupenchoi aufhalten. Wahrscheinlich nicht nur ihr ganzes Leben lang, sondern seit vielen Generationen, wisperte der Extrasinn.

Triliths Beobachtung, dass sich überwiegend Angehörige derselben Spezies zusammenfanden, bestätigte sich, aber es gab durchaus Ausnahmen, die sich sogar häuften, je weiter wir uns dem Zentrum von Avironda näherten. Ich entdeckte Vogelabkömmlinge in Begleitung von gedrungenen Wesen, deren amphibische Herkunft unübersehbar war, und Humanoide an der Seite von Vierbeinern mit mächtigen Rückenpanzern, bei denen ich nicht entscheiden konnte, ob es sich um Intelligenzwesen oder Tiere handelte.

»Ich entdecke öffentliche Einrichtungen, die Ihren Anforderungen gerecht werden dürften«, sagte Dephin.

»Gegenüber, Major?«

»Ja, auf der anderen Seite des Platzes, zu beiden Seiten der silbernen Säule.«

Die angesprochene Stele erhob sich als unregelmäßig geformter Metallfinger gut fünfzig Meter in die Höhe. Nur durch den Hinweis Harl Dephins gewahrte ich die Gebäude mit den blinkenden Leuchtreklamen, die ein untrügliches Zeichen für öffentliche Vergnügungseinrichtungen waren. Dank der Körpergröße des Paladin konnte seine Besatzung weiter sehen als Trilith und ich. Kameras in den Augenhöhlen des Roboters, als natürliche Augen getarnt und nicht als künstliche optische Instrumente zu erkennen, übertrugen die Bilder ins Innere des Giganten und ließen sie in Holodarstellungen ablaufen. Die verlängerten Sehorgane der Thunderbolts bescherten den USO-Spezialisten von Gladors Stern den Vorteil, der bei den meisten Völkern in der Frühzeit ihrer Entwicklung zum aufrechten Gang geführt hatte.

Wir überquerten den Platz, auf dem nur wenig Verkehr herrschte. Der Paladin wich einem Schweber aus, für den ein Zusammenstoß einen Totalschaden nach sich gezogen hätte. Der Boden zitterte unter den Schritten des aus Super-Atronital-Compositum gefertigten Monsters, das die Terraner gemeinsam mit Siganesen und Posbis entwickelt hatten. Beim Näherkommen ließ ich den Blick über die farbigen Holos gleiten, leuchtende Piktogramme und Schriftzeichen, bei denen es sich vermutlich um geschriebenes Shuli handelte. Gut ein Dutzend Etablissements, die für den Zutritt des Roboters ungeeignet waren, reihten sich aneinander. Wir schlenderten zu den Bars hinüber, ohne dass es mir gelang, den Zweck der silbernen Säule zu ergründen.

»Ich fürchte, Sie müssen draußen warten, Major. Der Paladin passt durch keinen der Eingänge.«

»Wir könnten aussteigen, um Sie zu begleiten«, antwortete Harl Dephin. »Ich nehme jedoch an, dass Sie das ablehnen, um keine Hinweise auf die wahre Natur des Paladin zu geben. Selbstverständlich stehen wir Ihnen zur Verfügung, wenn Sie uns brauchen, doch eine voreilige Offenlegung unserer Fähigkeiten wäre kontraproduktiv.«

»Richtig, Major.«

»Sobald Sie Hilfe benötigen, pfeifen Sie, Sir«, fuhr Dephin fort. »Das wird den feinen Mikrofonen des Paladin nicht entgehen, und wir eilen Ihnen zu Hilfe. Ich will damit nicht sagen, dass der Lordadmiral der USO ohne unsere Hilfe nicht auskommt. Schließlich ist Ihnen das seit Jahrhunderten bestens gelungen, aber ...«

»Schon gut, Major, ich habe Sie verstanden und werde Sie im Bedarfsfall hinzuziehen«, fiel ich dem Chef der Thunderbolts ins Wort.

»Ja, Sir, das dachte ich mir. Ich meine, ich ging davon aus.«

Ich konnte nicht umhin, still in mich hinein zu lächeln. Trotz all seiner Erfahrung, seiner Besonnenheit und dem wohl überlegten Vorgehen des Siganesen und seines Teams wirkte Dephin gelegentlich ein wenig linkisch. Seine umständlichen Erklärungen erweckten dann einen Eindruck von Unbeholfenheit, der selbstverständlich trog.

»Sobald ich pfeife, greifen Sie ein.«

Ich entschied mich spontan für ein Lokal und nickte dem Schemawesen zu.

»Ich nehme an, du willst deine Zwerge nicht wirklich zu Hilfe rufen«, sagte Trilith bei unserem Eintreten. »Der übereifrige Dephin schafft es, die Tür mitsamt dem Rahmen aus der Verankerung zu reißen, ohne es zu bemerken.«

Die herablassende Art, in der sie ständig über die Thunderbolts sprach, ging mir auf die Nerven. Ich unterließ es, sie deswegen zurechtzuweisen, weil es vergebliche Liebesmüh gewesen wäre. Das Schemawesen war nicht zu ändern, weder von mir noch von irgendwem sonst.

Süßlicher Duft erfüllte den Schankraum, der sich optisch nicht sonderlich von ähnlichen Einrichtungen auf Arkon, Terra oder Lepso unterschied. Die Gier nach Vergnügung und Zerstreuung herrschte interuniversell, was besonders für den Konsum von Alkohol galt. Dichte Rauchschwaden schufen einen verhüllenden Nebel, in dem ständig kleine Blitze entstanden, die durch den Raum irrlichterten wie Wetterleuchten und über den Köpfen der Gäste dahingeisterten, als würden sie davon angezogen. Abgesehen von einem kalten, bläulichen Schein, der aus einer mitten im Raum installierten Kammer drang, stellten die visuellen Entladungen die einzige Leuchtquelle dar. Angeregte Unterhaltungen woben einen dumpfen Geräuschteppich.

»Hier sind wir richtig«, sagte ich zu meiner Begleiterin.

Die genaue Anzahl der Besucher war unmöglich zu bestimmen. Ich schätzte, dass sich zwei Dutzend Personen in dem Etablissement aufhielten, darunter zwei Wexloten. Ich wählte mit Bedacht einen freien Tisch, in dessen Nähe mehrere kleine Gruppen saßen. Trilith ließ sich mir gegenüber nieder und beobachtete unauffällig die Umgebung. Mit ihrem Scharfblick war sie mir gegenüber im Vorteil.

»Ich zähle exakt dreißig Wesen meist unterschiedlicher Herkunft«, flüsterte sie mir zu. »Hier drin scheint man keinen Wert drauf zu legen, unter sich zu bleiben. Es gibt nur eine nicht gemischte Gruppe, vier ziemlich massige Humanoide, zwei Tische hinter mir.«

Ich blickte über Triliths Schulter hinweg und versuchte in dem Nebel die Wesen zu erspähen, die sie mit ihrem hinteren Augenpaar ausgemacht hatte. In den sich ständig bewegenden Schwaden gestaltete es sich schwierig, sie differenziert zu beschreiben. Sie waren kaum mehr als anderthalb Meter groß, äußerst stämmig und kompakt gebaut. Sie schienen ursprünglich von einer Welt mit höherer Gravitation zu stammen.

»Die Kerle erinnern mich an Überschwere.«

Ich nickte. Es gab tatsächlich eine starke Ähnlichkeit mit der speziellen Volksgruppe der Springer, die nicht als galaktische Händler auftrat, sondern sich dem Kriegshandwerk verschrieben hatte. Die Barbesucher waren etwas kleiner als Überschwere, besaßen aber deren Statur.

Ich zuckte zurück, als unmittelbar vor mir eine Bewegung entstand. Meine geschulten Reflexe ließen mich zur Seite ausweichen und stellten mich darauf ein, mich gegen einen plötzlichen Angriff verteidigen zu müssen. Trilith reagierte noch schneller als ich. Ihre Hände stießen vor und bekamen eine Gestalt zu fassen, die über der Tischplatte schwebte, als sei sie geradewegs aus dem Nichts erschienen.

»Immer mit der Ruhe«, krächzte sie mit einem dermaßen schrillen Unterton, dass mein Translator Mühe hatte, das Shuli in Interkosmo zu übersetzen. »Ich bin Chaztyk und möchte die Bestellung aufnehmen.«

Zwei gleichzeitig über uns aufflammende Blitze offenbarten ein gefiedertes Wesen, das ich irrtümlich für einen Angreifer gehalten hatte. Aus dem kugelrunden Leib wuchsen zwei Arme heraus, so dürr wie trockenes Holz, und ein Paar kurzer Beine mit Krallenfüßen. Der Rücken war mit grauen Flügeln versehen, mit denen Chaztyk sich in der Luft hielt. In seinem geierähnlichen Gesicht dominierten ein Hakenschnabel und zwei knopfgroße, hellblaue Augen.

»Wir haben es nicht gern, wenn man sich so an uns heranschleicht«, erklärte Trilith mit düsterem Unterton. Sie ließ das Vogelwesen los und zog die Arme zurück.

Unsere Tischnachbarn waren auf die Szene aufmerksam geworden und sahen zu uns herüber, ohne Anstalten zu machen, sich einzumischen. Der Geflügelte musterte uns neugierig. Offenbar dachte er darüber nach, ob er Wesen wie uns schon einmal gesehen hatte.

»Ich nehme an, ihr kommt von der Nordseite Lupenchois«, krächzte er mit flatternden Flügeln. »Ihr habt euch eine der abgelegensten Ansiedlungen Lupenchois für einen Besuch ausgesucht. Was verschlägt euch ausgerechnet nach Avironda?«

»Gar nichts«, wich ich aus. »Wir sind von unserem ursprünglichen Weg abgekommen und suchen eine Passage nach Chamenspall.«

»Vom Weg abgekommen? Das klingt mehr als ungewöhnlich.« Chaztyks Gefieder sträubte sich. »Viele wollen nach Chamenspall, weil die Stadt ungewöhnlich schnell wächst und es dort angeblich für jedermann Reichtum in Hülle und Fülle gibt. Unsinn, sage ich euch! Aber das geht mich nichts an. Jedenfalls hat es noch niemand geschafft, bei seiner Reise nach Chamenspall vom Weg abzukommen.«

»Uns ist es gelungen«, zischte Trilith. »Stellt das für dich ein Problem dar, oder kannst du uns einen Hinweis geben, wie wir an eine Passage kommen?«

Der Geflügelte wich ein wenig zurück. »Macht es so wie alle anderen«, beeilte er sich zu sagen. »Benutzt die Cabis. Sie verbinden jede Stadt im Nordland und im Südland und reichen bis an den Rand heran, wo Lupenchoi in Kamsporn übergeht.«

»Ist es weit bis zur nächsten Station?«

»In Avironda gibt es nur eine Station, so wie in jeder Stadt. Sie liegt im Zentrum der Ringstraßen. Ihr könnt sie nicht übersehen.«

»Du gibst deinen Gästen schlechte Ratschläge«, erhob zwei Tisch weiter jemand die Stimme. »In den Cabis werden sie zu Tode kommen.«

Ringsum setzte brüllendes Gelächter ein.

»Die Cabis sind sicher, Fagamaltas«, plärrte Chaztyk gegen den Heiterkeitsausbruch an. »Das weißt du so gut wie ich. Seit Generationen gab es keine Pannen. Bei dem Tunneleinsturz handelte es sich um einen Unfall, mit dem niemand rechnen konnte.«

»Um einen Unfall, ja. Zu dem kam es aber nur, weil ein paar gerissene Lo'Goten unter der Hand Stützelemente verkauft haben, statt sie in den vorgesehenen Trassenabschnitt einzubauen.«

»Ihr Paspas mögt die Lo'Goten nicht, das ist bekannt.«

»Na und? Sie mögen uns ebenfalls nicht«, versetzte Fagamaltas. »Außerdem habe ich nicht dein blindes Vertrauen in die Lügen, die man uns auftischt. Wären die Cabis sicher und handelte es sich bei dem Einsturz um einen bedauerlichen Einzelfall, wie man uns weismachen will, wäre der Kreuzwächter längst an die Öffentlichkeit getreten, um eine Erklärung abzugeben. Stattdessen verkriecht er sich feige und schweigt sich aus. Dafür war er schon immer bekannt. Ehe er eine unangenehme Entscheidung trifft, unternimmt er lieber gar nichts.«

»Weil das reinste Kesseltreiben gegen ihn eingesetzt hat. Auf der Straße ist er seines Lebens nicht mehr sicher.«

»Ich begreife nicht, wie du ihn verteidigen kannst.«

Der Geflügelte krächzte mit weit aufgerissenem Schnabel und wandte sich an Trilith und mich. »Nennt mir euren Wunsch.«

Ich glaubte nicht, in dieser Kaschemme einen halbwegs akzeptablen Wein zu bekommen. Da ich keine Ahnung von den hiesigen Trinkgewohnheiten hatte, deutete ich zum Nachbartisch, auf dem ein paar bauchige Humpen standen.

»Zweimal Zylvenbräu. Sehr schön, sehr schön«, zeterte Chaztyk.

Er entfernte sich so geräuschlos, wie er über unserem Tisch erschienen war. Nun, da ich auf ihn achtete, sah ich, dass er durch den Nebel in die zentrale Kammer flog.

»Wir haben richtig vermutet«, sagte ich zu meiner Begleiterin. »Es gibt ein öffentliches Transportsystem. Da der Wirt von einem Tunneleinsturz sprach, dürfte es unterirdisch angelegt sein.«

»Und nicht allzu sicher. Es klingt, als handele es sich bei diesem ominösen Kreuzwächter um eine Person mit offizieller Funktion.«

»In dem Fall sollte er in der Lage sein, uns bei unseren Problemen zu helfen.« Ich erinnerte mich an die drei Humanoiden in den Kaftanen, die ebenfalls über den Kreuzwächter gestritten hatten. »Versuchen wir ihn zu kontaktieren. Er scheint der einzige Amtsträger in Avironda zu sein.«

»Das ist er.« Chaztyk war binnen Sekunden zurück an unserem Tisch und stellte die bestellten Tonkrüge ab. Seine Geschäftstüchtigkeit war über jeden Zweifel erhaben.

»Gibt es eine offizielle Stelle, über die wir uns an ihn wenden können?« Ich hielt dem Geflügelten ein paar meiner Münzen hin, und er nahm zwei Stücke an sich.

»Das ist schwierig, sehr schwierig. Tschirque ist der Kreuzwächter von Avironda. Zumeist hält er sich in der Haltestelle Avidarn auf, doch ihr habt es gehört. Derzeit scheut er öffentliche Auftritte. Mit einem wichtigen Anliegen könntet ihr womöglich dennoch vorgelassen werden. Ich hoffe, ihr gehört nicht ebenfalls zu den Rachsüchtigen, die ihm an die Rüstung wollen.«

»Beileibe nicht.« Ich entschied, bei der Wahrheit zu bleiben. »Ich habe ein Problem mit meinem Legitim. Außerdem besitze ich Informationen über eine Bedrohung namens Illochim.«

»Illochim?«, keuchte Chaztyk.

»Ja.«

Der Geflügelte wich zurück. Vor Schreck ließ er die beiden Münzen fallen. Von einem Moment auf den anderen kippte die Stimmung der anderen Gäste. Das Lachen war verstummt und um uns herum trat Totenstille ein. Triliths verkniffene Gesichtszüge machten mir klar, dass ich mit meiner Offenheit einen Fehler begangen hatte. Ich war davon ausgegangen, dass kaum jemand auf Kamsporn und Lupenchoi mit dem Begriff Illochim etwas anfangen konnte. Die Reaktion der Kneipengäste bewies das Gegenteil. Die Erinnerung an die Illochim war im Bewusstsein der Bevölkerung verankert.

Leider in negativer Hinsicht, du Narr, hob der Extrasinn hervor.

Ich habe es begriffen. Dein Einwand kommt ein wenig zu spät.

»Was wisst ihr von den Illochim?«, rief Fagamaltas mir zu.

»Nein, Arkonide«, hinderte mich Trilith an einer Antwort. Ich wollte ohnehin keine geben.

Ich erhob mich, um kein zusätzliches Öl ins Feuer zu gießen. Die feindselige Haltung, die uns entgegenschlug, seit ich die Illochim erwähnt hatte, war beinahe mit Händen zu greifen. Mir lag nichts daran, einen Zwischenfall zu provozieren, denn wir hatten unser Ziel erreicht. So wie es aussah, war der Kreuzwächter Tschirque der richtige Ansprechpartner für uns. Hoffentlich würde er nicht ebenso ablehnend reagieren wie Chaztyks Gäste.

Trilith stand von ihrem Platz auf und folgte mir zum Ausgang. Wir verließen das Etablissement und traten auf die Straße hinaus. Zu meiner Verwunderung entdeckte ich den Paladin in hundert Metern Entfernung. Es sah den siganesischen Spezialisten nicht ähnlich, dass sie ihre selbstauferlegte Aufgabe, mich im Auge zu behalten, vernachlässigen. Sie mussten einen guten Grund haben, die Überwachung unterbrochen zu haben. Ich schickte mich an, die Straße zu überqueren und mich zu dem Roboter zu begeben.

»Nicht umdrehen, Atlan«, zischte Trilith mir zu. Das in ihrem Hinterkopf gezüchtete zweite Augenpaar machte sich einmal mehr bezahlt. »Wir werden verfolgt.«

»Von wem?«

»Von diesen Möchtegern-Überschweren. Soll ich höflich fragen, was sie von uns wollen?«

Was das Schemawesen in diesem Fall unter höflich verstand, konnte ich mir gut vorstellen. »Nein, warte«, hielt ich sie zurück. »Ich bin neugierig, was sie vorhaben.«

»Im Moment nehmen sie über Funk Kontakt zu jemandem auf.«

Der Paladin setzte sich in Bewegung und kam auf uns zu. Ich gab ihm ein Zeichen, sich von uns fernzuhalten. Was immer unsere Verfolger planten, würden sie aufgeben, sobald sie erkannten, dass der Riese zu uns gehörte. Den Kreuzwächter mussten wir zunächst einmal finden. Vielleicht gelang es uns schon vorher, an weitere Informationen zu kommen. Die Möchtegern-Überschweren, wie Trilith die Paspas genannt hatte, schienen mir dafür die richtigen Kandidaten zu sein.

Unwillkürlich wechselte ich die Richtung. Statt mich zu dem zögernden Paladin zu begeben, entfernte ich mich von ihm. Aus den Augenwinkeln sah ich Fagamaltas und seine drei Begleiter. Sie machten die Richtungsänderung mit, was bestätigte, dass sie es auf uns abgesehen hatten. Der Anführer sprach etwas in ein kleines Gerät.

Ich verlangsamte meine Schritte und ging an einer Front verspiegelter Fenster vorbei. Das gläserne Material war matt und an manchen Stellen blind geworden. Das bestätigte meinen anfänglichen Eindruck von gewissen Ermüdungserscheinungen der Bauwerke. Auch jetzt noch entdeckte ich Spezies, die ich zuvor nicht gesehen hatte.

»Sie holen auf.« Es gelang Trilith hervorragend, die Gleichgültigkeit einer gelangweilten Spaziergängerin an den Tag zu legen, die ziellos umherschlenderte und nicht recht wusste, was sie antrieb.

»Nach links hinein, in die Gasse!« Ich erkannte die Stimme als die von Fagamaltas und drehte mich um.

Die Paspas hielten gekrümmte Röhren in den Händen, bei denen es sich unzweifelhaft um Waffen handelte. Ich bemerkte, dass Trilith ihren Körper anspannte, um sich auf unsere Verfolger zu stürzen. Da sie zu viert und zudem bewaffnet waren, wähnten die Paspas sich im Vorteil. Sie ahnten nicht, wie sehr sie sich täuschten. Sie waren so nahe herangekommen, dass ich sie mit ein paar schnellen Dagorgriffen außer Gefecht setzen konnte, bevor es ihnen gelang, einen Schuss abzugeben. Den Kampftechniken des Schemawesens hatten sie schon gar nichts entgegenzusetzen, doch ich entschied, das Spiel mitzumachen.

»Verstanden, wir gehorchen und leisten keine Gegenwehr«, sagte ich. Meine Worte waren mehr an meine Begleiterin als an die Paspas gerichtet. »Aber haltet eure Waffen im Zaum.«

»Also los, bewegt euch endlich in die Gasse hinein.«

Ich kam der Aufforderung nach, und auch Trilith gehorchte. Was dieser merkwürdige Überfall bedeutete, erschloss sich mir nicht.

Er hat mit den Illochim zu tun, meldete sich der Extrasinn, während ich mich zum Ende der Gasse dirigieren ließ. *Das dürfte selbst einem Narren wie dir klar sein. Alles begann damit, dass du die Schwarmwesen ins Spiel brachtest. Während Chaztyk sein Entsetzen nicht verbergen konnte, hatten die Paspas sich einigermaßen unter Kontrolle. Sie scheinen auch nach Jahrtausenden eine besondere Beziehung zu den Illochim zu haben. Hierhin kann dir der Paladin nicht unauffällig folgen, ohne die Hausfassaden einzureißen.*

Mit unseren Entführern kommen Trilith und ich allein zurecht.

Trotzdem zweifle ich daran, dass dies der richtige Weg ist, um in den Besitz von Informationen zu gelangen. Du begibst dich sehenden Auges in eine Falle, beharrte mein Logiksektor auf seinem Standpunkt.

Aus der zu entkommen kein Problem darstellt, widersprach ich.

Ein kaum hörbares Summen belehrte mich eines Besseren. Im selben Moment, in dem ich es vernahm, verlor ich das Bewusstsein.

Kapitel 9

Harl Dephin

Der Paladin machte kleine Schritte, die der Sprungweite eines Terraners gleichgekommen wären. Harl Dephin hatte die Erfahrung gemacht, dass der die Thunderbolts beherbergende Koloss auffälliger war, solange er keine Bewegung zeigte. Stand er wie eine Statue am Straßenrand, interessierten sich Passanten stärker für ihn als bei Aktivität. Sie legten sich mehr Zurückhaltung auf, wenn sie in ihm ein anderes Lebewesen sahen, auch wenn es mehr als doppelt so groß war wie sie selbst.

Die SERT-Haube, die Dephin übergestülpt hatte, sorgte dafür, dass er die Gliedmaßen des Paladin mit der gleichen Selbstverständlichkeit lenkte wie die seines eigenen Körpers. Die Steuerimpulse, die der Teamkommandant an die Hauptpositronik des Roboters schickte, wurden in einem nicht messbaren Sekundenbruchteil in Aktionen umgesetzt und als Rückmeldung in seinem eigenen Gehirn bestätigt. Der Siganese verschmolz mit dem stählernen Ungetüm, das auf einfache Gemüter abschreckend wirkte, zu einer untrennbaren Einheit, bis er die Verbindung zwischen den Synapsen seines Gehirns und der Positronik löste.

»Ich halte es für eine ausgesprochene Schnapsidee, sich Informationen immer in irgendwelchen obskuren Spelunken besorgen zu wollen«, ließ der für die Ortungs- und Rechenzentrale zuständige Drof Retekin seine Kameraden wissen.

»Eine Schnapsidee?« Der auf Deck 1 in der Waffenleitzentrale hockende Dart Hulos kicherte. »Eine ausgesprochen amüsante Assoziation zu einer Spelunke. Das war beinah ein gelungenes Wortspiel. Allerdings ist dieser Ausdruck ziemlich despektierlich gewählt. Man spricht gemeinhin von einer Gaststätte oder einem Lokal.«

»In diesem Metier sind Sie der Fachmann, Leutnant«, wies Dephin das kleinste und jüngste Mitglied zurecht. Hulos war bekannt dafür, dass er gerne einen über den Durst trank. In der Waffenzentrale des Paladin hatte er stets mehrere Flaschen mit destilliertem, fast reinem Alkohol versteckt.

»Wollen Sie damit eine bestimmte Andeutung machen, Major?«

Kein anderer aus dem Team, dachte Dephin, hätte diese Frage gestellt, sondern den dezenten Hinweis auf sich beruhen lassen, doch Hulos war stets der Vorlauteste unter den sechs Siganesen gewesen. Daran hatte sich nach Jahrhunderten des gemeinsamen Einsatzes, in denen die Thunderbolts zu einer verschworenen Zweckgemeinschaft zusammengewachsen waren, nichts geändert. Jeder wusste um die Schwächen und Stärken des anderen. Dementsprechend war es kein Geheimnis, dass auch der Kommandant einem guten Tropfen nie abgeneigt war. Im Grunde ging keiner der Umweltangepassten von Siga, die auf den verschiedenen Decks des Roboters ihre Tätigkeit versahen, einer Feier aus dem Weg, sofern sie nicht mit dienstlichen Belangen kollidierte.

Insgesamt war der Paladin in sieben Ebenen unterteilt, die durch mechanische Aufzüge und ein paar Nottreppen untereinander verbunden waren. Ein ständig aktiviertes Interkom-System gewährleistete die reibungslose Kommunikation, selbst wenn sich jedes Besatzungsmitglied auf einem anderen Deck aufhielt.

»Ich bin sicher, der Lordadmiral würde über Ihre Kommentare genauso erheitert sein wie ich, meine Herren«, überging der Kommandant Hulos' Frage.

»Ich ziehe meine Bemerkung zurück. Genau genommen, habe ich sie nie gemacht«, verkündete Drof Retekin.

»Wenn Sie sie nie gemacht haben, besteht kein Anlass, sie zurückzunehmen, Oberleutnant«, machte Amos Rigeler auf den Widerspruch aufmerksam. Der Maschinenbau-Ingenieur war für Mechanik und Motorik des Paladin zuständig. Wie seine Kameraden hatte er seinen Tätigkeitsbereich aus der ersten Version des zur Abwehr von Zweitkonditionierten entwickelten Spezialroboters in die modernisierte Variante des Paladin II übernommen.

Harl Dephin lehnte sich in dem Sitz zurück, der sich seinen Körperkonturen anpasste und ihm ein höchstmögliches körperliches Wohlbefinden vermittelte, das dazu diente, ihn selbst in extremen Einsatzsituationen nicht von der Steuerung des Roboters abzulenken. »Ich nehme an, Sie wollen von Ihrem Einwurf zu den Besonderheiten des gastronomischen Gewerbes ebenfalls nichts mehr wissen, Leutnant.«

»Ich sprach keine Besonderheiten an, sondern Fakten«, antwortete Dart Hulos.

»Und ich habe Ihnen keine Frage gestellt, Leutnant, sondern eine Tatsache benannt – jedenfalls nach meinem Dafürhalten. Wir sollten es dabei belassen.«

Der Kommandant erwartete einen Widerspruch des Waffeningenieurs, doch Cool Aracon kam Hulos zuvor.

»Ich habe etwas aufgeschnappt«, meldete der Kybernetiker, der auf Deck III zugleich als Funker agierte. Die feinen akustischen Sensoren des Paladin waren auf die nähere Umgebung ausgerichtet und analysierten jedes Straßengeräusch. Der Translator des Roboters war auf Shuli programmiert.

»Hat der Lordadmiral uns ein Zeichen zum Eingreifen gegeben?«

»Nein.«

Die Antwort hatte Dephin erwartet. Er ging nicht davon aus, dass Atlan bei seinem Kneipengang wirklich in die Lage kam, den Paladin zu Hilfe rufen zu müssen. »Sondern, Captain?«

»Ich habe soeben den Begriff Illochim aufgeschnappt.«

»Illochim?«, fragte Dephin. Er hatte nicht erwartet, dass man sich auf Lupenchoi über diese Wesen unterhielt.

»Ja, Major. Einer der beiden Wexloten, die die Straße überqueren, hat den Namen erwähnt. Vielleicht erfahren wir mehr, wenn wir ihnen folgen.«

»Und dabei vernachlässigen wir die Überwachung des Lordadmirals?«, fragte Dart Hulos. »Ich halte das für keine gute Idee.«

Der Kommandant pflichtete Hulos bei, doch die Nennung der Illochim hatte seine Neugier geweckt. »Leutnant, Sie steigen durch die Nabelschleuse aus und passen auf den Lordadmiral auf.«

»Ich glaube nicht, dass Atlan mit einer solchen Taktik einverstanden wäre.«

»Ich habe Sie nicht um Ihre Meinung gebeten, Leutnant. Ein bisschen Beeilung bitte.«

»Verstanden. Ich mache mich auf den Weg.«

Der Waffenwart klang eingeschnappt, fand Harl Dephin, doch das interessierte den Kommandanten herzlich wenig.

Kapitel 10

Dart Hulos

Harl Dephin ließ den Paladin das untere Armpaar in Bauchhöhe verschränken und verhinderte damit, dass jemand die sich bildende Öffnung sah, durch die Dart Hulos ins Freie schlüpfte. Hinter ihm schloss sich die Schleuse wieder, und Hulos flog mit mäßiger Geschwindigkeit an der Hausfassade entlang. Im Gegensatz zu den schlichten Schutzanzügen, die Atlan und Trilith Okt trugen, hatten die Siganesen ihre komplette Ausrüstung an Bord des Paladin stets dabei. Hulos' Anzug war nicht nur mit einem Flugaggregat ausgerüstet, ein Deflektorschirm verbarg den Waffennarren zudem vor neugierigen Blicken.

Der Roboter hatte sich kaum ein Stück weit entfernt, als die beiden Aktivatorträger das Lokal verließen. Ihr Verhalten irritierte den Leutnant. Zunächst machte Atlan Anstalten, sich zu dem Paladin zu begeben, doch plötzlich entschied er sich für eine andere Richtung.

Es dauerte ein paar Sekunden, bis Hulos bemerkte, dass der Lordadmiral und seine Begleiterin verfolgt wurden. Es war dem USO-Chef also gelungen, eine Reaktion zu provozieren. Zweifellos war der Arkonide auf die vier stämmigen Humanoiden aufmerksam geworden und ließ sich auf ein Katz-und-Maus-Spiel mit ihnen ein. Dafür war er ebenso berühmt wie berüchtigt, was der Spezialist nicht guthieß. Der oberste Dienstherr der USO schien geradezu erpicht darauf zu sein, an vorderster Front in einen Einsatz zu gehen, wann immer sich die Gelegenheit bot, und sich in Gefahr zu begeben, statt als Lenker und Denker aus dem Verborgenen heraus zu agieren. Hulos an Stelle des Lordadmirals hätte jedenfalls weitaus zurückhaltender agiert.

Der Siganese runzelte die lindgrüne Stirn. »Nein«, murmelte er. »Das ist nicht wahr.«

Da er über den Grund für Atlans Vorgehen nur spekulieren konnte, entschloss er, unsichtbar im Hintergrund zu bleiben und zu beobachten, was geschah. Er stieg etwas höher und nahm die anderthalb Meter großen Kraftpakete näher in Augenschein, während er über Harl Dephins Entscheidung nachdachte. Er hielt es für einen Fehler, die eigentliche Aufgabe aus den Augen zu verlieren, nur weil jemand den Begriff Illochim benutzt hatte. Gegen Flexibilität im Einsatz war nichts einzuwenden, doch bedurfte jede Neubewertung der Prioritäten eines plausiblen Anstoßes, und der war in diesem Fall nicht gegeben.

Jedenfalls nicht nach Dart Hulos' Auffassung.

Die Verfolger holten allmählich auf und näherten sich dem Lordadmiral. Ihre klobigen Schädel gingen ansatzlos in den Rumpf mit der tonnenförmigen Brust über. Tiefe Kerben, die an Canyons in den Mongron-Bergen erinnerten, wo Hulos aufgewachsen war, furchten ihre wie aus Stein gemeißelten Gesichter. Er konnte keine Regung darin erkennen.

Hingegen zeigte Harl Dephin in jüngster Zeit zu viele Regungen, fand Hulos. Manchmal hatte er den Eindruck, dass der Major Spuren von Engstirnigkeit an den Tag legte. Für gewöhnlich ging das ganze Thunderbolt-Team besonnen und überlegt vor. Sie kannten sich so lange, dass jeder die Gedanken des anderen erraten und dessen Handlungen abschätzen konnte. Zumindest war es früher so gewesen. Seit einer Weile hatte Hulos das Gefühl, dass speziell der Major und er sich voneinander entfernten. Sie entfremdeten sich, wie es alten Ehepaaren erging, wenn sie sich nichts mehr zu sagen hatten.

Vielleicht bilde ich mir das nur ein. Vielleicht muss das Thema zur Sprache kommen, um ausgestanden zu werden.

Hulos verscheuchte die düsteren Gedanken, als vor ihm die Dinge in Bewegung gerieten. Wie auf ein stummes Kommando hin zogen Atlans Verfolger Waffen und bedrohten den Lordadmiral und seine Begleiterin. Hulos griff nach seinem Kombistrahler und wägte ab, ob er eingreifen sollte. In jungen Jahren hätte er Fremde, die dem USO-Chef mit der Waffe gegenübertraten, kurzerhand außer Gefecht gesetzt. Heute wusste er, dass eine Situation wie diese einkalkuliert sein konnte, um im Endeffekt zu einem positiven Ergebnis zu führen. Mit seinen Fähigkeiten im Nahkampf wäre es dem Arkoniden ein Leichtes gewesen, seine Gegner zu überwinden. Da er darauf verzichtete, versprach er sich etwas von der Konfrontation. Er unternahm keine Anstrengung, sich zu verteidigen, sondern ließ sich in eine Seitengasse dirigieren.

Der Major hätte Hulos wegen seiner Überlegungen wahrscheinlich gehörig den Kopf gewaschen, doch der Waffenwart war vor Ort und entschied selbst über sein Vorgehen. Mit gemischten Gefühlen schloss er sich der Gruppe an, die drei Meter unter ihm dem Verlauf der Gasse folgte. Sonst war kaum ein Passant darin unterwegs. Die wenigen Wesen, denen Atlan begegnete, bemerkten die Waffen in den Händen der Stämmigen entweder nicht, oder sie waren ihnen egal.

Nichts sehen, nichts hören, nichts sagen, dachte Hulos. Waren es nicht die archaischen Terraner gewesen, die diesen Begriff geprägt hatten?

Atlan, der an der Spitze der Gruppe ging, hatte das Ende der Gasse erreicht. Von rechts schob sich ein Fahrzeug in Hulos' Blickfeld, eine flache Flugscheibe, die zwei Handbreit über dem Straßenbelag schwebte und vor der Einmündung zum Stillstand kam.

Der Siganese zuckte zusammen, als die Entführer Atlan und Trilith Okt ohne Vorwarnung paralysierten. Er griff nach der Steuerung seines Flugaggregats und schoss auf Höhe der Dächer durch die enge Gasse, brachte dabei seinen Strahler in Anschlag und zielte.

Um ihn gleich darauf wieder sinken zu lassen. Der scheinbar dramatische Zwischenfall hatte die Situation nicht verändert.

Hulos winkelte den Arm an und beobachtete, wie die Humanoiden Atlan und das Schemawesen auf die Ladefläche der Flugscheibe verfrachteten und unter einer Plane verbargen. Die Behutsamkeit, mit der sie dabei vorgingen, zeigte, dass sie den

Betäubten keinen wirklichen Schaden zufügen wollten. Zumindest vorläufig nicht. Hulos aktivierte sein Armbandkom und rief den Paladin.

»Atlan und Trilith Okt wurden entführt«, übermittelte er knapp und aktivierte einen Peilstrahl, der es Cool Aracan ermöglichte, den Aufenthaltsort seines Kameraden festzustellen. Rasch beendete er die Verbindung wieder, um Harl Dephin keine Gelegenheit für eine Zurechtweisung zu lassen.

Nachdem die Stämmigen auf die Flugscheibe geklettert waren und auf einer Sitzbank Platz genommen hatten, ruckte das Gefährt an. Dart Hulos stieg höher, bis er das ganze Stadtviertel überblicken konnte. In seine Überzeugung, mit seiner Zurückhaltung richtig zu handeln, mischten sich leise Zweifel. Sollte dem Lordadmiral durch sein Nichteinschreiten etwas zustoßen, würde er sich das niemals verzeihen können.

Dart Hulos jagte über den Häusern dahin und entdeckte immer wieder neue Lebewesen. Die Scheibe Lupenchoi war ein Schmelztiegel aus unterschiedlichen Völkern und Kulturen, gegen den die Vielfalt Lepsos oder Terrania Citys verblasste. Der Leutnant fand keine Erklärung für die Anwesenheit der zahlreichen Spezies. Was mochte sie von so vielen Welten hergelockt haben? Abgesehen von der einzigartigen optischen Pracht, die der Planet mit der umgebenden Scheibe bot, war kein Grund für den enormen Zustrom zu erkennen. Um ein herausragendes wirtschaftliches Zentrum schien es sich bei Kamsporn nicht zu handeln. Aus der Luft betrachtet, präsentierte sich Avironda als beschauliche Stadt, in der das Leben seit langer Zeit den gleichen Pfaden folgte, ohne dass sich jemals eine Aufbruchstimmung breit gemacht hätte.

In dem übersichtlich angelegten System aus Straßen, Gassen und Plätzen bereitete es dem Siganesen keine Schwierigkeiten, die Flugscheibe im Auge zu behalten. Im Sichtschutz seines Deflektorschirms blieb er selbst hingegen vor Blicken verborgen. Die

Plane, unter der Atlan und Trilith Okt lagen, bewegte sich nicht. Die Paralyse der Entführten hielt also an.

Hulos zermarterte sich den Kopf darüber, was in dem Lokal geschehen sein mochte. Wer waren die Stämmigen, in deren Händen sich der Lordadmiral befand, und was waren ihre Absichten? Es handelte es sich sicher nicht um eine Entführung, deren Hintergrund eine Lösegeldforderung war. Sie hatte mit den hiesigen Verhältnissen ebenso zu tun wie mit dem Status der Besucher. War Atlan womöglich bei einer Routinekontrolle aufgefallen, weil er kein Legitim besaß? Nein! Der Mangel hätte kein solches Vorgehen gerechtfertigt. Weder hätte man die Gefangenen paralysiert, noch sie wie Frachtgut verladen und versteckt.

Und wenn doch? Bisher besaßen die Besucher aus der Milchstraße keine Informationen über die politischen Verhältnisse auf Lupenchoi.

Die Flugscheibe gelangte an ein Areal symmetrisch angeordneter Hallen. Der Pilot steuerte sie eine Zufahrtsstraße entlang bis zu einem überdachten Eingang, in dessen Nähe sich kein Wesen aufhielt, und parkte sie am Straßenrand. Einer der Entführten sprang von der Scheibe und machte sich an einem Kasten seitlich des Tores zu schaffen. Hulos nahm an, dass er eine positronische Verriegelung löste, denn Sekunden später öffnete sich der Zugang.

Die anderen Stämmigen schlugen die Plane beiseite und vergewisserten sich, dass die Betäubung ihrer Gefangenen anhielt. Sie hievten sie von der Ladefläche und schleiften sie ins Innere der Halle.

Dart Hulos regulierte die Steuerung seines Flugaggregats und jagte hinter ihnen her. Bevor das Tor sich schloss, schlüpfte er unbemerkt hindurch und stieg bis unter die Hallendecke auf. Der große Raum war gepflegter eingerichtet, als es von außen den Anschein erweckte. Die Ausstattung erinnerte Hulos an die Begegnungsstätte einer Religionsgemeinschaft.

Die Entführer legten Atlan und Trilith Okt auf zwei quaderförmige Podeste und fesselten ihre Hand- und Fußgelenke. Einer nahm das Vibro-Messer der Aktivatorträgerin an sich und legte es auf eine Anrichte, auf der mehrere Kerzen standen. Er entzündete sie und weitere Lichter, die überall in der Halle verteilt waren.

Der Siganese fühlte sich zunehmend unwohl. Was er sah, ergab keinen Sinn. Die Szene hatte etwas von einem religiösen Ritual. Ein bizarrer Gedanke ging Hulos durch den Kopf. Die stämmigen Gestalten hatten hoffentlich nicht vor, den Arkoniden und das Schemawesen einer Opferzeremonie zu unterziehen. Der Leutnant tastete nach seinem Strahler und bereitete sich darauf vor, dem Spuk ein Ende zu bereiten, auch wenn er einen möglichen Plan Atlans damit durchkreuzte.

Sein Eingreifen wurde nicht erforderlich, jedenfalls nicht gleich.

Die vier Humanoiden verließen die Halle durch eine Tür, die anscheinend in einen Nebenraum führte. Dart Hulos registrierte, dass sich der Lordadmiral und Trilith Okt zu rühren begannen. Fast gleichzeitig richteten sie sich auf. Hulos war erstaunt, dass Atlan zur Orientierung offenbar ein paar Sekunden länger benötigte als die Frau, die dem Siganesen nichts besonders sympathisch war. Von Anfang an hatte sie den Thunderbolts gegenüber eine herablassende Haltung an den Tag gelegt. Es mochte so sein, dass dieser Wesenszug ihrem Naturell entsprach und sich nicht speziell gegen die kleinwüchsigen Menschen richtete, doch Hulos begegnete Ablehnung nicht mit Freundlichkeit.

Dass sie eine Verbündete war und im Zuge einer Zweckgemeinschaft an der Seite des Lordadmirals kämpfte, stand auf einem anderen Blatt. Persönliche Empfindungen beeinträchtigten Hulos' Pflichtgefühl nicht.

Die ersten Sätze, die Atlan und Trilith Okt wechselten, bestätigten, dass Hulos Einschätzung der Lage richtig gewesen war. Der Lordadmiral verfolgte einen bestimmten Plan, mit dem das Schemawesen nicht einverstanden war. Bevor Hulos sich bemerkbar machen konnte, kehrten die Stämmigen in den Raum zurück, und sie waren nicht allein.

Kapitel 11

Shapda-Shapda Maon

Sinnend betrachtete Shapda-Shapda ihren Enkel. Für eine kurze Weile war er in einen unruhigen Schlaf gefallen, in dem er sich herumgewälzt und Worte geflüstert hatte, die keinen Sinn ergaben. Vielleicht waren sie Teil einer alten Geschichte, vielleicht drückten sie aus, was er im Schlaf sah. Jedenfalls wachte er schon bald wieder auf. Er schreckte hoch und richtete seinen Oberkörper auf.

»Groom, du bist es«, keuchte er, als er seine Großmutter neben der Liegestatt sitzen sah.

»Hast du geträumt, mein Lieber?«

»Ja, da waren seltsame Bilder, die ich nicht beschreiben kann. Sie geistern immer noch durch meinen Kopf, so als wären sie hier bei uns.«

»Unsere Träume sind immer bei uns.«

»Aber ich kann sie nicht richtig erkennen«, bedauerte der Junge.

Die Kapitänin wusste, dass Maudi-Haup sich jedes Mal ärgerte, wenn er einen Traum nicht nacherzählen konnte. Stets fürchtete er, dass ihm eine spannende Geschichte entging, die er gern an die Familie weitergegeben hätte. Dass keine Geschichte unersetzlich war, weil der Fundus unerschöpflich war, leuchtete ihm nicht ein. Shapda-Shapda fühlte nach seiner Stirn. Sie war immer noch heiß.

»Du musst etwas trinken, Maudi.«

»Ich mag nicht, Groom.«

»Du hast Fieber. Da ist es wichtig, dass du viel Flüssigkeit zu dir nimmst. Ich dulde keine Widerworte.« Shapda-Shapda füllte einen Becher mit Wasser und hielt ihn ihrem Enkel hin. »Du willst doch bald wieder gesund werden, und du musst es. Denn ohne dich läuft der Handel schlecht.«

Ein Lächeln huschte über das Gesicht des Jungen. Er ergriff den Becher und setzte ihn an die Lippen. Er überwand sich dazu, an der kühlen Flüssigkeit zu nippen, und trank gleich darauf mit gierigen Schlucken. Er wischte sich über den Mund und ließ seinen Oberkörper auf die gepolsterte Unterlage fallen.

»Ich glaube, ich habe von Parjasthina geträumt«, sagte er.

»Von Parjasthina?«

»Ja, und von Marasin.«

»Du erinnerst dich also doch.« Mit einem feuchten Tuch tupfte Shapda-Shapda den Schweiß von der Stirn des Achtjährigen.

Seine violetten Augen funkelten. »Nur an ein paar Bruchstücke, die ich nicht verstehe. Du hast gesagt, Marasin ist eine Restegalaxis. Was bedeutet das?«

Shapda-Shapda dachte über die Bezeichnung nach, die jeder Kalfater kannte. Sie umschrieb ein kosmisches Gebilde, das kein Flößer richtig begriff. »Du weißt, was eine Galaxis ist, Maudi.«

»Natürlich«, empörte sich der Junge. »Ich bin ja nicht dumm.«

»Nein, das bist du nicht. Marasin war einst eine Galaxis wie Millionen andere, doch dann ist etwas Furchtbares geschehen. Sie wurde zerstört.«

»Aber eine Galaxis ist doch riesengroß. Wie kann sie zerstört werden? Keine Waffe aus den Geschichten ist dazu in der Lage.«

Die Kapitänin seufzte. »Leider«, antwortete sie, »existieren Waffen, die weit über unsere Vorstellungskraft hinausgehen. Sie können Dinge anrichten, die so schrecklich sind, dass wir sie gar nicht wissen wollen.«

»Ich will sie aber wissen. Ich will wissen, wie Marasin zerstört und zu einer Restegalaxis wurde.«

Angesichts der Wissbegier ihres Enkels hätte Shapda-Shapda sich gewundert, wenn er das Thema auf sich hätte beruhen lassen. Sie erinnerte sich daran, dass sie in seinem Alter die gleichen Fragen gestellt und nie eine befriedigende Antwort erhalten hatte. Die Geschichte der Illochim war ihr bekannt, doch der Untergang Marasins lag in historischem Dunkel verborgen. Es gab keine Überlieferungen über die Geschehnisse, die vor Äonen stattgefunden hatten. Lediglich Mythen waren verblieben, die ins Reich der Fabulierkunst gehörten. Angeblich hatte das Wirken einer sogenannten Terminalen Kolonne den Untergang Marasins herbeigeführt. Shapda-Shapda hatte den Begriff, an den sie sich nur undeutlich erinnerte, einmal und danach nie wieder gehört. Deshalb erwähnte sie ihn niemals.

»Ich will versuchen, dir einen bildlichen Vergleich zu geben«, sagte sie. »Erinnerst du dich, dass wir weit flussabwärts beim Repona-Stamm einmal diese mit Luft gefüllten Blasen gesehen haben?«

»Luftballons, o ja.« Ein Leuchten trat in Maudi-Haups Augen.

»Stell dir unser stetig expandierendes Universum als Luftballon vor. Der Ballon ist geplatzt, und ein winziger Fetzen wehte davon, ausgefranst, durchlöchert und schrumpelig. Es gibt kein Zentrum mehr, nichts was dieses Gebilde zusammenhalten oder seine Form bewahren könnte. Man kann nicht mehr erkennen, was dieses kleine Ding einmal war, obwohl das eigentliche Material heil geblieben ist.«

»Marasin ist ein solches Überbleibsel?«

»Ja.«

»Aber Marasin war kein Universum, sondern eine Galaxis.«

Shapda-Shapda strich zärtlich über die Wange ihres Enkels. »Ich sehe, du denkst mit. Aber ob nur eine Galaxis oder ein ganzes Universum, ist für den Vergleich unwichtig. Hauptsache, du begreifst, was ich dir erklären möchte.«

»Ich versuche es zu verstehen.«

»Das ist gut. Du solltest noch etwas trinken.«

»Ist gut, Groom.«

Die Kapitänin füllte den Becher mit Wasser und reichte ihn dem Jungen. Er trank, langsamer diesmal, und gab ihr das leere Gefäß zurück.

»Glaubst du, du kannst jetzt schlafen?«

»Gewiss nicht, Groom. Ich möchte erfahren, wie es mit Parjasthina und den Illochim weitergegangen ist.«

Shapda-Shapda setzte sich neben die Liegestatt und erzählte.

Kapitel 12

Parjasthina

Während des Fluges nach Pel'ton studierte Parjasthina eine Liste, die ihm der Kommandant des Schnellen Kreuzers überreicht hatte. Er stapfte auf seinen paddelähnlichen Beinen durch einen Korridor, in dem die Maschinen eine stete, unterschwellige Melodie summten. Wohlwollend nahm er zur Kenntnis, dass die Anzahl der entdeckten Welten, die für die Illochim akzeptable Lebensbedingungen aufwiesen, seine Schätzungen um ein Drittel übertraf.

»Die unbekannten Regionen in den Sternkarten dünnen sich weiter aus. Wir haben mehr Welten besiedelt, als ich dachte.«

»Erstaunlich. Wir übertreffen uns selbst, ohne es zu bemerken«, wunderte sich Thopoclarc.

»Erstaunlich, ja, in der Tat.«

Oder auch nicht, überlegte Parjasthina. Seit Jahren waren die Illochim damit beschäftigt, wieder aufzubauen, was zerstört worden war. Der kollektive Drang, ihren überschaubaren Lebensraum in den Zustand zu versetzen, in dem die Galaxis einst gewesen war, trieb die Illochim an, obwohl sie genau wussten, dass ihnen das nicht möglich war. Ihr Überblick reichte lediglich über einen winzigen Ausschnitt der Restegalaxis. Von einer Kontrolle konnte keine Rede sein, geschweige denn von einem Führungsanspruch, der mehr als ein paar Sonnensysteme umfasste. Umso verbissener widmeten sie sich der Aufrechterhaltung der ihnen bekannten Zustände. Sie gestalteten die wenigen neu besiedelten Welten nach überlieferten Mustern und woben, wo immer sich die Gelegenheit bot, vertraute Strukturen ein.

»Kommt dir unsere Expansion nicht merkwürdig vor?«, fragte Thopoclarc.

»Du sprichst von den Ansätzen einer Expansion.«

»Nenne es, wie du willst. Wir beide wissen, dass die Illochim früher mit dem Wenigen zufrieden waren, das sie besaßen. Eine überschaubare Handvoll Sonnensysteme, ein paar bewohnte Planeten. Mehr brauchten wir nicht. Heute ist das anders.«

Parjasthina wusste genau, worauf sein Kollege anspielte, denn er stellte sich dieselben Fragen. Alle 22 Doviate taten das. »Wir erweitern unseren Lebensraum, weil uns keine andere Wahl bleibt. Wir räumen auf, weil es unserer Natur entspricht. Wir können nicht untätig bleiben wie die Umshap und die Ülyz-Ty. Verhielten wir uns wie sie, würde uns das in absehbarer Zeit umbringen. Unsere Ordnung würde zerfallen, weil der Zusammenhalt verloren ginge. Ich brauche dir nicht zu erklären, was mit einem Schwarm geschieht, dessen innere Bindung erlischt.«

»Nein.«

Umshap und Ülyz-Ty waren zwei Völker, deren kleine Sternenreiche in kosmischer Nachbarschaft der Illochim lagen. Sie waren Gefangene ihrer eigenen Erstarrung. Seit der Katastrophe zauderten sie, weil sie sich in den neuen Verhältnissen nicht zurechtfanden. Ihre geistige Lähmung verhinderte, dass sie Schritte für einen Neuaufbau unternahmen.

»Wir sichern unseren Lebensraum und verhindern, dass er dem Vergessen anheimfällt.«

»Das sagt mir die Stimme in meinem Inneren ständig, doch es ist nur die halbe Wahrheit.« Thopoclarc rang nach Worten. »Sonst würden wir auf unseren Planeten bleiben und uns nicht um weiter draußen liegende Enklaven kümmern. Was fürchten wir?«

»Du weißt es ebenso wie ich, wie Githamainen und die anderen«, drang Parjasthina auf seinen Kollegen ein. »Wir fürchten, dass jemand kommt und uns Veränderungen diktieren will. Das ist die unterschwellige Motivation, die uns leitet. Ihr folgen wir, weil sie Teil unseres Selbstverständnisses ist.«

Pel'ton lag im Nachbarsystem von Trikrik und war der zweite von vier Planeten einer blauen Sonne, die schon immer zur Einflusssphäre der Illochim gehört hatte. Eine leistungsstarke

Werftanlage war auf Pel'ton eingerichtet, deren Produktionskapazitäten zu maximal zehn Prozent ausgenutzt worden waren. Die wenigen Welten der Illochim waren besiedelt, und es fand ein moderater Handel statt. Der Raumschiffverkehr hielt sich in überschaubaren Grenzen, sodass keine Notwendigkeit für den Bau weiterer Schiffe bestand. Die ausgedehnten Lagerhallen auf Pel'ton standen leer.

Erst im vergangenen Jahr hatte Parjasthina eine Anhebung der Produktivität angeordnet und ein kleines Heer von Kanarves dorthin entsandt. Ein Teil von ihnen war in den Fertigungshallen der Werft tätig, der Rest wurde zu Raumfahrern ausgebildet, die die Besatzungen der Schiffe stellen sollten. Seitdem war ein Dutzend kleiner Einheiten unterwegs, um die umliegenden Sektoren Marasins zu erforschen, Sonnensysteme zu kartografieren und Planeten zu begutachten. Die Ergebnisse waren in der Liste in Parjasthinas Hand verzeichnet.

»Begeben wir uns in die Zentrale«, forderte er seinen Begleiter auf.

Es konnte nicht mehr lange dauern, bis das Schiff das System der blauen Sonne erreichte und Kurs auf den zweiten Planeten nahm.

Ohrenbetäubender Lärm erfüllte die Fertigungshalle, in deren Mittelpunkt ein unfertiger Kubus von Antigraveinrichtungen in der Schwebe gehalten wurde. Sein stählernes Gerippe erinnerte Parjasthina an das Skelett eines lebendigen Wesens, das darauf wartete, mit Fleisch überzogen zu werden. Stattdessen kamen vorgefertigte Panzerplatten zum Einsatz, passgenaue Elemente, die als Stücke eines dreidimensionalen Steckspiels erahnen ließen, wie das Endergebnis aussehen würde. Vollautomatische Kräne hievten die einzelnen Bauteile zu den Hüllensegmenten, an denen sie verarbeitet wurden.

»Die Roboter leisten gute Arbeit«, beurteilte Thopoclarc das emsige Wirken der klobigen Maschinen, die mit einer Vielzahl

Tentakeln, Handlungsarmen und Spezialaufsätzen bestückt waren. Er hob die Stimme, um den Lärm zu übertönen.

»Sie erledigen ausschließlich die Tätigkeiten, für die sie erschaffen wurden«, antwortete Parjasthina leidenschaftslos. Es widerstrebte ihm, das Wirken der Roboter unter qualitativen Aspekten zu betrachten. Sie waren auf ihre Arbeit programmiert. Die Norm für ihre Fähigkeiten hatten die Techniker in Reihen der Kanarves festgelegt, die Maschinen waren lediglich verlängerte Arme ohne ein Verständnis von gut oder schlecht, richtig oder falsch.

»Das ändert nichts an der Qualität ihrer Arbeit«, fand Thopoclarc. »Was wirfst du ihnen vor?«

»Gar nichts. Ich betone nur, dass sie einem übergeordneten Impuls folgen, der sie gar nicht anders handeln lassen kann.«

Womit sie sich in gewisser Weise nicht von den Illochim unterschieden, erkannte Parjasthina eine Analogie, die ihn verwirrte. Die sklavisch handelnden Roboter besaßen Wesensmerkmale der Illochim und zeigten damit eine gewisse Seelenverwandtschaft. Sie wirkten und agierten im Interesse der Allgemeinheit, ohne sich mit überflüssigen Überlegungen zu belasten. Was getan werden musste, wurde erledigt.

Trotz unserer Intelligenz, trotz unseres Wissens ist uns unser Handeln bestimmt. Wir sind in der Lage zu reflektieren und könnten uns für einen anderen Weg entscheiden. Wir unterlassen es, weil dies zwangsläufig unabsehbare Veränderungen nach sich zöge.

Parjasthina verscheuchte den Gedanken. In luftiger Höhe trug ein Transportband die beiden Doviate dem jenseitigen Ende der Fertigungshalle entgegen. Hier und da griffen Kanarves regulierend in die Abläufe ein und instruierten Roboter, wodurch sich Parjasthina in seiner Ansicht bestätigt fühlte.

Das Band trug Thopoclarc und ihn zu einem Durchgang, der sich automatisch vor ihnen öffnete und sie in einen Korridor beförderte, der die Fertigungshalle mit dem angrenzenden Gebäudekomplex verband. Hinter den Illochim blieb der Lärm zugunsten einer beinahe gespenstischen Stille zurück. Parjasthinas Gedanken kreisten um die Roboter. Weniger ihre Handlungsweise beschäftigte ihn als vielmehr ihr zweckmäßiges Aussehen, das in zahlreichen unterschiedlichen Ausprägungen auf ihren Tätigkeitsbereich zugeschnitten war. In dieser Hinsicht waren noch weitaus pragmatischere Einsatzmöglichkeiten vorstellbar.

Eine vage Vorstellung begann in Parjasthinas Vorstellung Gestalt anzunehmen. Ihm blieb keine Zeit, sich näher damit zu beschäftigen, denn vor dem Transportband erhob sich ein bläulich schimmernder Energievorhang, hinter dem sich die Konturen eines stählernen Schotts abzeichneten.

Thopoclarc trat nervös von einem Fuß auf den anderen auf den nächsten und auf den letzten. Erst als sich der Energieschleier teilte und die beiden Doviate passieren ließ, löste sich seine Körperspannung. Er trat von dem Band auf ein erhöhtes Podest, auf dem ein Kanarve die Besucher erwartete.

»Mein Name ist Operlanx«, stellte sich der Illochim vor. Er trug die typische Montur eines hochrangigen Technikers. Obwohl er nie zuvor in seinem Leben einem Doviat persönlich begegnet war, zeigte er weder Scheu noch Anzeichen von Unterwürfigkeit. Es bedurfte keiner Demonstration von Anerkennung gegenüber Vertretern der höchsten Klasse. Sie war, auch ohne dass sie optisch erboten wurde, eine Selbstverständlichkeit.

Dementsprechend erwartete Parjasthina kein Begrüßungskomitee. Es ging nicht um ihn oder seinen Kollegen, sondern darum, dass die nach Pel'ton abkommandierten Kanarves funktionierten und ihren Aufgaben mit der Gewissenhaftigkeit nachkamen, die von ihnen erwartet wurde. Daran, dass sie es taten, hegte Parjasthina nicht den geringsten Zweifel, da sie wie jeder Illochim die grundsätzlichen Verhaltensmuster ihres Volkes teilten.

»Ich habe die Nachricht erhalten, dass die gewünschten acht Einheiten einsatzbereit sind.«

»Sie ist zutreffend, Doviat. Da sie als Frachtraumer-Version gebaut wurden, nehme ich an, dass es ein neues Ziel für unser Volk gibt.«

»Es gibt sogar gleich drei Welten, die darauf warten, von der jüngsten Illochim-Generation besiedelt zu werden«, verriet Parjasthina.

»Sie werden dazu beitragen, Marasin zu stützen, indem sie die erlittenen Verluste durch ihre Präsenz kompensieren«, plapperte der Techniker.

Es handelte sich um eine jener Phrasen, die seit geraumer Zeit in Umlauf waren und nach Parjasthinas Empfinden von den Kanarves viel zu häufig benutzt wurden. Sie brachten nichts anderes zum Ausdruck als deren Willen, ihren Beitrag zum Wohl eines größeren Ganzen zu leisten.

»Wir alle stützen Marasin.«

Der Techniker schwieg. Anscheinend hatte er Zustimmung erwartet, etwas mehr Begeisterung. Parjasthina dachte aber nicht daran, angesichts der Feststellung einer Selbstverständlichkeit eine Gefühlswallung zu heucheln.

Vor den Illochim fuhr das Schott beiseite. Dahinter erstreckte sich eine weitere Halle, weitaus größer als die einzelnen Fertigungszellen des Produktionsbereichs. Die drei Männer standen auf einer Aussichtsplattform nicht weit unter der Hallendecke und sahen auf bauchige Kuben hinab, die paarweise hintereinander aufgereiht waren. Die Wölbungen der hinteren Schiffe glänzten unwirklich im künstlichen Licht, die Wand lag verborgen dahinter.

»Die Schiffe sind startbereit?«

»Sie können heute noch aufbrechen, wenn du es wünschst, Doviat.«

»Ich wünsche es«, sagte Parjasthina mit feierlicher Gelassenheit. Die acht Einheiten benötigten einen Tag für den Flug von Pel'ton nach Trikrik. Dort stand die neue Generation in den Startlöchern, um auf die Schiffe verteilt zu werden.

Parjasthina stützte sich auf die hüfthohe Umfriedung. Versonnen betrachtete er die Schiffe, die sicherstellten, dass die Position der Illochim in Marasin erhalten blieb. Er hegte keine Träume und war weit davon entfernt, sich von Visionen leiten zu lassen.

Seine Standhaftigkeit indes verbot ihm zuzulassen, dass die Illochim auch nur einen Schritt rückwärts machten. Er gestattete es heute nicht und würde auch in Zukunft nicht dazu bereit sein.

Kapitel 13

Atlan

Manchen Narren vermögen selbst Engelszungen nicht von seinem Irrweg abzubringen.

Das erste, was ich nach meinem Aufwachen aus der Bewusstlosigkeit wahrnahm, war der stumme Vorwurf des Extrasinns. Dann vernahm ich leise, sphärenhafte Klänge, die an indische Musik erinnerten. Ich lag auf einem Quader aus weichem Material und horchte in mich hinein. Der Paralyseschuss hatte keine Nachwirkungen hinterlassen. Sogar die Schwäche, von der ich nach dem Abstrahlen durch die Hohrugk-Kuh befallen worden war, hatte ich überwunden.

Du irrst dich, wenn du glaubst, ich hätte diese Vorgehensweise der Paspas nicht einkalkuliert, erklärte ich.

Du hast dich also mit Vorsatz paralysieren und entführen lassen? An diese neue Taktik eines alten Narren muss ich mich erst gewöhnen. Deine Begleiterin scheint davon ebenso begeistert zu sein wie ich.

Ich richtete mich in eine sitzende Position auf und stellte fest, dass meine Hände auf dem Rücken gefesselt waren. Auch meine Fußgelenke waren zusammengebunden. Mir gegenüber saß Trilith Okt auf einer ähnlichen Unterlage wie ich. Sie schien gerade zu sich gekommen zu sein. Ihre hellroten Augen versprühten kleine Blitze.

»Der Extrasinn hat mich schon gemaßregelt. Du kannst dich ihm gerne anschließen«, bot ich ihr an.

»Würde ich mir davon einen Erfolg versprechen, täte ich es«, zischte das Schemawesen. Die Farbe seiner Lippen wechselte von einem tiefen zu einem leicht wässrigen Blau. »Aber eins verspreche ich dir. Wenn du das nächste Mal so einen tollen Einfall hast, führst du ihn alleine durch. Ich schätze, du hast uns in einen ziemlichen Schlamassel gebracht.«

»Dass man uns betäubt hat, kam in diesem Augenblick überraschend, aber nicht wirklich unerwartet«, gab ich gelassen zurück.

»Du hast damit gerechnet, Arkonide? Warum hast du mich nicht gewarnt?«

»Weil das nichts geändert hätte.«

»Das hätte es sehr wohl, mein Wort darauf. Dir scheint es nichts auszumachen, paralysiert zu werden, doch für mich hätte ich es nicht soweit kommen lassen.« Trilith spuckte Gift und Galle und bemühte sich, ihre Fesseln loszuwerden. Es gelang ihr nicht, was ihre Wut zusätzlich anstachelte.

»Beruhige dich«, legte ich ihr nahe und sah mich um. Ich war überzeugt, dass uns von unseren Entführern keine unmittelbare Gefahr drohte. Eine Ahnung sagte mir, dass sie wie wir begierig auf gewisse Informationen waren.

Sie interessieren sich für die Illochim, folgerte der Extrasinn, was auch ich mutmaßte.

Wir waren in einem Saal untergebracht, fast schon einer Halle, in der es kaum Möbelstücke gab. Stattdessen war er angefüllt mit Artefakten, die ich für religiöse oder kultische Gegenstände hielt. An mehreren Stellen brannten Kerzen, und Holobilder zeigten verschwommene Gestalten, die dermaßen unkenntlich waren, dass ich nicht einmal spekulieren konnte, was für Wesen hier abgebildet waren. Die Einrichtung erinnerte mich an einen Tempel. Zwischen purpurfarbenen Baldachinen entdeckte ich eine Tür, deren Abmessungen für größere Wesen als die Paspas gedacht waren, und in der gegenüberliegenden Wand ein verschlossenes Tor, durch das man uns vermutlich hereingeschafft hatte. Auf einer flachen Anrichte lag Triliths Vibro-Messer.

»Wo sind wir hier gelandet? Warum hat man uns hierher verfrachtet und kümmert sich jetzt nicht mehr um uns?« Trilith ließ ihrer Ungeduld freien Lauf. Sie machte Anstalten, sich trotz der Fußfesseln zu erheben.

»Lass den Unsinn«, riet ich ihr. »Ich bin sicher, dass wir gleich eine Erklärung bekommen.«

Ich hatte die Worte kaum ausgesprochen, als sich die Tür öffnete. Fagamaltas trat ein, begleitet von zwei weiteren Paspas und einer mehrköpfigen Völkerschar, die sich aus Feliden, Insektenabkömmlingen und einem Arachnoiden zusammensetzte. Sie waren ausnahmslos bewaffnet. Am Ende der Prozession kam ein kräftig gebauter Zweibeiner herein. Er hatte etwa meine Größe und besaß zwei Armpaare, von denen das untere in rudimentären Greifklauen endete. Auf dem Hals saß kein Kopf, sondern ein Kranz faustdicker Knollen, die durch ein Wurzelgeflecht miteinander verbunden waren.

»Ich sehe, es geht euch gut«, erhob Fagamaltas die Stimme. »Das freut mich, denn uns liegt nichts daran, euch zu verletzen.«

»Das beruht nicht auf Gegenseitigkeit«, bellte Trilith, bevor ich zum Sprechen ansetzen konnte. Sie schielte zu ihrem Vibro-Messer hinüber und gab sich keine Mühe, ihre Absichten zu verbergen.

»Wir können das hier«, ich hob demonstrativ meine gefesselten Füße, »als Missverständnis bezeichnen, wenn ihr uns losschneidet«, sagte ich, ehe Trilith auf die Idee kam, ihre natürliche Schallwaffe einzusetzen.

»Das werden wir, bald schon«, überging Fagamaltas meine Aufforderung. »Zunächst möchte euch Farfink ein paar Fragen stellen.«

Die anderen Wesen wichen beiseite und schufen einen Korridor, durch den Farfink sich auf Trilith und mich zubewegte. Erst jetzt fiel mir auf, dass er eine Handspanne über dem Boden schwebte. Ob es sich dabei um eine natürliche Begabung handelte oder ob technische Hilfsmittel im Einsatz waren, konnte ich nicht erkennen. Er hielt inne und verharrte zwischen dem Schemawesen und mir.

»In welcher Beziehung steht ihr zu den Leuchtenden Erlösern?« Die Stimme, die wie das Summen eines näher kommenden Insektenschwarms klang, drang aus einer schwammartigen Blase, die zwischen den Kopfknollen pulsierte.

»Wir kennen keine Leuchtenden Erlöser«, brummte Trilith. Sie hatte sich halbwegs beruhigt und beging nicht den Fehler, sich zu einer Dummheit hinreißen zu lassen, die uns schaden konnte.

Von diesen Erlösern war niemals die Rede, sondern lediglich von den Illochim, machte mich der Extrasinn aufmerksam. *Du kannst also davon ausgehen, dass beides Bezeichnungen für ein und dieselben Geschöpfe sind.*

»Wir sind den Illochim nie begegnet, doch wir haben Kenntnis von ihnen erlangt«, sagte ich.

»Unter welchen Umständen ist das geschehen?«, wollte Farfink wissen. Seine Frage bestätigte die Schlussfolgerung des Extrasinns.

Ich überlegte, ob ich bei der Wahrheit bleiben sollte. Die Erwähnung der Schwarmwesen hatte Ablehnung und Feindseligkeit ausgelöst. Wie sollte ich glaubhaft darlegen, dass wir in einer anderen Galaxis von den Illochim erfahren hatten und im Zusammenhang mit ihnen auf abenteuerliche Weise nach Marasin versetzt worden waren?

»Wir haben erfahren, dass die Illochim drauf und dran sind, nach Kamsporn zu kommen«, warf Trilith wie beiläufig ein. »Das ist alles, was wir über sie wissen. Aber wir haben großes Interesse daran, ihnen zu begegnen. *Ich* habe großes Interesse daran.«

Angesichts der Dreistigkeit der Behauptung erwartete ich eine harsche Entgegnung. Stattdessen trat andächtige Stille ein, die nur von der leisen Musik durchbrochen wurde. Gleichwohl er keine erkennbaren Augen besaß, hatte ich den Eindruck, dass Farfink die Psi-Kämpferin anstarrte und hinter den Wahrheitsgehalt ihrer Worte zu kommen versuchte. Fagamaltas tuschelte mit den beiden Paspas.

»Was bedeutet das für euch?«, fragte ich ihn.

Fagamaltas produzierte einen schrillen Ton, den der Translator nicht übersetzte. »Die Leuchtenden Erlöser kehren zu uns zurück«, sagte er. »Ist das nicht Erklärung genug? Sie werden kommen und sich bei denjenigen bedanken, die immer treu an sie geglaubt haben.«

»Chaztyk hatte Angst, als ich die Illochim erwähnte«, erinnerte ich den Paspa an die Szene in der Bar. »Ich glaube nicht, dass er sich über ihre Ankunft freuen würde.«

»Weil er ungläubig ist, so wie alle«, summte Farfink. »Sie fürchten die Rückkehr der Leuchtenden Erlöser, weil sie deren Strafe fürchten. Wir hingegen haben keine Angst, denn uns wird nichts geschehen. Die Leuchtenden Erlöser werden uns als ihre Diener anerkennen und uns für unsere Treue belohnen.«

Allmählich begann ich zu begreifen. Wir waren in die Fänge einer Art Sekte geraten, die die Illochim verklärte und sie zu mythologischen Figuren stilisiert hatte. Von der wahren Natur der Schwarmwesen hatten diese Leute so wenig Ahnung wie alle anderen.

»Kannst du dich an das Aussehen der Illochim erinnern?«

Farfink deutete auf die undeutlichen Darstellungen in den Holos. »Es gibt keine genauen Abbildungen, denn die Leuchtenden Erlöser treten in mannigfacher Gestalt auf. Dies ist ein Zeichen ihrer Allmacht.«

Die meisten Erinnerungen an die Illochim sind über die Jahrtausende verloren gegangen, meldete sich der Extrasinn. *Übrig gebliebenen ist einerseits eine kollektive Furcht vor ihnen und andererseits die krude Verehrung durch ein paar religiöse Wirrköpfe.*

Das ist unbegreiflich, antwortete ich. *Wie konnte es zu dieser Verklärung kommen?*

Das brauche ich dir nicht zu erklären, der du mit den Mythen um die She'Huhan aufgewachsen bist und die religiös motivierten Kriege deiner terranischen Barbarenfreunde miterlebt hast, spottete mein stummer Dialogpartner. *Die seit Ewigkeiten nachwirkende Angst, schon fast ein Trauma, hast du ebenfalls vor über tausend Jahren auf Terra erlebt. Erinnere dich an die Überzeugung vieler konservativer Christen, die an die leibliche Existenz eines Teufels glaubten, vor dem es sich in Acht zu nehmen galt.*

»Wenn die Illochim nach Kamsporn und Lupenchoi kommen, um Gericht zu halten, werden sie bei euch keine Ausnahme machen«, drohte Trilith.

»Du irrst dich. Wir werden die Erlöser willkommen heißen. Das wird sie von unserer Ergebenheit überzeugen.«

Eine Frage brannte mir auf den Lippen. »Weshalb hat die Bevölkerung solche Angst vor den Illochim? Warum fürchtet Chaztyk, warum fürchten fast alle die Rückkehr der Illochim? Welchen Grund gibt es für sie, Rache an der Bevölkerung Kamsporns zu nehmen?«

»Das wissen wir nicht«, räumte Farfink nach kurzem Zögern ein. »Niemand kann Auskunft darüber geben. Es ist gleichgültig, denn die Erlöser werden einen guten Grund haben.«

Die Antwort war wenig hilfreich. Irgendetwas, überlegte ich, musste in der Vergangenheit vorgefallen sein. Etwas von so großer Tragweite, dass die Illochim es nach Jahrtausenden nicht vergessen hatten. Dass die Bewohner Kamsporns und Lupenchois sich nicht erinnerten, führte ich auf eine kollektive Verdrängung zurück. Bedeutete das, die Vorfahren all dieser Völker hatten vor Urzeiten eine Schuld auf sich geladen, indem sie sich auf eine unbekannte Weise gegen die Illochim gestellt hatten? Was für eine Schuld konnte das sein, die all die Jahrtausende überdauert hatte?

»Der Zorn der Illochim wird sich gleichermaßen gegen alle Bewohner dieser Welt richten«, schnaufte Trilith. »Ihr werdet nicht verschont bleiben. Die einzige Chance ist, sich ihnen gemeinsam entgegenzustellen und sie abzuwehren.«

Farfink schwebte ein Stück auf Trilith zu, bis er sie beinahe berührte, und zog sich schnell wieder zurück, als fürchte er, sich an ihrer Meinung anstecken zu können. »Wovon sprichst du? Deine Worte sind Blasphemie.«

»Die beiden Fremden haben zugegeben, nicht von hier zu stammen«, warf Fagamaltas ein. »Dort, wo sie herkommen, sieht man in den Geschöpfen, auf die wir warten, keine Leuchtenden Erlöser, sondern Wesen, die mit ihnen auf einer Stufe stehen. Wir können die Fremden deshalb nicht mit unseren Maßstäben messen.«

»Es geht nicht um ihre Bewertung«, ereiferte Farfink sich. »Es geht um ihre Motivation. Du hast es eben selbst gehört. Ihr alle habt es gehört. Sie wollen die Leuchtenden Erlöser aufhalten.«

Dein genialer Plan läuft aus dem Ruder, ätzte der Extrasinn.

»Stimmt es, was Farfink behauptet?«, fragte Fagamaltas. »Seid ihr Feinde der Erlöser?«

»Ich stehe in einer Verbindung zu ihnen, die du dir nicht einmal vorstellen kannst.« Trilith spannte die Muskeln an. Ich registrierte, dass sie sich auf einen aussichtslosen Angriff vorbereitete. Ohne unsere Fesseln hätten wir die Sektierer überwältigt, so jedoch hatten wir keine Chance, gegen die Meute etwas auszurichten.

»Warte, Trilith«, hielt ich sie zurück. Der Paspa schien mir trotz seines Irrglaubens ein halbwegs umgänglicher Bursche zu sein. »Ich bin sicher, wir können uns einigen, Fagamaltas.«

»Dazu ist es zu spät«, funkte Farfink dazwischen. »Ihr habt euch zu erkennen gegeben. Eure Absichten sind gegen die Leuchtenden Erlöser gerichtet. Das gestatten wir nicht.«

Ich richtete mich darauf ein, dass er seine Waffe zog, doch er hatte einen anderen Plan. Er schwebte zu der Anrichte hinüber und nahm Triliths Vibro-Messer an sich. Prüfend wiegte er den mit Ornamenten versetzten Dolch in der Hand und näherte sich dem Schemawesen.

Trilith stieß einen derben Fluch aus. »Und nun, Atlan? Lass dir ganz schnell etwas einfallen.«

Auf der Suche nach einem Ausweg sah ich mich hektisch um. »Du könntest singen«, machte ich einen Vorschlag, den unsere Entführer nicht verstehen konnten.

»Worauf du dich verlassen kannst, Arkonide.«

Ich gewahrte eine huschende Bewegung unter der Decke, die aus dem Nichts heraus entstand. Im selben Moment brauste ein Geräuschorkan über uns und die Sektierer hinweg.

Kapitel 14

Tschirque

Zu beiden Seiten des schmalen Spaltes liegende Häutchen schoben sich über die Sinnesknospen des Corren und schützten sie. Dazu war keine willentliche Anstrengung nötig. Der Vorgang geschah von allein, sobald Tschirque den Aufnahmeschlund mitsamt den Kauleisten aus seinem Inneren hervorstülpte. Gierig sog er die in einer gallertartigen Tunke schwimmenden Lorka-Bohnen in sich hinein. Der Wohlgeschmack, der ihn bei seiner Lieblingsspeise sonst regelrecht übermannte, erschloss sich ihm nicht, und auch das euphorisierende Glücksgefühl, das die Komposition eines Dutzend verschiedener Gewürze mit sich brachte, wollte sich heute nicht einstellen. Einen ganzen Tag lang hatte Tschirque nichts gegessen und sogar sein heiliges Mittagsmahl verschmäht. Die Art und Weise, wie er in der Berichterstattung dargestellt wurde, war ihm auf Gemüt und Verdauungstrakt gleichermaßen gestoßen. Nun aß er, um sich zu sättigen, statt um des Genusses willen.

Nachdem der letzte Bissen verzehrt war, schob er die Nahrungsschale von sich, erhob sich und begann mit einer ruhelosen Wanderung durch sein Büro. Nach einer Weile hielt er vor der verspiegelten Fensterfront inne und schaute auf die drei Etagen unter ihm liegende Straße hinab. Wie für Avironda üblich, hielt sich der Verkehr in überschaubarem Rahmen. Die Passanten, Angehörige zahlreicher verschiedener Völker, gingen ihrem Tagwerk nach, als sei nichts geschehen, doch Tschirque ließ sich nicht blenden. Die schwärende Wunde mitten in der Stadt, die er von seinem Standort aus deutlich sehen konnte, prangte wie ein Mahnmal Tag und Nacht vor seinem Augenband.

Er erinnerte sich an seinen ersten Tag als Kreuzwächter von Avidarn. Ausgerechnet zum Stationsvorsteher der Haltestelle der

Stadt Avironda ernannt zu werden hatte einen besonderen Reiz besessen, denn Avironda war eine der raren Lebensinseln Lupenchois, die sich in spezieller Hinsicht von den meisten anderen Städten unterschieden. Sie war nicht von den Washiden am Reißbrett entworfen worden.

Tschirque versuchte sich an irgendetwas zu erinnern, das er über diese Wesen wusste. Seine Kenntnisse über sie waren verschwindend gering. Angeblich im Dienste der Illochim stehend, hatten die Washiden nicht nur Lupenchoi konstruiert, diese gigantische, Kamsporn teilende Scheibe aus blaugrauem, komprimiertem Basaltgestein, sondern auch die Ansiedlungen, die, einem ausgeklügelten Schema folgend, gleichmäßig über Nordland und Südland verteilt waren. Siedlungen wie Avironda, die erst später entstanden waren, wichen mit ihrer Lage von dem vorgefertigten Muster ab. Zudem gab es kaum ein auf Kamsporn und Lupenchoi beheimatetes Volk, das nicht in Avironda anzutreffen war. Zwar gestaltete sich die Wohnstruktur heutzutage chaotischer als vor Jahrtausenden von den Illochim geplant, doch war die Reißbrettplanung und die Ansiedelung der verschiedenen Spezies in geografisch streng voneinander getrennten Bereichen noch immer gut erkennbar. In Avironda war die Vermischung der Lebewesen viel größer als in anderen Ansiedlungen.

In weiter Ferne wölbte sich eine Planetenhälfte Kamsporns, des einzigartigen Gebildes in Marasin. Der Anblick war dem Kreuzwächter so vertraut wie das im Düsterlicht liegende Bild Avirondas. Tschirque nahm sogar an, dass die Einmaligkeit einer Welt, die dank der architektonischen Meisterleistung der Washiden mit einem Attribut wie Lupenchoi versehen war, nicht auf die Restegalaxis beschränkt war, sondern für das gesamte Universum galt.

Sofern, wispernde eine zaghafte Stimme in Tschirque, *die Illochim nicht in einem anderen Teil des Universums Ähnliches geschaffen haben.*

Bei der bloßen Erinnerung an die Illochim empfand der Kreuzwächter einen dräuenden Schatten, der sich mit gesundem Verstand nicht erklären ließ. Es war mehr als die Furcht vor einer diffusen Bedrohung, die er mit jedem anderen dort draußen, gleich welchem Volk er angehörte, teilte. Wenn die Illochim wiederkamen, dann um Gericht zu halten. Um Gericht zu halten wegen etwas, das in ferner Vergangenheit geschehen war. Das Wissen darüber war verloren gegangen in den langen Zeiten, und vermutlich war es besser, nicht daran zu rühren.

Wahrscheinlich ist es sogar ratsam, nicht einmal daran zu denken.

Tschirque fragte sich, weshalb er sich mit derlei schwermütigen Betrachtungen belastete. Die Bürde, mit der ihn die Gegenwart konfrontierte, wog zu schwer, als dass er seinen schmalen Schultern weiteres Gewicht aufbürden durfte. Statt in die Vergangenheit zu schauen, hätte er sich auf die Zukunft konzentrieren sollen, besonders auf seine eigene. Fatalerweise gelang ihm das nicht. Je stärker er versuchte, das Trauma zu überwinden und konstruktive Schritte einzuleiten, desto sinnloser kamen ihm seine Bemühungen vor. Schließlich waren es erst seine hochtrabenden Pläne und das von ihm initiierte Projekt gewesen, die sein Leben in einen Scherbenhaufen verwandelt hatten. Hätte er sich mit dem Tagesgeschäft zufriedengegeben und keine Ambitionen entwickelt, die auf Veränderungen abzielten, wäre die Welt im Lot geblieben. Nur dank seiner eigenen Bestrebungen war sie aus den Fugen geraten.

Das Schlimmste war, dass er es nicht schaffte, die öffentliche Meinung zu ignorieren. Hier, in seinem vertrauten kleinen Reich, sog er all das auf, was außerhalb verkündet wurde. Seine Lethargie überwand der Kreuzwächter dadurch nicht. Sich gegen die Halbwahrheiten und unzutreffenden Beschuldigungen zu stemmen erschien ihm unvorstellbar.

Er zog die Lenkmaschine hervor und aktivierte ein Holo, um sich einen Überblick über die neuesten Meldungen zu verschaffen. Die Flut der Berichte über die »Katastrophe von Avidarn«, wie das Unglück inzwischen landauf und landab genannt wurde, ebbte allmählich ab, ohne dass die Kommentare dabei an Schärfe verloren. Tschirque als Kreuzwächter von Avidarn wurde die alleinige Schuld gegeben. Personen, deren Namen er nie zuvor vernommen hatte, verlangten, dass er sich seiner Verantwortung stellte, ohne ihre Forderung zu konkretisieren.

Was sonst als seinen Rücktritt hätten sie meinen sollen? Ein solcher Schritt war unvorstellbar. Tschirque würde nicht nur Schande über sich, sondern über die Kreuzwächter aller Haltestellen bringen.

Sein Augenband sonderte einen Flüssigkeitsschwall ab, und er drehte der Fensterfront den Rücken zu. Man stellte ihn als Täter und als Schuldigen dar, dabei war er ebenso wie die beiden Toten ein Opfer. Denn Experten hatten die Ursache für den Einsturz geklärt. Einige Lo'Goten hatten tragende Stützelemente entwendet und auf dem Schwarzmarkt verkauft. Sie hatten die Bauteile aus hochverdichtetem Stahl durch minderwertige Ware aus Billigproduktion ersetzt, die den auftretenden Belastungen nicht standhielt. Die Katastrophe war zwangsläufig eingetreten. Man hatte sogar noch Glück im Unglück gehabt, weil der Tunnel bereits während der Bauphase eingestürzt war. Es hätte auch später passieren können, wenn eine vollbesetzte Cabis durch den Vakuumtunnel gerauscht wäre. In dem Fall hätte es Hunderte Tote gegeben.

All diese Erkenntnisse nützten Tschirque nichts, denn die Öffentlichkeit hielt an ihm als Hauptverantwortlichem fest. Er fragte sich, wie er sich im umgekehrten Fall verhalten würde. Er konnte nicht ausschließen, dass er sich dem allgemeinen Tenor angeschlossen und den Rücktritt des zuständigen Kreuzwächters gefordert hätte.

Mit durchdringendem Ton machte sich der Türsummer seines Büros bemerkbar. Tschirque ging zum Eingang hinüber und öffnete. Wie er erwartete, stand Lop im Korridor.

»Ich kann mich nicht erinnern, dich gerufen zu haben«, empfing Tschirque ihn lustlos. »Kommst du, um weitere schlechte Nachrichten zu überbringen?«

Lop zeigte eine Geste der Unsicherheit. »Wie schlecht sie sind, müsst ihr selbst entscheiden, Wächter. Es gab einen Zwischenfall mit Anhängern der Leuchtenden Erlöser.«

Tschirque erstarrte, als er die verklärende Bezeichnung für die Illochim vernahm.

Kapitel 15

Atlan

Das verschlossene Eingangstor wurde von der Gewalt, die es traf, regelrecht zerfetzt. Der Rahmen flog aus seiner Verankerung und schepperte mit Gestein und zermalmtem Schutt zu Boden. Über dem losen Geröll breitete sich eine Staubwolke aus, die die Sicht auf den Eingang vernebelte. Im nächsten Augenblick wurde in dem wirbelnden Mahlstrom, der sich in alle Richtungen ausbreitete, eine gigantische Silhouette sichtbar.

Der Paladin kam wie einst die legendäre Kavallerie im richtigen Moment.

Das ist kein Zufall, wisperte der Extrasinn. *Major Dephin hat Vorsorge getroffen, um den Lieblingsnarren der USO zum richtigen Zeitpunkt aus der Falle zu hauen.*

Unter unseren Entführern brach heilloses Durcheinander aus. Sie sprangen in alle Richtungen davon, feuerten auf das vier Meter große Monster, das buchstäblich durch die Wand brach, und suchten Schutz in den spärlichen Deckungsmöglichkeiten. Sie waren viel zu abgelenkt, um auf Trilith und mich zu achten. Wir warfen uns zu Boden, um nicht von einem verirrten Strahl getroffen zu werden.

Die Bewegung unter der Hallendecke, die ich aus den Augenwinkeln wahrgenommen hatte, entpuppte sich als Dart Hulos, der soeben seinen Deflektorschirm desaktiviert hatte. Er stieß zu uns herab und durchtrennte unsere Fesseln mit haarfein gebündelten Schüssen aus dem winzigen Kombistrahler, der auf Desintegratormodus gestellt war.

»Der Zwerg bringt es fertig, uns die Gliedmaßen abzutrennen«, beschwerte sich Trilith anstelle eines Dankes für ihre Befreiung. Sie sprang auf die Beine und huschte mit einer Schnelligkeit, die ihresgleichen suchte, durch das Chaos, das der Paladin ausgelöst hatte. Einen Paspa, der sich ihr in den Weg stellte, rannte sie kurzerhand über den Haufen, bevor es ihm gelang, einen Schuss auf sie abzugeben. Er gab ein dumpfes Stöhnen von sich und blieb regungslos liegen.

Der Paladin stand im Fokus mehrerer Energiebahnen, ohne einen Treffer zu schlucken. Der aktivierte HÜ-Schirm lenkte die auftreffende Energie in die Librationszone zwischen Standarduniversum und Hyperraum ab. Die schweren Kampfstiefel des Roboters räumten den Schutt beiseite, während er das Feuer erwiderte und einen Gegner nach dem anderen ins Reich der Träume schickte. Einer von Dart Hulos' Kameraden musste dessen Waffenzentrale auf Deck 1 übernommen haben. Ich war froh, dass der Schütze nur Paralysestrahlen einsetzte.

»Alles in Ordnung, Sir?«, erkundigte sich Hulos, ohne sich von den Kämpfen beeindrucken zu lassen. Ein Verstärker an seinem Kehlkopf transportierte seine Worte in für mich hörbare Lautstärke, ebenso wie er einen Reducer trug, der die Umgebungslautstärke auf ein für Siganesenohren erträgliches Maß dämpfte.

»Dank Ihrem Eingreifen ist alles bestens.« Ich beobachtete Farfink, der sich im Hintergrund der Halle aus dem Staub machen wollte.

»Kommen Sie, Sir, ich bringe Sie in Sicherheit, Sir«, drängte mich Hulos.

Das Angebot war typisch für die Thunderbolts. Ich ignorierte es kommentarlos und setzte hinter Farfink her. Er hatte Triliths Vibro-Messer fallen gelassen und seine eigene Waffe gezogen. Allerdings machte er keine Anstalten, sie gegen uns einzusetzen. Ihm ging es nur darum, sich vor dem Monster in Sicherheit zu bringen, das seine Kameraden ausgeschaltet hatte.

Trilith erreichte Farfink vor mir. Sie hielt ihr Vibro-Messer in der Hand und rückte ihm damit zu Leibe. Verzweifelt riss er seine Waffe hoch und wollte auf sie anlegen. Er kam nicht dazu. Wieder einmal beeindruckte mich das Schemawesen mit seiner unglaublichen Schnelligkeit. Ich konnte kaum verfolgen, wie Trilith herumwirbelte, einen Ausfallschritt machte und Farfink den Strahler aus der Hand trat. Er flog in hohem Bogen davon.

»Nicht, Trilith!«, schrie ich, als sie zum tödlichen Streich ausholte. Es gab keinen Grund, das Wesen zu töten. Der Paladin hatte die Lage unter Kontrolle gebracht. Niemand gab mehr einen Schuss ab, und unsere Gegner lagen bis auf Farfink ausnahmslos betäubt am Boden.

»Dieser Kerl wollte mich mit meiner eigenen Waffe aufschlitzen. Es ist nur recht und billig, dass ich ihm zeige, wie sie wirkt.«

»Wenn du Wert auf unser weiteres gemeinsames Vorgehen legst, lässt du das schön bleiben.«

Trilith warf mir einen abschätzenden Blick zu und erkannte, dass ich nicht bluffte. »Wie du willst, Arkonide.« Mit einer herrischen Geste steckte sie das Vibro-Messer weg. »Ich sage es dir nicht zum ersten Mal. Dein Mitleid wird dich eines Tages den Kopf kosten.«

»Mag sein«, gab ich missgelaunt zurück. »Um das zu verhindern, lasse ich mich aber nicht dazu hinreißen, einen Wehrlosen zu töten.«

»Was soll mit ihm geschehen?«

Farfink stand stocksteif da. Er begriff nicht richtig, was soeben geschehen war. Nach dem berserkerhaften Auftritt des Paladin war das nicht verwunderlich. Ich hatte keine Idee, wie Farfink uns von Nutzen sein sollte. Das spärliche Wissen, das er und seine Mitsektierer über die Illochim besaßen, hatten sie preisgegeben. Ich hatte mehr erwartet, und dementsprechend groß war meine Enttäuschung.

»Du kannst gehen, Farfink.«

Das ließ er sich nicht zweimal sagen. Er entfernte sich von uns und begab sich zu einem schmalen Durchlass, wo er einen Ausstieg öffnete, den ich zuvor nicht bemerkt hatte. Was aus Fagamaltas und den anderen Sektenangehörigen wurde, war ihm in diesem Moment offenbar ausgesprochen egal. Nachdem er sich durch die Öffnung gedrückt hatte, drehte ich mich um und stapfte zurück. Auf halbem Weg zum Paladin erwartete mich Dart Hulos.

»Wir sollten schnellstens von hier verschwinden«, drängte er. »Ich nehme an, es wird nicht lange dauern, bis irgendwelche Sicherheitskräfte eintreffen. Das Anklopfen des Paladin war weithin nicht zu überhören.«

Trilith lächelte amüsiert. Ihr schien die Szene Vergnügen zu bereiten. Der plötzliche Stimmungsumschwung war typisch für sie. »Wie war das noch, Arkonide? In Avironda werden wir nicht weiter auffallen? Wir haben uns soeben alle Mühe gegeben, diesen Vorteil aus der Hand zu geben.«

»Was machen wir mit den Bewusstlosen, Sir?«, vernahm ich Harl Dephins Stimme aus den Außenlautsprechern des Roboters.

»Nichts, Major. Wir lassen sie liegen.«

Inzwischen hatte sich der Staub gelegt. Wir stiegen über den Schutt hinweg und verließen die Halle. Vom Lärm angelockt, versammelten sich draußen die ersten Neugierigen. Beim Anblick des Paladin hielten sie respektvollen Abstand. Dart Hulos war nicht wieder in den Roboter eingestiegen, sondern hatte es sich auf dessen Schulter bequem gemacht. Zum Glück für uns war die Lage unübersichtlich. Niemand konnte schlussfolgern, dass wir für die Zerstörung und das Durcheinander verantwortlich waren.

»Ein Unglück«, verkündete ich lauthals. »Die Baustruktur des Eingangs muss marode gewesen sein. Wir konnten uns mit letzter Kraft in Sicherheit bringen, aber drinnen liegen Verletzte, die Hilfe brauchen.«

Meine Worte zeigten die erhoffte Wirkung. Statt uns allzu viel Aufmerksamkeit zu schenken, machten sich die Schaulustigen daran, den vermeintlichen Einsturzopfern zu Hilfe zu eilen.

»Geschickt, Atlan«, sagte Trilith anerkennend.

Ich konnte mich nicht erinnern, schon einmal ein Lob aus ihrem Mund vernommen zu haben, und nahm mir vor, den 13. Juli 3114 rot im Kalender anzustreichen.

Während wir uns von dem Tempel der Sektierer entfernten, unterrichtete ich die Besatzung des Paladin über das Wenige, das wir in Erfahrung gebracht hatten. In rascher Folge wechselten wir ein paar Mal die Richtung. Chaztyk hatte von Ringstraßen gesprochen, in deren Zentrum die Haltestelle Avidarn liegen sollte. Bisher hatte ich nichts gesehen, was von seiner Bauweise her dem Begriff Ringstraße entsprach.

»Verstehe ich das richtig?«, hakte der Kommandant der Thunderbolts nach. »Die gesamte Einwohnerschaft Lupenchois und somit zweifellos auch Kamsporns fürchtet die Illochim wie der Teufel das Weihwasser?«

Ich merkte auf, überrascht darüber, dass der Spezialist die altterranische Redewendung kannte.

»Alle Einwohner bis auf ein paar fanatische Spinner«, beantwortete Trilith seine Frage. »Woraus diese Angst resultiert, scheint in Vergessenheit geraten zu sein.«

»Vielleicht ist die kollektive Furcht unbegründet«, meinte Hulos.

Trilith kniff die Augen zusammen. »Ganz bestimmt nicht. Ich weiß, wozu die Illochim fähig sind. Sobald es um ihre eigenen Belange geht, nehmen sie keine Rücksicht auf andere Wesen. Sie manipulieren, verletzen und zerstören, wenn sie sich davon einen Vorteil versprechen.«

Die unterschwellige Bitterkeit in ihren Worten war nicht zu überhören. Die Illochim hatten sie und andere Schemawesen geschaffen und durch eine martialische, ja brutale Ausbildung gejagt, nur um sie für ihre Aufgabe zu konditionieren. Die Schemawesen dienten als Katalysator, der benötigt wurde, um das biologisch-mentale Transmittersystem der Hohrugk-Kühe in Betrieb nehmen zu können. Ich konnte verstehen, dass Trilith alles daransetzte, ihren Schöpfern gegenüberzutreten.

»Die Bedrohung für Lupenchoi ist also so real, wie Innis sie eingeschätzt hat«, sagte Dart Hulos.

»Apropos Bedrohung, Leutnant«, meldete sich Harl Dephin. »Hatten ich Ihnen nicht den Befehl erteilt, für die Sicherheit des Lordadmirals zu garantieren?«

»Ich bin Ihrem Befehl gewissenhaft nachgekommen«, versicherte der Waffeningenieur.

»Wie können Sie von gewissenhaft reden, wenn der Lordadmiral und Miss Okt gefangen genommen und von diesen religiösen Wirkköpfen an einen unbekannten Ort verschleppt worden sind?«

»Da ich jederzeit zugegen war, kann von einem unbekannten Ort keine Rede sein«, verteidigte sich der Jüngste der Thunderbolts patzig. »Die Situation war unter Kontrolle, denn ich hätte jederzeit eingreifen können. Ich habe das Für und Wider gegeneinander abgewägt und bin zu dem Schluss gekommen, mit einem übereilten Eingreifen einen möglichen Plan des Lordadmirals zu gefährden. Meine Überlegung hat sich als richtig herausgestellt, oder irre ich mich da?«

»Nein«, warf ich ein. »Sie haben meine Gedankengänge korrekt nachvollzogen.«

Dart Hulos grinste und verkniff sich einen Kommentar.

»Sie sind also nicht der Meinung, ich sollte den Leutnant degradieren, Sir?«, fragte Harl Dephin mit Unschuldsstimme.

Ich verzog das Gesicht, als hätte ich in eine Zitrone gebissen. »Nein«, sah ich mich zu einer Antwort genötigt, obwohl ich sie gerne unterlassen hätte.

»In dem Fall gestatte ich Ihnen, wieder an Bord zu kommen, Leutnant«, forderte der Kommandant den Waffenwart auf. »Ihre Sitzposition auf der einen Schulter des Paladin könnte eine Destabilisierung des Gleichgewichtssinns bewirken. Das wollen Sie doch wohl vermeiden?«

»Selbstverständlich, Major. Ich steige über die Nabelschleuse ein.«

Die Schleuse im Bauch des Roboters öffnete sich gerade so weit, dass Dart Hulos sich durch die Öffnung zwängen konnte. Harl Dephin verschloss die Luke wieder, ehe ein unbedarfter Beobachter darauf aufmerksam werden konnte.

»Was hat dieses Gerede über Degradierungen zu bedeuten?«, erkundigte sich Trilith.

»Das hast du mich schon einmal gefragt«, wich ich aus. Ich kannte die Unzufriedenheit der Thunderbolts über ihre ausbleibenden Beförderungen, aber dass sie mich dermaßen penetrant mit der Nase darauf stießen, war neu.

»Voriges Mal habe keine Antwort auf meine Frage erhalten.«

»Die bekommst du auch jetzt nicht.« Dieses Thema ging das Schemawesen nichts an, fand ich. »Hast du weitere Fragen?«

»Ja.«

»Heraus damit.«

»Interessiert es dich, dass wir verfolgt werden?«

Ich kannte Trilith zu gut, um zu wissen, dass sie keinen Scherz machte. »Nicht schon wieder«, stöhnte ich. »Bist du sicher?«

Das Schemawesen hielt es nicht für nötig, auf meine Frage einzugehen. Die Floskel »Ich habe keine Augen im Hinterkopf« traf auf sie dank des an der Rückseite ihres Schädels verborgenen zweiten Augenpaares nicht zu. Es war ein Segen, dass es unter ihrer schwarzen Haarpracht durch Zufall kaum zu entdecken war.

»Ich halte die blaue Kleidung unserer Schatten für eine Art Uniform.«

»Ich kann Miss Okts Beobachtung bestätigen«, flüsterte der Paladin. »Ich habe vorhin schon zwei Personen mit exakt der gleichen Kleidung gesehen. Das stützt die Überlegung von einer Uniform. Anscheinend sind wir nicht so unbemerkt von dem Tempel weggekommen, wie wir dachten.«

Oder es handelte sich um einen Zufall. Sogar in der Vielvölkergemeinschaft von Avironda war der Paladin wortwörtlich eine herausragende Erscheinung. Jedenfalls interessierte sich irgendwer für uns. Bei Uniformen war der Gedanke an eine Art Ordnungskräfte naheliegend. Das erinnerte mich daran, dass wir ohne Legitim unterwegs waren. Es stellte sich die Frage, ob uns das zum Vor- oder Nachteil gereichen würde. Was würde eine Kontrolle, bei der wir uns nicht ordnungsgemäß ausweisen konnten, nach sich ziehen? Da Ordnungskräfte auf keinem Planeten der Galaxis in einem luftleeren Raum agierten, sondern Teil eines juristischen oder staatlichen Geflechts waren, bestand die Aussicht auf Kontakt zu jemandem aus Verwaltung oder Politik.

Nach deinem bisherigen Kenntnisstand ist der Kreuzwächter von Avidarn die ranghöchste Person in Avironda, erinnerte mich der Extrasinn daran, dass ich ja auf der Suche nach Tschirque war. *Es ist daher mehr als wahrscheinlich, dass die Uniformierten direkten Kontakt zu ihm haben.*

Ich war das Versteckspiel ohnehin leid. Um Kontakt zu dem Kreuzwächter herzustellen, mussten wir in die Offensive gehen, und genau das gedachte ich zu tun.

»Hören wir uns an, was unsere Verfolger von uns wollen«, wandte ich mich an meine Begleiter. »Trilith, sei so gut und lasse deine Waffe stecken.«

»Solange mich keiner zu einem anderen Verhalten zwingt, bin ich die Friedfertigkeit in Person. Das weiß keiner so gut wie du, Arkonide.«

»Sicher.«

Ich blieb abrupt stehen und fuhr herum. Drei einheitlich gekleidete Humanoide hielten zehn Meter hinter uns an, als seien sie gegen eine unsichtbare Wand gelaufen. Ihr unsicheres Gebaren zeigte, dass ihnen ihr Fehlverhalten augenblicklich klar wurde. Besonders erfahren in der Beschattung von Personen waren unsere blauhäutigen Verfolger nicht. Sie setzten sich wieder in Bewegung und kamen zu uns herüber, wobei sie den Paladin nicht aus den schlitzartigen Augen ließen, die von feinen, glühend roten Pupillen dominiert wurden. Ihre Uniformen, glänzende Einteiler, die über der Brust von einem Magnetsaum gehalten wurden, waren von der gleichen Farbe wie die Haut der Wesen.

»Ich bin Regular Zintob«, stellte sich der größte der Blauhäutigen vor. Aus dem tonnenförmigen Rumpf wuchsen in Schulterhöhe zwei Tentakel, die in ständigem Aufruhr begriffen waren. Sie endeten in sechs kurzen Stummelfingern, die sich unaufhörlich schlossen und öffneten.

Ich nannte unsere Namen. »Sind wir auffällig geworden, Regular?«

»Namen sind wie Flüstern im Wind, sagt man bei uns Bliisch.« Zintobs rechter Greiftentakel tastete zitternd in meine Richtung.

»Ich möchte eure Legitime begutachten. Händigt sie mir aus, damit ich die Gültigkeit überprüfen kann.«

Trilith räusperte sich vernehmlich.

»Das ist leider nicht möglich. Keiner von uns ist im Besitz eines Legitims«, gestand ich.

Zintob starrte mich an. Er wackelte mit dem Kopf und zog seinen Tentakel zurück. Wortlos wendete er sich seinen Begleitern zu, die in die zuckenden Kopfbewegungen einstimmten. Sie schienen fassungslos darüber, dass wir uns nicht wie gewünscht ausweisen konnten.

»Ihr habt eure Legitime verloren?«

»Wir haben nie welche besessen. Deshalb sind wir auf dem Weg, um uns gültige Ausweise zu besorgen.«

»Besorgen?«, echote der Bliisch. »Man kann nicht einfach hingehen und sich ein Legitim besorgen.«

»Warum nicht?«, platzte es aus Trilith heraus. »Was hindert uns daran?«

»Weil ...« Zintob verstummte. Offenbar hatte ihn die Frage des Schemawesens aus dem Konzept gebracht. »Weil ein Legitim nicht so einfach zu erhalten ist wie ein Sack Klona-Nüsse«, fing er sich wieder. »Jedes Lebewesen auf Lupenchoi besitzt ein Legitim. Ohne Legitim existiert man nicht.«

»*Wir* besitzen weder Klona-Nüsse noch ein Legitim«, konterte Trilith. Sie ahmte die unruhigen Fingerbewegungen des Bliisch nach. »Dafür existiere ich und bin sehr lebendig.«

»Es muss doch eine Stelle geben, wo man sich darum kümmern kann«, schob ich hinterher.

»Das ist nur in Chamenspall möglich, und dorthin gelangt ihr ohne Legitim nicht.«

Diesen Unsinn hörten wir nicht zum ersten Mal. Ich musste mich beherrschen, um nicht die Geduld zu verlieren. »An wen in Avironda wendet man sich, wenn ein solches Problem auftritt?«

»Es ist noch nie zuvor aufgetreten«, behauptete Zintob mit einer stoischen Gelassenheit, die in krassem Widerspruch zu seiner Körpersprache stand. »Wenn jemand dazu Stellung beziehen kann, dann der Kreuzwächter von Avidarn.«

»Tschirque?«

»Wer anders als Tschirque? Oder hat Avidarn jemals einen zweiten Kreuzwächter besessen?«

»Nein, selbstverständlich nicht«, überspielte ich unser bruchstückhaftes Wissen und wählte die Ausdrucksweise des Bliisch: »Ich wünsche, dass Tschirque zu unserem Problem Stellung bezieht.«

Zintob flatterte aufgeregt mit den Tentakeln. »Ich nehme an, ihr stammt nicht aus Avironda. Sonst wüsstet ihr, dass der Kreuzwächter seit dem Unfall zu keinem Thema Stellung bezogen hat.«

Das schien mit dem Vorfall zusammenzuhängen, von dem der Wirt Chaztyk gesprochen hatte, und unsere Lage noch komplizierter zu machen. Ich war nahe daran, dem Regular mit der baldigen Ankunft der Illochim auf Lupenchoi zu drohen.

Nur zu, wenn du die Situation noch verfahrener machen willst, meldete sich der Extrasinn. *Bisher verhält sich Zintob recht umgänglich. Das ist erstaunlich, da es anscheinend völlig unmöglich ist, kein Legitim zu besitzen.*

»Du zwingst uns, unsere Reise ohne Legitim fortzusetzen«, provozierte ich den Regular.

Die drei Bliisch wackelten hektisch mit den Köpfen, und Zintob hob seine Tentakel, als wollte er das hauseigene Symphonieorchester des Kristallpalasts dirigieren. Ich hatte einen wunden Punkt getroffen.

»Das kann ich nicht gestatten. Ich werde euch zu Lop führen. Lop wird euch helfen.«

»Wer ist Lop?«

Zintob ließ die Tentakel sinken. »Lop ist der Berater des Kreuzwächters.«

Ich atmete auf. Es hatte zwar ein paar Umwege erfordert, aber wir kamen an unser Ziel. Mein primäres Anliegen war es nicht, über Tschirque ein Legitim zu erhalten. Ich hoffte vielmehr, mit seiner Hilfe die verantwortlichen Stellen in der Hauptstadt von Kamsporn von der bevorstehenden Ankunft der Illochim unterrichten zu können.

»Machen wir uns auf den Weg«, forderte ich den Bliisch auf. »Ich fühle mich ganz nackt ohne mein Legitim. Je früher wir diese Angelegenheit geregelt bekommen, desto besser.«

Flankiert von seinen beiden Begleitern setzte Zintob sich in Bewegung. »Das ist ratsam, besonders wenn ich an die Verwüstungen denke, die ihr im Tempel der Anhänger der Leuchtenden Erlöser hinterlassen habt.«

Bei den She'Huhan, versetzte der Extrasinn. *Begehe nicht den Fehler, den Regular zu unterschätzen.*

Kapitel 16

Parjasthina

Das graue Gesicht, das sich in der verchromten Oberfläche eines Arbeitstisches spiegelte, war um keinen Tag älter geworden. Parjasthina erinnerte sich des Moments, da er auf Pel'ton gestanden und die acht Schiffe in Marsch gesetzt hatte, welche zu Welten aufgebrochen waren, die bis dato nicht zum Einflussbereich der Illochim gehört hatten. Nach Einschiffung der Siedler hatten sie neu entdeckte Planeten angeflogen und in Besitz genommen. Damals war es eine Momentaufnahme gewesen, im Rückblick erlangte der Tag bedeutsamen Charakter, denn er hatte einen Wendepunkt in der Geschichte der Schwarmwesen markiert. In den folgenden Jahren hatten sie die umliegenden Sonnensysteme systematisch besiedelt oder dort, wo sie keine annehmbaren Lebensbedingungen antrafen, bemannte Stationen errichtet.

Es kam Parjasthina vor, als seien hundert Jahre vergangen wie ein Tag. Denn so lange zurück lag die Entwicklung, die er auf den Weg gebracht hatte. Von da an hatte sich die Ausbreitung der Illochim verselbständigt. Es hatte keiner vorausschauenden Planung bedurft, um die Präsenz seines Volkes zu sichern und den Anbruch jedes kommenden Tages zu gewährleisten. Das Fehlen jeglichen Zweifels am eigenen Tun hatte sich als grundlegender Baustein der Entwicklung erwiesen. Statt Ereignisse zu hinterfragen, war man ihnen begegnet, und statt sich wegen der vorangegangenen Katastrophe zu grämen und mit sorgenvoller Miene in die Zukunft zu schauen, hatte man sie den eigenen Taten unterworfen.

Nachhaltigkeit, das hatte Parjasthina gelernt, war nur zu erreichen, wenn man sich um sie bemühte. Tatenlosigkeit und Passivität bedeuteten nicht etwa die Beibehaltung eines Zustands, sondern leiteten einen Rückschritt ein, der sich in den seltensten Fällen noch aufhalten ließ.

Im Nachhinein leuchtete Parjasthina die Art und Weise, wie alles vonstatten gegangen war, ein. Sie entsprach dem Wesen der Illochim. Kein anderes Volk hätte nach dem Vorbild der Schwarmwesen handeln und dabei Erfolge erzielen können. Sein Spiegelbild gestattete sich ein flüchtiges Lächeln, doch sofort setzte Parjasthina wieder eine ausdruckslose Miene auf.

Methiklan betrat den Versammlungsraum und ließ sich gegenüber Parjasthina auf einem freien Platz nieder. Methiklan hatte es sich zur Angewohnheit gemacht, immer etwas zu spät zu erscheinen. Seine Kollegen sahen über seine Eigenart hinweg, denn mit ihm war der Kreis der 22 Doviate geschlossen. In letzter Zeit hatten sie sich längst nicht so häufig gesehen wie früher, ohne dadurch an Verbundenheit zu verlieren.

Unauffällig ließ Parjasthina den Blick über die Runde seiner Kollegen wandern. Er war nicht der einzige, der kaum gealtert war. Der Umstand traf auf sie alle zu. Mehrere Generationen Kanarves waren gekommen, hatten ihren Beitrag zur Expansion der Illochim geleistet und waren wieder gegangen. Niemand erinnerte sich an sie. Lediglich die Duftnoten, die sie in ihrer Gesamtheit gesetzt hatten, wirkten bis in die Gegenwart hinein. Die Doviate hingegen leiteten die Geschicke ihres Volkes wie am ersten Tag, indem sie Navigatoren an neuralgische Punkte ihres Reichs entsandten. Regelmäßige Berichte hielten die Doviate über die Lage im Reich der Illochim auf dem Laufenden, ohne dass sie unentwegt an Bord von Raumschiffe unterwegs waren.

»Ich will euch nicht langweilen«, ergriff Methiklan das Wort.

Githamainen zeigte eine Geste, die Ermunterung ausdrückte. »Das wirst du nicht, obwohl jeder in dieser Runde weiß, welches Thema du anzusprechen gedenkst.«

Es war nicht schwer zu erraten. Auch Parjasthina kannte die nächsten Worte Methiklans, bevor sein Kollege sie aussprach. So erfreulich es war, dass die Illochim Dutzende Sonnensysteme kolonisiert hatten, ging damit ein Problem einher. Die neuen Kolonien waren nicht zusammenhängend. Dazwischen lagen die Reiche anderer Wesen.

»Unser Reich ist von innen heraus angreifbar«, brachte Methiklan das Argument vor, das seine 21 Kollegen erwarteten. Er hatte es zu seinem persönlichen Mantra erhoben und rezitierte es zu jeder passenden und unpassenden Gelegenheit. Sobald es zu einem Zusammentreffen der Doviate kam, wies er seine Kollegen auf das seiner Meinung nach dringlichste Problem der Illochim hin. »Inmitten unseres Einflussgebiets sitzen die Umshap und beäugen uns misstrauisch.«

»Die Umshap interessieren sich nicht für uns«, widersprach Thopoclarc. »Sie interessieren sich für gar nichts, was um sie herum vorgeht. Sie haben sich in ihrem kleinen System verkrochen und wagen es nicht, ihre Rüssel über dessen Begrenzung hinweg auszustrecken.«

»Bisher ist das so, zugegeben. Doch wer garantiert uns, dass das so bleibt?« Methiklan legte ein gehöriges Maß Überzeugungskraft in seine Stimme. »Sie sitzen wie ein Stachel in unserem Fleisch. Bisher hat er sich als gutartig erwiesen. Aber uns allen ist klar, dass er jederzeit Gift absondern und uns gefährlich werden kann.«

»Ich stimme Thopoclarc zu«, warf Parjasthina ein. »Selbst nach hundert Jahren sind die Umshap von der großen Katastrophe gelähmt. Sie wagen nicht, einen Fuß vor ihre eigene Haustür zu setzen.«

»Das sind Mutmaßungen aus der Ferne. Wir haben nie einen Fuß auf ihre Welt gesetzt. Deshalb können wir nur spekulieren, was sie dort treiben.«

»Viel aussagekräftiger ist das, was sie nicht treiben. Sie behelligen uns nicht. Sie kontaktieren uns nicht einmal. Umgekehrt hätten wir an ihrer Stelle das längst getan und diverse Protestnoten eingereicht. Ihnen kann unmöglich entgangen sein, dass wir die umliegenden Systeme unter unsere Kontrolle gebracht und sie gewissermaßen im Inneren einer Kugelschale eingeschlossen haben. Es kümmert sie nicht.«

»Bisher nicht.« Methiklans Stimme bebte nun vor Ungeduld. »Ich möchte vermeiden, dass der Tag kommt, an dem ich euch an meine Worte erinnern und euch vorwerfen muss, ihr hättet besser auf sie gehört.«

»Seit ein paar Jahren schon denke ich über Methiklans Warnungen nach«, schaltete sich der am Ende des Tisches sitzende Dathakalaynen in das Gespräch ein. »Ich bin geneigt, ihm zuzustimmen.«

»Das hast du nie verlautbart.«

»Ich verlautbare es jetzt.«

»Was treibt dich zu deinem Meinungsumschwung?«, wollte Parjasthina wissen. Bisher war er davon ausgegangen, dass Methiklan mit seiner Schwarzmalerei auf verlorenem Posten stand. Offenbar hatte er sich mit seiner Einschätzung geirrt. »Die Umshap verraten mit keinem Mucks, dass sie überhaupt da sind.«

»Es ist gerade ihr scheinbares Desinteresse, das mir nicht behagt. Können wir sicher sein, dass sie unserer Politik gegenüber so gleichgültig sind, wie sie sich den Anschein geben? Vielleicht bereiten sie einen Schlag gegen uns vor, der uns in einem Moment überrascht, wo wir ihn am wenigsten erwarten.«

»Einen Schlag gegen uns?«, echote Parjasthina. Er hielt das für gänzlich ausgeschlossen.

»Ja.«

»Was schlägst du vor?«

»Dass wir nachschauen.«

»Eine gute Idee«, stimmte Dathakalaynen seinem Kollegen zu. »Überzeugen wir uns davon, dass die Umshap keine Bedrohung darstellen.«

»Ihr wollt, dass wir auf ihrer Welt landen?«

»Wir nehmen vorab Kontakt zu ihnen auf und erbitten Landeerlaubnis.«

»Dein Vorhaben klingt naiv. Wie verhalten wir uns, wenn die Umshap unser Ansinnen ablehnen?«, äußerte Parjasthina seine Zweifel.

»In dem Fall landen wir ohne ihre Erlaubnis.«

Für einen Moment verschlug es Parjasthina die Sprache. »Damit unternähmen wir genau das, worüber wir uns in dieser Runde sorgen. Wir würden uns ungebeten einmischen.«

»Stellt diese Vorstellung ein Problem für dich dar?«

Methiklans unverblümte Frage brachte Parjasthina aus dem Konzept. Sie warf einen Aspekt auf, über den er noch nicht nachgedacht hatte. Bisher waren die Illochim zu einem Vorgehen, wie sein Kollege es forderte, nicht gezwungen gewesen. Das bedeutete aber nicht, überlegte Parjasthina, dass es grundsätzlich ausgeschlossen war. Je länger er darüber nachdachte, desto mehr kam er zu dem Ergebnis, dass der Punkt der Entwicklung, an dem sie angelangt waren, zwangsläufig hatte eintreten müssen. Sein Volk agierte nicht in einem Vakuum. Er war naiv gewesen, davon auszugehen, dass die Ausbreitung der Illochim wie bisher voranschreiten würde, ohne dass es dabei zu Interaktionen mit anderen Spezies käme. Geschah es, galt abzuwägen, wie die Illochim sich verhielten, damit es nicht zu einem Rückschritt kam, der den bestehenden Zustand gefährdete.

Wir werden gezwungen sein, uns zu verteidigen, begriff Parjasthina. Es war eine logische Konsequenz, beinahe unausweichlich. Es war bedenklich, dass es eines Anstoßes bedurft hatte, um ihn zu dieser Erkenntnis gelangen zu lassen. Er hätte allein darauf kommen müssen. Wieso war das nicht geschehen? Und, wichtiger noch, bot seine Kurzsicht Anlass zu Selbstvorwürfen? Parjasthina kam zu dem Schluss, dass das beileibe nicht so war. Sie waren 22 an der Zahl, sie waren eine Gemeinschaft, die einander ergänzte, die einen gemeinsamen Antrieb hatte. Er war es doch, der dies immer wieder predigte.

»Je weiter in Marasin wir vordringen, desto häufiger wird es zu Kontakten mit Fremden kommen«, holte ihn Githamainens Stimme in die Gegenwart zurück. »Es wäre fatal, wichen wir zurück und ließen uns von anderen Schranken auferlegen.«

»Ich stimme euch zu«, bekannte Parjasthina. »Wir dürfen uns keine Bedingungen diktieren lassen. Deshalb suchen wir die Umshap auf. Sie sind intelligente Wesen. Ich setzte bei ihnen genug Vernunft voraus, uns willkommen zu heißen.«

Es war ein grauer, wolkenverhangener Planet, auf den Parjasthina seine vier Füße setzte. Weder empfand er ihn als einladend noch als abweisend. Er nahm die klimatischen Bedingungen mit demselben Gleichmut zur Kenntnis, wie er die Tatsache akzeptierte, zum ersten Mal in seinem Leben eine Welt zu betreten, die einem anderen Volk gehörte. Die bis dahin von den Illochim kolonisierten Planeten hatten keine eigene Zivilisation hervorgebracht. Allenfalls waren die Kanarves auf Tiere gestoßen, für die es keinen Unterschied ausmachte, ob sie allein blieben oder mit einem intelligenten Volk konfrontiert wurden.

Die Umshap waren gebückt gehende Wesen von geringer Größe, die unablässig zeterten und schnatterten. Ihre Körper waren mit hornigen Panzerplatten besetzt, ihre ledrige Haut von Furchen durchzogen. Sie wirkte spröde und sah aus, als könnte sie jeden Moment aufplatzen und wie vertrockneter Schorf davonwehen. Die Sprache der Umshap war einfach strukturiert, und nach wenigen Tagen war eine mühelose Verständigung mit ihnen möglich.

Das würde nicht immer so einfach werden, wagte Parjasthina einen Blick in die Zukunft. Dabei war Verständigung eine der Grundvoraussetzungen für Entwicklung. Ohne sie trat Stagnation ein, führten Missverständnisse zu Konflikten, die niemand beabsichtigte. Es war wichtig, eine Basis zu schaffen, die von Anfang an eine fehlerfreie Kommunikation ermöglichte. Parjasthina war überzeugt davon, dass sich eine technische Möglichkeit finden ließ, um sie zu gewährleisten.

Zum ersten Mal seit langer Zeit schweiften seine Gedanken wieder zu den vielgestaltigen Robotern ab, die beim Aufbau der Kolonien zum Einsatz kamen. Das Leben an sich war noch ungleich vielfältiger. Daher war nicht hinnehmbar, dass die Natur die Illochim auf eine Form beschränkt hatte.

Panscha wurde als der Älteste der Umshap bezeichnet. Er stand nicht nur einer reichlich wirren Regierungsform vor, deren Konzept Parjasthina nicht begriff, er leitete zudem einen sämtliche Gesellschaftsbereiche umfassenden Kreis, dessen einziges

Gesprächsthema die große Katastrophe war. Die Diskussion über Sinn und Hintergründe der Katastrophe war zum bestimmenden Element im Leben der Umshap geworden, die Suche nach Antworten und möglichen Wegen in eine erträgliche Zukunft war allgegenwärtig.

Parjasthina war erschüttert. Statt die neue Welt nach der Katastrophe hinzunehmen und die Restegalaxis Marasin als ihren Lebensraum zu akzeptieren, erschufen die Umshap ausufernde Theorien und Konzepte. Sie handelten nicht, sie *dachten* und lähmten sich damit selbst. Und das seit vielen Generationen. Es grenzte an ein Wunder, dass sie noch nicht untergegangen waren. Umso verständlicher wurde Parjasthina ihre Ignoranz den Ereignissen gegenüber, die rings um sie herum stattfanden. Sie nahmen sie als Begleiterscheinungen von untergeordneter Bedeutung wahr. Schon lange bewegten sie sich nicht mehr, und damit hatten sie, ohne sich dessen bewusst zu sein, einen rückwärts gewandten Weg angetreten, an dessen Ende völlige physische Apathie stand.

Zum ersten Mal kam Parjasthina der Gedanke, dass die Natur seinem Volk mit dem kollektiven Schwarmgedanken eine bestimmte Bedeutung verliehen hatte. Die Illochim waren der stabilisierende Faktor in einem Chaos, das erst am Anfang stand und immer weiter um sich greifen würde, wenn man es gewähren ließ. Dazu war Parjasthina nicht bereit. Die Aussicht auf eine Welt, die mit der bestehenden nichts mehr zu tun hatte, war dem Doviat ein Grauen.

Bereits nach kurzer Zeit registrierte er, dass sich seine Kollegen bei den Umshap unwohl fühlten. Die Umshap machten die Doviate krank. Sie hatten jeglichen Entscheidungswillen verloren und die Fähigkeit eingebüßt, sich aus ihrer Lethargie zu erheben. Sogar die Anwesenheit der Besucher war ihnen gleichgültig. Schließlich hielten die Doviate es nicht mehr aus. Ihr Rückzug glich fast einer Flucht. Doch sie verließen die Umshap nicht, ohne einen Botschafter auf ihrer Welt zu lassen.

»Durch Navigator Poluffle werden unsere beiden Völker verbunden bleiben«, verabschiedete Parjasthina sich von Panscha.

Poluffles Einsatz verdeutlichte Parjasthina eine weitere wichtige künftige Funktion der Navigatoren. Die Navigatoren lenkten nicht nur die Flottenverbände der Illochim, sie waren Bindeglied und Kontrollinstanz. Sie ruhten und überwachten aus dem Hintergrund. Sie trugen Informationen zusammen und lieferten Berichte, aus deren Auswertung die Doviate wichtige Schlüsse ziehen konnten.

Als der Planet der Umshap in den Holos kleiner wurde, sah Parjasthina vor seinem Inneren Auge Hunderte und Tausende ähnlicher Welten in den Tiefen Marasins liegen. Er erkannte die Verantwortung der Illochim all den unbekannten Völkern gegenüber, die darauf angewiesen waren, dass jemand für sie die Initiative ergriff. Dafür reichten die zur Verfügung stehenden Raumschiffkapazitäten der Illochim nicht aus. Sie brauchten eine Flotte, mit der sie allen Eventualitäten begegnen konnten.

Kapitel 17

Tschirque

»Haben die Sektierer Ärger gemacht?«, fragte Tschirque.

»Im Gegenteil. Jemand hat ihnen Ärger gemacht.« Lops stachelige Haarbüschel waren aufgerichtet. »Es kam zu einer Auseinandersetzung, bei der ein Teil ihres Tempels zerstört wurde.«

Der Kreuzwächter konnte nicht behaupten, dass ihm diese Neuigkeit missfiel. Mit ihrer Verehrung der Illochim, die sie im öffentlichen Bewusstsein zu verankern versuchten, waren Farfink und seine Anhänger der Leuchtenden Erlöser ein ständiger Quell der Unruhe. Denn sie erreichten nur das Gegenteil. Statt weitere Anhänger für ihre Bewegung zu gewinnen, schürten sie ungewollt die unterschwelligen Ängste der Bevölkerung. Wie oft schon hatte Tschirque bedauert, keine Handhabe gegen sie zu besitzen. Dennoch wahrte er die Form.

»Wer ist für die Schändung des Tempels verantwortlich?«

»Es waren drei Wesen, die verschiedenen Spezies angehören. Regular Zintob war zufällig in der Nähe des Tempels und hat das Ausmaß der Zerstörungen mit eigenen Augen gesehen. Das Eingangstor und ein Teil der Wand wurden eingerissen. Angeblich haben die Eindringlinge das mit bloßen Händen bewerkstelligt.«

»Gerede«, tat Tschirque die Behauptung ab. »Du kennst das. Jemand hat etwas gesehen und erzählt es weiter, und im Handumdrehen entwickelt sich eine haarsträubende Geschichte, in der nur noch ein winziger Kern Wahrheit steckt. So wird es auch in diesem Fall gewesen sein.«

»Ihr mögt recht haben, Wächter, aber ...«

»Aber was?«

»Das ist das Eigenartige.« Die rosafarbene Gesichtszeichnung des Ida-Boro wölbte sich. »Zintob ist mit sämtlichen Völkern in Avironda vertraut. Die drei Aufrührer gehören keinem davon an. Hinzu kommt, dass keiner von ihnen im Besitz eines Legitims ist.«

»Das ist unmöglich.« Tschirque verzog zweifelnd das Gesicht, und seine graue Haut raschelte wie zerknülltes Papier, das sich von selbst wieder entfaltete. »Jeder in Lupenchoi besitzt ein Legitim.«

»Diese nicht, wie sie dem Regular glaubhaft versicherten. Mehr noch, sie haben zugegeben, noch nie in ihrem Leben ein Legitim besessen zu haben. Sie seien aber bemüht, sich die Legitimation zu besorgen, und wollten deshalb nach Chamenspall reisen.«

»Ohne Legitim werden sie nicht weit kommen.« Tschirques Interesse begann zu erwachen. Diese völlig abstruse Geschichte, an der nicht viel dran sein konnte, lenkte ihn von dem Unglück ab, das sein Denken ausfüllte. »Was hat Zintob mit ihnen gemacht?«

Lop zögerte. Er schlug seine schwarzen Glubschaugen nieder.

»Heraus mit der Sprache!«, fuhr Tschirque seinen Vertrauten an.

»Er hat sie hergeführt«, krächzte der Ida-Boro. »Sie warten draußen und bestehen auf einer Audienz bei Euch, Wächter.«

»Wozu?«

»Sie versprechen sich von Eurer Intervention eine Passage nach Chamenspall, um dort zu erhalten, was sie nicht besitzen.«

Das klang logisch. Als Kreuzwächter konnte Tschirque eine unangefochtene Passage in die Wege leiten. Jedenfalls war es bis vor kurzem so gewesen. Leider hatten sich die Dinge geändert. In den Holosendungen tauchte sein helmverhülltes Antlitz nur noch in Verbindung mit den Gesichtern der beiden Toten auf. Er machte Zintob keinen Vorwurf, weil der Regular die Unbekannten in den Bürotrakt der Haltestelle geführt hatte. Unter anderen Umständen hätte er sich die Zeit genommen, sich mit ihnen zu beschäftigen, doch nach den jüngsten Ereignissen stellte er keine Hilfe dar. Er konnte ja nicht einmal sich selbst helfen. Die Berichterstattung, der er sich ausgesetzt sah, fraß ein Loch in sein Innerstes, das durch nichts ausgefüllt werden konnte.

»Schicke sie fort«, sagte er kraftlos. »Nun los. Was zögerst du?«

»Sie haben die Illochim erwähnt«, flüsterte Lop im Tonfall der Verschwörung. »Einer von ihnen, ein gewisser Atlan, behauptet, im Besitz von Informationen über die Illochim zu sein, die außer ihm und seinen Begleitern niemand auf Kamsporn und Lupenchoi besäße.«

Tschirque wich vor seinem Berater zurück wie vor der ansteckenden Krankheit eines Aussätzigen. Legte Lop es darauf an, den Kreuzwächter zusätzlich in Misskredit zu bringen? Genügte es nicht, dass Tschirque für alle Zeiten untrennbar mit dem Unglück von Avidarn in Verbindung stand? Sollte sein Name auch noch in einem Atemzug mit jenen genannt werden, vor denen eine unbezähmbare Furcht bestand?

»Ich will nichts mit ihnen zu schaffen haben. Geh hinaus und sage ihnen, dass ich sie nicht empfange. Sie sind hier nicht willkommen.«

Der Ida-Boro sträubte sich. »Sie machen nicht den Eindruck, sich abweisen zu lassen. Du solltest das Wesen mit Namen Paladin sehen, Wächter. Es ist Furcht einflößend. Einen solchen Hünen habe ich nie zuvor gesehen, und er gehorcht Atlan aufs Wort. Ich fürchte, er wird mich in der Luft zerreißen, wenn ich Atlan einen negativen Bescheid überbringe. Und die Frau, die sich Trilith Okt nennt, ist mir unheimlich.«

»Das ist dein Problem. Oder das von Zintob. Er hat die Fremden hergeführt, also soll er sie auch wieder wegbringen. Außerdem glaube ich, dass du übertreibst. Hat Paladin dir etwas zuleide getan? Nein. Na, siehst du. Du solltest dich weniger von Äußerlichkeiten beeindrucken lassen und mehr deinen Kopf gebrauchen.«

Tschirque zuckte zusammen, als sich die Tür zu seinem Büro öffnete und ein weißhaariger Humanoide den Raum betrat. Ihm folgten eine ebenfalls humanoide Frau und zuletzt eine vier Meter große Bestie, deren Schulterbreite Tschirques Körpergröße entsprach. Was die Größe und das Aussehen anging, ließ der Kreuzwächter sich nicht erschrecken. Er hatte in seinem Leben Vertreter zahlreicher Spezies kennengelernt und wusste, dass das optische

Erscheinungsbild nichts über Charakter oder Wesensart einer Person aussagte. Was er bei den Fremden fürchtete, war, dass sie womöglich große Reden über die Illochim schwangen und sich damit nicht sonderlich von Farfinks Sektierern unterschieden.

»Was bedeutet dieser Auftritt?«, brauste er auf. »Niemand hat das Recht, unaufgefordert in meine Räume einzudringen. Ich bin der Kreuzwächter von Avidarn.«

»Aus diesem Grund suchen wir dich auf.« Der Weißhaarige zeigte sich unbeeindruckt und blieb die Ruhe selbst. Er redete in einer fremden Sprache, die von einem kleinen Apparat in Shuli übersetzt wurde.

»Soll ich die Ordnungskräfte holen, damit sie die Eindringlinge entfernen?«, fragte Lop.

Dummkopf, dachte der Kreuzwächter. Der Weißschopf Atlan, die Frau namens Trilith Okt und besonders Paladin sahen nicht so aus, als ob sie sich von ein paar Uniformierten einschüchtern ließen. Beim Anblick des Hünen konnte Tschirque sich vorstellen, dass die Augenzeugenberichte über Zerstörungen mit bloßen Händen Tatsachen widerspiegelten.

»Unsere Absichten sind friedlich«, beteuerte Atlan. »Uns liegt nichts an einer Auseinandersetzung. Im Gegenteil. Wir kommen als Warner.«

Lop beugte sich lauernd vornüber. »Wovor wollt ihr den Kreuzwächter warnen?«

Atlan zögerte, doch Tschirque hatte keine Geheimnisse vor seinem Berater. »Du kannst reden. Ich vertraue Lop.«

»Es geht um die Illochim«, eröffnete der Weißhaarige.

»Die ... Illochim? Ich will nichts über sie hören.«

»Dir bleibt aber keine andere Wahl, als mich anzuhören. Die Illochim sind zurück auf der galaktischen Bühne. Sie schicken sich an, nach Lupenchoi zu kommen. Es bleibt nicht mehr viel Zeit bis zu ihrem Eintreffen.«

Tschirque wich entsetzt zurück. Dieser Atlan war des Wahnsinns. Seine Reden übertrafen die Litaneien Farfinks bei weitem.

»Weg!«, keuchte er, von aufkommender Panik gepackt. »Weg!«

Kapitel 18

Atlan

Der Kreuzwächter trug eine Art Rüstung aus geschmeidigem schwarzem Leder, die den größten Teil seines Körpers bedeckte. Nur sein Kopf und die Hände waren frei. Auf einem Tisch entdeckte ich einen Helm, der die martialische Ausstattung vervollständigte. Ich hielt das Band aus hellgelber Flüssigkeit, das sich um das obere Drittel von Tschirques Kopf wand, für eine Sehleiste. Sie war drei Zentimeter hoch und etwa zehn Zentimeter breit. Sobald ich die Illochim erwähnte, sonderte das Band einen tränenden Film ab, welcher gleich darauf eintrocknete. Tschirque wischte das erstarrte Sekret mit einer beiläufigen Bewegung ab.

Dein diplomatisches Geschick hat schon größere Sternstunden gesehen, warf mir der Extrasinn vor. *Dein Mentor Fartuloon wäre stolz auf dich.*

Mir bleibt keine Zeit, Rücksicht auf persönliche Befindlichkeiten zu nehmen, erinnerte ich meinen stetigen Mahner an die Dringlichkeit unserer Mission. *Die Notwendigkeit einer Kontaktaufnahme mit Regierungsverantwortlichen duldet keinen Aufschub. Mit Samthandschuhen komme ich nicht weiter, weil auf Lupenchoi jeder Angst vor den Illochim hat.*

Umso behutsamer solltest du zu Werke gehen.

Der extrem hagere Zweibeiner war etwa 2,80 Meter groß und mochte um die hundert Kilogramm wiegen. Der Raum, in den wir unter Auslassung jeglicher Etikette eingedrungen waren, war so hoch, dass sogar der Paladin darin stehen konnte, ohne sich bücken zu müssen.

»Du lügst«, hielt mir Lop, zu dem uns Regular Zintob geführt und der uns vor dem Bürokomplex der Haltestelle empfangen hatte, entgegen. Ich merkte, dass ihn der Widerspruch Überwindung kostete. »Wie wollt ihr an exklusives Wissen über die Illochim gekommen sein?«

Da ich die Katze aus dem Sack gelassen hatte, verzichtete ich auf Taktieren. »Wir haben es auf einer anderen Welt erhalten, in einer Galaxis namens Milchstraße. Noch halten sich die Illochim dort auf, doch sie bereiten sich auf ihre Rückkehr nach Marasin vor.«

»Das sind ungeheuerliche Behauptungen. Ihr verbreitet Weltuntergangsprophezeiungen.«

Ich sah, dass die Gesichtszeichnung des Beraters sich aufblähte, als würde sie atmen. Lop schwankte zwischen untätigem Entsetzen und dem Drang zu fliehen. Er schien sich aber besser unter Kontrolle zu haben als der Kreuzwächter, dem er zur Seite stand. Dass ich über Jahrtausende im Kontakt mit unzähligen Fremdvölkern gestanden hatte, gestattete mir, aus dem Verhalten gewisse Rückschlüsse zu ziehen, auch wenn ich ihre Gestik und Mimik nicht kannte. Ich konnte mich des Eindrucks nicht erwehren, dass nicht allein die Nennung der Illochim schuld war an Tschirques Lähmung. Ich erinnerte mich an Zintobs Bemerkung über einen Unfall. Seitdem war der Kreuzwächter angeblich von Passivität befallen. Ich hoffte, dass sie nicht in Teilnahmslosigkeit oder gar Gleichgültigkeit ausartete.

»Wir benennen lediglich Fakten. Wir sind nach Lupenchoi gekommen, um die Verantwortlichen von Kamsporn über die Bedrohung zu unterrichten.«

»Diese Bedrohung bestand schon immer.«

»Nur unterschwellig, doch nun wird sie konkret«, brachte Trilith die Tatsachen auf den Punkt.

»Niemand will das hören.« Tschirque löste sich aus seiner Erstarrung. »Eure Ankündigung wird unter der Bevölkerung einen Sturm des Entsetzens auslösen. Verschwinde, Lop, und lass uns allein.«

»Seid Ihr sicher, Wächter?«

»Raus mit dir!«

Der Berater drehte sich um und stürmte aus dem Raum. Tschirque stieß die Tür hinter ihm zu. »Ich will, dass ihr mich ebenfalls verlasst, doch diesen Gefallen werdet ihr mir nicht tun.«

»Das hast du richtig erkannt.«

»Ihr seid nicht wegen eines Legitims zu mir gekommen.«

»Nein. Wir wollen in die Hauptstadt. Ich erwarte, dass du uns einen Kontakt zur Regierung in Chamenspall herstellst.« Ich rekapitulierte in kurzen Worten, was wir auf Charastinte erfahren hatten.

Ich hatte den Eindruck, dass der Kreuzwächter mir gar nicht richtig zuhörte. Er stakste mit unwirklich anmutenden Bewegungen zur Fensterfront hinüber. So weitgreifend seine Schritte waren, so zeitlupenhaft kamen sie mir vor. Er blieb vor den leicht getönten Scheiben stehen und schaute nach draußen.

»Hast du zu dem, was ich dir eben unterbreitet habe, nichts zu sagen?«

»Ich denke nicht daran, deinem Wunsch zu entsprechen.« Tschirque erstarrte zur Bewegungslosigkeit. »Ich helfe euch bei nichts, was mit den Illochim zu tun hat. Du solltest nicht so leichtfertig über sie reden, denn was du behauptest, ist unverantwortlich.«

»Unverantwortlich?« Ich konnte Tschirques Verhalten nicht fassen. »Unverantwortlich wäre es nur, die Tatsachen zu ignorieren und keine Maßnahmen in die Wege zu leiten, um der Gefahr zu begegnen.«

»Du begreifst nicht.« Der Kreuzwächter senkte die Stimme. »Man spricht nicht über die Illochim. Die Bevölkerung fürchtet nichts mehr als ihre Rückkehr.«

»Zu Recht.«

»Umso schlimmer. Niemand wird euch zuhören, weil niemand die Wahrheit akzeptieren will. Und das ist noch nicht alles. Man wird euch für das, was ihr voraussagt, verantwortlich machen. Ihr bringt die Nachricht, also bringt ihr auch die Illochim.«

»Das ist nicht dein Ernst.«

Tschirque schwieg.

»Ich glaube dir nicht«, sagte Trilith angriffslustig. »Du willst uns möglichst schnell los sein. Kein Wesen auf Lupenchoi oder Kamsporn kann unsere Warnung in den Wind schlagen.«

Ich war nicht ihrer Ansicht. Tschirque hatte keinen Anlass, uns etwas vorzumachen. In der Geschichte der Terraner hatte ich es mehr als einmal erlebt. Eine Hiobsbotschaft bewirkte zuweilen keine logischen Maßnahmen zur Gefahrenabwehr, sondern führte zu blinder Panik. Derjenige, der die schlechte Nachricht überbrachte, trug die Schuld an ihrem Inhalt.

»Ich glaube, Tschirque sagt die Wahrheit.«

»Das ändert nichts an unserer Absicht, Arkonide. Wir müssen nach Chamenspall.«

Ein Geräusch in meinem Rücken erregte meine Aufmerksamkeit. Ich fuhr herum und entdeckte Lop, der im angrenzenden Korridor stand. Von beiden Seiten des Durchgangs strömten bewaffnete Blauuniformierte in das Büro des Kreuzwächters. Aufgeregte Rufe drangen an meine Ohren, und inmitten der Ordnungskräfte entdeckte ich Zintob. Der Regular hetzte seine Leute auf uns.

»Das ist ein Fehler. Lass den Angriff abbrechen!«, herrschte ich den Kreuzwächter an.

»Ich habe keinen solchen Befehl erteilt. Lop, schicke die Männer fort.«

Sein Berater ignorierte die Anweisung, und die Uniformierten legten ihre Waffen auf uns an. Ohne auf meinen Befehl zu warten, ergriffen die Thunderbolts die Initiative. Bewegung kam in den Paladin, der während der ganzen Unterhaltung regungslos dagestanden und dem Gespräch gelauscht hatte. Seine Handlungsarme wischten über den Boden und fegten ein halbes Dutzend Blaue, die entsetzte Schreie ausstießen, von den Beinen. Keinen Moment zu früh flammte sein HÜ-Schirm auf, denn schon eröffnete Zintobs Gefolgschaft das Feuer.

Zwischen den Uniformierten und mir bildete der Paladin eine Wand, die die Strahlen abfing. Er packte zwei Blaue mit seinen Handlungsarmen und schleuderte sie den Nachrückern entgegen. Da sie nicht an dem Roboter vorbeikamen, stauten sie sich in dem Durchgang.

Ich übersah im Bruchteil einer Sekunde, dass eine gewaltlose Verständigung in weite Ferne gerückt war. Ich griff nach einer am

Boden liegenden Waffe und gewahrte, dass Trilith geschmeidig zwischen den anderthalb Meter langen Beinen des Paladin hindurchtauchte und zwei Angreifer mit präzisen Schlägen zu Boden schickte. Es war kaum möglich, den fließenden Bewegungen des Schemawesens mit bloßem Auge zu folgen. Es wechselte seine Position in Sekundenbruchteilen und fällte weitere Gegner, ohne sein Vibro-Messer zu benutzen und ein Blutbad anzurichten.

Mehrere Blitze flammten auf und wurden vom Schirm des Paladin abgeleitet. Wir saßen in der Falle, denn hinter uns gab es keinen Ausgang.

Ich packte Tschirque und stieß ihn vor mir her. »Feuer einstellen!«, schrie ich gegen den Kampflärm an. »Ihr gefährdet euren Wächter!«

Angetrieben von Lop und Zintob, ignorierten die Blauen meine Aufforderung. Sie versuchten, an dem Hünen vorbei zu kommen, weil sie begriffen, dass sie ihm nichts anhaben konnten. Sie hatten es auf Trilith und mich abgesehen.

»Wir müssen hier raus, Major.«

»Ist klar, Sir«, antwortete Harl Dephin.

»Wir nehmen Tschirque mit.« Mit der Entführung des Kreuzwächters hatten wir zwar sämtliche Ordnungskräfte Avirondas am Hals, doch mir fiel keine andere Möglichkeit ein, unser Ziel zu erreichen. Es musste mir gelingen, ihn zu überzeugen. Außerdem war er ein gutes Druckmittel, um unsere Verfolger auf Distanz zu halten.

Der Paladin richtete ein Chaos unter den Blauen an. Mit den schaufelgroßen Händen des Roboters packte Harl Dephin sie und schleuderte sie reihenweise davon. Ihre Schreie vermischten sich mit dem Zischen der Waffen sowie Befehlen und Flüchen, die hin- und hereilten. Ohne schweres Gerät war eine ganze Armee dem Paladin hoffnungslos unterlegen. Als das Feuer zum Erliegen kam, wirbelte er herum, griff nach dem Kreuzwächter und klemmte ihn unter seinen linken Handlungsarm.

Zu meiner Überraschung zeigte Tschirque keine Gegenwehr. »Mein Helm«, flehte er. »Ich brauche meinen Helm.«

Angesichts der Situation kam mir seine Forderung grotesk vor. In aller Eile nahm ich den leichten und doch immens stabilen Helm vom Tisch und reichte ihn dem Hageren. Tschirque packte ihn mit einer freien Hand und presste ihn an sich, als hinge sein Leben davon ab.

Der Paladin stapfte durch den Ausgang. Trilith und ich huschten in gebückter Haltung aus dem Raum und benutzten den stählernen Giganten als Deckung. Die Blauen hatten sich zu den Korridormündungen zurückgezogen und warteten ab. Sie wagten jetzt nicht mehr zu schießen, um den Vorsteher der Haltestelle Avidarn nicht zu gefährden. Lop hatte sich unter sie gemischt und zeigte die interuniverselle Geste der erhobenen Hände, um vermeintliche Sicherheit zu demonstrieren.

»Die Aufwiegler kommen nicht weit, Wächter«, versprach er seinem Vorgesetzten. »Ich veranlasse alle notwendigen Schritte, um Euch zu befreien.«

»Nicht wir sind die Bedrohung, Tschirque, sondern die Illochim. Verkünde es, dann können wir in Ruhe weiterreden«, appellierte ich an die Vernunft unseres Gefangenen.

Er hing widerstandslos im Griff des Roboters und sagte kein Wort. Ich begriff das nicht. Weder unsere Ankündigung der heimkommenden Illochim konnte seine Teilnahmslosigkeit bewirkt haben, noch die zugegeben unangenehme Lage, in der er steckte. Ich glaubte nicht, dass jemand, der die ehrenvolle Position eines Kreuzwächters inne hatte, so leicht zu beeindrucken war.

Der Paladin rammte wenig rücksichtsvoll eine Zwischentür auf. Sie brach aus dem demolierten Rahmen und schlug scheppernd zu Boden. Trilith und ich sprangen über das verbogene Metall hinweg, den Roboter weiterhin als Deckung benutzend. Ein paar Blaue steckten den Kopf aus der Deckung. Sie duckten sich gleich wieder, als ich drei kurze Feuerstöße in den hinter uns liegenden Korridor schickte. Ich wollte keinen von ihnen verletzen oder gar töten, doch irgendwie mussten wir sie uns vom Leibe halten, da sie Argumenten nicht zugänglich waren.

»Da drüben gelangen wir nach draußen.« Trilith überwand ein massiges Pult, hinter dem bei unserer Ankunft zwei Bedienstete gestanden hatten. Jetzt hielt sich niemand mehr in der Halle auf. Bei dem Lärm, den wir veranstalteten, hatten alle Anwesenden die Flucht ergriffen.

Ich folgte dem Schemawesen in die angegebene Richtung, während Harl Dephin uns wertvolle Sekunden verschaffte. Der von ihm gesteuerte Kampfkoloss riss das Pult aus seiner Verankerung und schob es wie ein Spielzeug vor den in Trümmern liegenden Durchgang. Tschirque zog den Kopf ein und bemühte sich, sich trotz seiner Körperlänge möglichst klein zu machen. Irgendwie war es ihm gelungen, sich den Helm überzustreifen.

Wir rannten durch eine Halle zum Ausgang, und diesmal riss ich die Tür auf, bevor der Paladin sie zertrümmern konnte. Er passte geradeso hindurch. Die schweren Metallflügel schwangen hinter uns zu.

»Zuschweißen, Major!«

Harl Dephins Auffassungsgabe war so ausgeprägt wie seine Reaktionsschnelligkeit. Mit dem rechten Handlungsarm zog er den überschweren Kombistrahler aus der Gürteltasche, legte auf das Portal an und verschweißte die Nahtstelle zwischen den Türflügeln. Ein paar Passanten, die auf uns aufmerksam wurden, brachten sich in Sicherheit. Ihr Kreuzwächter, der unübersehbar hilflos im Griff des Paladin hing, schien sie nicht zu kümmern.

Weil ihnen, wie deine Barbarenfreunde sagen, das Hemd näher ist als die Hose, interpretierte der Extrasinn das mir unverständliche Gebaren. *Sie machen nichts anderes, als einem Reflex zu folgen, den die meisten Lebewesen teilen. Angesichts einer unüberschaubaren Bedrohung bringen sie sich zunächst einmal in Sicherheit.*

Ich glaube nicht, dass von einem »Zunächst einmal« die Rede sein kann, gab ich zurück. *Diese Wesen erwecken nicht den Eindruck, als ob sie das Schicksal des Kreuzwächters* überhaupt *interessiert.*

Die Position des Kreuzwächters mag bei der Bevölkerung generell schlecht angesehen sein, oder speziell Tschirque ist wenig beliebt.

Oder in solche Ungnade gefallen, dass sich niemand ein Bein für ihn ausreißt, brachte ich eine weitere Alternative ins Spiel. Hier passte einiges nicht zusammen.

Kapitel 19

Lop

Die Teilnahmslosigkeit, mit der Tschirque sein Schicksal hinnahm, passte zu dem Bild, das er in den vergangenen Tagen abgegeben hatte. Es war ein Bild des Jammers und der Erbärmlichkeit, die dem hohen Amt, das er bekleidete, nicht gerecht wurde. Er wehrte sich nicht gegen den Riesen, der ihn festhielt. Wie eine leblose Puppe ließ der Wächter die Geschehnisse über sich ergehen, statt sich dagegen zu stemmen und Regular Zintobs Ordnungskräfte bei ihren Befreiungsversuchen zu unterstützen.

Einst hatte Lop den Kreuzwächter vorbehaltlos und mit all seiner Kraft unterstützt, doch da war Tschirque noch ein anderer gewesen. Er hatte einen unbeugsamen Willen besessen, hatte vor Kraft und Unnachgiebigkeit gestrotzt und Avidarn mit einer Selbstverständlichkeit geleitet, als sei er in das Amt des Stationsvorstehers hineingeboren worden. Als sei es ihm bestimmt gewesen wie selten einem Kreuzwächter zuvor. Der Unfall hatte alles verändert. Innerhalb weniger Tage hatte sich Tschirque von Grund auf verändert. Nichts war geblieben von dem Wächter, dem Lop Achtung und Respekt gezollt hatte. Der Tunneleinsturz und die öffentliche Schelte hatten ihn aus der Bahn geworfen.

»Hinterher!«, trieb Zintob seine Leute an. »Brecht die Tür auf. Benutzt andere Ausgänge und die Fenster in den Nebenräumen. Die Entführer des Kreuzwächters dürfen nicht entkommen.«

»Denkt daran, dass sie die Rückkehr der Illochim predigen«, rief Lop den Uniformierten hinterher. Die Furcht vor den Illochim würde sie mehr beflügeln als alles andere.

»Es ist unnötig, sie mit zusätzlicher Furcht zu impfen«, protestierte der Regular. Er schickte sich an, die Halle zu durchqueren.

Der Ido-Boro hielt Zintob fest. »Es mag unnötig sein, aber es erhöht ihre Motivation, die Aufwiegler zur Strecke zu bringen.«

»Zur Strecke bringen? Du meinst, sie zu fassen?«

»Ich meine, was ich gesagt habe.« Lop hatte viel nachgedacht in den letzten Tagen. Was schon seit geraumer Weile tief in seinem Innersten geschlummert hatte wie eine langsam wuchernde Geschwulst, hatte sich einen Weg an die Oberfläche gebahnt. »Falsche Rücksicht ist unangebracht. Atlan und seine Begleiter müssen verstummen, sonst versetzen sie die Bevölkerung in Panik.«

»Der Kreuzwächter ist ihre Geisel.«

»Eine Geisel, die fast freiwillig mit ihnen gegangen ist.« Lop musste achtgeben, die richtigen Worte zu wählen, um in Zintobs Augen nicht als Verräter dazustehen. »Ist es dir nicht aufgefallen? Der Wächter schien erleichtert zu sein, sich auf diese Weise aus der Verantwortung stehlen zu können.«

Der Regular wackelte mit dem Kopf und sah seinen Leuten nach. Ein paar von ihnen machten sich am verschlossenen Eingangstor zu schaffen, andere wichen in die Nebenräume aus, wie er es angeordnet hatte. Zintob schloss sich ihnen nicht an, sondern richtete seine Aufmerksamkeit auf den Ida-Boro, was Lop für ein positives Zeichen hielt.

»Das sind gewagte Worte«, antwortete der Bliisch vorsichtig. Seine Greiftentakel zeichneten bizarre Muster in die Luft. »Tschirque könnte sie dir nach seiner Befreiung übelnehmen.«

»Nach seiner Befreiung, ja. Allerdings ...«

»Allerdings was?«

»Allerdings hege ich Zweifel, dass er überhaupt befreit werden will.«

»Das ist ... deine Meinung, Berater.«

»Nein, es ist eine Schlussfolgerung, an der wir nicht vorbeikommen. Im Gegensatz zu dir, im Gegensatz zu jedem anderen in Avironda habe ich täglich mit Tschirque zu tun. Ich bin in seiner Nähe, beobachte ihn und bekomme zwangsläufig seine Stimmungen mit, seine Launen und seine Hingabe für die Arbeit. Seine Stimmung und seine Laune sind auf einen Tiefpunkt gesunken, von dem sie sich nicht wieder erheben, und seine Hingabe ...« Lop zögerte. Wagte er sich zu weit vor, besiegelte dies womöglich sein eigenes Schicksal.

Zintob sah sich mit zuckenden Stummelfingern um. Seine Leute waren verschwunden. »Wir sind allein. Niemand hört uns zu, deshalb kannst du mir deine Ansicht unbefangen mitteilen und später leugnen, sie mir gegenüber jemals kundgetan zu haben.«

Die Aufforderung bewies eine gewisse Aufgeschlossenheit. Vielleicht hatte der Regular sich ähnliche Gedanken über den Wächter gemacht. Sie ermutigte Lop auszusprechen, was ihn beschäftigte. »Tschirques Hingabe für sein Amt ist erloschen. Er ist kein Kreuzwächter mehr, sondern ein Verwalter. Ein Verwalter dessen, was war. Was vor dem Unglück war, wohlgemerkt. Statt an die Öffentlichkeit zu gehen, verkriecht er sich.«

»Das sind schwerwiegende Anschuldigungen.«

»Nein, es sind Tatsachen.« Lop nahm seinen ganzen Mut zusammen. »Hättest du nicht dieselben Schlüsse gezogen, würdest du mir nicht zuhören.«

»Würde es nicht an Insubordination grenzen, käme ich auf die Idee, du hieltest Tschirque nicht mehr für fähig, das Amt des Kreuzwächters zu bekleiden«, wand sich der Regular. Sein blaues Haupt zuckte wie unter Stromstößen. »Träfe dies zu, und ich spreche ausdrücklich im Konjunktiv, bräuchte Avidarn unverzüglich einen anderen Kreuzwächter.«

»Ich bin bereit, diese Last auf mich zu nehmen«, platzte es aus Lop heraus. Da er seine Ambitionen unverblümt ausgesprochen hatte, erschrak er vor seiner eigenen Kühnheit. Nun konnte er nicht mehr behaupten, dass es sich um ein Missverständnis zwischen Zintob und ihm handelte.

Die Tentakel die Bliisch schnitten durch die Luft. »Wenn du recht hast, dürfen wir nicht zögern zu handeln. Das sind wir Avironda und Avidarn schuldig.«

Adrenalin pumpte Blut in Lops Gesichtszeichnung und ließ sie wallen. »Avironda fällt in deinen Zuständigkeitsbereich. Um die Haltestelle kümmere ich mich. Die Stadt und das ganze Land müssen von Atlans Drohungen erfahren.«

Zintob senkte die Stimme. »Von einer möglichen Rückkehr der Illochim?«

»Ja. Glaube mir, ich fürchte diesen Unsinn so sehr wie du. Gerade deshalb dürfen wir nicht zögern, die Bevölkerung zu unterrichten.«

»Das wird eine Panik auslösen.«

»Ja.«

»Sagtest du nicht eben, genau das müsse verhindert werden?«

»Da wusste ich nicht, ob ich mich auf dich verlassen kann. Nun bin ich davon überzeugt, Regular, und dieses Wissen verdeutlicht mir, dass deine bisherigen Kompetenzen viel zu gering beschieden waren. Es wird Zeit, dass ein Kreuzwächter, der deine Arbeit zu schätzen weiß, sie angemessen erweitert.«

»Ich nehme deine Worte zur Kenntnis und werde dich zu gegebener Zeit daran erinnern.« Der Bliisch wand seine beiden Tentakel umeinander und tastete nach seinem Gegenüber. »Das ändert nichts daran, dass wir uns keine Panik erlauben können.«

»Nicht wir lösen sie aus, sondern Atlan und seine Begleiter – und Tschirques Willfährigkeit. Sobald die Bevölkerung das Problem der Aufwiegler gelöst hat, wird die Panik enden.« Lop ließ offen, ob er zu den Aufwieglern auch den Wächter zählte.

»Das mag zutreffen. Auf eine mögliche bevorstehende Ankunft der Illochim hat die Befriedung der Aufwiegler jedoch keinen Einfluss.«

Für einen Moment schloss Lop seine schwarzen Glubschaugen. Mit ihnen verschloss er sein inneres Auge vor der Wirklichkeit. »Reihe dich nicht ein in die Riege der Schwarzmaler«, flüsterte er. »Die Illochim werden nicht kommen.«

»Nein, das werden sie nicht«, antwortete Zintob kaum hörbar.

Die Übereinkunft zwischen dem Ida-Boro und dem Bliisch war wie ein Gelübde, das keinen Raum für Zweifel ließ. Dabei wussten beide, dass sie auf die Dinge, die kommen würden, keinen Einfluss hatten.

Kapitel 20

Shapda-Shapda Maon

Maudi-Haup richtete sich auf. Der Blick aus seinen violetten Augen hing am Mund seiner Großmutter. »Parjasthina und seine Begleiter sind einfach wieder weggeflogen?«

»Das sind sie.«

»Sie scheinen sehr freundlich gewesen zu sein, da sie sich Sorgen um die anderen Völker Marasins gemacht haben«, murmelte der Achtjährige. »Sie haben sogar einen Nabi... einen Navi... einen Nagibator bei den Umshap gelassen, damit er auf sie achtgibt.«

»Einen Navigator«, verbesserte Shapda-Shapda. »Nein, das war durchaus kein Akt der Freundlichkeit. Sie ließen den Navigator aus Eigeninteresse zurück. Er sollte aufpassen, was die Umshap unternehmen. Parjasthina wollte jederzeit wissen, was bei diesen Wesen geschah. Es war die erste Welt, auf der die Doviate so handelten, doch beileibe nicht die letzte. Sie setzten die Navigatoren gewissermaßen als Waffe ein.«

»Hatten sie Angst davor, die Umshap könnten sich als Feinde erweisen und sie angreifen?«

»Nein, mein Lieber. Sie fürchteten vielmehr, die Umshap würden irgendwann aus ihrer Lethargie erwachen und einen Weg beschreiten, der nicht im Sinne der Illochim war. Ich habe es in meiner Geschichte ein paar Mal angesprochen. Die Doviate hatten bestimmte Vorstellungen davon, wie die Welt auszusehen hatte. Sie sollte so bleiben, wie sie war.«

»Ist das Nachhaltigkeit?«

»Ja, jedenfalls in den Augen der Doviate. Veränderungen waren ihn ein Gräuel. Sie traten für einen ständig gleichbleibenden Zustand ein. Ihn zu konservieren ist aber nicht so einfach, weil sich Dinge nun einmal ändern. Das Wirken der Illochim war trotzdem darauf ausgerichtet, und da begannen ihre Probleme. Die bestehenden Verhältnisse konnten sie allein nämlich nicht bewahren. Um sie aufrechtzuerhalten, mussten sie andere Völker davon abhalten, Veränderungen in die Wege zu leiten.«

»Bestimmt ist ihnen das leichtgefallen«, vermutete der Junge und trank einen Schluck Wasser.

»Wie kommst du darauf?«

»Du hast gesagt, die anderen Völker Marasins waren wie gelähmt. Sie haben nichts unternommen, sondern nur über die Katastrophe geredet. Das war doch genau das, was die Doviate wollten.«

»Im Grunde schon«, bestätigte Shapda-Shapda die Überlegung ihres Enkels. »Doch nicht alle überlebenden Völker in der Restegalaxis waren so teilnahmslos wie die Umshap und die Ülyz-Ty. Sie waren nur die ersten, auf die die Illochim durch die räumliche Nachbarschaft trafen. Andere Völker hatten durchaus eigene Ansichten. Nicht alle blieben ausschließlich passiv, wenn auch sonst niemand so konkrete Vorstellungen wie die Doviate hatte, wie die Welt aussehen sollte.«

»Du, Groom?«

»Ja, Maudi?«

Der Junge druckste herum. »Was ist mit uns? Was ist mit den Kalfatern? Kommen wir in deiner Geschichte auch vor?«

Shapda-Shapda zögerte mit einer Antwort. »Noch nicht. Erst viel, viel später.«

»Wir haben uns bestimmt nichts von den Illochim sagen lassen, habe ich recht?«, fragte Maudi-Haup. »Sicher wussten wir ganz genau, was wir wollten und haben den Illochim das gesagt. Das wird ihnen schön zu denken gegeben haben.«

Die Kapitänin wünschte, sie hätte die Fragen ihres Enkels mit einem vorbehaltlosen »Ja« beantworten können. Doch damit wäre sie nicht bei der Wahrheit geblieben. Ihre Gedanken eilten Jahrtausende in die Vergangenheit und weigerten sich, in jener schicksalhaften Zeit zu verharren. Sofort kehrten sie in die Gegenwart zurück. Shapda-Shapda beugte sich vor und legte eine Hand auf die Stirn des Achtjährigen. Irrte sie sich, oder war seine Temperatur weiter angestiegen?

»Du solltest versuchen, ein wenig zu schlafen«, riet sie.

»Ich bin gar nicht mehr müde. Wirklich nicht, Groom. Es gibt noch so viel, was ich wissen will.«

»Was denn, Maudi?«

»Du sagtest eben, nicht alle Völker, auf die die Illochim trafen, waren so teilnahmslos wie die Umshap.«

»Das ist richtig.«

»Haben die Illochim sich mit ihnen verständigt? Sind womöglich sogar Freunde aus ihnen geworden?«

»Leider nicht. Darauf legten die Doviate nämlich keinen Wert.«

»Das begreife ich nicht.«

»Da bist du nicht der Einzige, mein lieber Junge.« Was Shapda-Shapda an Kindern am meisten bewunderte, war ihre unverdorbene Naivität. Das Gute in der Welt stand für junge Flößer in Maudi-Haups Alter im Vordergrund, Schlechtes und Böses hielt sich in ihrer Vorstellungskraft noch im Hintergrund. Ihre Sichtweise veränderte sich nur allmählich, Gut und Böse näherten sich einander an und nivellierten sich irgendwann. Im Verständnis eines Kindes mochte Parjasthina durchaus als positive Figur durchgehen, als strahlender Held, der, geleitet von einem konkreten, unverrückbaren Trieb, selbstlos in die Galaxis hinauszog und sie seinen Schwarminstinkten anzupassen versuchte. Dass zwischen Schwarz und Weiß unzählige Schattierungen lagen, zeigte sich an der Vielfalt der Völker auf Kamsporn. Sie lebten nebeneinander, in gewisser Weise sogar miteinander, und beäugten sich doch misstrauisch. Was sie einte, war die Furcht vor einer Rückkehr der Illochim.

Marasins Sternengötter mögen dich davor behüten, kleiner Maudi, dachte das Oberhaupt des Maon-Stammes.

»Magst du nicht weitererzählen, Groom?«, sorgte sich Maudi-Haup mit trauriger Stimme.

»Wie sollte ich damit aufhören, wenn du noch mehr erfahren willst?«, fragte sie zurück.

Der Junge lächelte. »Danke, Groom.«

»Also, Maudi, wonach verlangt es dich?«

»Nach Parjasthina«, bat er. »Ich möchte mehr über Parjasthina erfahren.«

Kapitel 21

Schofarth

Vom positronischen Hauptrechner der WARTHAIN gesteuert, fielen die vier Schiffe gleichzeitig in den Normalraum zurück. Im Flaggschiff des kleinen Verbands wartete Kommandant Schofarth auf die Meldungen seiner Offiziere. Sie kamen in rascher Folge und bestätigten die Ergebnisse der Fernortung und die von Sonden gelieferten Daten. Der Zielstern besaß acht Begleiter, von denen zwei in der Lebenszone lagen.

»Ich messe Pendelverkehr zwischen dem dritten und dem vierten Planeten an. Beide sind auf unserem technischen Stand«, meldete Orter Jostherdin. »Schwache Energieemissionen kommen von vier weiteren Umläufern. Sie stammen von bemannten Basen oder automatischen Einrichtungen. Die bewohnten Welten werden von Wachforts in der Umlaufbahn gesichert. Ein weiterer Sperrkordon befindet sich auf Höhe des Asteroidengürtels.«

»Gibt es Funkverkehr auf Hyperbasis?«

»Positiv«, antwortete der Funker Gusthan.

Schofarth folgerte daraus, dass die Bewohner des Acht-Planeten-Systems interstellare Raumfahrt betrieben. Sie verkrochen sich nicht in ihrem System wie die Umshap. Wie weit sie vorgestoßen waren, ließ sich aus den vorliegenden Informationen nicht ersehen. Ebenso wenig war ihre Motivation bekannt, doch die Mahnungen der Doviate, die an die Kommandanten aller Besiedlungsschiffe ergangen waren, klangen in Schofarths Gehör. Es war nicht davon auszugehen, dass die Völker, denen man begegnete, mit den Zielen der Illochim konform gingen. Viele von ihnen waren nicht an Bestand interessiert, nicht an Nachhaltigkeit, wie Parjasthina es formulierte. Ihnen durfte man nicht nachgeben. Im Gegenteil mussten die Illochim ihnen die Bedingungen für ihr Weiterleben diktieren.

Der Kommandant der WARTHAIN interpretierte diese Aussage auf eine aggressive Weise. Wer nicht kooperierte, musste zu seinem Glück gezwungen werden. Er dachte an die Kanarves in den Begleitschiffen, die ihrer Bestimmung entgegensahen.

Auf dem Panoramabildschirm war das gelbe Zentralgestirn des Systems zu sehen. In einer schematischen Darstellung flammten Symbole auf, die die Planeten darstellten. In markantem Rot stachen die Wachforts hervor, die der Orter angesprochen hatte. Sie vermittelten Wehrhaftigkeit, wenn nicht sogar Bedrohung. Obwohl die Lage für Schofarth neu war, hatte er nicht vor, sich davon beeindrucken zu lassen.

Zuvor hatte er nur unbewohnte Welten angeflogen und war nie auf Widerstand gestoßen. Er hatte von anderen Kommandanten gehört, denen das anders ergangen war. Angeblich war es zu Auseinandersetzungen gekommen. Die Doviate leiteten solche Meldungen nicht weiter, deshalb konnte Schofarth nicht beurteilen, ob sie den Tatsachen entsprachen. In jedem Fall war er gewarnt und auf möglichen Starrsinn fremder Völker vorbereitet. Er würde sich nicht davon abbringen lassen, die Kolonisten abzusetzen, und nicht nur sie. An Bord eines seiner Begleitschiffe war der Navigator Quoffludom untergebracht. Quoffludom hatte die Schiffe in dieses Sonnensystem navigiert und war dafür vorgesehen, nach deren Abflug über das System zu wachen.

»Übersetzungsgeräte aktivieren und die Fremden anfunken«, befahl Schofarth.

Der Funker beugte sich über sein Pult und nahm eine Schaltung vor. Durch ein Handzeichen gab er zu verstehen, dass die Verbindung hergestellt war. »Ich bekomme leider keinen visuellen Kontakt, sondern nur eine Audiosequenz.«

Das war besser als nichts. Eine so prompte Reaktion hatte der Kanarve nicht erwartet. Gelassen nahm er sie hin und erhob seine Stimme. »Hier spricht Illochim-Kommandant Schofarth an Bord des Siedlerschiffs WARTHAIN. Wenn mich jemand versteht, erbitte ich eine Antwort.«

Sekunden später drang eine heisere Stimme aus den Lautsprechern der Zentrale. Abgehackte Brocken einer fremden Sprache waren zu vernehmen. Im ersten Moment befürchtete Schofarth einen technischen Defekt, doch er erinnerte sich an die Einweisung in die neuen Übersetzungsgeräte. Eine sofortige Verständigung kam nicht zustande. Der positronische Analysator musste zunächst mit den Grundlagen von Semantik und Syntax gefüttert werden.

»Das klingt schauderhaft«, warf Gusthan ein.

»Es gibt keinen Grund für eine solche Herabwürdigung. Vermutlich beurteilen die Fremden unsere Sprache ebenso wenig schmeichelhaft«, maßregelte der Kommandant den Funker. Er wiederholte die Standardbegrüßung der Illochim und fügte ein paar inhaltslose Floskeln hinzu.

Schofarths Gesprächspartner antwortete unverständlich, und so ging es ein paar Minuten lang hin und her. Geduldig setzte er seine Bemühungen fort, während die vier Kuben am äußeren Gasriesen vorbeizogen, und endlich wandelte sich das raue Bellen in ein verständliches Wort.

»Illochim?« Am derben Tonfall änderte sich nichts. »Ihr seid Illochim?«

»Das ist richtig. Mit wem spreche ich?«

»Wir haben nie von Illochim gehört«, antwortete der Unsichtbare, ohne auf die gestellte Frage einzugehen. »Wir wollen nichts mit euch zu schaffen haben. Wir fordern euch auf, unser Sonnensystem umgehend zu verlassen.«

Der Kommandant lauschte den Worten. Mit einer solchen Entwicklung der Unterhaltung hatte er nicht gerechnet. Er war ehrlich zu sich und gestand sich ein, dass von einer Gesprächsentwicklung überhaupt keine Rede sein konnte. Er fühlte die Blicke seiner Offiziere auf sich lasten und glaubte Ratlosigkeit zu spüren. Der Hauch eines Zweifels streifte ihn. War es nicht naiv anzunehmen, die Illochim könnten zu einer bewohnten Welt kommen und dort gewisse Ansprüche stellen?

Wie würden wir uns verhalten, wenn ein raumfahrendes Volk über einer unserer Kolonien auftauchte und sich anschickte, dort sesshaft zu werden? Wir würden es mit allen uns zur Verfügung stehenden Mitteln zurückschlagen.

Aber die Fremden wussten nichts von den Plänen der Illochim, daher war ihre ablehnende Haltung unverständlich. Die Illochim hätten unbekannte Besucher freundlicher empfangen und nicht die Verständigungsversuche im Keim erstickt. Schofarth konnte sich nicht vorstellen, dass die Doviate eine solche Reaktion nicht einkalkuliert hatten. Er spielte mit dem Gedanken, Navigator Quoffludom um Rat zu ersuchen, doch womöglich hätte man ihm das als Inkompetenz ausgelegt und ihn seines Postens enthoben. Er war kein Navigator und schon gar kein Doviat, doch er war ein so wertvoller Illochim wie jeder andere und durchaus in der Verfassung, eine Lösung für das unerwartete Problem zu finden.

»Offenbar handelt es sich um ein Missverständnis«, beteuerte er. »Mir liegt daran, es auszuräumen. Ich schlage vor, dass wir uns zu einem persönlichen Gespräch treffen, um unsere Standpunkte auszutauschen.«

»Wir sind nicht an einem solchen Austausch interessiert. Habe ich das nicht klar zum Ausdruck gebracht?«, kam die schroffe Antwort. »Ich wiederhole noch einmal: Wir akzeptieren keine Belästigung. Dies ist die letzte Aufforderung. Dreht ab und verlasst unser System. Jedes weitere Vordringen betrachten wir als Angriff.«

In der taktischen Darstellung war zu sehen, dass die Kuben die Bahn des zweitäußeren Gasriesen gekreuzt hatten und auf den Asteroidengürtel zuflogen. Schofarth war nicht gewillt, sich von der Drohung beeinflussen zu lassen. Er war ein unbedingter Verfechter der Selbstverständlichkeit, mit der Illochim die Dinge anpackten.

»Ich messe exponential ansteigende Energieemissionen an«, meldete Jostherdin. »Die Fremden fahren ihre Geschütze hoch. Die Wachforts machen sich feuerbereit.«

»Waffensysteme bereitmachen!« Schlagartig war Schofarth frei von Zweifeln und von Zögern. Er tat, was getan werden musste, ohne lange darüber nachzudenken. »Geschützstellungen anvisieren. Die Forts ausschalten. Feuerfreigabe für die Kanoniere nach eigenem Ermessen.«

Auf dem Panoramabildschirm blitzte es mehrmals auf. Der Kommandant wusste sofort, dass sein Befehl zu spät gekommen war. Die Fremden warfen ihre gesamte Feuerkraft in die Waagschale, und der hatten die nur leicht bewaffneten Kolonistenraumer nicht entgegenzusetzen. In der Schwärze des Raums blähten sich zwei kleine Sonnen auf und erloschen gleich wieder. Schnell expandierende Gaswolken markierten die Positionen, an denen sich eben noch zwei Kuben der Illochim befunden hatten. Sie existierten nicht mehr. Besatzungen und Kolonisten waren tot.

Unter ihnen Navigator Quoffludom.

»Abdrehen!« befahl der Kommandant. »Wir ziehen uns zurück.«

Es fiel ihm schwer zu verarbeiten, was innerhalb weniger Minuten passiert war. Er gab seinem Funker durch ein Zeichen zu verstehen, eine Verbindung zu Parjasthina herzustellen. Die Doviate mussten über den Zwischenfall in Kenntnis gesetzt werden.

Kapitel 22

Parjasthina

Das feingliedrige Insektenwesen spazierte in der transparenten Kammer auf und ab, schritt von einer Wand zur anderen, verharrte, drehte sich um und ging wieder zurück. Mit staksenden, gleichmäßigen Bewegungen durchmaß es den Raum, wieder und wieder, ohne zur Ruhe zu kommen. Das einzige Möbelstück, eine Sitzgelegenheit in der Mitte der Kammer, ignorierte es.

Es verhielt sich wie ein Roboter, zog Parjasthina einen Vergleich, der nicht so weit hergeholt war. Seine Existenz verdankte es nämlich den Robotern, die auf vielen Gebieten des täglichen Lebens in den Kolonien der Illochim unterwegs waren und in den Produktionsstätten zum Einsatz kamen. Seine Bewunderung für die mannigfaltigen Erscheinungsformen der dienstbaren Maschinen, die die Kanarves unterstützen, hatte Parjasthina nicht losgelassen. Die vage Idee, die er vor vielen Jahren gehabt hatte, war zur Wirklichkeit geworden.

»Kann es uns sehen?«, fragte er.

»Er«, korrigierte Galafarm die unzutreffende Wortwahl des Doviats.

Parjasthina nahm die Verbesserung ohne Gefühlsregung zur Kenntnis. »Kann er uns sehen?«

»Nein, der Kubus ist nur von unserer Seite aus durchsichtig.« Galafarm war ein Angehöriger des Wissenschaftlichen Rates von Tretlok. Von Anfang an war er Feuer und Flamme für das von Parjasthina initiierte Projekt gewesen. Je länger es andauerte, desto mehr hatte er sich bei den Forschungsarbeiten hervorgetan, bis Parjasthina deren Leitung schließlich in seine Hände gelegt hatte. Bei dem Anblick, der sich dem Doviat bot, bereute er die Hervorhebung Galafarms in einer Gruppe zuvor gleichberechtigter Kanarves nicht.

»Weiß er, dass wir ihn beobachten?«

»Nein, das würde sein ungezwungenes Benehmen beeinträchtigen.«

Das implizierte ein natürliches Verhalten. Parjasthina fand das Gebaren des Insekts aber durchaus nicht ungezwungen. Es kam ihm hyperaktiv vor. Statt sich hinzusetzen, seine Lage in Ruhe zu analysieren und abzuwarten, was als nächstes geschah, barst es vor Energie. Es schien geradezu darauf zu warten, dass es im Dienste seines Volkes aktiv werden konnte.

»Ist er sich seiner Identität ohne Einschränkung bewusst?«

»So wie jeder von uns«, antwortete Galafarm doppeldeutig.

Parjasthina fuhr herum und starrte den Wissenschaftler an. Er konnte nicht erkennen, ob Galafarm sich mit seinen Worten auf die Kanarves bezog oder auf alle Illochim einschließlich der Doviate.

Die Fühler des Insektoiden zitterten, der Blick aus seinen starren Facettenaugen war geradeaus gerichtet. Zumindest kam das Parjasthina so vor. Tatsächlich jedoch besaß das filigrane Geschöpf, dessen Körper durch Einschnürungen in drei Segmente unterteilt war, ein stark erweitertes Gesichtsfeld, das ihm zwei Drittel eines Rundumblicks gestattete.

»Öffne!«, wies Parjasthina den Wissenschaftler an.

Galafarm nahm eine Schaltung an einem Kontrollgerät vor, und in der transparenten Wand der Kammer zeichneten sich die Umrisse einer Luke ab, die zuvor nicht zu sehen gewesen waren. Der Insektoid unterbrach seine rastlose Wanderung und betrachtete die größer werdende Öffnung. Seine Fühler richteten sich auf den Durchgang. Statt ihn zu benutzen, verharrte er an Ort und Stelle. Parjasthina fragte sich, welche Überlegungen er anstellte. Interpretierte er die plötzliche Veränderung als Bedrohung? Oder besaß er die Kühnheit, diejenigen, die ihn so lange ohne Informationen hatten zappeln lassen, seinerseits auf die Folter zu spannen?

»Tritt heraus«, forderte Galafarm den Insektoiden auf.

Das grazile Geschöpf reagierte, als hätte es nur auf den Befehl gewartet. Es trat aus der Kammer und blieb vor Parjasthina stehen. Wie die Kanarves, die den Doviaten äußerlich weitgehend glichen, war es einen Kopf kleiner als er. Der Umstand war Parjasthina zuvor nicht aufgefallen, jetzt trat er umso stärker zutage. Er bemerkte, dass die Fühler des Insektoiden ausschließlich auf ihn gerichtet waren.

»Kannst du mich verstehen?« Seine Frage kam Parjasthina töricht vor.

»Selbstverständlich, Doviat«, antwortete sein Gegenüber.

»Das ist gut. Du und deinesgleichen, ihr werdet dafür sorgen, dass unsere Stellung in Marasin gefestigt wird.«

»Selbstverständlich, Doviat.«

»Ermöglichen die genetischen Experimente des Wissenschaftlichen Rates weitere Erscheinungsformen?«

»Theoretisch unzählige«, versicherte Galafarm. »Die insektoide Form war der erste erfolgreich verlaufene Versuch, den wir bis zur Vollendung gebracht haben. Ein Stab meiner Kollegen ist zurzeit mit der Entwicklung einer Vielzahl weiterer Designs beschäftigt.«

Designs klang künstlich, fand Parjasthina. Doch das waren diese Wesen nicht. Sie lebten. Sie sahen anders aus, doch sie waren Illochim. Illochim, die auf einer Stufe mit den Kanarves standen.

Parjasthina sah die Optionen, die sich den Illochim boten, deutlich vor sich. Künftig konnten sie unter anderen Völkern wandeln, ohne entlarvt zu werden. Die Roboter hatten ihm den richtigen Weg gewiesen. Was bei den Maschinen auf technischer Basis beruhte, gelang bei den Illochim auf biologische Weise. Da das Ergebnis zu Parjasthinas Zufriedenheit ausgefallen war, hinderte ihn nichts daran, verschiedene weitere optische Versionen der Kanarves in Auftrag zu geben.

Er merkte auf, als ein Kanarve herbeieilte.

»Was hat diese ungenehmigte Störung zu bedeuten?«, hielt Galafarm ihn auf.

»Wir haben eine Nachricht von Kommandant Schofarth vom Kolonistenraumer WARTHAIN erhalten. Bevor er auf Culu landen konnte, wurde er angegriffen. Zwei seiner Schiffe wurden vernichtet, die beiden verbliebenen haben sich zurückgezogen. Kommandant Schofarth erwartet Instruktionen, wie er sich verhalten soll.«

»Wie geht es Navigator Quoffludom?«

»Er war an Bord eines der zerstörten Schiffe.«

Parjasthina zuckte zusammen. Der Tod eines Navigators wog ungleich schwerer als der Verlust von ein paar tausend Kanarves. Augenblicklich waren die erfolgreich verlaufenen genetischen Experimente vergessen. Parjasthina sah sich mit einem Problem konfrontiert, das er nicht erwartet hatte und das ihm die Einschränkungen in seiner geistigen Flexibilität zu Bewusstsein brachte.

»Ich begreife nicht, wie es zu dem Angriff auf die WARTHAIN kommen konnte.« Dathakalaynen stierte auf den Hauptschirm, auf dem das Wabern des Zwischenraums zu sehen war. »Hat Kommandant Schofarth einen Fehler begangen?«

»Nein, er hat sich an unsere Vorgaben gehalten.«

»Weshalb gibt es dann so viele tote Kanarves? Wieso ist sogar der Verlust eines Navigators zu beklagen?«

Parjasthina hatte seit dem Aufbruch Zeit gehabt, über den Zwischenfall nachzudenken. Es fiel ihm schwer, für das feindselige Verhalten der Fremden eine Erklärung zu finden, obwohl er die Kommandanten der Kolonistenraumer genau davor gewarnt hatte. Er hatte mit Widerstand gerechnet, ohne einen Grund dafür nennen zu können. Vielleicht ahnte er tief in seinem Innersten, dass es Spezies gab, die nicht in der Lage waren, die Weitsicht der Illochim zu teilen. Sie begriffen nicht, dass es auch für sie um eine positiv gestaltete Zukunft ging. Denn die Illochim handelten nicht aus Eigeninteresse. Ihr Wirken zielte auf eine Ordnung für alle Völker Marasins ab.

»Wir müssen damit rechnen, dass wir auf weitere Völker stoßen, bei denen wir nicht willkommen sind.«

Dathakalaynens Befinden schwankte zwischen Unverständnis und Hilflosigkeit. »Wie soll etwas Gestalt annehmen und Gestalt behalten, wenn es Kräfte gibt, die sich dagegen wehren?«

»Deine Frage ist berechtigt. Ich kann dir keine Antwort darauf geben, weil auch ich keine habe. Kurzsichtigkeit und Ignoranz mögen verantwortliche Faktoren sein.«

»Die wir nicht hinnehmen dürfen. Wir müssen ihnen begegnen, bevor sie irreparablen Schaden anrichten.«

Parjasthina stimmte seinem Kollegen zu. Deshalb waren zwei Dutzend Schiffe auf dem Weg zum Standort der WARTHAIN. Diesmal waren es keine leicht bewaffneten Kuben, sondern Kampfschiffe, die parallel zu den Kolonistenraumern gebaut worden waren. Kriege waren ein Teil der Geschichte und den Illochim zumindest theoretisch nicht fremd. Die Kampfeinheiten sollten der eigenen Sicherheit dienen. Allerdings hatte kein Doviat damit gerechnet, sie zur Unterstützung einer eigentlich friedlichen Mission hinzuziehen zu müssen.

»Wir werden ein Exempel statuieren. Wir müssen die Sinnlosigkeit eines Auflehnens gegen die Ordnung demonstrieren. Sie kann nur durch Kooperation aller gedeihen und von dauerhaftem Bestand sein.«

Die beiden Doviate saßen in der Zentrale der MISTANNEN, ohne sich in die Schiffsführung einzumischen. Parjasthina hatte auf der Teilnahme an dieser Mission bestanden, und Dathakalaynen hatte sich ihm angeschlossen. Die restlichen Doviate waren mit verschiedenen Zielsetzungen unterwegs. Je mehr Kolonien die Illochim unterhielten, desto seltener kamen die Doviate zusammen. Sie hatten sich über eine Reihe von Planeten verteilt und wechselten häufig ihre Standorte. Im Zuge der Expansion der Illochim nahm die Bedeutung einer Zentralwelt ab.

»Rückkehr in den Normalraum steht unmittelbar bevor«, kündigte Kommandant Nisthajayn das Ende der Linearetappe an. »Distanz zum Zielsystem beträgt eine halbe Lichtminute.«

»Gut, Kommandant.« Dathakalaynen machte einen abweisenden Eindruck.

Parjasthina lehnte sich in seinem Sessel zurück. Er fragte sich, ob ihn das Gewissen plagen sollte, und wunderte sich über sich selbst. Wie kam er darauf? Vorwürfe, besonders an die eigene Adresse, waren völlig deplatziert. Wenn man sie jemandem machen konnte, dann dem Volk, dessen Namen man immer noch nicht kannte. Der aus Uneinsichtigkeit resultierende Angriff auf die Kolonisten erlaubte keine andere Vorgehensweise.

Auf dem Schirm änderte sich die Darstellung. Übergangslos war der gewohnte Weltraum zu sehen. In Flugrichtung stand ein gelber Stern, dahinter waren unzählige Lichtpünktchen in die Schwärze des Alls eingebettet. Die beiden bewohnten Welten des Systems waren markant hervorgehoben. Sofort schwärmten die Kampfschiffe der Illochim aus.

»Die WARTHAIN hat im interstellaren Leerraum Position bezogen«, vernahm Parjasthina eine Stimme.

»Beibehalten!«, befahl Nisthajayn. »Feuerbereitschaft herstellen.«

In rascher Folge gingen die Klarmeldungen der 23 Schiffe ein. Parjasthina lauerte auf Zeichen von Anspannung, doch die Kanarves in der Zentrale der MISTANNEN gaben sich keine Blöße. Das Flaggschiff würde sich zurückhalten und nicht in den Kampf eingreifen, um die Doviate nicht zu gefährden, doch das war nicht der Grund für die Gelassenheit der Besatzung. An Bord der anderen Schiffe, das wusste Parjasthina, herrschte die gleiche Ruhe. Angesichts der übergeordneten Bedeutung für die Gemeinschaft der Illochim sorgte sich kein Kanarve um sein eigenes Leben.

»Automatische Wacheinrichtungen werden aktiv. Vierzehn gegnerische Einheiten starten vom vierten Planeten.«

Parjasthina sah in den Fremden keine Gegner. Es war keine Feindschaft, die ihn leitete. Der Vergeltungsschlag war eine Notwendigkeit und ein Zeichen für andere Völker, unüberlegte Aktionen künftig zu unterlassen.

»Wir werden vom dritten Planeten aus angefunkt.«

Der Kommandant sah zu Parjasthina hinüber. Der Doviat machte eine verneinende Geste.

»Anrufe ignorieren«, gab Nisthajayn die Anordnung an den Funker weiter. »Feuerfreigabe für alle Einheiten.«

Parjasthina kniff die Nickhäute seiner Augen zusammen, als die Kampfschiffe der Illochim turmdicke Energiestrahlen abfeuerten und sich vor der Schwärze des Alls ein irrlichterndes Netz der Vernichtung entlud.

Kapitel 23

Tschirque

Vor wenigen Tagen hätte er sich mit ganzer Kraft gegen die Behandlung gewehrt, die Paladin ihm angedeihen ließ. Nun erduldete Tschirque die Demütigung regungslos. Er hing im Griff die Hünen, ohne sich zu rühren, und nahm die Spur der Verwüstung, die Atlan und seine Begleiter hinter sich ließen, mit Gelassenheit zur Kenntnis. Gegen die überlegenen Körperkräfte des Riesen konnte er nichts ausrichten. Gegenwehr hätte womöglich zu einem härteren Zupacken des monströsen Wesens geführt. Bisher trug Paladin ihn behutsamer, als Tschirque es einem Kämpfer dieser Güte zugetraut hätte. Wozu Paladin fähig war, hatte er eindrucksvoll unter Beweis gestellt.

»Wir brauchen einen Unterschlupf, wo wir uns bis zum Einbruch der Dunkelheit verstecken können.«

Es schien Atlan nicht zu stören, dass der Gefangene seine Worte mitbekam. Wieso auch? Tschirque hatte keine Chance, seinen Entführern zu entkommen. Anscheinend erwarteten sie tatsächlich, dass er sie nach Chamenspall schleuste. Ihre Forderung zeugte von einer gehörigen Portion Naivität. Dieser Atlan hatte bei den vorausgegangenen Ereignissen nicht ein einziges Mal gezögert. Handfeste Auseinandersetzungen gehörten für ihn offenbar zur Tagesordnung. Er schien stets zu bekommen, was er wollte. Und die Frau, die ihn begleitete, hatte sich wie Paladin als wandelnde Kampfmaschine präsentiert. Es war kein Wunder, dass diese Gesellschaft weder vor der Konfrontation mit dem Regular und seinen Ordnungskräften noch vor der Entführung des Kreuzwächters zurückschreckte.

Zumindest nominell war er das weiterhin, dachte er. In den Köpfen der Bevölkerung von Avironda sah das anders aus.

Seine Akzeptanz in der Öffentlichkeit hatte gelitten, da gab Tschirque sich keinen Illusionen hin.

Er wurde kräftig durchgeschüttelt, als seine Entführer über eine Straße rannten. Atlan und Trilith Okt hatten Mühe, bei Paladins großen Schritten mitzuhalten. Es war nicht zu übersehen, dass der Hüne Rücksicht auf sie nahm. Zweifellos betrachtete er Atlan als seinen Anführer und unterstellte sich ihm. Das war ein weiterer Hinweis darauf, dass in dem Weißhaarigen viel mehr steckte, als er zu sein schien.

»Suchen wir nach einer leerstehenden Halle«, schlug Paladin vor.

»Du hast es gehört, Tschirque. Kennst du eine solche Räumlichkeit?«

Der Kreuzwächter ignorierte Atlans Frage. Im Grunde war es ihm egal, ob er aus dem der Haltestelle angeschlossenen Gebäudetrakt gebracht wurde. Das bedeutete aber noch lange nicht, dass er seine Entführer unterstützte und damit gegen geltende Gesetze verstieß. Sein ungeklärtes Schicksal wog zu schwer, als dass er so dumm gewesen wäre, weiteres Ungemach auf sich zu laden. Was immer Lop vorhatte, Tschirques Tage als Kreuzwächter waren gezählt, ohne dass ihm diese Tatsache besonders naheging. Vor einer Woche wäre sie ihm undenkbar erschienen, und er hätte sich mit aller Macht gegen das Ende seiner herausragenden Stellung gestemmt. Inzwischen hatte sie nicht nur gewaltig an Reiz eingebüßt, er brachte zudem nicht die Kraft auf, darum zu kämpfen.

»Ich habe dir eine Frage gestellt«, sagte Atlan, als die drei ungleichen Verbündeten in eine Seitenstraße einbogen. Durch die Größe Paladins waren sie in ihrer Bewegungsfreiheit eingeschränkt, weil manche Gassen schlicht und einfach zu eng für sie waren. Passanten blieben stehen und beobachteten das Schauspiel aus aufgerissenen Augen. »Ich wiederhole mich nicht gern.«

»Da ich den Kreuzwächter trage, benötigt er seine Beine zum Laufen nicht«, sagte Paladin. »Soll ich ihm ein Bein brechen?«

Tschirque verkrampfte sich. Sicher war es dem Giganten ein Leichtes, seine Ankündigung in die Tat umzusetzen.

»Keine schlechte Idee, Major«, antwortete Atlan. Major mochte der zweite Name des Riesen sein. »Allerdings würde ich es bevorzugen, den Kreuzwächter in einem Stück zu lassen. Dafür muss er sich aber ein bisschen kooperativer zeigen. Ihm dürfte nicht entgehen, dass er auf unsere Rücksichtnahme angewiesen ist.«

»Dort ... dort hinüber«, hörte Tschirque sich stammeln. Diesen Wesen traute er alles zu, besonders Atlan, der keine Hemmungen zu haben schien, einen anderen zu quälen. Wahrscheinlich empfand er sogar Spaß daran. Tschirque hatte nicht vor, ihm Grund zu Brutalitäten zu geben. Wahrheitsgemäß konnte er später behaupten, unter Druck gehandelt zu haben.

Später?, regte sich ein widersprüchlicher Gedanke in ihm. Es gab keine Garantie dafür, dass Atlan ihn gehen ließ, nachdem er erreicht hatte, was er verlangte. Die Wahrscheinlichkeit, dass er Tschirque am Leben ließ, war sogar recht gering. Dennoch wollte der Kreuzwächter die Gefahr für seine körperliche Unversehrtheit so klein wie möglich halten.

Er hielt nach Zintobs Ordnungskräften Ausschau. Die Blauuniformierten ließen sich nicht sehen. Ohnehin war fraglich, ob sie ihm helfen konnten. Ihre Schüsse auf den Paladin hatten nichts bewirkt. Der Hüne hatte ein schützendes Energiefeld um sich erzeugt, an dem sie gescheitert waren.

»Wohin jetzt?«, drängte Atlan.

»Zwischen den Türmen hindurch. Dahinter rechts hinüber«, antwortete Tschirque.

Atlans Gruppe folgte den Anweisungen und erreichte eine Mauer, hinter der sich eine Reihe flacher Hallen anschloss. Das ganze Gelände lag seit Jahren brach. Kaum jemand verirrte sich dorthin.

»Er hat die Wahrheit gesagt«, wandte Paladin sich an den Weißhaarigen. »Gut für ihn.«

Die gefühlskalte Bemerkung ließ den Kreuzwächter schaudern. Er verwünschte Lop, der Atlan bis zu seinem Büro geführt hatte. Inzwischen traute er dem Ida-Boro zu, mit Berechnung so vorgegangen zu sein. Da Tschirque Atlan zu einem halbwegs sicheren Versteck gebracht hatte, wurde seine Angst vor Gewalt etwas kleiner. Dafür sank die Chance, dass ihn hier jemand durch bloßen Zufall entdeckte.

»Da vorn können wir einsteigen.«

Atlan lief zu einem Loch in der Mauer und kletterte hindurch. Trilith Okt folgte ihm. Paladin hob ein Bein und stieg kurzerhand über das Hindernis hinweg. Es war fraglich, ob es auf Lupenchoi etwas gab, das ihn aufhalten konnte. Mit ihm als Berater stand man als Kreuzwächter außerhalb jeder Kritik und hätte vermutlich sogar ein Desaster wie den Tunneleinsturz ohne Imageverlust überstanden. Die unwirklich anmutende Vorstellung trug nicht dazu bei, dass Tschirque sich besser fühlte. Sie führte ihm seine Unzulänglichkeit nur noch stärker vor Augen.

Vor einem verschlossenen Tor der vorderen Halle hielt Atlan inne. »Öffnen Sie, Major.«

Paladin griff mit einer Hand nach dem metallenen Tor und schob es nach oben. Was zehn Bliisch nicht bewerkstelligt hätten, strengte ihn nicht einmal an. Er hielt das Tor fest, bis Atlan und Trilith Okt in die Halle eingedrungen waren, folgte ihnen und verschloss den Zugang wieder.

Trilith Okt schnaufte. »Ein schönes Rattenloch. Ganz nach meinem Geschmack. Ich hoffe, du hast nicht vor, hier allzu lange Quartier zu beziehen, Arkonide.«

»In Ermangelung eines Hotels, das deinen Ansprüchen genügt, darfst du diesen Palast als Herberge für die Nacht betrachten«, sagte der Weißhaarige. »Morgen früh machen wir uns auf den Weg nach Chamenspall.«

»Und wie?«

»Mit Tschirques Hilfe. Major, Sie können den Kreuzwächter jetzt loslassen.«

Die letzten Worte vernahm Tschirque mit Erleichterung. Paladin setzte ihn auf dem Boden ab, und Tschirque streckte sich.

Er hatte von der ungewöhnlichen Beförderung keinen Schaden davongetragen. Unauffällig sah er sich um. Das Tageslicht, das durch ein paar gläserne Luken in der Hallendecke drang, hielt eine Enttäuschung bereit. Außer dem schweren Tor und zwei mit dicken Bohlen verrammelten Türen gab es keinen Ausgang. Eine Flucht aus der Halle war ausgeschlossen, womit Tschirque seinen Entführern ausgeliefert blieb.

»Bei dem allgegenwärtigen Düsterlicht sind die Lichtverhältnisse hier drin noch schlechter als auf der Straße«, machte Trilith Okt eine Bemerkung, die den Kreuzwächter verwunderte.

Dann begriff er. Seine Entführer waren nicht an die eingeschränkte Helligkeit auf Lupenchoi gewöhnt. Sie hatten behauptet, von einer Welt in einer anderen Galaxis zu stammen. Tschirque nahm an, dass sie an der Oberfläche eines Planeten wie Kamsporn unter dem Licht einer Sonne wie Ionkost lebten. Bei einem längeren Aufenthalt auf der Scheibe gewöhnte man sich an die besonderen Bedingungen auf Lupenchoi.

»Was habt ihr mit mir vor?«

»Du hast es soeben gehört. An unseren Absichten hat sich nichts geändert.«

Es war offensichtlich, dass Atlan keine Ahnung von den Verhältnissen auf Lupenchoi hatte. »Ihr verkennt die Lage«, sagte er zaghaft. Ihm lag nichts daran, den Weißhaarigen zu verärgern, aber er konnte ihn nicht unwissend durch die Gegend laufen und über die Illochim reden lassen. Damit brachte er auch seinen Gefangenen in Gefahr. »Niemand auf Lupenchoi will hören, was ihr zu sagen habt.«

»Über die Illochim? Das haben wir gemerkt. Vielleicht sind die Verantwortlichen auf Kamsporn etwas zugänglicher.«

Tschirque warf Paladin einen vorsichtigen Blick zu. Er wagte nicht, etwas Falsches zu sagen.

»Er wird dir nichts anhaben«, versicherte Atlan.

»Aber du hast ihm gesagt ...«

»Das war nur ein Scherz.«

»Ein Scherz?« Der Kreuzwächter schüttelte sich. Die Drohung, jemandem ein Bein zu brechen, um ihn zur Zusammenarbeit zu bewegen, war beileibe kein Scherz.

»Ja, richtig.«

»Ein solcher Scherz ist schlimmer als die verwerfliche Tat, die in ihm angesprochen wird.«

»Da hörst du es, Arkonide.« Tschirque hatte das Gefühl, dass Trilith Okt belustigt war. »Man spricht keine Drohung aus, wenn man nicht den Mut hat, sie in die Tat umzusetzen.« Sie wandte sich an den Gefangenen. »Hätte ich sie benutzt, würde dir das Lachen schnell vergehen. Sei dir dessen sicher.«

Tschirque war beileibe nicht nach Lachen zumute. Er behielt es für sich, weil seine Verwirrung wuchs. Wenn er richtig verstand, würde es Trilith Okt im Gegensatz zu Atlan nichts ausmachen, ihm körperlichen Schaden zuzufügen. Also war sie gefährlicher als der Weißhaarige, hemmungsloser in der Wahl ihrer Mittel. Der gigantische Paladin schien ein ausführendes Organ zu sein, ein Handlanger, der für die Ausführung der von Trilith Okt und Atlan erdachten Brutalitäten zuständig war. Ihn wunderte nicht, dass Wesen, die ein dermaßen ungebremstes Bedrohungspotential in sich trugen, rücksichtslos die Sprache auf die Illochim brachten, als handelte es sich bei denen um eine historische Randerscheinung, die keine Gefahr darstellte.

»Du bist ein intelligenter Mann«, ergriff Atlan das Wort. »Du hast eine herausragende Position inne.«

Tschirque schaffte es nicht, sich zu beherrschen. Er stieß ein glucksendes Lachen aus, obwohl ihm immer noch nicht danach war. Das war es eigentlich nie, doch Atlans Naivität trat immer stärker in den Vordergrund. Er mochte gefährlich sein, aber er hatte keine Ahnung von den Verhältnissen auf Lupenchoi, und von denen in Avironda schon gar nicht. Die Haltestelle Avidarn war ihm vermutlich nicht mal ein Begriff.

»Habe ich etwas gesagt, das dich erheitert?«, fragte der Weißhaarige. Sein Übersetzungsgerät hatte Tschirques Lachen also in eine für ihn verständliche Form übertragen.

»Deine Worte erheitern mich keinesfalls. Sie treffen mich, wofür ich dir keine Schuld geben kann. Du bist unwissend. Deshalb lass dir von mir Folgendes sagen: Ja, ich bin der Kreuzwächter von Avidarn, doch in meinem Fall schätzt du diese Position völlig falsch ein. Kein einziger Bewohner von ganz Avironda würde mit mir tauschen, denn meine Zeit ist abgelaufen. Du begreifst nicht, wieso? Ich werde es dir zeigen.«

Tschirque griff nach seiner Lenkmaschine.

Kapitel 24

Atlan

Schneller, als ich reagierte, sprang Trilith den entsetzt aufschreienden Kreuzwächter an. Sein Versuch, ihr auszuweichen, scheiterte kläglich. Obwohl er einen Meter größer war als das Schemawesen, war er körperlich unterlegen. Die Attacke warf ihn fast von seinen dünnen Beinen. Ich bekam seinen linken Arm zu fassen und bewahrte ihn vor einem Sturz.

»Was ist das?«, zischte Trilith und entwand Tschirque einen kugelförmigen Gegenstand, den er einer Tasche seiner Ledermontur entnommen hatte. Eine Hälfte der Kugel war mit Bedienungselementen versehen, die andere völlig glatt.

»Meine Lenkmaschine.«

»Wozu dient sie? Ich nehme an, du wolltest sie als Waffe gegen uns einsetzen.«

»Nein, ganz gewiss nicht.« Sein Augenband sonderte einen Schwall Tränenflüssigkeit ab, und die dunklen Pünktchen strebten in der hellgelben Flüssigkeit zusammen wie ein Mahlstrom. »Ich habe einen Bericht in der Lenkmaschine gespeichert.«

»Der Bericht liefert uns eine Erklärung dafür, warum deine Zeit als Kreuzwächter abgelaufen ist?«, erinnerte ich mich an seine Worte.

»Ja.«

»Na schön.« Ich glaubte nicht, dass Tschirque Hintergedanken hatte. Ständig schaute er zu dem Paladin hinüber. In Gegenwart des Roboters, den er für eine lebendige Kampfmaschine hielt, wagte er nicht, etwas gegen uns zu unternehmen. »Sehen wir uns an, was du zu zeigen hast.« Ich gab Trilith durch ein Kopfnicken zu verstehen, sie möge den Kreuzwächter loslassen.

Sie kam meiner Aufforderung nach. »Aber ich bleibe hinter dir stehen, damit du nicht auf falsche Gedanken kommst.«

»Meinetwegen.« Tschirque nahm die Kugel wieder an sich. Er berührte zwei Kontaktelemente, und über der Kugel baute sich eine holografische Sphäre auf.

»Eine Baustelle«, sagte Harl Dephin. »Eine etwa zehn Meter tiefe Grube, in der Bauarbeiten stattfinden. Sie scheint zu einem Tunnelsystem zu gehören. Im Hintergrund erkenne ich eine Röhre, die in der Dunkelheit verschwindet.«

Ich erinnerte mich an Triliths Vermutung. »Ein unterirdisches Verkehrsnetz?«

»Ja«, bestätigte der Kreuzwächter. »Ihr seht einen im Bau befindlichen Streckenabschnitt der Cabis, eines in wenigen Metern Tiefe verankerten Systems von Magnetschwebebahnen. Sie bilden das primäre Beförderungs- und Transportnetz auf Lupenchoi. Es ist für Passagiere und Frachten gleichermaßen ausgelegt. Dies ist eine im Bau befindliche Ausweichröhre, die zum Bezirk Avidarn gehört, zu meiner Haltestelle.«

»Und?«, fragte Trilith.

»Und?«, echote Tschirque. »Und?« Seine Stimme nahm einen schrillen Klang an. Seine graue Haut raschelte, als er eine Schaltung an der Lenkmaschine vornahm. Das Holo zerstob zu Myriaden Pixeln, baute sich neu auf und präsentierte ein verändertes Bild. »So sah es zwei Stunden später aus.«

Ich stieß überrascht die Luft aus. Wieder war die Baugrube zu sehen, doch der gesamte Abschnitt, der zuvor freigelegen hatte, war zugeschüttet. Ich entdeckte eine Baumaschine, die halb unter den Erdmassen begraben lag.

»Ein Unfall?«

»Ein Unfall, für den ich verantwortlich bin.« Statt wie eben noch zu keifen, flüsterte Tschirque jetzt, und ich hatte Mühe, seine Worte zu verstehen. »Ich bin der Kreuzwächter von Avidarn und damit verantwortlich für die beiden Toten, die bei dem Unfall zu beklagen waren. Ich habe das Projekt in die Wege geleitet, und das Projekt hat mich vernichtet. Die öffentliche

Berichterstattung hat mir deutlich zu verstehen gegeben, dass ich in meinem Amt nicht mehr tragbar bin. Selbst Freunde, die ich mein Leben lang kenne, haben sich von mir abgewendet, und zu Recht. Ein Kreuzwächter, der seine Haltestelle nicht im Griff hat, büßt nicht nur seine Kompetenz ein, sondern seine Ehre. Die Öffentlichkeit verachtet mich und erwartet meinen Rücktritt, weil es keine Instanz gibt, die mich aus dem Amt entfernen kann.«

»Tragisch«, unterbrach Trilith seinen Redeschwall. »Aber wie du dich einmal ausgedrückt hast, Arkonide: Wo gehobelt wird, da fallen eben Späne.«

Deshalb hattet ihr so leichtes Spiel mit Tschirque, meldete sich der Extrasinn. *Deshalb hat er keinen Widerstand geleistet, sondern sich apathisch in sein Schicksal gefügt.*

Weil ihm gleichgültig ist, was mit ihm geschieht? Das kann ich mir nicht vorstellen. Seine Überlebensinstinkte funktionieren jedenfalls noch.

Ich behaupte nicht, dass er nicht weiterleben will. Nach den Erniedrigungen, die er durch die öffentliche Meinung erlitten hat, will er sich die große Schande seines Rücktritts ersparen.

Es gab Situationen, in denen man durch Rücktritt sein Rückgrat bewies. Auf Lupenchoi schien das, zumindest was die Position des Kreuzwächters anging, anders zu sein. Doch das war Tschirques Problem, nicht meines. Mich interessierte etwas anderes. Ohne es zu beabsichtigen, hatte der Kreuzwächter mir einen Hinweis geliefert, der mich an mein Ziel führen konnte.

»Die Cabis verbinden sämtliche Städte auf Lupenchoi?«, hakte ich nach.

»Ja.«

»Man kann mit ihnen also nach Kamsporn gelangen.«

Tschirque antwortete nicht. Er ahnte schon, worauf ich hinauswollte.

»Es wird schwierig werden, eine Cabis zu kapern«, ging Trilith auf meine Idee ein. »Tschirque ist uns dabei keine große Hilfe, selbst wenn er kooperiert.«

Ich sah das anders. »Sein Ansehen in der Öffentlichkeit mag gelitten haben, trotzdem hört man noch auf ihn. Denk an Lop und die Ordnungskräfte. Sie zumindest waren um ihn besorgt und haben versucht, ihn zu befreien. Ich glaube, der Kreuzwächter gibt immer noch ein brauchbares Faustpfand ab. Wir schlafen ein paar Stunden und machen uns morgen früh auf den Weg, solange es dunkel ist.«

»Ich habe Hunger«, beschwerte sich unser Gast. »Seit Tagen habe ich keinen Appetit, doch jetzt habe ich einfach nur Hunger. Das ist ein Unterschied.«

Ich griff in eine Tasche meines Schutzanzugs, zog einen Konzentratriegel hervor und reichte ihn dem Kreuzwächter. Einen weiteren gab ich Trilith, einen dritten steckte ich mir in den Mund und kaute darauf herum. Skeptisch musterte Tschirque den proteinreichen Streifen.

»Das kann man essen?« Er klang angewidert.

»Der Riegel schmeckt nicht besonders toll«, sagte Trilith und nahm das Konzentrat zu sich. »Dafür enthält er mehr Nährstoffe als ein Drei-Gänge-Menü.«

Tschirque hielt den Riegel vor den unter seinem Augenband gelegenen Spalt, den ich für eine Mundöffnung gehalten hatte. Dass er mehr war als das, erkannte ich im nächsten Moment. Ein trichterförmiger Schlund stülpte sich aus dem Spalt heraus. Tschirque führte den Riegel zwischen zwei Kauleisten, die mit mahlenden Bewegungen begannen und sich dann mitsamt Trichter und Nahrung in den Körper zurückzogen.

»Mahlzeit«, kommentierte Trilith den Vorgang und wandte sich ab.

»Danach wird geschlafen«, kommandierte ich, wohl wissend, dass unser hagerer Gast die nächtliche Ruhephase am dringendsten benötigte. Die Siganesen konnten sich notfalls auch tagsüber abwechselnd eine Mütze Schlaf gönnen, und Trilith und ich kamen dank der Zellaktivatoren mit einem kurzen Nickerchen oder für eine Nacht auch einmal ganz ohne Schlaf aus.

Kapitel 25

Parjasthina

Parjasthina verbrachte immer mehr Zeit an Bord der MISTANNEN und ihres Nachfolgermodells, der MISTANNEN II, und wurde auf ihnen heimisch. Durch das Flaggschiff lernte er Marasin kennen, die begrenzte Ausdehnung der Restegalaxis und die dennoch zahlreichen Völker, die in ihr beheimatet waren. Parjasthinas Verweildauer auf Planeten nahm in gleichem Maße ab, in dem er Zeit im interstellaren Leerraum oder in neu entdeckten Sonnensystemen verbrachte. Landete er auf einer Welt, auf der seine Anwesenheit erforderlich war, wurde er ihrer rasch überdrüssig, und es zog ihn wieder ins Weltall hinaus. Er spürte eine unbezähmbare Unruhe, die ihn nie lange an einem Fleck verweilen ließ.

Seinen Kollegen ging es wie ihm. Für eine Weile hatte er geglaubt, dass er mit seiner Rastlosigkeit aus der Art schlug, doch sämtliche Doviate teilten seinen Wanderdrang.

Die Zahl der Welten, die unter der Kontrolle der Illochim standen, nahm zu, die Methoden der Schwarmwesen bei der Besiedelung von Planeten wurden restriktiver. Ohne sanften, aber bestimmten Druck drohte die stabile Ordnung, auf die das Wirken der Illochim abzielte, aus den Fugen zu geraten. Parjasthina hatte kein Verständnis für Wesen, die gewisse Notwendigkeiten nicht einsahen. Manche Völker hingegen waren von der großen Katastrophe noch immer wie gelähmt. Die einen musste man zu ihrem Glück zwingen, die anderen anleiten und ihnen den in den Augen der Illochim einzig gangbaren Weg zeigen.

»Wer nach Veränderungen strebt, redet dem Untergang das Wort«, sprach Parjasthina aus, was ihm durch den Kopf ging.

»Es wird uns nicht gelingen, sämtliche Veränderungen aufzuhalten«, äußerte Githamainen seine Bedenken. »Dazu ist Marasin zu unübersichtlich. Uns fehlen die Kapazitäten, sämtliche Sektoren der Restegalaxis zu beobachten.«

»Die logistischen Maßnahmen, die wir in die Wege geleitet haben, werden dich eines Besseren belehren.«

»Ich habe nichts dagegen einzuwenden, dass deine Voraussagen eintreffen. Deine Zuversicht gereichte uns anderen stets zum Vorbild«, gab Githamainen zu.

»Hat sie sich jemals als unbegründet erwiesen?«

»Nein.«

Die Doviate standen auf der Aussichtsplattform der astronomischen Schiffssektion der MISTANNEN II und schauten in den Raum hinaus. In dem Sichtausschnitt spiegelten sich ihre Abbilder. Es sah aus, als hielten sie sich draußen im Raum auf, als eilten sie Flaggschiff und Flotte voraus. In Flugrichtung waren die Komponenten eines Doppelsternsystems zu sehen. Die beiden Sonnen umkreisten sich auf stabilen Bahnen. Aufklärungsschiffe hatten auf dem vierten von neunzehn Planeten ein offenbar altes, technologisch weit entwickeltes Volk Geflügelter entdeckt, die auf Weltraumfahrt verzichteten.

»Bisher jedenfalls nicht«, griff Githamainen seine Vorbehalte wieder auf. »Doch du weißt so gut wie ich, dass wir nur Ausschnitte von Marasin erkunden. Eine Ordnung, die Bestand behält, lässt sich nur aufbauen, wenn wir sie flächendeckend etablieren. Wir müssen wissen, was in den entlegenen Regionen geschieht, sonst bleiben uns Entwicklungen verborgen, die sich später nicht mehr korrigieren lassen.«

Sein Kollege sprach damit ein Problem an, das Parjasthina seit Jahren beschäftigte. Methiklans Mantra hatte sich bei seinen Kollegen durchgesetzt. Das Einflussgebiet der Illochim war kein zusammenhängendes Terrain. Sie breiteten sich in alle Richtungen aus, doch zwangsläufig kam es dabei zu blinden Flecken auf der galaktischen Karte. Wie leicht konnte man eine Macht übersehen, die man eines Tages unversehens im Rücken hatte. Parjasthina versuchte dieser Gefahr mit verstärkten militärischen Mitteln zu begegnen. Er hatte veranlasst, dass der Ausbau der Raumflotte zügig vorangetrieben und ein Transmitternetz installiert wurde, das einen Teil der besiedelten Welten miteinander verband.

»Wir sind auf kein Volk getroffen, das uns ebenbürtig ist«, flüchtete er sich in Optimismus.

»Das bedeutet nicht, dass nicht irgendwo dort draußen eines existiert.«

Githamainen entwickelte sich mehr und mehr zum Mahner und Warner. Parjasthina begrüßte das, weil die berechtigten Einwände ihm den Sinn für die Wirklichkeit bewahrten. Er war unverrückbar fest von den Maßnahmen der Illochim überzeugt. Die Richtigkeit ihres Tuns stand außerhalb jeder Diskussion, für unfehlbar hielt Parjasthina sich jedoch nicht. Er war dankbar dafür, dass Githamainen sich häufig an seiner Seite an Bord der MISTANNEN aufhielt, statt wie Thopoclarc, Dathakalaynen und die anderen Doviate mit einem eigenen Schiff unterwegs zu sein.

»In dem Fall wird es sich der Unabänderlichkeit der Dinge stellen ... stellen müssen. Ich glaube nicht, dass jemand es wagen kann, uns offen herauszufordern.«

»Nicht jedes Volk legt Wert auf Aufmerksamkeit. Mehr fürchte ich diejenigen, die aus dem Hintergrund agieren, aus dem Dunkel heraus.«

Eine solche Handlungsweise kam Parjasthina unwirklich vor. Sie hätte widernatürliches Verhalten offenbart. Weshalb hätte die Natur das zulassen sollen? Seine Denkweise machte es ihm schwer, solche Ausprägungen in Verhaltensstrukturen intelligenter Wesen zu akzeptieren. Githamainen theoretisierte, was im Gegensatz zu seinen zumeist logisch nachvollziehbaren Hinweisen wenig hilfreich war.

»Wir sind wachsam. Auf Dauer entgeht uns nicht.« Was wie abgedroschene Phrasen klang, war Parjasthinas Überzeugung. Er glaubte daran, dass das Universum sich nach Bestand sehnte. Es verabscheute kurzlebige Oberflächlichkeiten. Die Veränderungen darin liefen schließlich auch in kosmischen Zeiträumen ab. Die Spezies, die in ihm lebten, hatten sich dem kosmischen Zeitrahmen des Universums anzupassen und nicht umgekehrt.

Die Flotte näherte sich dem Doppelsternsystem. Inzwischen ließen sich die beiden Komponenten deutlich voneinander unterscheiden. Parjasthina freute sich darauf, die dort lebenden Wesen kennenzulernen. Sie ahnten es noch nicht, doch schon bald erhielten sie die Ehre, Teil des Reiches der Illochim zu werden.

Kapitel 26

Tschirque

»Ihr seid ein Verräter, Wächter.« Lops dreieckiger Mund zuckte. »Ihr hättet Euch wehren und uns eine Chance geben müssen, Euch zu befreien. Stattdessen habt Ihr Euch fortschleppen lassen wie ein Laststück.«

Tschirque empfand die Vorwürfe wie körperliche Schläge. Hatte er nicht schon genug durchgemacht in den vergangenen Tagen? »Deine Vorwürfe sind unzutreffend. Paladin hielt mich gepackt. Es war mir unmöglich, mich aus seinem Griff zu befreien. Es ging darum zu überleben.«

»Überleben?« Lop trat aus waberndem Nebel hervor. Seine Züge waren ausdruckslos, die Gesichtszeichnung regte sich nicht. »Ist das alles, woran Ihr denkt? Ans Überleben? Ihr seid ein jämmerlicher Kreuzwächter.«

»Wie kannst du es wagen ...«

»Erbärmlich«, fiel ihm der Ida-Boro ins Wort. »All die Jahre als Euer Berater habe ich mehr in Euch gesehen, als Ihr seid. Jetzt endlich entblößt Ihr Euer wahres Antlitz. Es heißt doch, in Krisenzeiten erkennt man jemanden richtig. Ich hielt diese Worte stets für Floskeln, doch Euer Beispiel zeigt mir, dass sie zutreffen.«

Widerstand regte sich in Tschirque. Nie hatte er Zorn über seinen Vertrauten empfunden, in diesem Moment war es soweit. Lop nahm sich mehr heraus, als ihm zustand. »Du vergisst dich«, schalt er den Ida-Boro. »Noch ein Wort, und deine Tätigkeit als mein Berater endet. Ich werde dich fortschicken.«

»Fortschicken? Ihr mich?« Lop zeigte eine Geste der Verachtung. »Ganz im Gegenteil, Wächter. Ich schicke Euch fort. Ich jage Euch aus dem Amt, weil Ihr nicht länger verdient, es zu bekleiden. Avidarn ist ohne Euch besser dran.«

Tschirque spürte, wie sich ein Tonnengewicht auf ihn legte. Unsichtbare Kräfte drückten ihn zu Boden und raubten ihm den Atem. Er bekam keine Luft, und die Welt begann sich um ihn zu drehen. Er sah die Haltestelle Avidarn untergehen. Sie zerbrach und versank im Boden. Die Tunnels stürzten in eine unergründliche Tiefe und rissen die Cabis mit sich. Todesschreie hallten in Tschirques Gehör, doch er stand nur tatenlos da, wie gelähmt, und war nicht fähig, etwas gegen die Katastrophe zu unternehmen. War es nicht richtig, dass Lop ihn deswegen anklagte?

»Was erwartest du von mir?«, fragte Tschirque. »Ich brauche deinen Rat dringender denn je.«

»Was erwartet Ihr selbst von Euch?« Der Nebel verdichtete sich und hüllte den Ida-Boro ein. Er wurde zu einem gesichtslosen Schemen. »Liegt es nicht an Euch, Atlan und seine Gefährten zu überwinden?«

Atlan! Tschirque hatte ihn ganz vergessen.

»Ja, und das ist ein weiterer Schandfleck auf Eurer Rüstung. Ihr gestattet, dass Atlan durchs Land zieht und von den Illochim kündet. Wäret Ihr der Wächter, den ich in Euch sah, würdet Ihr das nicht zulassen. Ihr würdet Atlan ohne Rücksicht auf Euer eigenes Schicksal aufhalten.«

»Das werde ich. Ich werde ihn aufhalten und an den Regular ausliefern.«

»Dazu fehlt Euch der Schneid.« Lops Hände schnellten vor und packten den Kreuzwächter an den Aufschlägen seiner Lederkluft. »Oder sollte ich mich täuschen? Ergreift Ihr die letzte Chance, die sich Euch bietet?«

»Ja, ich ergreife sie.« Tschirque keuchte. »Aber lass mich los.«

Aufwachen, Tschirque. Wach endlich auf.

Die Stimme hallte aus weiter Ferne herüber und gehörte nicht Lop. Tschirques Augenband nahm seine Tätigkeit auf. Es fokussierte den Blick auf die über den Kreuzwächter gebeugte Gestalt, die ihn schüttelte wie einen Sack Lorka-Bohnen. Es war der Weißhaarige.

»Es ist gut«, wehrte Tschirque ihn ab. Ein paar Schritte entfernt stand Paladin abwartend da. Er sah aus, als hätte er sich nicht hingelegt, sondern die ganze Nacht regungslos auf den Beinen verbracht.

»Du hast einen gesunden Schlaf«, sagte Atlan.

»Schlaf ist immer gesund«, antwortete Tschirque und erhob sich. »Gesund für Geist und Körper.« Zuweilen fand man im Schlaf sogar Antworten auf die Fragen, die einen quälten.

»Wir brechen auf«, kündigte Trilith Okt an. Die Farbe ihres Mundes hatte sich verändert. »Du wirst uns auf dem kürzesten Weg in die unterirdische Haltestelle bringen.«

»Was ist, wenn ich mich weigere?«, wandte der Kreuzwächter sich an Atlan. »Machst du dann wieder einen Scherz über das Brechen von Beinen?«

»Nein«, antwortete die Frau anstelle des Weißhaarigen. Sie spielte wie zufällig mit dem Griff des Dolches, den sie in einer Scheide an ihrer Seite trug. »Solltest du dich störrisch zeigen, kümmere ich mich um dich, und ich mache keine Scherze.«

»So wenig wie ich«, murrte Tschirque mit der ihm eigenen Humorlosigkeit. Er tat so, als würde er mit sich kämpfen. Noch besaß er die Kontrolle über die Einrichtungen der Haltestelle. Diese Dummköpfe ahnten nicht, dass sie ihn buchstäblich drängten, sie in einen Hinterhalt zu locken. Wenn sie es begriffen, würde es zu spät sein, der Falle zu entrinnen. »Ich führe euch, weil ich dir alles zutraue. Aber nimm zur Kenntnis, dass ich mich unter Protest der Gewalt beuge.«

»Protestiere, soviel du willst. Hauptsache, du setzt dich endlich in Bewegung.«

Paladin löste sich aus seiner Starre und stapfte zum Tor hinüber. Wieder hob er es mit spielerischer Leichtigkeit an und gestattete seinen Kameraden und dem Kreuzwächter den Durchgang. Tschirque geleitete seine Entführer in die Dunkelheit hinaus und dem Ende ihrer Freiheit entgegen.

Kapitel 27

Atlan

Ich schaute in die Richtung, in der ich Kamsporn wusste. In der Dunkelheit bekam ich die Planetenhälfte nicht zu sehen. Flecken winziger Lichter offenbarten mir die Positionen von schwimmenden Städten und großen Ortschaften an Land. Besonders Chamenspall zeichnete sich deutlich ab. Die Ausdehnung des wuchernden Molochs übertraf die Größe aller anderen Städte bei Weitem.

Wir huschten an einer unbeleuchteten Häuserfront entlang. In den Straßen war kein Einwohner von Avironda zu sehen, und wir kamen rasch voran. Seine Angst vor Repressalien bewog Tschirque zur Kooperation. Er unternahm keine Anstrengungen zu fliehen. Trilith konnte eben sehr überzeugend sein. Das Problem war, dass sie aufgrund ihrer Ausbildung gelegentlich zu Mitteln griff, die ich aus moralischen Gründen rundweg ablehnte. Dabei sagte man mir nach, dass ich im Gegensatz zu Perry Rhodan auch mal fünfe grade sein ließ und politische Korrektheit nicht als das Maß aller Dinge betrachtete.

»Versuche nicht, uns hinzuhalten«, warnte Trilith unseren unfreiwilligen Führer.

»Das beabsichtige ich nicht. Je früher ich euch an euer Ziel bringe, desto eher bin ich euch los«, flüsterte Tschirque. »Die Haltestelle liegt genau im Zentrum der Ringstraßen.«

Diesen Ausdruck kannte ich. Der Wirt Chaztyk hatte ihn benutzt. »Ich erkenne nichts, was die Bezeichnung Ringstraßen verdient.«

»Weil die Ringstraßen nicht mehr als solche zu erkennen sind«, erklärte Tschirque. »Die Illochim haben von den Washiden nicht nur die Ansiedlungen auf Lupenchoi nach einem symmetrischen

Muster anlegen lassen, sondern auch die Städte systematisch strukturiert. Ungleichmäßigkeiten waren ihnen zuwider. Es gibt auf Kamsporn kaum Berge, die eine Höhe von tausend Meter überschreiten. Ursprünglich war das anders, doch die Illochim haben nivelliert, was und wo es ging, und dabei auch vor natürlichen Gegebenheiten nicht halt gemacht. Die Washiden haben die Siedlungen am Reißbrett entworfen. Selbst Städte wie Avironda, die später entstanden sind und nicht direkt auf Plänen der Ingenieure beruhten, folgten bis zu einem gewissen Punkt den Schemata. Avironda ist aber ungeplant gewachsen, und die Struktur der Ringstraßen ging rasch verloren.«

»Von irgendwelchen Strukturen kann bei Chamenspall keine Rede sein«, fiel mir ein Widerspruch in den Ausführungen des Kreuzwächters auf.

»Mach nicht den Fehler, Chamenspall mit den Maßstäben der Illochim zu bewerten«, antwortete er, während er uns über einen offenen Platz führte. Damit schien das Thema Chamenspall für ihn erledigt zu sein.

»Wer sind die Washiden?«

»Sie waren die Ingenieure der Illochim. Sie sind verschwunden. Ich habe keine Ahnung, was aus ihnen geworden ist.«

»Mir fällt auf, dass du relativ ungezwungen über die Illochim sprichst. Alle anderen geraten beim Klang des Namens fast in Panik.«

»Auch ich fürchte ihre Rückkehr.«

Tschirque schwieg. Es erstaunte mich, dass er sich überhaupt so mitteilsam zeigte. Nach ein paar Stunden Schlaf verhielt er sich anders als am Vorabend. Allmählich schien er Vertrauen zu uns zu fassen. Oder er nahm unsere Warnungen vielleicht ernst und sah ein, dass unsere Forderung nach einem Treffen mit der Regierung in Chamenspall berechtigt war.

Oder es steckt etwas ganz anderes hinter seinem Verhalten, orakelte der Extrasinn weniger konkret als gewohnt.

»Die Infrarortsensoren zeigen Lebewesen dreihundert Meter vor uns«, meldete sich Harl Dephin.

»Infrarot?«, fragte Tschirque.

»Nicht so wichtig.« Ich hob eine Hand, und wir blieben stehen. »Können wir die Personen umgehen, um zur Haltestelle zu gelangen?«

»Das ist die Haltestelle Avidarn. Dort liegt der Einstieg zum unterirdischen Bahnhof.«

Das warf meine Pläne über den Haufen. Sobald man uns entdeckte, würde jemand Alarm auslösen und uns die Ordnungskräfte auf den Hals hetzen.

Hast du etwa erwartet, die Bahnhöfe des einzigen städteverbindenden Verkehrssystems von Lupenchoi würden zu deiner Bequemlichkeit einsam und verlassen auf dich warten?, fragte der Extrasinn.

Ich hätte erwartet, dass du diesen Einwand etwas früher vorbringst.

Weil dein logisches Denken nachlässt?, konterte das Ergebnis der ARK SUMMIA.

»Vor uns liegt der offizielle Eingang für Passagiere«, unterbrach Tschirque das stumme Zwiegespräch mit meinem Logiksektor. Er streckte einen seiner langen dünnen Arme aus und deutete nach rechts hinüber. »Dieser Gebäudetrakt gehört zum Refugium des Kreuzwächters. Es gibt dort Zugänge, durch die man unbemerkt ins Cabis-System hinabgelangt.«

»Du gibst diese Information freiwillig preis?« Triliths Frage war durchaus berechtigt.

»Ganz gewiss nicht. Ich gebe dir bloß keinen Anlass, später deine martialischen Triebe gegen mich zu richten.«

Vor dem dunklen Hintergrund der zu Ende gehenden Nacht erahnte ich jetzt die in der Ferne liegende düstere Halbkugel Kamsporns. Mehr als eine halbe Stunde blieb nicht, bis sich ein erster Hauch von Düsterlicht Lupenchois bemächtigte. Vor Anbruch des Tages wollte ich auf dem Weg nach Chamenspall sein, und wenn ich dafür eine Cabis entführen musste. Trilith und ich hätten versuchen können, uns, getarnt mit ein paar Tüchern, an Bord zu schmuggeln, doch der riesige Paladin ließ sich nicht verbergen. Ich wollte keine Trennung unserer Gruppe riskieren und verzichtete darauf, den Roboter mit den Thunderbolts zu Fuß auf die Reise zu schicken.

»Dann wollen wir mal«, forderte ich Tschirque auf.

Der Kreuzwächter hatte nicht zu viel versprochen. Über eine Treppe betraten wir das unterirdische Reich, über das er jahrelang gewacht hatte.

»Besitzt ihr keine Antigravschächte?«, wunderte Trilith sich über den archaischen Abstieg.

»Es gibt sie, hier und da, aber die Technik hat sich auf Lupenchoi nie durchgesetzt«, verriet Tschirque.

Das erinnerte mich an das, was mir seit unserem Eintreffen auf Lupenchoi mehrmals aufgefallen war. »Eure technische Entwicklung scheint seit Langem auf der Stelle zu treten.«

»Auf der Stelle treten?«

»Sie stagniert.«

»Ja.«

»Woran liegt das?«, wollte ich wissen.

»Ich kann dir keine Erklärung nennen. Es ist einfach so.«

Nach seinen großzügigen Erläuterungen war der Kreuzwächter nun wieder kurz angebunden. Er steckte voller Widersprüche, wie so einiges auf Lupenchoi. Obwohl sie seit Jahrtausenden verschwunden waren, hatten die Illochim spezielle Duftmarken hinterlassen, über die sich die auf Lupenchoi ansässigen Völker bis heute nicht hinweggesetzt hatten. Ich war sicher, dass viel von dem, was wir erlebten, immer noch auf dem früheren Wirken der Schwarmwesen fußte.

»Was weißt du über die Illochim?«, fragte Trilith.

»Ihre Macht war über alles erhaben.«

Ich erwartete, dass Tschirque fortfuhr, doch den Gefallen tat er mir nicht.

Weil er nicht mehr über sie weiß, unkte der Extrasinn. *Die Illochim haben auf Lupenchoi kollektive Furcht hinterlassen, doch die*

Erinnerungen an sie sind verschwommen. Fakten über ihr Wesen sind in Vergessenheit geraten oder einer Verklärung gewichen, sei es in negativer oder positiver Hinsicht. Sämtliche bisherigen Reaktionen belegen das. Es wird schwer werden, verlässliche Informationen über die Illochim zu erhalten.

Damit wollte ich mich nicht abfinden. Selbst nach dieser langen Zeit konnte nicht sämtliches Wissen über die Schwarmwesen in Vergessenheit geraten sein. Erfuhr ich auf Lupenchoi nichts über sie, dann eben in Chamenspall.

Wir durchquerten eine leere, schmucklose Kammer am Fuß der Treppe und standen anschließend vor einem verschlossenen Durchgang. Tschirque griff nach seiner Lenkmaschine und nahm eine Einstellung daran vor. Die ungeheure Beweglichkeit seiner langen Finger war beeindruckend. Fasziniert verfolgte ich seine Handhabung der aufleuchtenden Kugel, bis sich der Durchgang öffnete. Der Kreuzwächter trat hindurch, und wir folgten ihm. Der Paladin musste sich bücken, konnte sich aber im nächsten Moment wieder aufrichten.

Wir standen auf einer Bahnsteigplattform, die einen röhrenförmigen Tunnel begrenzte. Er war direkt in den umgebenden Fels geschnitten. Unsere Schritte hallten von den glatten Wänden wieder. Trilith sah sich misstrauisch um.

»Wieso ist hier niemand?« Sie setzte ein sarkastisches Grinsen auf. »Erzähl mir bloß nicht, der letzte Zug sei abgefahren.«

»Durch diesen Tunnel verkehren bisher keine Cabis.« Der Kreuzwächter schritt zur Mitte der Plattform und drehte den Kopf in alle Richtungen. Er schien nach etwas suchen. »Es handelt sich um einen fertiggestellten Ausweichtunnel, der noch nicht in Betrieb genommen wurde. Wie ihr feststellt, ist er unversehrt. Wir hätten bei der Standardvorgehensweise bleiben sollen, die Tunnelröhren ausschließlich durch den Fels zu treiben, so wie bei diesem Tunnel hier. Genügt er als Beweis, dass nicht jeder mir unterstehende Bauabschnitt dem Einsturz geweiht ist?«

»Das ist ein Vakuumtunnel«, stellte ich fest, ohne auf Tschirques Frage einzugehen.

»Gut erkannt«, lobte er. »Weniger Luftwiderstand ermöglicht höhere Geschwindigkeiten. Die Cabis werden elektromagnetisch angetrieben und rasen mit bis zu tausend Stundenkilometern durch die Tunnel. Die Magnetschwebebahnen sind hundert Meter lang und dennoch aus einem Stück gegossen. Sie beherbergen zwanzig verschieden große Abteile.«

»Sie verbinden sämtliche Städte auf Lupenchoi?«

»So ist es. Es gibt neunzehn Rundbahnen, die Kamsporn auf der Nord- und der Südseite der Scheibe umkreisen. Sie weisen einen Abstand von 25 Kilometern zueinander auf«, erklärte der Kreuzwächter stolz. Mein Interesse schien ihm zu schmeicheln. »Sie werden im Norden und im Süden jeweils von hundert Radialbahnen geschnitten, die Wesen und Waren vom äußersten Teil des 525 Kilometer breiten Rings zur Planetenoberfläche beziehungsweise von Kamsporn in die umgekehrte Richtung transportieren. Kreuzungspunkte sind die Haltestellen wie Avidarn.«

»Die von den Kreuzwächtern kontrolliert werden«, begriff ich. »Gibt es Verbindungsstrecken zwischen den beiden Seiten der Scheibe?«

»Selbstverständlich. Schließlich muss auch die Verbindung durch die Kruste hindurch gewährleistet sein. Nordland und Südland sind nicht voneinander abgeschnitten.«

»Das erklärt nicht, wie wir von einem toten Gleis aus nach Kamsporn gelangen sollen«, warf Trilith ein.

»Überhaupt nicht.«

Die Antwort des Kreuzwächters löste einen Alarm in mir aus. Ich wollte ihm die leuchtende Kugel entreißen – und stand da wie zur Salzsäule erstarrt. Ich konnte mich nicht bewegen. Trotz verzweifelter Anstrengungen gelang es mir nicht, mich zu rühren.

Tschirque hat mit seiner Lenkmaschine ein Fesselfeld aktiviert, wies mich der Extrasinn auf die Aussichtslosigkeit meiner Bemühungen hin.

Immerhin konnte ich meine Augen bewegen, sprechen hingegen nicht. Trilith und der Paladin waren ebenso hilflos wie ich. Tschirque hatte den Arglosen gespielt, den die Angst vor dem Schemawesen zum Gehorsam nötigte, und uns in eine Falle gelockt. Allerdings gab es einen Faktor, von dem er keine Ahnung hatte, nämlich die Siganesen. Ein Fesselfeld hielt ein Wesen zwar fest, doch das bezog sich auf die Hülle. Seine Kraft wirkte nicht ins Innere eines Körpers, sonst hätte es unter anderem die Blutzirkulation zum Erliegen gebracht. Die Thunderbolts besaßen daher weiterhin ihre Bewegungsfreiheit.

Nur solange sie nicht aussteigen, monierte der Extrasinn meine Überlegung. *Sobald sie den Roboter verlassen, um etwas zu unternehmen, raubt das Fesselfeld ihnen die Bewegungsfreiheit.*

Nichtsdestotrotz kann Dart Hulos die Waffensysteme des Paladin auslösen.

Was er, wenn er oder Major Dephin klug ist, tunlichst unterlassen wird, solange keine direkte Gefahr für euch besteht. Ein erfolgreicher Einsatz der Waffen ist nicht garantiert.

Ich stimmte dem Extrasinn zu. Dart Hulos konnte den Kreuzwächter ausschalten, doch das würde das Fesselfeld, das uns hielt, nicht zum Erlöschen bringen. Selbst die Vernichtung der Lenkmaschine bewirkte diesen Effekt nicht zwangsläufig. Es war fraglich, ob auf absehbare Zeit ein anderer als der Kreuzwächter diese Tunnelplattform betrat. Es bestand die Gefahr, dass Trilith und ich im Zustand der Bewegungslosigkeit verhungerten und verdursteten.

Tschirque bewegte sich in meine Richtung und blieb fünf Schritte vor mir stehen. »Bestimmt fragst du dich, was ich mit euch vorhabe. Ich verrate es dir. Ich werde euch an Regular Zintob übergeben, damit er über euer Schicksal entscheidet. Es war fahrlässig, in der Öffentlichkeit die Illochim zu erwähnen. Die Ankündigung ihrer Rückkehr dürfte sich inzwischen herumgesprochen, vielleicht sogar eine Panik ausgelöst haben. Bestimmt wurde die Jagd auf euch bereits eröffnet.«

Er verriet mir nicht, was er sich von unserer Auslieferung erhoffte. Womöglich versprach er sich öffentliche Absolution für die Katastrophe, die ihm zur Last gelegt wurde. Eine Ahnung sagte mir, dass er sich die Sache zu einfach machte. In einem allerdings stimmte ich ihm zu. Bei der landläufigen Angst vor den Illochim hätte es mich nicht gewundert, wenn die Bevölkerung es darauf anlegte, uns mundtot zu machen.

Mit geschickten Bewegungen nahm der Kreuzwächter eine weitere Schaltung an seiner Kugel vor. Ich begriff, dass er eine Funkverbindung zu seinem Berater Lop und zu Regular Zintob herstellte und ihnen unseren Standort übermittelte. Anschließend aktivierte er ein Holo, in dem eine öffentliche Verlautbarung verbreitet wurde. Ich erkannte das Abbild des Ida-Boro Lop in der Sphäre und vernahm die Botschaft, mit der er sich an die Öffentlichkeit richtete.

Ich konnte mir kaum vorstellen, dass die Worte Tschirque behagten.

Kapitel 28

Parjasthina

Es gab Tage, an denen wunderte sich Parjasthina darüber, wie reibungslos die Besiedelung von Marasin vonstatten ging. War ihm die Restegalaxis einst unüberschaubar vorgekommen, wurde sie mit jedem Sonnensystem, das die Illochim ihrem Reich zuführten, scheinbar kleiner. Wo sie auf Widerstand trafen, wurde er im Keim erstickt, damit es erst gar nicht zu Flächenbränden kam. Dem Grundgedanken der Illochim über unabänderliche Nachhaltigkeit in Marasin wurde alles andere untergeordnet. Das gesamte Leben war auf ihr Schwarmverhalten einerseits und andererseits auf sozialen und wirtschaftlichen Stillstand ausgerichtet. Das galt auch für den technischen Stand. Wo andere Völker Stillstand als Rückschritt betrachteten, hielten die Illochim ihn für das einzige Mittel, das Marasins Bestehen sicherte. Sie strebten ihn als höchstes Gut an und gestatteten anderen Spezies keine davon abweichende Lebensweise.

Mit dem Verstreichen der Jahrzehnte und Jahrhunderte begann der Aufenthalt an Bord von Raumschiffen die Doviate mehr und mehr zu ermüden. Parjasthina betrachtete die MISTANNEN III als seine Heimat, weil er keine andere mehr besaß. Die Erinnerung an ein planetengebundes Leben war in ihm verblasst, doch die Sehnsucht danach wuchs.

»Vielleicht ist es diese ständige Rastlosigkeit, die mich an einen Rückzugsort denken lässt«, sagte er zu Githamainen.

»Ich teile deine Sehnsucht, jedenfalls bis zu einem gewissen Grad. Dauerhaft sesshaft werden möchte ich jedoch nicht.«

»Daran liegt auch mir nichts. Ich möchte aber einen Anlaufhafen haben, eine Welt, die gewissermaßen das geistige, intellektuelle und kulturelle Zentrum unseres Reiches bildet und es repräsentiert. Eine Welt, die unsere Macht weithin sichtbar ausdrückt und die als strahlendes Fanal herausstellt, dass unser Weg der einzig richtige ist.«

»An welchen Planeten denkst du dabei?«

Darüber dachte Parjasthina seit zwei oder drei Jahren nach, ohne zu einem Ergebnis zu kommen. Unzählige bewohnte Planeten gehörten dem Reich der Illochim an, von denen viele besondere Reize aufwiesen, doch zu keinem von ihnen hatte Parjasthina jemals eine besondere Beziehung entwickelt.

»Ich weiß es nicht.«

Githamainen setzte ein verständnisvolles Lächeln auf. All die Jahre über war er an Bord der MISTANNEN III geblieben. Parjasthina und er tauschten sich regelmäßig aus, während der Kontakt zu den anderen Doviaten immer spärlicher geworden war. Es kam nicht mehr zu den regelmäßigen Zusammenkünften der Vergangenheit. Auch aus diesem Grund verlangte es Parjasthina nach einer Zentralwelt. Es durfte nicht zu einer Entfremdung der Doviate kommen.

»Vielleicht gib es keine Welt, die unseren Ansprüchen genügt und ausreichend repräsentativ für ein Reich wie das unsere ist«, überlegte Githamainen. »Vielleicht müssen wir sie schaffen, damit wir mit ihr zufrieden sind.«

»Sie schaffen?«

»Warum nicht? Oder zweifelst du etwa daran, dass wir zu einem solchen Schritt in der Lage sind?«

Nein, das tat Parjasthina nicht. Er konnte sich nicht vorstellen, dass es etwas gab, das die Illochim nicht erreichen konnten. Sie hatten bewiesen, was in ihnen steckte. Kein anderes Volk, davon war er überzeugt, hätte ein Reich von der Größe Marasins errichten und für stabile Verhältnisse sorgen können, die darauf abzielten, für die Ewigkeit erhalten zu bleiben. Und darin, etwas zu schaffen, waren die Illochim groß. Die genetischen Zuchtprogramme, die sie bis zur Perfektion vervollkommnet hatten, waren das beste Beispiel dafür. Auf vielen Welten des Reiches lebten Illochim unerkannt unter der

Planetenbevölkerung, von der sie äußerlich nicht zu unterscheiden waren.

Doch immer noch gab es zahlreiche Sonnensysteme, in denen die Illochim nicht Fuß gefasst hatten. Prozentual stellten sie zwar einen verschwindend geringen Anteil an der Gesamtheit Marasins, aber sie existierten. Die Warnungen vor einer Bedrohung aus dem Inneren hatten allerdings abgenommen, denn nicht einmal mehr Methiklan überschätzte die Gefahr. Unzählige Generationen Kanarves hatten dafür gesorgt, dass die Illochim keine anderen Völker zu fürchten brauchten. Die Doviate sahen zuversichtlich in eine Zukunft, in der sie keine Veränderungen zu fürchten hatten.

»Mir gefällt deine Idee«, gestand Parjasthina. »Wir werden etwas Großes schaffen, etwas Einzigartiges, das Marasin noch nicht gesehen hat.«

»Wir sollten uns mit den anderen Doviaten darüber beraten«, regte Githamainen an.

Parjasthina stimmte seinem Kollegen zu. Er legte Wert auf Konsens und ein einvernehmliches Vorgehen aller 22 Doviate. Das hinderte ihn nicht daran, bereits mit den gedanklichen Planungen zu beginnen. Vor seinen Augen nahm die Vision eines monumentalen Bauwerks Gestalt an, das alles übertreffen sollte, was die Völker Marasins jemals gesehen hatten.

Kapitel 29

Tschirque

Ungläubig verfolgte Tschirque den Bericht, der in der vergangenen Nacht aufgenommen und wiederholt gesendet worden war. Lop, sein Berater, sein Vertrauter über Jahre hinweg, beschuldigte ihn der Kollaboration mit den Aufrührern, die die Rückkehr der Illochim planten.

Planten! Lop gebrauchte den Ausdruck mehrmals, um bei den Zuschauern keinen Zweifel zu lassen, woran sie waren.

Der Kreuzwächter taumelte. In seinem Kopf vollführten die Gedanken einen irrwitzigen Veitstanz. Es gab nur eine Erklärung für den Strudel der Ereignisse, in dessen Zentrum er trieb. Das Universum hatte sich gegen ihn verschworen. Das Universum hasste ihn und ließ ihn das mit jeder Faser seiner Existenz spüren. Es handelte in Gestalt von Lop.

Wie nur hatte Tschirque die offensichtlichen Hinweise übersehen können? Spätestens in seinem Büro hätte er erkennen müssen, was Lop vorhatte. Die Ambitionen seines Vertrauten hatten sich durch Kleinigkeiten ausgedrückt, die nicht zu missverstehen waren. Bei dem Befreiungsversuch hatte Lop sich nicht einmal die Mühe gegeben, seinen Antrieb zu verschleiern. Ihn verlangte nach der Position, die Tschirque inne hatte.

Er, Lop, wollte Kreuzwächter werden an Stelle des Kreuzwächters.

Ich konnte die Wahrheit in seinem Gesicht lesen und habe sie ignoriert, warf Tschirque sich vor. Denn die Gesichtszeichnung des Ida-Boro verriet mehr von seinem Innenleben, als er ahnte. Tschirque bildete sich ein, seinen Berater besser zu kennen als der sich selbst. Lops zögerliches Vorgehen bei dem

Befreiungsversuch war ihm nicht entgangen. Es hatte nicht auf Sorge um den Kreuzwächter beruht. Lop hatte ihn überhaupt nicht befreien wollen. Dieser Mistkerl hätte die Entführer auch entkommen lassen, wenn sich ihm eine gefahrlose Befreiungsmöglichkeit geboten hätte.

»Betrachtet Tschirque nicht länger als Kreuzwächter. Er verdient euer Vertrauen nicht mehr. Er verdient unser aller Vertrauen nicht. Glaubt mir, er hat niemanden so sehr enttäuscht wie mich, der ich ihm jahrelang loyal zur Seite gestanden habe. So schwer es mir fällt, ich kann ihn nicht mehr verteidigen, ohne mein Gewissen zu belasten. Er muss gejagt und zur Strecke gebracht werden wie die Fremden, die uns mit den Illochim drohen«, beschloss Lop seine Ansprache an die Bevölkerung mit einem flammenden Appell.

Der Kreuzwächter stand wie gelähmt da. Am Vorabend noch hatte er gedacht, seine Lage könne nicht mehr schlimmer werden. Weit gefehlt! Über Nacht hatte sie sich dramatisch verschlechtert. Jetzt ging es nicht mehr nur allein um sein Versagen. Lop setzte alles daran, ihn loszuwerden, um an seine Stelle zu treten. Die vorgebrachten Verleumdungen übertrafen alles, was Tschirque sich bislang an Niederträchtigkeit hatte vorstellen können. Scheinbar endlose Sekunden verstrichen, bis es ihm gelang, die Lenkmaschine zu bedienen. Die Sphäre brach in sich zusammen, das Holo erlosch.

»Du ... du Verräter«, murmelte Tschirque. »Wie kannst du mir das antun?«

Ihm ging auf, dass er einen schwerwiegenden Fehler begangen hatte. Hätte er den Bericht bloß angesehen, bevor er Lop und Zintob benachrichtigt hatte. Nun waren sie auf dem Weg hierher, um ihn zu arrestieren. Eine schwere, düstere Wolke legte sich auf Tschirques Gemüt. Lop plante Schlimmeres, als ihn verhaften zu lassen. Der Drang zu fliehen wurde übermächtig, doch etwas hielt den Kreuzwächter zurück. Der Reihe nach betrachtete er Atlan und dessen Gefährten, die von dem Fesselfeld zur Untätigkeit verurteilt wurden. Auf einmal kam ihm die Vorstellung, sie nach Chamenspall zu bringen, überhaupt nicht mehr abwegig vor.

Nachdenklich wiegte er die Lenkmaschine in seiner Rechten. Was würden sie mit ihm machen, wenn er sie befreite? Es war nicht ausgeschlossen, dass sie sich für die Falle an ihm rächten. Er hätte es ihnen nicht verdenken können. Lops Verhalten bewertete er als schäbig, doch sein Vorgehen war kaum anständiger.

Lärm erregte Tschirques Aufmerksamkeit. Er hatte den Zugang zur Plattform nicht geschlossen, und nun drangen Stimmen zu ihm herüber. Seine Versäumnisse und Fehlentscheidungen reihten sich seit dem Unglück. Er hob die Kugel und hieb auf die Bedienungselemente, als er hinter der Öffnung blaue Uniformen gewahrte. Zintobs Bliisch drangen durch den Spalt und blockierten ihn.

Tschirque hob die Hände, um zu demonstrieren, dass er keinen Widerstand leistete. Ein Energiestrahl raste dicht an ihm vorbei und erhitzte die Luft. Schlagartig wurde ihm klar, dass es nicht darum ging, ihn lebend zu fassen. Lops Intrigen gipfelten in einem ultimativen Finale.

Vom Kreuzwächter zum Todeskandidaten.

Tschirque stieß einen gequälten Laut aus. Seine Augenleiste brannte, als stünde sie in Flammen, und sonderte einen Schwall Tränenflüssigkeit ab. Jetzt konnten ihm nur noch seine Entführer helfen. Entweder das, oder sie nahmen den Häschern des Regulars die Arbeit ab und brachten den Kreuzwächter um. Ihm blieb nichts anderes übrig, als es darauf ankommen zu lassen.

In einem Akt der Verzweiflung bediente er die Lenkmaschine und wich zurück an die Wand. Eine Nische, die für die Unterbringung von Werkzeugen gedacht war, bot ihm behelfsmäßig Deckung vor weiteren Strahlenschüssen. Angeführt von Zintob, strömten Dutzende Uniformierte auf den eben noch so friedlichen Bahnsteig. Lop blieb zögernd hinter ihnen. Der Ränkeschmied ließ andere die schmutzige Arbeit für sich erledigen.

Sofern diese anderen dazu kamen, denn unversehens stellte sich ihnen ein anderer Gegner entgegen.

Atlan, Trilith Okt und Paladin reagierten gleichzeitig. Ein Schrei des Hünen rollte durch die unterirdische Anlage wie tiefes Donnergrollen.

Er warf sich vornüber und stürmte den Bliisch auf vier seiner sechs Extremitäten entgegen. Der leicht flimmernde Energieschirm, den Tschirque schon kannte, spannte sich um seinen gewaltigen Körper und steckte mehrere Treffer ein. Die Strahlen vermochten ihn nicht zu durchdringen, und dann war Paladin heran.

Ungebremst raste er in die Phalanx der Bliisch und wirbelte inmitten der schießenden Schar herum. Tschirque gewahrte ein Knäuel aus Leibern, Armen und Beinen. Alles ging viel zu schnell, als dass er Einzelheiten hätte erkennen können. Mehrere Uniformierte flogen durch die Luft. Flüche und Schmerzensschreie erfüllten den Bahnsteig.

Dem Kreuzwächter blieb keine Zeit, Paladins Wüten weiter zu beobachten. Wie aus dem Nichts aufgetaucht, stand Trilith Okt vor ihm. Sie war so schnell und ihre Bewegungen von solch geschmeidiger Eleganz, dass er lediglich einen huschenden Schatten wahrgenommen hatte.

»Ich hasse es, gegen meinen Willen festgesetzt zu werden«, zischte sie mit erhobenem Dolch.

Tschirque war starr vor Angst. Obwohl ihm die Physiognomie der Frau völlig unbekannt war, erkannte er in ihren Augen, dass sie nahe daran war, ihn zu töten.

»Trilith, nein!«, übertönte Atlans Stimme das Chaos. Er näherte sich, rückwärts gegen die Bliisch sichernd. »Wir brauchen ihn lebend.«

Trilith Okt fuhr herum, schneller als Tschirque es jemals bei einem Lebewesen gesehen hatte. Sie machte Anstalten, sich auf den Weißhaarigen zu stürzen. Tschirque keuchte vor Entsetzen. Wenn sie Atlan umbrachte, stand niemand mehr zwischen ihr und dem Kreuzwächter.

»Schon gut, Arkonide. Ich habe mich unter Kontrolle. Ich wollte ihm nur einen Schreck einjagen, damit er begreift, was ihm bei der nächsten Dummheit blüht.«

»Ich mache nie wieder eine Dummheit, die sich gegen euch richtet«, haspelte Tschirque. Er meinte es ernst.

»Klug von dir. Wir müssen von hier verschwinden, bevor der Regular Verstärkung erhält.«

»Wir gehen durch den Tunnel.« Tschirque deutete hinter sich. »Niemand kennt sich in diesem Streckenabschnitt so gut aus wie ich.«

Aus vor Schreck starrem Augenband beobachtete er, wie Paladin die Plattform mit bloßen Händen zerfetzte und Gestein und füllende Verbundstoffe zu einem Wall auftürmte. Der dunkelhäutige Gigant riss ein tonnenschweres Stück Bodenverkleidung aus den Arretierungen und rammte es in den Schutt, sodass es die gesamte Breite der Plattform blockierte. Seine mächtigen Hände gruben sich in die Röhrenverkleidung des Tunnels, als bestünde sie aus Sand, und brachten sie zum Einsturz.

Für einen Moment fühlte Tschirque sich in die Vergangenheit versetzt, zurück an den Tag der Katastrophe, die sein Leben aus den Fugen geworfen hatte. Er glaubte, die Todesschreie der beiden Unglücksopfer zu vernehmen, doch es waren die wütenden Rufe der Ordnungskräfte, die von ihren vermeintlichen Opfern abgeschnitten waren und versuchten, sich einen Weg durch die Trümmer zu bahnen.

»Durch einen Vakuumtunnel?«, fragte Trilith Okt. »Wir werden ersticken.«

»Da in diesem Teilstück noch keine Bahnen verkehren, ist der Tunnel mit Luft geflutet.« Dachte die Frau etwa, Tschirque wollte sich umbringen? Das hatte er nicht vor. Plötzlich wurde ihm klar, dass er leben wollte. Während der Depressionen der vergangenen Tage hatte er nicht darüber nachgedacht, weil ihm alles egal war. Nun, da es ihm auffiel, mutete es ihm seltsam und unwirklich an. Unerwartet wurde er von der Vision heimgesucht, eines Tages an die Öffentlichkeit zu treten und sich zu rechtfertigen. Seine Verantwortlichkeit für die eingetretene Katastrophe blieb, doch er trug nicht die alleinige Schuld an ihr. Man hatte ihn hintergangen.

»Nicht einschlafen, Kreuzwächter. Wir brechen auf«, holte ihn Atlans Stimme in die Wirklichkeit zurück. Der Weißhaarige rief Paladin zu: »Gute Arbeit, Major! Wir ziehen uns zurück, bevor die Bliisch sich den Weg freisprengen. Unsere Verfolger werden bald durchbrechen oder einen anderen Zugang finden. Bis dahin müssen wir möglichst weit weg sein.«

Tschirque ließ sich nicht zweimal bitten. Er stieg von der demolierten Plattform in die Vakuumröhre und machte sich auf den Weg in die Dunkelheit.

Kapitel 30

Lop

»Ein Fiasko.« Lop konnte kaum glauben, was er eben erlebt hatte. Der vierarmige Riese mit der schwarzen Haut, dem sich Tschirque angeschlossen hatte, war eine Kampfmaschine, wie es keine zweite gab. »Dieser Einsatz war ein einziges Fiasko. Die Unfähigkeit deiner sogenannten Ordnungskräfte sucht ihresgleichen.«

»Sie haben getan, was in ihren Kräften steht«, verteidigte Zintob seine Leute.

»Dann steht eben nichts in ihren Kräften.« Am liebsten hätte der Ida-Boro seinen Gefühlen freien Lauf gelassen und sich einem Tobsuchtsanfall hingegeben. Er wehrte sich gegen den Drang, weil ihm unkontrolliertes Gebaren zu Recht als Zeichen von Schwäche ausgelegt worden wäre.

»Ich gestatte nicht, dass du sie schlechtmachst und ihre Leistung herabwürdigst. Du hast mit eigenen Augen gesehen, wozu das Paladin genannte Monster fähig ist. Seine Körperkräfte sind einzigartig. Oder irre ich mich da etwa?«

»Nein.« Lops stachelige Haarbüschel richteten sich auf. »Nein, ich muss dir leider zustimmen. Aber dennoch hätte nicht eintreten dürfen, was geschehen ist. Paladin hat eine halbe Hundertschaft deiner Leute lächerlich gemacht. Dabei hatten sie freies Schussfeld auf Tschirque.«

»Auf Tschirque?«

»Spiele nicht den Entsetzten. Dir ist so klar wie mir, dass wir einen definitiven Schlussstrich ziehen müssen, der Nachfragen nicht nur überflüssig, sondern unmöglich macht. Dazu muss ich mich ohne Einschränkung auf den mit besonderen Kompetenzen ausgestatteten künftigen Regular von Avironda verlassen können.«

»Das kannst du.«

»Ich erwarte außerdem von ihm, dass er meine Entscheidungen nicht infrage stellt, sondern Dinge, die keinen Aufschub dulden, schnell und rigoros bereinigt. Vernehme ich Widerspruch von deiner Seite?«

Der Regular schwieg.

»Gut. Etwas anderes. Hast du den Energieschirm des Hünen gesehen?«

»Ja.« Zintobs Tentakel schnitten nervös durch die Luft. »Was ist das für eine Technik?«

»Keine, die von Kamsporn stammt.«

»Sondern?«

»Das ist gleichgültig«, brauste Lop trotz seines Vorsatzes, sich zu beherrschen, auf. »Sie ist fremd. Das allein zählt, denn diesen Umstand machen wir uns zunutze. Deine Leute haben den Schirm gesehen und sind über seine Herkunft so ratlos wie wir.«

»Soll ich sie anweisen, Stillschweigen darüber zu bewahren?«

»Untersteh dich, eine solche Dummheit zu begehen.«

Die Stummelfinger des Bliisch schlossen und öffneten sich in rascher Folge. »Mir gefällt nicht, wie du mit mir redest, *Berater*.«

Die Betonung des letzten Wortes war eine unmissverständliche Warnung. Auch wenn sie eine unausgesprochene Vereinbarung getroffen hatte, sah Zintob den Ida-Boro noch nicht als Kreuzwächter. Lop durfte nicht den Fehler begehen, Zintob gegen sich aufzubringen. Er war auf dessen Unterstützung angewiesen, wenn er seine Pläne zu einem erfolgreichen Ende bringen wollte.

»Verzeih, Regular. Mein Temperament ist mit mir durchgegangen. Das liegt daran, dass ich mir Sorgen um unser beider Zukunft mache. Mir, aber dir genauso, bietet sich eine Gelegenheit, wie man sie nicht oft im Leben erhält. Du verstehst, was ich meine.«

»Ich denke schon.« Der Kopf des Bliisch zuckte. »Deshalb sollten wir in die Zukunft schauen. Ich gebe zu, dass der Einsatz nicht so verlaufen ist, wie wir uns das vorgestellt haben. Schuldzuweisungen sind müßig. Entscheidend ist, was wir als nächstes unternehmen.«

»Lass deine Männer über den Schutzschirm reden. Die Bevölkerung soll davon erfahren.«

»Was versprichst du dir davon?«

»Dieser Atlan hat die Rückkehr der Illochim angekündigt.« Lop hatte sich sein Argument wohl überlegt. »Sein Gefährte setzt auf Lupenchoi eindrucksvolle fremde Technik ein. Weißt du, wie sich das für mich darstellt, wenn ich beides in einen Zusammenhang bringe? Das ist Illochim-Technik.«

Zintob verknotete die Stummelfinger seiner beiden Hände ineinander. »Dafür gibt es keinen Beweis. Ehrlich gesagt, glaube ich nicht, dass deine Überlegung zutrifft.«

Lop lächelte seinem Gegenüber verschwörerisch zu. »Ich auch nicht. Was macht das schon? Tatsachen bedeuten nichts gegen die Vorstellungskraft der Leute. All diese Wesen da draußen, egal welchem Volk sie angehören, werden es glauben. Weil sie es glauben wollen. Weil es das ist, was sie unterschwellig erwarten und am meisten fürchten, nämlich die Rückkehr der Illochim.«

Der Bliisch stieß Lop seine Tentakel gegen die Brust. »Du sollst ihren Namen nicht so leichthin aussprechen. Du forderst das Unglück heraus.«

»Siehst du.« Lop ließ seiner Zufriedenheit freien Lauf. »Genau das meine ich. Wenn der dekorierte Regular von Avironda schon nicht in der Lage ist, seine Angst zu zähmen, wird die Bevölkerung die Kontrolle über sich verlieren und jeden jagen, den sie mit den Illochim in Verbindung bringt.«

»Du bist erstaunlich zuversichtlich.«

»Weil es bereits begonnen hat. Meine öffentlichen Ansprachen haben ihre Wirkung nicht verfehlt. Es ist zu Ausschreitungen in Avironda gekommen. Die Anhänger der Leuchtenden Erlöser sind singend durch die Stadt gezogen, um die Illochim willkommen zu heißen, und haben Tumulte unter der Bevölkerung ausgelöst.«

»Das ist furchtbar.«

»Nein, es ist hervorragend«, triumphierte der Ida-Boro. »Farfink ist bei Zusammenstößen verletzt worden. Fagamaltas hatte nichts Eiligeres zu tun, als seinen Sektenführer öffentlich zum Helden zu stilisieren und den Erlösern das Wunder zuzuschreiben, dass Farfink trotz der Schwere der Verletzung nicht gestorben ist.«

»Ich begreife nicht, was dich daran so begeistert.«

»Atlan und seine Gefährten hätten zu keinem günstigeren Zeitpunkt auf der Bildfläche erscheinen können. Wir haben Tschirques Inkompetenz aus der Nähe mitbekommen, die Bevölkerung Avirondas hingegen nur aus Berichten. Wäre Tschirque nicht so dumm gewesen, sich den Fremden anzuschließen, hätte er sich vielleicht herausreden können. Das Volk ist leichtgläubig. Womöglich hätte es ihm seine Rechtfertigungen abgenommen.«

»Ich bin mir nicht sicher«, entgegnete Zintob vorsichtig. »In der Cabis-Station hatte ich den Eindruck, dass Tschirque sich stellen wollte. Es sah aus, als hätte er die Fremden festgesetzt. Die Situation war ... unübersichtlich.«

»Verwirrend.« Lop hatte die gleiche Beobachtung gemacht wie der Regular und für schreckliche Augenblicke einen herben Dämpfer für seine Pläne befürchtet. Zum Glück hatte das hitzige, unüberlegte Vorgehen der Ordnungskräfte Tschirques Gegenwehr und Flucht provoziert. Damit hatte er sich unwiderruflich in Misskredit gebracht. »Sehr verwirrend sogar. Wer kann schon mit Bestimmtheit sagen, was da unten passiert ist? Nun kommt es nicht mehr darauf an. Entscheidend ist, dass wir keinen Fehler begehen.«

»Ich werde die Verfolgung aufnehmen.«

»Halte dich im Hintergrund«, beschwor Lop den Bliisch. »Soll das Volk sich der Illochim-Freunde und des mit ihnen verbündeten Ex-Kreuzwächters annehmen. Ich werde mich noch einmal an die Öffentlichkeit wenden. Binnen einer Stunde weiß nicht nur Avironda, sondern jede Stadt auf Lupenchoi über die unsägliche Gefahr Bescheid, die auf dem Weg nach Kamsporn ist.«

»Du gehst davon aus, dass Chamenspall weiterhin Atlans Ziel ist?«

»Ich bin davon überzeugt. Er darf nur niemals dort ankommen, und das gilt für alle, die in seiner Begleitung sind.«

»Ja, ich schätze, du hast recht.«

»Worauf du dich verlassen kannst, Regulator. Er wird versuchen, die Cabis zu benutzen. Denk daran, dass er in einen toten Tunnel geflohen ist. Die Übergänge müssen bewacht werden, die Schotts gesichert.«

»Ich leite die nötigen Maßnahmen ein.«

Lop lächelte still in sich hinein. Die Weichen waren gestellt für den neuen Kreuzwächter von Avidarn.

Kapitel 31

Atlan

Der Lichtkegel des Paladin wischte über die fugenlos glatten Wände der Röhre, durch die wir hetzten. Ich lauschte in die Dunkelheit, die wie die schwarze Öffnung eines aufgerissenen, gähnenden Schlundes vor uns lag. Bis auf die Geräusche unserer Schritte herrschte völlige Stille. Ein paar Mal sah ich mich kurz um und hielt Ausschau nach Verfolgern. Vor dem stetig kleiner werdenden beleuchteten Ausschnitt der Haltestelle entdeckte ich keine Bliisch. Gegen die vom Paladin vorgenommene architektonische Umgestaltung kamen sie nur mit schwerem Gerät an. Ich war sicher, dass sie sich bereits auf einem anderen Weg an unsere Verfolgung machten.

»Weiter!«, trieb Trilith den Kreuzwächter an. Sie ließ ihn nicht aus den Augen und verdeutlichte ihm das, indem sie ihr Vibro-Messer in der erhobenen Hand trug. Ich hielt ihr Verhalten für übertrieben. In dem Tunnel hatte Tschirque keine Möglichkeit, uns zu entkommen. Ohne Waffe oder die Hilfe seiner Zauberkugel kam er gegen keinen von uns drei an. Ich hatte ihm die Lenkmaschine vorsichtshalber abgenommen und in einer Tasche meines Schutzanzugs verstaut.

»Es ist nicht nötig, mir zu drohen«, protestierte er. Er war gefasster als zuvor. »Ob ihr mir glaubt oder nicht, ich führe euch freiwillig.«

Trilith stieß ein humorloses Lachen aus. »Das hat das Fesselfeld bewiesen, dem du uns ausgesetzt hast.«

»Im Nachhinein betrachtet, war das ein Fehler. Vorhin erschien mir diese Vorgehensweise logisch. Da wähnte ich Lop auf meiner Seite. Ich erwartete seine Unterstützung und meine Befreiung. Nun weiß ich es besser. Er hat es auf meine Position abgesehen, und es ist ihm gelungen, Zintob auf seine Seite zu ziehen.«

»Dein Vertrauter und der Regular machen Jagd auf dich?«, wunderte ich mich.

»Ist es nicht offensichtlich?«, fauchte Tschirque.

Das war es in der Tat, wenngleich es mir nicht einleuchtete. »Kann Lop auf diese Weise Kreuzwächter werden, einfach so? Ohne einen Wahlvorgang oder von höherer Stelle dazu bestimmt zu werden?«

»Es ist schwierig, aber ... ja, er kann.«

»Eine höchst zivilisierte Vorgehensweise«, schaltete sich Harl Dephin ein. »Beseitige deinen Vorgesetzten und tritt an seine Stelle.«

Ich wölbte eine Augenbraue. »Ein Siganese hat die USO noch nicht geleitet. Muss ich als Ihr direkter Vorgesetzter mir Sorgen um meine Sicherheit machen, Major?«

»Ich bitte um Verzeihung, Sir«, beeilte sich der Chef der Thunderbolts zu sagen. »So habe ich das selbstverständlich nicht gemeint. Die Leitung der USO könnte in keinen besseren Händen als den Ihren liegen. Ich bezog meine Aussage ausschließlich auf die Amtsübergabe der Kreuzwächter von einem Stationsvorsteher zum nächsten.«

»Lops Vorgehen ist keineswegs Normalität«, brummte Tschirque.

»Aber dennoch statthaft.« In der Dunkelheit gewahrte ich Triliths Schmunzeln. Sie hatte ein Einsehen und steckte ihre unterarmlange Klinge weg. »Deine Winzlinge besitzen ja Sinn für Humor, Atlan.«

»Humor ist in diesem Zusammenhang völlig unangebracht. Meine Bemerkung war nicht dazu gedacht, Erheiterung auszulösen«, stellte Harl Dephin die Ernsthaftigkeit seiner Aussage klar.

»Winzlinge?«, griff Tschirque den von Trilith verwendeten Begriff auf.

Ich überging seine Frage. »Welche nächsten Schritte deines Beraters erwartest du?«

»Keine, die mir gefallen. Lop ist intelligent. Er kann sich ausrechnen, dass wir auf dem Weg nach Chamenspall sind.«

»Er hat nicht mitbekommen, dass wir die zuständigen Behörden vor der Rückkehr der Illochim warnen wollen«, hielt ihm das Schemawesen entgegen.

»Nein, aber ihr habt deutlich zu verstehen gegeben, euch in Chamenspall Legitime besorgen zu wollen. Weshalb sollte sich an eurer Absicht etwas geändert haben? Nach eurem Gerede über die Illochim käme ich an Lops Stelle zudem zu dem Schluss, dass nur die Regierung in Chamenspall der richtige Ansprechpartner für euch ist.«

Leider musste ich dem Kreuzwächter beipflichten. Ich erinnerte mich an den Holobericht, den ich gesehen hatte, als ich unter der Macht des Fesselfeldes stand. »Deine Erklärung, warum Lop dich jagt, leuchtet mir ein. Aber wieso ist er hinter uns her? Es dürfte ihm schwerfallen, uns öffentlich als deine Komplizen hinzustellen. Wir haben mit euren Intrigen nichts zu schaffen. Uns zu verfolgen, weil wir Informationen über die Illochim besitzen, ist lächerlich. Spätestens wenn sie auf Lupenchoi eintreffen, bleibt Lop nichts anderes übrig, als sich den Fakten zu stellen. Das gilt für alle Einwohner Kamsporns und Lupenchois. Und bis dahin ... «

»... wird keiner glauben, dass die Illochim wirklich kommen.«

»Weil nicht sein kann, was nicht sein darf?« Diese Denkweise war für mich nicht nachvollziehbar, doch ich drehte mich im Kreis, wenn ich mir das wieder und wieder sagte. »Ich hoffe, zumindest du glaubst uns.«

»Ich glaube, dass ihr von der Rückkehr der Illochim überzeugt seid«, wich der Hagere aus.

»Wenn das nicht ein vielversprechender Anfang ist«, konnte sich Trilith eine zynische Bemerkung nicht verkneifen. »Sobald sich Tschirques Glaubensbereitschaft unter der Bevölkerung verbreitet, sind wir einen wesentlichen Schritt weiter.«

»Ihr müsst das verstehen«, forderte der Kreuzwächter. »Seit die Illochim vor vielen tausend Jahren verschwanden, haben die

Völker Marasins nie mehr etwas von ihnen gehört. Die Furcht vor ihnen wird von Generation zu Generation weitervererbt. Ihr mögt einwenden, dass die Überlieferungen das Wesen der Illochim verfälscht und sie zu Gestalten des Bösen gemacht haben, obwohl sie das in Wahrheit gar nicht waren. Doch das wäre eine Fehleinschätzung. Die Illochim waren eine Macht des Bösen, und ich glaube nicht, dass sich daran etwas geändert hat. Was ihr auf Charastinte erfahren habt, stützt meine Meinung.«

Indirekt gab Tschirque zu, dass er die Rückkehr der Illochim nicht für ausgeschlossen hielt. Es einzugestehen, wagte er nicht. Letztendlich war es gleichgültig, weil sich für uns dadurch nichts änderte. Wir mussten Chamenspall erreichen.

Du gehst davon aus, dass man dir dort mehr Gehört schenken wird, raunte der Extrasinn. *Ich halte deine Zuversicht für verfehlt. Sämtliche Erfahrungen seit deiner Ankunft auf Lupenchoi lassen eher das Gegenteil befürchten.*

Der Einwand meines Logiksektors behagte mir nicht, denn ich konnte ihm kein plausibles Argument entgegensetzen. *Verantwortungsbewussten Bürokraten, die Legitime ausstellen, traue ich unbegrenzte Aufmerksamkeit und Offenheit für Nichtalltägliches sowie Akzeptanz für unangenehme Dinge zu, für die andere einen umbringen wollen,* flüchtete ich mich in Sarkasmus.

An dem sich mir bietenden Bild änderte sich nichts. Der runde Tunnel war direkt in den Fels hineingeschnitten. Bisher führte er ohne Biegungen schnurstracks geradeaus. Ich empfand die Enge als bedrückend. Durch die Gleichförmigkeit der Umgebung war es schwierig, Entfernungen abzuschätzen. Das blaugraue Gestein war mir schon auf unserem Weg nach Avironda aufgefallen. Ich sprach Tschirque darauf an.

»Das ist komprimiertes Basaltgestein. Die ganze Scheibe besteht daraus. Sie wurde von den im Dienst der Illochim stehenden Washiden erbaut.« Der Kreuzwächter drehte mir sein Gesicht zu. »Frag mich nicht nach ihnen. Ich habe dir schon einmal gesagt, dass sie verschwunden sind. Und ich habe keine Ahnung, was aus ihnen geworden ist. Ich weiß nur, dass sie die Städte und deren Verteilung auf Lupenchoi am Reißbrett entworfen haben.«

»Einen Kilometer vor uns versperrt eine massives Schott den Weg«, meldete sich Harl Dephin.

»Die Messeinrichtungen des Paladin funktionieren wieder, Major?«

»Bedaure, sie arbeiten weiterhin unregelmäßig, Sir. Ich verlasse mich auf die Optiken des Paladin.«

Ich registrierte, dass Tschirque mich aufmerksam musterte. Hatte er wegen des Paladin Verdacht geschöpft? »Bewegen wir uns auf das Ende des Tunnels zu?«

»Richtig. Dies ist, wie gesagt, nur ein kurzes Verbindungsstück, das bislang nicht in Betrieb genommen wurde.«

Trilith blieb stehen und stemmte die Hände in die Hüften. »Soll das heißen, dass wir gleich in der Falle sitzen?«

»Keineswegs.« Tschirque hielt sich von ihr fern und bewegte sich so, dass ich mich zwischen ihm und dem Schemawesen befand. Seine Meinung darüber, wen von uns er am meisten zu fürchten hatte, schien ständigen Schwankungen unterworfen zu sein, und zur Abwechslung war Trilith an der Reihe. Allerdings konnte ich ihn verstehen. Die Erwartung, auf ihre Schöpfer zu treffen, einerseits und das ignorante Verhalten aller Wesen, auf die wir bisher getroffen waren, andererseits ließ Trilith zunehmend aggressiv reagieren. Sie wollte den Illochim endlich gegenübertreten. Bisher hatte sie nicht geäußert, wie dieses Zusammentreffen verlaufen würde. Ich hielt es für möglich, dass sie sich für die Qualen ihrer Ausbildung rächen wollte. Jedenfalls erwartete ich keine friedliche Familienzusammenführung.

»Sondern?«

»Von dem Trennschott aus führt eine Fußpassage zum nächsten Cabis-Abschnitt.«

»Zu einem aktiven Abschnitt«, nahm ich an.

»Ja. In ihrem verkehren regelmäßig Schwebebahnen in Richtung Randzone.«

»Zum Rand der Scheibe? Von dort kommen wir, Kreuzwächter«, fuhr ich unseren Führer an. »Wir wollen nach Chamenspall.«

»Ich spreche nicht vom Rand der Scheibe, sondern von der Randzone, wo Lupenchoi auf beiden Seiten in sanften Kurven in Kamsporn übergeht.«

»Diese Konstruktion kann ohne den Einsatz von Lenkfeldern, die bestimmte Schwerkraftvektoren schaffen, nicht unfallfrei funktionieren«, sagte Harl Dephin.

»Eine bemerkenswerte Schlussfolgerung«, ließ sich Tschirque zu einem Lob für den Paladin hinreißen. »In der Tat sorgen mehr als 3000 exoplanetare Lenkfelder für die erforderlichen Schwerkraftvektoren.«

Ich legte die Stirn in Falten. »Exoplanetare Lenkfelder?«

»Sie werden von riesigen Weltraum-Plattformen erzeugt, die mit Steueranlagen, Sonnenzapfern und zahlreicher anderer technischer Ausrüstung bestückt sind. Die Lenkfelder halten nicht nur Kamsporn mit Lupenchoi in einem stabilen Orbit um Ionkost, sondern erzeugen eine gleichbleibende Schwerkraft von 1,2 Gravos. Ihre feine Abstimmung sorgt zudem für einen perfekten Übergang der Schwerkraftvektoren zwischen Planet und Scheibe. Ich habe die Erfahrung mehrmals gemacht und dabei nur einen minimalen Anflug von Schwindel oder Desorientierung empfunden.«

»Das klingt nach einer technischen Meisterleistung«, sprach ich meine Begeisterung für das Wunderwerk aus, auf das es uns verschlagen hatte. Den verantwortlichen Ingenieuren, diesen Washiden, wie Tschirque sie genannt hatte, wäre ich zu gern einmal begegnet. Dass sie verschwunden waren, legte die Vermutung nahe, dass sie sich den Illochim bei deren Abgang aus Marasin angeschlossen hatten. Dem widersprach allerdings, dass die Washiden auf Charastinte nicht einmal Erwähnung gefunden hatten.

Womöglich sind sie inzwischen ausgestorben, brachte der Extrasinn eine martialisch klingende Erklärung ins Spiel.

Oder die Illochim sind auf Nummer Sicher gegangen. Damit diese herausragende Technik nicht weiterverbreitet wird, haben sie sich der Washiden entledigt, setzte ich noch einen drauf.

»Meisterleistung hin und her, leider ist sie für unsere Lage völlig unerheblich, Arkonide.« Trilith hob einen Arm und deutete dorthin, wo das Scheinwerferlicht des Paladin auf ein Hindernis traf. »Hinter dem Schott beginnt eine Vakuumröhre.«

»Richtig«, sagte der Kreuzwächter.

»Wir können also ohne Lufttornister nicht einfach hingehen und einen Zug kapern. Das Problem, ihn bei einer Stundengeschwindigkeit von tausend Stundenkilometern anzuhalten, lasse ich ganz außer Acht.«

»Wir schlagen uns bis zur nächsten Stadt durch«, schlug Tschirque vor. »Das wäre Walpol. Die Schwebebahnen haben nur in den Haltestellen Aufenthalt. Dort gibt es spezielle Ports, die luftdicht mit den Eingängen zum Zug abschließen. In Walpol sehen wir weiter.«

Ich musste zugeben, dass der Kreuzwächter mich in Erstaunen versetzte. Er hatte seine Gleichgültigkeit abgelegt und erwies sich nicht nur als Mitläufer, sondern zeigte sich entschlussfreudig. Das änderte nichts an der Tatsache, dass er uns zuvor in eine Falle geführt hatte, deshalb blieb ich vorsichtig. Trotzdem entschloss ich mich zu einer Geste der Verständigung. Ich zog seine Lenkmaschine aus der Tasche und reichte sie ihm.

»Ich danke dir.« Tschirque nahm die Kugel entgegen und verstaute sie.

Kurz darauf erreichten wir einen Durchgang in der Wand. Ein Korridor schnitt die offen liegende Kammer, in der ein rotes Licht glomm. Es enthüllte eine gewendelte Treppe, die ein paar Meter über unseren Köpfen endete. Auf Höhe des Schotts im Röhrentunnel war der Gang links durch eine Metalltür gesichert.

»Dort oben kann man ein- und aussteigen«, erklärte Tschirque. »Darüber liegt Brachluk, ein Avidarn südlich vorgelagerter Stadtteil.«

»Es ist besser, wenn wir uns nicht an der Oberfläche zeigen.« Ich deutete nach links hinüber. Wir nehmen diesen Weg. Sollte die Tür verschlossen sein, aufbrechen, Major.«

»Verstanden, Sir.« Harl Dephin steuerte den Paladin an mir vorbei. Eine Pranke des Roboters legte sich auf den Öffnungsmechanismus, und die Tür glitt auf.

Strahlenbahnen jagten uns entgegen.

Dahinter gewahrte ich hektische Bewegungen. Dutzende Gestalten schälten sich aus der Dunkelheit. Im blassen Licht erkannte ich blaue Uniformen. Lop oder der Regular hatte unseren Fluchtweg erahnt und uns den Weg abgeschnitten. Das rigorose Vorgehen der Bliisch zerstörte endgültig jede Hoffnung auf Verständigung. Sie wollten weder uns noch Tschirque lebendig fassen.

Harl Dephin reagierte mit der Schnelligkeit, die man nur in geübtem Zusammenspiel mit der SERT-Haube entwickelte. Seine Gedanken wurden über feinste künstliche Nervenbahnen ohne Zeitverlust als Steuerimpulse an die ausführende Positronik übertragen und in Bewegungen umgesetzt. Der Paladin drückte die Tür zu, zertrümmerte mit einem Hieb die Kontaktplatte und zerknüllte den Rahmen. Das verschaffte uns ein paar Sekunden.

»Nach oben!«, schrie ich. Jetzt blieb uns keine andere Wahl mehr.

Ich bekam mit, dass Trilith dem Kreuzwächter einen Stoß versetzte und ihn zu der Treppe trieb. Er stolperte, raffte sich auf und sprang leichtfüßiger, als ich es ihm zugetraut hätte, die Stufen hinauf. Trilith blieb ihm auf den Fersen.

»Hinterher, Sir.« Die Stimme des Paladin erzeugte ein hallendes Echo. Er hämmerte gegen die Tür, die von der anderen Seite bearbeitet wurde. Ein einer Stelle zeichnete sich ein rötlich schimmernder Fleck ab. Die Bliisch versuchten sich durch das Metall zu schmelzen.

Noch während ich das Glühen bemerkte, zog ich mich zurück. Immer mehrere Stufen auf einmal nehmend, überwand ich den ersten Treppenabsatz. Den Strahler, den ich in Tschirques Büro erbeutet hatte, hielt ich auf die Tür gerichtet, um den Paladin zu unterstützen, sobald die Bliisch durchbrachen.

Dann entstand über mir ein kreisrunder Ausschnitt in der Decke, durch den Licht in die Treppenflucht fiel. Tschirque hatte seine Lenkmaschine eingesetzt, um die elektronische Verriegelung des Ausstiegs zu lösen und den Weg frei zu machen. Er schwang sich ins Freie, und Trilith folgte ihm.

Dein weiches Herz zahlt sich aus, spottete der Extrasinn.

Eine gute Tat trägt ihren Lohn eben doch in sich, antwortete ich ihm grimmig.

»Ich komme, Sir!«, rief Harl Dephin hinter mir her, um mich zu warnen.

Keine Sekunde zu früh. Ich stieg aus dem Treppenschacht und sah, wie der Paladin der glühenden Tür einen letzten Hieb versetzte. Sie löste sich und neigte sich in den dahinterliegenden Gang. Schmerzensschreie drangen zu mir herauf, die den Roboter nicht scherten. Wie Dephin die Folgen seines Wütens aufnahm, blieb sein Geheimnis.

Mit zwei Sätzen war der Paladin bei der Treppe. Jede Stufe einzeln zu benutzen, war ihm zu zeitraubend. Er stieß sich vom Boden ab und schnellte bis auf halbe Höhe des Aufstiegs, zog sich mit Handlungs- und Laufarmen hoch und stieß sich abermals ab. Dann war er oben. Harl Dephin warf den tonnenschweren Giganten mit ganzem Gewicht gegen ein tragendes Element der Treppe, und das obere Drittel brach donnernd in sich zusammen.

Mir blieb keine Zeit, mir Gedanken über die Bliisch zu machen, die unter den herabstürzenden Trümmern begraben wurden, denn hinter mir stieß Trilith einen gellenden Warnschrei aus. Als ich mich in ihre Richtung wandte, sah ich eine Horde aufgebrachter Wesen auf uns zukommen.

»Illochim-Freunde!«, vernahm ich wütendes Geschrei.

Die Bliisch hatten es nur sekundär darauf abgesehen gehabt, uns zu erwischen. Vorrangig war es ihnen darum gegangen, uns dem wütenden Mob in die Fänge zu treiben, und das war ihnen gelungen. Wir waren geradewegs vom Regen in die Traufe geraten.

Kapitel 32

Shapda-Shapda Maon

Maudi-Haup Maon sah zur Decke der Hütte hinauf. Seine violetten Augen flackerten unstet. Er richtete sich auf, trank einen Schluck Wasser und ließ sich wieder auf seine Liegestatt sinken.

»Woran denkst du, mein Lieber?«, fragte seine Großmutter.

»An Parjasthina, Groom.«

»Was ist mit Parjasthina?«

»Ich bin von ihm ... enttäuscht.« Der Achtjährige wirkte ein wenig traurig. »Er war ganz anders, als ich anfangs dachte. Er tat so, als wollte er etwas für alle Völker Marasins erreichen. Aber darum ging es ihm gar nicht, oder?«

Shapda-Shapda trocknete die Stirn des Jungen. »Nach unserem Verständnis nicht. Parjasthinas Absichten mögen gut gewesen sein, doch es gibt etwas, das er nicht begriffen hat.«

»Dass nicht alle Wesen so sein wollen wie die Illochim?«

Die Kapitänin lächelte. Maudis Schlussfolgerung zeigte wieder einmal, dass er viel klüger war als andere Kinder in seinem Alter. »Du hast es begriffen. Die Natur hat es so eingerichtet, dass sich Lebewesen voneinander unterscheiden. Würde sie wollen, dass alle Wesen gleich sind, hätte sie nicht so viele unterschiedliche Völker erschaffen, sondern sich mit einem einzigen begnügt.«

»Das wäre aber ganz schön langweilig.«

»Da hast du recht.«

»Es ist blöd, dass Parjasthina das nicht eingesehen hat.« Maudi-Haup zögerte, und sein Gesicht verfinsterte sich. »Stimmt es, was du eben gesagt hast?«

»Was denn, Maudi?«

»Dass Parjasthina bewohnte Planeten mit Raumschiffen angegriffen hat?«

Shapda-Shapda seufzte schwermütig. Die Überlieferungen aus der Vergangenheit lasteten auf ihrem Gemüt, doch sie durften nicht in Vergessenheit geraten. »Leider ja. Den Doviaten war jedes Mittel recht, um ihren Willen durchzusetzen. Sie duldeten keinen Widerstand. Wer sich ihnen nicht bereitwillig anschloss, den unterwarfen sie ohne Rücksicht.«

»Aber es gibt doch so viele Völker in Marasin«, wunderte sich der Junge. »Warum haben sie sich nicht gewehrt? Ich kann mir nicht vorstellen, dass die Illochim so viel stärker waren als alle anderen.«

»Das waren sie auch nicht.«

»Aber sie haben doch triumphiert.«

»Ja, das haben sie, zumindest für eine lange Zeit.« Shapda-Shapda versuchte ihrem Enkel begreiflich zu machen, aus welchem Grund die Illochim sich dermaßen in den Vordergrund hatten spielen können. Es war schwierig, weil die Flößerin selbst Mühe hatte, die Entwicklung nachzuvollziehen. »Es war nicht ihre Stärke allein, die die Illochim zu Herrschern über Marasin machte. Ich sagte dir bereits, dass ihr Schwarmwesen sie nach der großen Katastrophe daran hinderte zu verzagen.«

»Während die meisten anderen Völker wie gelähmt waren«, erinnerte sich Maudi-Haup. »Die Illochim machten einfach so weiter, als sei nichts geschehen.«

»Zumindest verhielten sie sich so. Bevor die anderen Völker sich von ihrem Schock erholten, hatten die Illochim sich schon in Marasin ausgebreitet. Sie haben zahlreiche Sonnensysteme besiedelt und Gegner, von denen sie dachten, dass die ihnen gefährlich werden könnten, bekämpft und besiegt. Es dauerte nur relativ kurze Zeit, bis sie Marasin unter Kontrolle hatten.«

»Wie viele Jahre sind relativ kurze Zeit?«

»Einige tausend Jahre, mehr nicht.«

Maudi-Haup richtete sich empört auf. »Das ist doch keine kurze Zeit. Kein Kalfater lebt so lange.«

»Nicht einmal annähernd«, bestätigte Shapda-Shapda. »Für uns sind tausend Jahre natürlich eine lange Zeit, doch in kosmischen Maßstäben bedeuten sie wenig. Sie genügten den Illochim, um eine Menge Schaden anzurichten. Selbstverständlich begriffen sie nicht, dass sie die anderen Völker in Elend und Verzweiflung stießen. Die Doviate gingen ja davon aus, sie würden eine gute Tat vollbringen. Das ist, wenn überhaupt, das Einzige, das man ihnen zugute halten kann.«

»Du magst die Illochim nicht, oder Groom?«

»Magst du sie denn, nachdem du nun so viel über sie gehört hast?«

Der Junge rieb sich mit den Händen über die Augen. »Ich mag sie nicht, nein. Kein Volk hat das Recht, anderen zu sagen, wie sie leben sollen. Und schon gar nicht hat jemand das Recht, andere anzugreifen. Parjasthina war ein böser Mann, nicht wahr, Groom?«

»Das war er. Das waren alle Doviate.« Shapda-Shapda flehte das Universum an, dass ihr Enkel für alle Zeiten vor den Illochim verschont bleiben möge. Die Kalfater waren nicht blind der Welt gegenüber, in der sie lebten. Sie wussten, dass die meisten Völker auf Kamsporn und Lupenchoi geradezu panische Angst vor einer Rückkehr der Illochim hatten. Die Flößerin wusste nicht, ob es sich dabei um finsteren Aberglauben oder berechtigte Furcht handelte.

»Stimmt es, dass Marasin eines Tages wirklich untergehen wird, wie die Illochim es vorausberechnet haben?«, fragte Maudi-Haup.

»Ja, das mag sein, doch dieser Tag liegt weit in der Zukunft. Wir werden ihn nicht erleben.«

»Das ist gut. Ich stelle es mir schrecklich vor, dass Marasin immer mehr Masse verliert und aufhört, als zusammenhängendes Gebilde zu existieren.«

»Das ging den Illochim ebenso. Weißt du, wie sie ihr Reich deshalb nannten?«

»Wie denn?«

»Das Reich der Unmasse.« Shapda-Shapda hatte den Namen stets als bedrückend empfunden. Nun, da sie ihn nach langer Zeit zum ersten Mal wieder aussprach, erschien er ihr besonders schauerlich.

»Das klingt irgendwie spannend, wie eine Geschichte. Wie eine richtige Geschichte, meine ich. Nicht wie die Wahrheit, die irgendwann eintritt. Ich wünschte, es wäre bloß eine Geschichte.«

»Ja, das wünschte ich auch, Maudi.« Die Vorstellung, dass die Illochim lediglich ein Phantom waren, das nicht existierte, hatte etwas Tröstliches.

»Da fällt mir etwas ein, Groom.«

»Was denn?«

»Du sagtest, Parjasthina und Githamainen wollten ein großartiges Monument bauen, um die Völker Marasins zu beeindrucken. Das klingt ebenfalls aufregend. Haben sie es vollbracht?«

»Ja.«

»Was war es?«, fragte der Junge mit angespannter Neugier.

»Ahnst du es nicht? Das großartige Bauwerk der Illochim begleitet uns an jedem Tag unseres Lebens.« Shapda-Shapda machte eine Geste, die ihre Heimat und die umliegenden Lande einschloss.

Maudi-Haup keuchte aufgeregt. »Lupenchoi? Die Illochim haben die Scheibe Lupenchoi gebaut? Erzähle mir davon, Groom. Mach schon, bitte.«

»Wie könnte ich dir einen Wunsch abschlagen, mein lieber Maudi?« Shapda-Shapda lehnte sich in ihrem Stuhl zurück und fuhr mit ihrer Erzählung fort.

Kapitel 33

Juristhan

Der Wind trug einen süßlichen Geruch über das öde Land. Ein Hügel am jenseitigen Ende der weiten Ebene, die von Sandaufschüttungen und Löchern durchzogen war, stand in voller Blütenpracht. Juristhan nahm an, dass der liebliche Duft von den blauen Blumen herrührte, die als dichter Teppich die gesamte Hügelkuppe bedeckten.

»Der Gestank ist widerlich, kaum auszuhalten.« Foschkromens graue Haut wurde blass, ein deutliches Zeichen für seinen Ekel.

Juristhan konnte den Abscheu nachvollziehen. Er hatte Sehnsucht nach herbem, salzigem Küstenaroma. Damit konnte die abscheuliche Trockenwelt, auf der er gelandet war, nicht aufwarten. Schon die Bilder beim Anflug auf den Sauerstoffplaneten hätten ihn am liebsten abdrehen lassen, doch dieser Planet lag in dem Raumsektor, der ihm zugewiesen worden war. Navigator Fluffoquiss achtete peinlich genau darauf, dass die aufgelisteten Sonnensysteme in der Reihenfolge ihrer Nennung angeflogen und kartografiert wurden. Die trostlose Erscheinung der braunen Weltraumkugel war von zweitrangigem Interesse. Jedem Sauerstoffplaneten wurde die gleiche Aufmerksamkeit geschenkt, um frühere Versäumnisse zu beheben.

Die Doviate hatten ein Suchschema ausgearbeitet, das bislang unbeachtete Bereiche von Marasin in den Blickpunkt rückte. Das Reich der Unmasse war weitgehend erschlossen und stand unter der Herrschaft der Illochim. Nun wurden die weißen Flecken auf der Karte geschlossen. Diese zweite Besiedelungsphase sollte sicherstellen, dass keine einzige Welt durchs Raster fiel. Das galt selbst für karge Krumen wie diese.

Obwohl ihm der Planet nicht gefiel, hatte Juristhan sich überwunden und war an der Spitze einer Gruppe bewaffneter Kanarves ausgestiegen. Er ging seinen Leuten stets voraus. Das hatte er seit seinem ersten eigenen Kommando so gehalten, weil er es als seine Pflicht empfand. Ihm lag nichts daran, bei Fluffoquiss oder den Doviaten Eindruck zu schinden. Er folgte lediglich der Stimme seines Pflichtbewusstseins, die ziemlich laut werden konnte, wenn seine Motivation ihn vorübergehend im Stich zu lassen drohte.

Foschkromen wich einer Öffnung im Boden aus. »Diese Erdlöcher sind mir nicht geheuer. Wer weiß, wo man sich wiederfindet, wenn man dort hineinstürzt.«

»Sie sind zu groß, um sie zu übersehen«, antwortete Juristhan missmutig. Er hielt inne und schaute in einen groben Tunnel, der recht steil abfiel und nach wenigen Metern eine Krümmung erfuhr, die auf eine horizontale Fortsetzung hindeutete. Der Anblick behagte Juristhan nicht sonderlich. Ihm haftete eine unterschwellige Bedrohung an. »Jeden, der in eins dieser Löcher fällt, lassen wir zurück und holen ihn am Ende unserer Mission wieder ab.«

»Das ist nicht dein Ernst, Kommandant.«

Es war Juristhan zu dumm, auf Foschkromens Frage zu antworten. Selbstverständlich würde der Kommandant keinen der Kanarves seinem Schicksal überlassen, solange nicht übergeordnete Interessen ihn dazu zwangen. »Achtet auf eure Schritte«, bellte er. »Dann braucht ihr euch keine Sorgen über einen unfreiwilligen Aufenthalt auf diesem Brocken zu machen.«

Die Bezeichnung war für den Planeten, der in den Unterlagen lediglich eine unpersönliche Zahlenkennung besaß, durchaus zutreffend. Zusammenhängende Landmassen, meist grau und braun, bildeten seine Oberfläche. Neben zwei Binnenmeeren gab es eine Vielzahl kleinerer und größerer Seen, die zusammengenommen gerade einmal ein Zehntel der Landmassen ausmachten. Neben wenigen Wäldern in der Umgebung der Gewässer erschöpfte sich die Vegetation in scheinbar endlosen Flechtenteppichen, Krüppelbäumen und niedrigem Buschbewuchs, gelegentlich durchbrochen von bunten Blumenkolonien wie jene auf dem Hügel.

»Diese Welt wird nie intelligentes Leben hervorbringen«, urteilte Foschkromen mit einer abwertenden Geste und hob einen seiner vier Arme. »Aber wenigstens gibt es größere Tiere. Dort hinten äst eine Gruppe Vierbeiner. Unsere Landung war nicht ganz sinnlos.«

»Hältst du es für sinnlos, neue Planeten zu untersuchen?« Juristhan hob die Stimme. »Hältst du es für sinnlos, die Vorgaben der Doviate zu erfüllen?«

»Das habe ich nicht gemeint«, haspelte Koschkromen. »Ich habe mich missverständlich ausgedrückt. Selbstverständlich hege ich keine Zweifel an den Befehlen. Die Doviate erlassen keine sinnlose Order.« Koschkromen plapperte munter weiter.

Juristhan ließ die Rechtfertigungslitanei über sich ergehen, ohne hinzuhören, denn die Tiere erweckten sein Interesse. Unübersehbar handelte es sich um Vierbeiner, doch manche von ihnen standen auf zwei Extremitäten. Sie hatten sich nicht nur kurz aufgerichtet, um gleich wieder auf alle viere zu sinken. Auf ihren stämmigen Hinterbeinen bewegten sie sich mühelos vorwärts. Sie waren etwa 2,20 Meter groß und trugen schaufelartige Geweihe auf dem Kopf. Sie besaßen die unterschiedlichsten Körperfarben. Manche Exemplare waren weiß, ein paar wenige schwarz. Die meisten präsentierten sich farbenprächtig in Rot oder Braun, sogar in Blau.

»Sie gehen aufrecht.«

»Das ist kein Hinweis auf Intelligenz.«

»Aber allemal Grund genug, die Tiere einer näheren Untersuchung zu unterziehen.« Juristhan zog seinen Strahler und schaltete ihn auf Paralysemodus. Er war sicher, dass die Tiere die Illochim bemerkt hatten. Sie machten keine Anstalten, die Flucht zu ergreifen, sondern ästen weiter an den knorrigen Flechten. »Entweder haben sie keine natürlichen Feinde, oder sie besitzen einen nur äußerst schwach ausgeprägten Selbsterhaltungstrieb.«

»Das wissen wir, sobald du einen Schuss abgibst, Kommandant.«

Juristhan visierte ein besonders prächtiges Tier an und krümmte den Finger um den Abzugshebel. Ein blasser Strahl trat aus der Waffenmündung und erfasste den Vierbeiner, der vornüberkippte und regungslos liegen blieb. Ringsum ertönte protestierendes Blöken. Bewegung kam in die Herde. Die aufrecht gehenden Tiere ließen sich auf alle viere nieder und stürmten mit ihren Artgenossen davon. Ihre Hufe wirbelten Erdschollen und Fetzen der Flechten auf.

»Sie fliehen durch die Ebene«, kommentierte Koschkromen die panische Flucht.

Der Kommandant erwartete eine andere Reaktion und erhielt Sekunden später die Bestätigung. Die Tiere vertrauten sich nicht der Ebene an, die keinen Schutz bot, sondern entschieden sich für das nächsterreichbare Versteck. Sie liefen zu den umliegenden Erdlöchern und brachten sich darin in Sicherheit.

»Sie leben unter der Erde«, folgerte er. »Die Löcher sind Eingänge zu einem Tunnelsystem. Ich nehme an, es gibt Höhlen, in denen die Herden ihr Dasein fristen, solange sie nicht zum Fressen an die Oberfläche kommen.«

»Das ist ungewöhnlich für Tiere dieser Größe.« Koschkromen kommandierte zwei Kanarves ab, die den paralysierten Vierbeiner bergen und an Bord bringen sollten. »Ich ahne deinen nächsten Schritt voraus, Kommandant. Du willst die Höhlen erkunden.«

Juristhan machte eine zustimmende Geste. Die aufrecht gehenden Tiere begannen ihn zu faszinieren.

Der Tunnel war weit genug für die Illochim. Wo die großen, kräftigen Tiere Platz fanden, passten die schmächtigeren Schwarmwesen ohne Anstrengung hindurch. Juristhan hangelte sich in die Öffnung hinab und ließ sich fallen. Federnd fingen ihn seine vier Beine ab, und er kniete auf festem Untergrund. Es war ein unangenehmes Gefühl, den runden Ausschnitt des Himmels über sich zu sehen. Die Erinnerung an die unbegrenzten Weiten der Meere war noch immer in den Illochim verankert. Das Weltall unterschied sich davon nur wenig, und selbst an Bord eines Raumschiffs stand viel mehr Platz zur Verfügung als in dem muffigen Loch, das nach Erde roch.

Juristhan verharrte und nahm sich Zeit, sich an die beengenden Verhältnisse zu gewöhnen. Er schloss die Nickhäute seiner Augen und atmete gleichmäßig, bis das Schwindelgefühl verging, das er in seinem Kopf verspürte. Auch das schmerzhafte Ziehen in seinen Eingeweiden ließ nach, und er wagte es, die Augen wieder zu öffnen. Erst jetzt schaltete er die Lampe ein und leuchtete in den Stollen, der sich vor ihm sanft neigte. Da sich die schwarze Röhre auch seitlich wand, konnte Juristhan nur ein paar Meter weit sehen.

Halb kriechend setzte er sich in Bewegung und folgte dem Verlauf des Stollens. Dichtauf folgte Koschkromen, der wie sein Kommandant einen Strahler bei sich trug. Die restlichen Kanarves waren an der Oberfläche geblieben, um die umliegenden Erdlöcher im Auge zu behalten. Es waren Dutzende, und Juristhan ging davon aus, dass sie untereinander durch Gänge verbunden waren.

»Denkst du, die Tiere haben die Stollen selbst gegraben?«

Juristhan glaubte Koschkromens Stimme übermäßig laut zu vernehmen. »Hast du ihre Kopfschaufeln gesehen?«, fragte er zurück. »Ich halte sie für hervorragende Grabwerkzeuge. Und jetzt Ruhe. Ich will die Tiere nicht verscheuchen.«

Was versprach er sich überhaupt von seinem Vorstoß unter die Erde? Er wollte weitere Informationen über den Lebensraum der aufrecht gehenden Vierbeiner sammeln, weil die Resultate der letzten Stationen in ihm nagten. Drei Sauerstoffwelten hatte er angeflogen. Auf keiner davon gab es eine intelligente Lebensform, und die Planeten hatten sich trotz der atembaren Atmosphäre als wenig einladend für eine Besiedelung erwiesen. Doch darüber entschied nicht Juristhan. Wohl aber besaß er den Ehrgeiz, den Doviaten Missionsergebnisse zu liefern, die er als positiv bewertete. Deshalb keimte ein Fünkchen Hoffnung in ihm, und dafür war der aufrechte Gang dieser Vierbeiner verantwortlich. Es war verwegen, daraus Rückschlüsse zu ziehen, doch schaden konnte der unterirdische Vorstoß nicht.

Während er sich vorantastete, lauschte Juristhan auf Geräusche. Aus weiter Ferne glaubte er Blöken zu vernehmen, doch in dieser Umgebung konnte er unmöglich entscheiden, aus welcher Distanz es kam. Schon bald überlagerten Ausdünstungen von Lebewesen den modrigen Erdgeruch.

»Ist das Licht vor uns?«, raunte Koschkromen.

Sein Kommandant hielt inne und schaltete den Scheinwerfer aus. Jetzt gewahrte auch er einen schwachen Schein, der hinter der Krümmung des Stollens hervordrang.

»Hier unten kann es kein Licht geben«, gab er mit gedämpfter Stimme zurück. »Jedenfalls kann es nicht von der Oberfläche herab dringen.«

Er wedelte mit seinem Strahler und setzte den Weg fort, darauf bedacht, keine Geräusche zu verursachen, die seine Annäherung verrieten. Nach der nächsten Krümmung weitete sich der Stollen zu einer Höhle. Diffuser Lichtschein erfüllte die aus dem Erdreich gegrabene Kammer, und Juristhan erkannte, wie er zustande kam. Moosartiger Belag, der einen schwachen Schein erzeugte, bedeckte einen Teil der Wände. Juristhan zählte acht Vierbeiner, darunter drei Jungtiere, die ihrer Größe nach erst vor wenigen Tagen das Licht der Welt erblickt hatten.

Das recht bescheidene Licht dieser unterirdischen Welt, dachte er und ließ sich durch die Öffnung gleiten. Wütendes Blöken empfing ihn. Die ausgewachsenen Tiere positionierten sich schützend vor dem Nachwuchs.

»Sieh dir das an.« Koschkromen gesellte sich neben seinen Kommandanten. »Sie stehen alle aufrecht.«

Zum ersten Mal hatte Juristhan Gelegenheit, die Tiere ausgiebig zu betrachten. Sie trugen nicht nur die schaufelähnlichen Geweihe auf dem Kopf, die er für Knochen hielt, sondern auch mächtige Bauchschaufeln, die zweifellos für schwere Grabungen geeignet waren. Diese aus Horn bestehenden Schaufeln beantworteten endgültig die Frage, ob die Tiere die Erdlöcher, Stollen und Schächte selbst gegraben hatten.

Ein rotes Tier, dem das schummrige Licht ein unheimliches Aussehen verlieh, löste sich aus der Gruppe und näherte sich den Illochim. Alle vier Extremitäten endeten in Hufen, die aus vier drei mal drei Zentimeter breiten Hornteilen bestanden.

»Du scheinst keine Angst vor uns zu haben.« Juristhan hatte sein Übersetzungsgerät aktiviert, obwohl er sich kein Ergebnis davon versprach. Die kleinen technischen Wunderwerke, die nach einer Idee des Doviats Parjasthina gebaut worden waren, kapitulierten vor Tierlauten.

»Ich würde mir zu gern eins der Jungen aus der Nähe ansehen«, sagte Koschkromen.

»Ich glaube, dieser Bursche hier hat etwas dagegen.«

»Wie kommst du darauf, dass es sich um einen Burschen handelt? Vielleicht ist es die Mutter des Nachwuchses.«

Das Tier vor ihnen gab eine Folge gutturaler Laute von sich. In seinem behaarten Gesicht dominierte eine ausladende, weiche Schnauze mit breiten Nüstern, die sich aufgeregt bewegten. Als es seine großen, gelben Zähne bleckte, bemerkte Juristhan, dass es auf etwas herumkaute, das wie ein Stück trockenes Holz aussah. Er lauerte auf eine Geste, auf irgendeine Reaktion, die Anzeichen von Intelligenz ausdrückte.

»Hast du Nahrungskonzentrate eingesteckt?«, fragte Koschkromen.

»Nein. Was hast du vor?«

»Bestimmt ist es möglich, die ausgewachsenen Tiere mit Futter anzulocken und an die Jungen heranzukommen.«

Juristhan hielt das für keine gute Idee. Allmählich kamen ihm seine Überlegungen abwegig vor. Die Illochim waren auf eine Herde Tiere gestoßen, an denen die Doviate kein Interesse finden konnten. Allenfalls die Biologen an Bord würden sich über das eingefangene Exemplar freuen. Koschkromen entfernte sich ein paar Schritte und versuchte von der Seite her zu den Jungtieren zu gelangen. Die Ausgewachsenen machten seine Bewegung mit und zeigten keine Lücke in ihrer Kette.

»Sie lassen dich nicht durch. Besonders willkommen sind wir nicht. Kehren wir an Bord zurück.«

Das Tier vor ihm stieß weitere Laute aus. »Hohrugk«, meinte Juristhan zu verstehen. Der Begriff fiel mehrmals hintereinander.

»Hohrugk? Ist das dein Name?«

»Hohrugk.«

»Ist das alles, was du hervorbringst?«

Das Tier betrachtete ihn aus großen Augen und wiegte den Kopf. Koschkromen nutzte die Gelegenheit und sprang an ihm vorbei. Der Vierbeiner, der bis eben völlig behäbig gewirkt hatte, fuhr herum, und seine Bauchschaufel verbreiterte sich. Der Vorgang geschah rasend schnell. Mit Entsetzen gewahrte Juristhan einen düster pulsierenden Schlauch, der aus der Körpermitte des Tieres entsprang und Koschkromen verschlang, bevor einer der beiden Illochim reagieren konnte.

Juristhan wich zurück, gepackt von Unglaube und Furcht. Seine vier Beine waren nahe daran, ihm den Dienst zu versagen. Mit fahrigen Fingern hob er seinen Strahler und wagte nicht, ihn zu benutzen. Die ausgewachsenen Tiere näherten sich ihm. Instinktiv begriff er, dass es ihm ergehen würde wie seinem Offizier, sobald er die Waffe einsetzte. Demonstrativ ließ er sie sinken und steckte sie weg.

»Hohrugk«, schallte ihm ein mehrstimmiger Chor entgegen.

Wieder trat das rote Tier einen Schritt vor. »Geh jetzt. Geh weg.«

Fassungslos starrte Juristhan sein Übersetzungsgerät an. Seine anfängliche Ahnung hatte ihn nicht getrogen. Die aufrecht gehenden Vierbeiner waren mehr als Tiere. Sie besaßen Intelligenz, und nicht nur das. Offenbar verfügten sie über eine natürliche Waffe, mit der sie andere Wesen einfach verschwinden lassen konnten. Das war eine Information, die die Doviate sehr interessieren würde.

»Geh, oder ich schicke dich fort.«

Juristhan zuckte zusammen. Ihm war klar, was das Hohrugk-Wesen damit meinte. Es beabsichtigte, ihn mittels seiner Fähigkeit wie Koschkromen an einen unbekannten Ort zu versetzen, was vermutlich gleichbedeutend mit dem Tod war. Juristhan kroch rückwärts in den Tunnel, durch den er in die unterirdische Höhle gekommen war, und hastete zurück, so schnell es ihm möglich war. Da es keine Abzweigung gab, bestand keine Gefahr, dass er sich unter der Erde verirrte. Rasch gelangte er zum Ausstieg und zog sich ins Freie.

Wild gestikulierend kam ein Kanarve auf ihn zugelaufen.

»Was ist geschehen?«, fragte Juristhan, immer noch überwältigt von der unterirdischen Begegnung.

»Koschkromen«, antwortete der Kanarve und deutete hinter sich. »Er ist aus dem Nichts aufgetaucht, genau vor mir.«

Juristhan brauchte einen Moment, um den Inhalt der Worte zu begreifen. Sein Offizier war nicht verschwunden und nicht tot. »Wie geht es ihm?«

»Er ist ein wenig verwirrt, aber sonst ist alles in Ordnung.«

Der Genannte kam herüber und gesellte sich zu seinem Kommandanten. »Was war das?«, fragte er. »Was ist da eben geschehen?«

Juristhan hatte keine schlüssige Erklärung parat. »Etwas Bedeutsames, das die Doviate interessieren wird«, sagte er.

Was immer das Hohrugk-Wesen eingesetzt hatte, ob Waffe oder Transportsystem, es eröffnete den Illochim ungeahnte Möglichkeiten.

Kapitel 34

Atlan

Der Kreuzwächter wich vor der heranstürmenden Meute zurück. »Es ist Lop gelungen, die Leute aufzuwiegeln.«

Nach dem, was ich erfahren hatte, wunderte mich das nicht. Tschirques Vertrauter machte sich die Furcht der Bevölkerung zunutze, indem er uns als Freunde der Illochim hinstellte. Angesichts der kollektiven Hysterie auf Lupenchoi fiel seine Demagogie auf fruchtbaren Boden. Ich unternahm gar nicht erst den Versuch, unsere Angreifer davon zu überzeugen, dass wir nicht Freunde, sondern Gegner der Illochim waren. Die verschiedenartigen Wesen waren wie aufgeputscht, als stünden sie unter dem Einfluss von Drogen. In blindem Hass stürmten sie mit Knüppeln, Schaufeln und Äxten bewaffnet auf uns ein. Ein paar von ihnen trugen Messer. Schusswaffen entdeckte ich keine.

Trilith erreichten sie zuerst, und das bekam ihnen schlecht. Das Schemawesen wirbelte schneller durch ihre Reihen, als sie begreifen konnten, was geschah. Binnen Sekunden lagen sieben oder acht Angreifer am Boden.

Schon musste auch ich mich meiner Haut erwehren. Zwei dürre, sehnige Gestalten, deren Erscheinungsbild mich an Pfahlwurzeln erinnerte, attackierten mich mit knochigen Händen. Den einen fällte ich mit einem Handkantenschlag, doch der andere bekam mich mit seinen klammen Fingern zu fassen. Sie waren kalt wie Eis und schienen mir die Wärme aus dem Leib zu ziehen. Ich riss mich los und setzte zu einem Dagorgriff an, der das Wesen ins Reich der Träume beförderte.

Die Lage wurde zunehmend unübersichtlicher. Von allen Seiten drangen unsere Gegner auf uns ein.

Sie kamen aus flachen Gebäuden, die ich für Scheunen hielt, und aus ein paar verstreut liegenden Wohngebäuden. Bei Brachluk, wie Tschirque die südliche Vorstadt von Avironda bezeichnet hatte, handelte es sich um ein ländliches Gebiet. Es war nicht besonders dicht besiedelt, was mich schließen ließ, dass Lop diese Wesen hier zusammengezogen hatte, um uns einen heißen Empfang zu bereiten. An sämtlichen Ausstiegen rings um die Haltestelle Avidarn würde es ähnlich aussehen. Lop überließ nichts dem Zufall.

Der Paladin fegte die Angreifer reihenweise von den Beinen. Manche benutzte er als lebende Wurfgeschosse, die er gegen ihre Verbündeten schleuderte. Ich bemerkte, dass Tschirque von einem Kreis aus Angreifern umschlossen war. Er hielt seine Lenkmaschine vor der ausgemergelten Brust wie einen Schild, mit dem er sie abwehren konnte. Doch das gelang nicht. Es gab hier keine technischen Einrichtungen, auf die er mit der Kugel Zugriff nehmen konnte. Er geriet ins Taumeln, als ein aus der Menge geworfener Gegenstand seinen Schädel streifte. Ein paar Wesen setzten nach, um sich auf ihn zu stürzen. Sie bedachten ihren Kreuzwächter mit unflätigen Beschimpfungen.

Ich richtete den Strahler auf sie und fällte sie mit gezielten Schüssen.

Die Front der Nachrückenden geriet ins Stocken, und schon war der Paladin heran und sorgte mit seinem Auftritt für ausbrechendes Chaos. Gegen ihn waren selbst die größten unter unseren Angreifern Leichtgewichte, die er ummähte wie vertrocknetes Gras. Ich gab mir Mühe, die Geräusche brechender Knochen zu überhören.

»Die Schweber!«, machte ich Trilith auf eine Reihe am Straßenrand geparkter Fahrzeuge aufmerksam. Wenn es uns gelang, eins davon zu kapern, konnten wir versuchen, über Land nach Walpol zu gelangen.

Sie schaltete sofort und kämpfte sich in die angegebene Richtung vor. Wie ein Derwisch schlug sie eine Schneise in die gegnerischen Reihen, während ich Tschirque abschirmte und versuchte, gemeinsam mit ihm die Straße zu erreichen. Der Paladin hielt sich an unserer Seite. Wer sich zu nah heranwagte, musste sich auf das schmerzhafteste Zusammentreffen seines Lebens gefasst machen. Allmählich erlahmte die Angriffslust der vielfältigen Völkerschar. Sie sahen ein, dass sie uns trotz ihrer zahlenmäßigen Überlegenheit nicht besiegen konnten.

»Was hast du vor?«, fragte der Kreuzwächter mit eingezogenem Kopf.

»Wir nehmen einen Schweber und dringen damit so weit wie möglich zur nächsten Haltestelle vor. Glaubst du, du kannst uns in Walpol unbemerkt in eine Schwebebahn Richtung Chamenspall bringen?«

»Ja.« Eine so unmissverständliche Antwort hatte ich nicht erwartet.

»Atlan, die Bliisch.« Trilith deutete zu dem Ausstieg, durch den wir an die Oberfläche geklettert waren, und schaltete wie beiläufig eine Echse aus, die ihr zu nahe kam. Dann tauchte sie unter zwei Strahlenbahnen hinweg, die nach ihr griffen.

Die Ordnungskräfte hatten sich befreit. Es war nur eine Frage der Zeit gewesen, doch sie kamen im denkbar ungünstigsten Moment. Noch waren wir zu weit weg von den Schwebern, und schon schwärmten die Blauen aus. Sie hatten sofort begriffen, was wir vorhatten, und sicherten die Fahrzeuge. Es gab kein Durchkommen für uns, und außerdem boten wir dankbare Zielscheiben, wenn wir nicht sofort Deckung bezogen.

»Wir sammeln uns bei dem gelben Gebäude!«, rief ich meinen Gefährten zu und feuerte auf einen Blauen. Vom eigenen Schwung getragen, machte er noch ein paar Schritte, bevor er sich überschlug und regungslos liegen blieb.

Tschirque hetzte neben mir her. Von seiner Lenkmaschine ließ er nicht ab. »Die Bliisch schießen auf mich«, jaulte er. »Gestern noch hat Zintob beim Betreten meiner Räume den Kotau gemacht.«

»Lop hat ihn manipuliert. Du kannst jetzt dem einen so wenig trauen wie dem anderen.«

Wir sprangen über einen Mauersims und waren vorübergehend vor direkten Treffern sicher. Längst hatte der Paladin wieder seinen HÜ-Schirm eingeschaltet. Mit seinem überschweren Kombistrahler fräste er zwischen den Bliisch und uns schwelende Narben in den Untergrund. Die Blauen wichen zu den Seiten hin aus, ohne sich von der Sicherung der Schweber abbringen zu lassen.

»Major, versuchen Sie einen Schweber startbereit zu machen!«, brüllte ich über das Chaos hinweg.

»Dann kann ich nicht für Ihre Sicherheit sorgen, Sir!«, gab der Paladin mit Donnerstimme zurück.

»Major!«

Es kam kein weiterer Protest. Die Thunderbolts waren Musterbeispiele an Disziplin, doch wenn es um meine Sicherheit ging, vergaßen sie das manchmal für einen Sekundenbruchteil. Der Paladin gab durch Handzeichen zu verstehen, dass Harl Dephin verstanden hatte. Der Kommandant warf den Roboter ansatzlos herum. Gestein spritzte auf, als sich seine schweren Kampfstiefel in den Untergrund gruben. Mit der Unaufhaltsamkeit eines gepanzerten Raupenfahrzeugs rannte der Paladin auf den Schweber zu, der zuvorderst in der Reihe stand. Ein paar Strahlenschüsse verfingen sich in seinem HÜ-Schirm.

Die Bliisch formierten sich neu und drangen weiter in unsere Richtung vor, ununterbrochen im Salventakt schießend. Damit verhinderten sie, dass Trilith zu mir stoßen konnte. Sie kauerte hinter einem Vorsprung und wagte trotz ihrer enormen Schnelligkeit nicht, den Kopf aus der Deckung zu heben. Vergeblich hielt ich nach Zintob Ausschau. Gegen seine schießwütigen Horden hätte er eine prima Geisel abgegeben. Vielleicht war er zu feige, dem Kreuzwächter persönlich unter die Augen zu treten. Ich kam mit den Ernennungsmodalitäten nicht klar, doch noch war Tschirque offiziell der Amtsträger, der die Haltestelle Avidarn leitete.

»Da kommen weitere Fahrzeuge die Straße hinunter«, machte mich Tschirque auf einen Konvoi aufmerksam, der sich mit halsbrecherischer Geschwindigkeit näherte.

»Nicht nur da.« Mit einem schnellen Rundblick registrierte ich, dass Schweber sich unserer Position aus mehreren Richtungen näherten. Es waren klobigere Modelle als die der Ordnungskräfte. Irgendwer schickte sich an, die Lage zusätzlich zu verkomplizieren.

Ohne Vorwarnung eröffneten die Insassen das Feuer.

»Wer sind die? Sie schießen ebenfalls auf uns«, klagte der Kreuzwächter.

»Nein, sie haben es nicht auf uns abgesehen. Sie greifen die Bliisch an.«

»Das ist ... unmöglich. So etwas ... gibt es nicht«, stotterte Tschirque. Er war völlig verwirrt. »Niemand hat es je gewagt, mit Waffen gegen die Ordnungskräfte vorzugehen.«

Unmöglich oder nicht, es geschah. Ich hatte eine Ahnung, wer zu unseren Gunsten in den Kampf eingriff, der sich binnen Sekunden verlagerte. Unversehens unter schwerem Feuer liegend, ließen die Blauen von Tschirque und mir ab. In der Hoffnung, dass auch Trilith aus dem Fokus ihres Interesses geriet, sah ich zu dem Schemawesen hinüber – und erstarrte.

Ein Schweber hatte sich im Sichtschutz eines Hauses in Triliths Rücken angenähert. Fünf Meter hinter ihr hatte er Warteposition bezogen. Ich erkannte den stämmigen Humanoiden, der auf dem offenen Fahrzeug stand und mit einem Strahler auf Triliths Kopf zielte, sofort wieder.

»Fagamaltas?«, wunderte Tschirque sich. »Was will der Paspa von mir?«

»Gar nichts«, raunte ich ihm zu. Aufmerksam geworden, ließ der Paladin von dem Schweber ab. »Die Sektierer sind hinter mir und meinen Gefährten her. Sie wollen verhindern, dass wir den Bliisch in die Hände fallen oder dass uns etwas zustößt. Da sie uns für Freunde der Illochim halten, haben sie ihre eigenen Pläne mit uns. Lop hat sie mit seinen Verlautbarungen unbeabsichtigt in ihrer Meinung bestärkt.« Damit, dass die Sektierer sämtliche Bedenken über Bord warfen, um uns abermals in die Finger zu bekommen, hatte der Ida-Boro bestimmt nicht gerechnet.

»Woher kennen sie unseren Aufenthaltsort?«

Die Antwort lag auf der Hand. »Die Anhänger der Leuchtenden Erlöser haben Sympathisanten unter den Bliisch.«

»Verblendete Dummköpfe.«

Tschirques Bemerkung traf auf die Angehörigen der meisten Sekten zu, die ich in Jahrtausenden kennengelernt hatte. Ich ließ Trilith nicht aus den Augen, weil ich damit rechnete, dass sie trotz der Aussichtslosigkeit etwas gegen Fagamaltas unternahm. Er war zu weit entfernt. Da half auch ihre Schnelligkeit nicht. Bevor sie den Stämmigen erreichte, hatte er sie dreimal erschossen.

Es ist wahrscheinlich, dass Fagamaltas nicht auf das Schemawesen schießt, mutmaßte der Extrasinn. *Er will weitere Informationen über die Rückkehr der Illochim. Er braucht euch lebend.*

Nicht zwangsläufig uns alle. Ich war nicht bereit, Triliths Leben zu verwetten.

»Wir begleiten dich freiwillig, Fagamaltas«, behauptete ich, ohne den Kopf aus der Deckung zu strecken. Bliisch und Sektierer lieferten sich ein verbissenes Feuergefecht. »Du kannst deine Waffe wegstecken.«

Der Paspa ließ ein meckerndes Lachen erklingen und sah zu mir herüber. »Für wie dumm hältst du mich?«

Der Moment der Unachtsamkeit genügte dem Paladin. Fauchend löste sich ein Impulsstrahl aus seiner Kombiwaffe und fraß sich in die Verkleidung des Schwebers. Ein Teil der transparenten Kanzel löste sich auf, und ich vernahm, vermutlich von dem Piloten ausgestoßen, einen schrillen Schrei, der sofort wieder verstummte. Fagamaltas strauchelte und gab einen ungezielten Schuss ab, der ins Leere ging.

Als ich wieder zu Trilith sah, kauerte sie nicht mehr in ihrer Deckung. In geduckter Haltung überwand sie den ungeschützten Bereich bis zu Fagamaltas' Schweber, ihr Vibro-Messer in der Hand. Ich konnte ihr nichts zurufen, ohne sie zu verraten. Der Paspa hatte sie aus den Augen verloren und sah sie erst wieder, als sie sich über die Bodenwanne des Schwebers schwang und vor ihm aufwuchs. Ihm blieb nicht einmal mehr die Zeit, seinen Strahler zu heben. Trilith rammte ihm die Klinge in den Bauch und zog sie mit unverhohlener Gleichgültigkeit wieder heraus. Selbst auf die Distanz meinte ich den ungläubigen Ausdruck in Fagamaltas' Gesicht zu erkennen. Als er tot auf die Straße kippte, war Trilith schon wieder auf dem Rückweg.

»War das nötig?«, empfing ich sie.

»Nein, aber angemessen.«

Fange keine fruchtlose Diskussion mit ihr an, mahnte mich der Extrasinn. *Du kennst ihre Moralvorstellungen. Sieh lieber zu, dass du das Durcheinander zur Flucht nutzt.*

Nichts anderes beabsichtigte ich. Die Kämpfenden achteten nicht auf uns, weil sie genug damit zu tun hatten, sich gegenseitig umzubringen. Ich entdeckte auf beiden Seiten mehrere Leichen. Niemand achtete mehr auf die am Straßenrand stehenden Fahrzeuge. Ich bedeutete meinen Gefährten durch Gesten, mir zum vordersten geparkten Schweber zu folgen.

»Kämpfe hin oder her, sobald wir losfliegen, werden sich beide Gruppen an unsere Verfolgung machen. Ich will, dass Sie das verhindern, Major.«

»Verstanden, Sir.«

Wir huschten über die Straße, die Phalanx der Fahrzeuge als Sichtschutz zwischen uns und den Kämpfenden. Nach unserem Eintreffen auf Lupenchoi hatte ich dem Wexlot Karscht bei der Handhabung seines Schwebers auf die Finger geschaut. Ich traute mir zu, ein solches Gefährt bedienen zu können, schloss aber Fehler nicht aus.

»Kannst du einen Schweber steuern?«, fragte ich den Kreuzwächter.

»Meine Fähigkeiten sind nicht auf die Führung einer unterirdischen Magnetschwebebahn beschränkt«, gab er humorlos zurück.

Umständlich zwängte er sich durch den Einstieg und warf sich in den Pilotensitz. Trilith und ich nahmen neben ihm Platz. Zum Glück erforderten die Kontrolleinrichtungen Tschirques gesamte Aufmerksamkeit. So bekam er nicht mit, dass am Schädel des Paladin eine schwere Metallplatte beiseiteglitt. Ein vollautomatischer Raketenwerfer schob sich aus der Öffnung. Was ich erwartet hatte, trat ein. Die anlaufenden Aggregate des Schwebers machten Bliisch und Sektierer aufmerksam.

Tschirque sah sich um. »Was ist mit Paladin? Er findet Platz auf der Ladefläche.«

»Nicht nötig, er geht zu Fuß. Kümmere dich nicht um ihn, sondern sieh nach vorne und bring uns von hier weg.«

Mit einem sanften Ruck setzte sich der Schweber in Bewegung – und draußen richtete Dart Hulos ein Inferno an. Eine Rotte ferngelenkter Raketen schoss aus dem Schädel des Paladin. Die miniaturisierten Fusionsgeschosse trafen ihre Ziele mit hundertprozentiger Genauigkeit. Wie an einer Kette aufgezogen, vergingen die geparkten Fahrzeuge in grellen Explosionen. Heftiges Donnergrollen legte sich über den Kampfplatz. Begleitet von aufsteigenden Rauchfahnen, bildeten sich mehrere Brandherde. Der Paladin trotzte der Druckwelle, die mehrere Bliisch in ihren Stellungen erreichte und sie wie dürres Reisig davonwehte. Ein paar Sektierern erging es nicht besser.

»Was ... was ist passiert?«, fragte Tschirque.

»Ein unfreiwilliger Waffenstillstand«, stellte Trilith leidenschaftslos fest. »Den Kerlen ist das Kämpfen erst mal vergangen.«

»Das wird sie nicht daran hindern, zu einer weiteren Jagd auf uns zu blasen. Egal, wo wir hinkommen, Lop wird dafür sorgen, dass schon ein Empfangskomitee auf uns wartet. Deshalb fliegen wir nicht bis zur nächsten Stadt. Wir steigen vor Walpol aus und legten das letzte Stück bis zur Haltestelle wieder unter der Erde zurück. Ist das möglich, Tschirque?«

»Ja. Wie ich bereits erwähnte, gibt es in regelmäßigen Abständen Zugänge für Wartungstrupps und Notfälle. Nicht alle sind Lop bekannt, weil manche uralt sind und seit Ewigkeiten nicht benutzt wurden.«

»Aber du kennst sie alle?«, fragte Trilith.

»Selbstverständlich. Ich trage das Cabis-System ständig bei mir.« Tschirque hob seine Lenkmaschine in die Höhe.

Ich nickte zufrieden. Dank seiner Kugel waren unsere Erfolgsaussichten gar nicht so schlecht. Ich drehe den Kopf und schaute nach draußen. Der Paladin hatte sich auf seine Laufarme hinabgelassen und stürmte hinter dem Schweber her. Außer ihm entdeckte ich keine weiteren Verfolger.

Kapitel 35

Parjasthina

Karainis scharrte mit den Hinterhufen im losen Erdreich und schleuderte Sand und Gestein davon. Er wirkte angriffslustig, doch davon ließ sich Parjasthina nicht beeindrucken. Er beobachtete den Hohrugk schon eine geraume Weile. Hätte Parjasthina es nicht besser gewusst, hätte er ihn für ein dummes Tier gehalten, doch wie so oft täuschte der oberflächliche Eindruck.

»Du benimmst dich animalisch.«

»Nein«, blökte Karainis. »Nein, du benimmst dich animalisch, du und deine Illochim. Ihr benehmt euch so, seit der Erste von euch hier gelandet ist. Mit einem Raumschiff. Kaum vorstellbar. Wie hieß er noch?«

»Juristhan.«

»Ja, Juristhan. Ich verwünsche ihn. Ich wünsche ihn in ein ... wie nennt ihr es noch?«

»Ein Schwarzes Loch«, antwortete Parjasthina gelangweilt.

»Richtig, das ist es. Ein Schwarzes Loch. Ich wünsche euch alle in ein Schwarzes Loch.« Karainis stellte sein widerspenstiges Verhalten ein und richtete sich auf die Hinterläufe auf. »Es ist nicht richtig, dass ihr die Hohrugk fortschafft.«

»Wir schaffen keine Hohrugk fort. Wir nehmen sie an Bord unserer Raumschiffe.«

»Wo ist da der Unterschied? Die Hohrugk wollen nicht an Bord eurer Raumschiffe.« Karainis wiegte den Kopf mit der mächtigen Knochenkrone, die den Vierbeinern gemeinsam mit ihren Bauchschaufeln zum Graben dienten. »Sie verachten eure Raumschiffe und wollen lieber auf Erdwelt bleiben.«

Erdwelt, so nannten die Geschöpfe, die sich in Erdlöchern verkrochen und in dunklen Höhlen dumpf vor sich hin vegetierten, ihre Heimat. Eine simplere Bezeichnung hätte kein anderes Volk für seinen Herkunftsplaneten finden können. Die Namensgebung zeugte von der Schlichtheit der Hohrugk. Zumindest galt das für die meisten von ihnen.

Parjasthina hatte sich daran gewöhnt, dass er mit dem Züchter, wie Karainis sich selbst nannte, anders umgehen musste als mit dessen Artgenossen. Mit Karainis musste man Geduld aufbringen. Er war anders als die Hohrugk, die er betreute. Er war widerborstig, frech und starrköpfig und unterschied sich damit gewaltig von seinen Artgenossen, die leicht zu domestizieren waren und sanftmütige Haustiere abgaben. Seine Wesenszüge waren es, die ihn Parjasthina sympathisch machten. Er unterhielt sich gerne mit Karainis und hatte seinetwegen mehrere Abstecher auf diese Welt gemacht.

»Den Hohrugk gefällt es an Bord unserer Schiffe, das weißt du sehr gut.«

»Weiß ich das? Nein, ich weiß es nicht. Woher denn auch? Die Hohrugk, die ihr fortschafft, kehren nicht zurück. Wer also soll mir erzählen, ob es ihnen gefällt oder nicht?«

»Ich erzähle es dir.«

»Du, ja du. Aber wer sagt dir, dass ich dir glaube?«

An diesem Tag war Karainis besonders unleidlich. Dabei log Parjasthina den Vierbeiner nicht an, und das wusste dieser ganz genau. Anfangs sträubten die Hohrugk sich zwar immer, auf ein Raumschiff verladen zu werden, doch das änderte sich schnell. Sobald sie im Weltraum waren, geschah etwas mit ihnen, das sie nicht erklären konnten. Auf eine gewisse Weise lauschten sie ins All hinaus und erschnüffelten Marasin, wie sie es ausdrückten. Führende Wissenschaftler der Kanarves waren mit der Untersuchung des Phänomens beschäftigt. Sie hatten herausgefunden, dass es sich bei der besonderen Gabe, diesem Schnüffeln, um eine spezielle Form des Orientierungssinnes handelte. Mit ihren feinen Nasen spürten die Hohrugk den Raum. Die Untersuchungen waren noch nicht abgeschlossen, doch es zeichnete sich ab, dass die Vierbeiner die Topografie

Marasins in sich abspeicherten und jederzeit wussten, wo sie sich aufhielten.

Parjasthina wartete auf die endgültige Bestätigung. Vierbeinige, Holz kauende Navigationshilfen waren eine ebenso groteske wie erheiternde Vorstellung. Die Aussicht, sie an Bord von Raumschiffen zur Unterstützung der Navigatoren einsetzen zu können, war verlockend.

»Du brauchst niemandem zu glauben«, sagte er. »Du kannst dich davon überzeugen, indem du es ausprobierst.«

»Ausprobieren?« Karainis ließ sich auf die Vorderläufe hinab und begann seine Knochenkrone an einem Steinbrocken zu wetzen. »Du versuchst mich zu ködern. Ist es das? Denkst du, wenn ich erst in ein Raumschiff steige, erhalte ich keine Gelegenheit mehr, nach Erdwelt heimzukehren? Hegst du so hinterhältige Gedanken?«

»Ich könnte auf den hinterhältigen Gedanken kommen, dich einfach gegen deinen Willen einschiffen zu lassen.«

»Einschiffen? Das klingt anrüchig.« Karainis blökte vor Vergnügen. »Ich wünsche dich mit deinen Raumschiffen in ein Schwarzes Loch.«

»Du kannst froh sein, dass ich es bin, mit dem du dich unterhältst. Meine Kollegen haben andere Mittel, um ihren Willen durchzusetzen. Besonders Methiklan hält wenig von ermüdenden Diskussionen. Er denkt und handelt allein in Parametern der Zweckmäßigkeit.«

»Parameter der Zweckmäßigkeit. Das klingt schauderhaft. Willst du mir damit sagen, dass ihr Illochim in Marasin keinen anderen Willen als den euren gelten lasst? Das habe ich schon lange begriffen.« Der Hohrugk benutzte seine Knochenkrone dazu, Erdschollen ins Parjasthinas Richtung zu schaufeln.

»Hör mit dem Unsinn auf.«

»Unsinn, klar doch. Was nicht nach eurem Willen geschieht, ist für euch Unsinn«, protestierte Karainis. »Wie würde es dir gefallen, an einen anderen Ort versetzt zu werden? Würdest du das als Unsinn bezeichnen?«

»Nein, als Respektlosigkeit. Du weißt, dass wir uns das nicht gefallen lassen.«

Parjasthina erwartete Widerspruch, doch Karainis schwieg. Er stieg wieder auf die Hinterbeine, verschränkte die Vorderhufe vor der Brust und ging gemächlich auf und ab. So benahm er sich immer, wenn er den Illochim und speziell Parjasthina beweisen wollte, dass die Hohrugk keine Tiere waren, sondern ernstzunehmende Partner, die sich nicht bevormunden ließen. Dabei ging es den Illochim überhaupt nicht um Bevormundung, nicht um Hegemonie und nicht um eine Vormachtstellung, sondern lediglich um Harmonie. In einem harmonischen Universum waren die Dinge im Gleichgewicht. Ein harmonisches Universum vertrug keine Veränderungen, weil sie alles zerstörten. Es war Parjasthina unbegreiflich, dass manche Völker das nicht begriffen.

»Du kannst deine Wanderung beenden«, legte er dem Züchter nahe. »Bei mir schindest du damit keinen Eindruck.«

»Ich werde sie beenden, sobald ihr Illochim einseht, dass die Hohrugk keine Tiere sind.«

Doch, das seid ihr, dachte Parjasthina.

Allerdings sah er in ihnen noch mehr als nur das. Die Hohrugk waren ein Wunder der Natur, das die Illochim beinahe übersehen hätten. Bei ihrer Ausbreitung in Marasin waren sie an der Welt der Vierbeiner achtlos vorbeigegangen. Hätten die Doviate nicht in der zweiten Phase der Besiedelung dafür gesorgt, dass die weißen Flecken auf der Sternenkarte geschlossen wurden, wären sie womöglich nie auf die Hohrugk aufmerksam geworden. Juristhan hatte sich als aufmerksamer und würdiger Kommandant erwiesen.

Inzwischen gab es derlei Probleme nicht mehr. Den Illochim waren sämtliche Völker Marasins bekannt. Die Restegalaxis war zum Reich der Unmasse geworden, und die Illochim hatten die darin lebenden Völker trotz ihrer Unbeständigkeit und Liederlichkeit gezähmt und auf den Weg zu einer Gemeinschaft geführt.

Parjasthina wurde aus seinen Gedanken gerissen, als ihn eine Nachricht von der MISTANNEN III erreichte. Seine sofortige Rückkehr an Bord wurde erbeten. Da kein konkreter Grund genannt wurde, fragte der Doviat nicht nach. Es gab Meldungen, die nicht über Funk durchgegeben werden durften.

»Ich gehe an Bord meines Schiffes«, teilte er dem Hohrugk mit.

»Warte«, hielt Karainis ihn auf. »Ich habe über dein Angebot nachgedacht.«

»Über welches Angebot?«

»Darüber, selbst auszuprobieren, wie es an Bord eines Raumschiffes ist.«

Parjasthina war erstaunt. Er war überzeugt gewesen, dass die Neugier Karainis eines Tages packen würde, doch er hatte nicht damit gerechnet, dass das so bald geschah. »Woher rührt dein Meinungsumschwung? Hast du dir deine Entscheidung gut überlegt?«

»Sehr gut sogar«, versicherte Karainis. »Und ich bin zu dem Schluss gelangt, dass ich den Hohrugk diesen Schritt schuldig bin. Kann es einen einfacheren Weg geben, als deinen Navigator zu verwirren und dich mit deinem Schiff in ein Schwarzes Loch zu steuern?«

Für einen Moment war der Doviat erschüttert, bis er begriff, dass Karainis es nicht ernst meinte. Der Hohrugk wollte sich nur nicht die Blöße geben, einzugestehen, wie sehr ihn die Neugier trieb.

»Dann solltest du nicht vergessen, dass du mit in das Schwarze Loch stürzt und nie wieder herauskommst«, gab Parjasthina zu bedenken.

»Das«, gab Karainis zu, »ist ein berechtigter Einwand.«

Die Botschaft, die Parjasthina an Bord der MISTANNEN erhielt, stürzte ihn in einen Strudel der Verwirrung. Sie war von Thopoclarc übermittelt worden, der in einem weit entfernten Teil Marasins unterwegs war. Die Wexloten hatten sich erhoben und die auf ihrer Welt angesiedelten Kanarves umgebracht. Die Nachrichtenlage war dürftig, doch es war von einem Massaker die Rede, das kein Illochim überlebt hatte. Thopoclarc hatte umgehend eine Flotte in Marsch gesetzt und angekündigt, sich wieder zu melden, sobald er im Besitz weiterer Informationen war.

Parjasthina ließ sich in einen Sessel in der Zentrale seines Schiffs fallen und versuchte seine Gedanken zu sortieren. Es wollte ihm kaum gelingen. Was stimmte nicht mit den Wexloten, dass sie sich gegen das Reich der Unmasse stellten? Sie schadeten allen Völkern, die der Gemeinschaft angehörten, und damit auch sich selbst. Der Aufstand kam umso überraschender, als die Echsen noch nie Widerspruch gegen die Anwesenheit der Illochim auf ihrer Welt eingelegt hatten.

»Wir haben das Beste im Sinn, und wie wird es uns gedankt?«, murmelte der Doviat vor sich hin.

Er sah sich in der Zentrale um. Die Kanarves fühlten sich nicht berufen, ihm eine Antwort zu geben. Selbstverständlich nicht, dachte er. Für sie war die Nachricht noch viel unverständlicher als für ihn. Wenn er damit schon nicht zurechtkam, konnte er das von den Niederen erst recht nicht erwarten.

»Vielleicht haben diese Wexloten nicht begriffen, was ihr im Sinn habt«, sagte Karainis.

»Wie meinst du das?«

»Ich meine, habt ihr es ihnen jemals verständlich gemacht?«

»Das Reich der Unmasse spricht für sich selbst.«

»Für sich selbst, soso.« Karainis kam näher und senkte die Stimme. »Ich vernehme seine Stimme nicht. Vielleicht geht es anderen so wie mir.«

Parjasthina beäugte den Züchter. Bei einem Illochim hätte er über solche Ignoranz nicht einfach hinweggesehen, auch nicht bei den Angehörigen der Völker, die dem Reich der Unmasse angehörten. Doch dazu gehörten die Hohrugk nicht, und das würden sie auch nie.

»Das kann man nicht vergleichen. Was weißt du schon vom Reich der Unmasse?«

»Leider mehr als mir lieb ist. Oh, dieser unglückselige Juristhan. Wäre er bloß nie auf Erdwelt gelandet, dann könnte das Reich der Unmasse den Hohrugk gestohlen bleiben.«

»Übertreibe es nicht, auch wenn du nur ein Tier bist«, warnte Parjasthina den Züchter.

»Es geht mich nichts an.« Karainis bleckte beleidigt die großen Zähne. »Bitte schön. Ich sage nichts, was mich nichts angeht.«

Parjasthina bedauerte fast, den Hohrugk ausgerechnet in dieser Situation mit an Bord genommen zu haben. Die Offiziere nahmen kaum Notiz von der Anwesenheit des Mitbringsels. Immer mehr Hohrugk waren in den Schiffen des Reichs zugegen. Parjasthina war froh, dass Karainis trotz seines vorlauten Gebarens zumindest den Anstand besaß, in der Zentrale nicht aufrecht zu gehen.

Ob es wohl dereinst möglich sein würde, überlegte er, sich nicht nur des Orientierungssinns der Hohrugk zu bedienen, sondern sich auch ihre anderen Fähigkeiten zunutze zu machen? Der Körpertransport, zu dem die Tiere fähig waren, bot unüberschaubare Möglichkeiten, sofern es gelang, ihn unter Kontrolle zu halten und zu steuern. Auch diesbezüglich war ein Heer von Wissenschaftlern tätig.

In Parjasthinas Kopf nahm eine Vision Gestalt an. Er sah Legionen von Illochim, die nicht länger auf Raumschiffe angewiesen waren, um von einem Planeten zum nächsten zu gelangen, sondern die stattdessen von den Hohrugk transportiert wurden. Die Wexloten würden aus dem Staunen nicht herauskommen.

Die Wexloten ... auf keinen Fall durfte ihr Beispiel Schule machen. Folgten andere Völker ihrer Missetat, war die Stabilität des Reichs der Unmasse in Gefahr.

Wir müssen ein Exempel statuieren.

Der Doviat bemerkte, dass Karainis ihn aufmerksam beobachtete. »Woran denkst du?«

»Daran, dass es bei euch viel zu kalt ist. Hohrugk lieben Wärme. Wir leben im Erdinneren. Hier kann man nicht einmal Löcher graben.«

»Das habe ich nicht gemeint. Woran denkst du bei den Wexloten und ihrem sinnlosen Aufstand gegen das Reich der Masse?«

»Das geht mich nichts an«, brummte Karainis ungehalten. »Mich plagt eine viel größere Not.«

»Welche?«

»Hast du ein Stück Holz für mich? Ich brauche etwas, worauf ich kauen kann.«

Parjasthina beschloss, den Hohrugk bis auf Weiteres zu ignorieren.

Kapitel 36

Atlan

Tschirque steuerte den Schweber abseits der über Land führenden Straße, und ich behielt die Gegend im Auge. Nur hin und wieder waren vereinsamt daliegende Gehöfte zu sehen, umgeben von Ackerflächen und gelegentlichen Tannenhainen. Roboter und automatische Landmaschinen arbeiteten auf den Feldern. Bald war ich sicher, dass weder Bliisch noch Sektierer hinter uns waren. Wenn sie die Verfolgung aufgenommen hatten, folgten sie dem Straßenverlauf. Doch ich machte mir keine falschen Hoffnungen, dass wir damit gewonnen hätten. Die Angehörigen beider Gruppen waren weiterhin darauf aus, unserer habhaft zu werden. Wobei ich mir bei den Anhängern der Leuchtenden Erlöser nicht ganz sicher war. Fagamaltas war tot, und Sektenführer Farfink hatte ich vorhin ebenso wenig gesehen wie Lop und den Regular Zintob. Es war offensichtlich, dass sich die führenden Personen im Hintergrund hielten.

Ab und zu schaute der Kreuzwächter zum Paladin hinaus, der wenige Meter neben dem Schweber lief. Mehrmals setzte Tschirque zum Sprechen an, sagte aber nichts. Er war intelligent und dachte zweifellos über den Hünen nach. Wie weit seine Überlegungen über die wahre Natur des Roboters reichten und ob er ahnte, dass unser Begleiter ein künstliches Geschöpf war, konnte ich nicht sagen. Ich verzichtete darauf, das Thema anzusprechen, um Tschirque keinen Grund zu weiteren Spekulationen zu geben.

Trilith war recht schweigsam. Seit unserem Aufbruch hatte sie kein Wort verloren. Sicher plagten sie keine Gewissenbisse wegen Fagamaltas' Tod. Ihr Verhalten hatte wieder einmal ihr unterkühltes Ego aufgezeigt. Das Schemawesen hatte Probleme mit Gefühlen und verließ sich meistens auf seinen analytischen Verstand. Wenn etwas Triliths Zielen diente, nahm sie es sich, ohne lange darüber nachzudenken. Bei einer solchen Einstellung waren Schuldbewusstsein oder Mitleid hinderlich. Obwohl sie nach meinem Dafürhalten manchmal entschieden zu weit ging, konnte ich ihr keinen Vorwurf machen. Ihre Erzeuger hatten sie in den Jahren ihrer Kindheit und Jugend konditioniert und sie mit gewissen Verhaltensmustern versehen, die sie vermutlich zeitlebens nicht würde ablegen können.

»Kommen die Illochim mit bestimmten Absichten zurück nach Lupenchoi?«, fragte Tschirque unvermittelt.

Ich merkte auf, weil er die Sprache von sich aus auf die Schwarmwesen brachte. Während die meisten Bewohner Lupenchois vor Angst zu schlottern begannen, sobald sie den Namen Illochim vernahmen, war der Kreuzwächter fähig, offensiv mit diesem Thema umzugehen. Ich zögerte mit einer Antwort, weil ich unsicher war, was ich ihm sagen sollte.

Die Illochim wollen nichts weiter als Rache, klang mir Innis' düstere Prophezeiung in den Ohren. *Ihr Ziel ist die Tyrannei. Ihr Weg ist die Gewalt.*

»Du wehrst dich nicht gegen die Ankündigung«, wich ich aus. »Du akzeptierst das Kommen der Illochim, ohne in Panik zu verfallen.«

»Denke nicht, dass ich keine Angst vor ihrer Rückkehr hätte. Ich fürchte diese Wesen so sehr wie jeder auf Kamsporn«, gestand Tschirque. »Sich vor der Wahrheit zu verschließen ändert diese aber nicht.«

»Das ist eine vernünftige Sichtweise.«

»Vernunft und die Position des Kreuzwächters schließen einander nicht zwangsläufig aus.«

Tschirques Worte zauberten ein Schmunzeln auf meine Lippen. So knochentrocken, wie ich ihn bislang erlebt hatte, konnte ich mir nicht vorstellen, dass er einen Scherz beabsichtigt hatte. Das Feine an unfreiwilligem Humor war, dass er zuweilen besser stach als eine geschickt gesetzte Pointe. Ich ersparte dem Kreuzwächter meine Erheiterung. So, wie ich ihn einschätzte, hätte er sie als Brüskierung empfunden.

»Wie kommst du darauf, dass die Illochim mit einer bestimmten Absicht nach Lupenchoi kommen?«

»Weil ich davon ausgehe, dass Rachegelüste sie treiben.«

Augenblicklich war mein Interesse geweckt, da meine Überlegungen bereits in diese Richtung gegangen waren. Das Wirken der Illochim in der Milchstraße, angefangen bei ihrer Suche nach den versteckten Hohrugk bis hin zur Erschaffung der Schemawesen, war darauf ausgerichtet gewesen, in ihre Domäne heimzukehren. Dahinter steckte mehr als bloßes Heimweh, obwohl dieser Aspekt eine starke Motivation war. Wer wusste das besser als ein gestrandeter Arkonide, der den Weg der Barbaren von Larsaf III ins Weltall unterstützt hatte, um in den Besitz eines Raumschiffs zu gelangen, das ihn nach Arkon tragen konnte? Zusätzlich trieb etwas anderes die Illochim. Der Drang nach Rache war ein noch weitaus stärkeres Motiv. Ich bedauerte, dass keine Gelegenheit geblieben war, dem Züchter Innis weitere Informationen zu entlocken.

»Deine Annahme ist zutreffend, Tschirque«, sagte Trilith. »Die Illochim kommen nach Lupenchoi, um Rache zu nehmen.«

»Nun ist es heraus.« Ich seufzte und wandte mich meinerseits an den Kreuzwächter. »An wem wollen sie sich rächen, und wofür?«

»Für ihre Verbannung aus Marasin.«

»Wer hat sie verbannt?« Und weshalb ausgerechnet in die Milchstraße, von der ich keine Ahnung hatte, wo ich nach ihr suchen sollte?

Tschirque starrte regungslos geradeaus. »Ich weiß es nicht. Diese Dinge liegen in dunkler Vergangenheit. Bestimmt gibt es Geschöpfe, die Erinnerungen daran besitzen, ich gehöre jedoch nicht dazu. Und frage mich nicht, an wen ihr euch wenden könnt, denn auch darauf habe ich keine Antwort.«

»Wir erhalten sie spätestens nach der Ankunft der Illochim«, versetzte Trilith.

Für einen Moment brachte sie Tschirque aus der Ruhe. Er drehte den Kopf und zeigte mir sein tränendes Augenband. »Meine Tage als Kreuzwächter von Avidarn sind gezählt, und ich lege keinen Wert darauf, mit einer wie auch immer gearteten Rache der Illochim konfrontiert zu werden«, sagte er. »Nehmt ihr mich mit, wenn ihr Kamsporn wieder verlasst?«

Seine Bitte verblüffte mich.

Wieso?, fragte der Extrasinn. *Es gibt nichts, was Tschirque auf Lupenchoi hält. Er hat nicht nur seine Position eingebüßt, sondern wird von einem intriganten Personenkreis gejagt, dem sein Ableben willkommen wäre. Es ist nur logisch, dass er nach einem Weg sucht, der ihm ein langes Leben verspricht.*

»Das ist schwierig«, versetzte ich den Hoffnungen des Kreuzwächters einen Dämpfer. Unsere Lage unterschied sich kaum von der seinen, denn ich hatte nicht die leiseste Ahnung, wie wir diese Welt verlassen sollten. »Der Weg, auf dem wir nach Lupenchoi gekommen sind, steht uns nicht mehr offen. Derzeit sitzen wir genauso fest wie du.«

»Ihr werdet einen Ausweg finden. So schätze ich euch ein. Ihr müsst mir gestatten, mich euch anzuschließen.«

»Etwas nähert sich uns«, enthob mich Trilith einer Antwort. Sie hob einen Arm und deutete auf zwei kaum wahrnehmbare Pünktchen, die aus westlicher Richtung angeflogen kamen. Bei dem Düsterlicht Lupenchois musste ich mich anstrengen, um sie überhaupt zu erkennen.

»Hept-Kopter der Ordnungskräfte.« Tschirque änderte unseren Kurs. »Sie suchen nach uns.«

»Sind sie bewaffnet?«, sorgte ich mich.

»Ihre Raketen lassen nichts von uns übrig.«

Der Paladin machte unsere Kursänderung mit. Die Siganesen hatten das Fluggerät ebenfalls entdeckt. Ich verständigte mich durch Gesten mit Harl Dephin. Ich brauchte keinen Blick ins Innere des Roboters zu werfen, um zu wissen, dass die Thunderbolts die Waffensysteme aktivierten. Noch hoffte ich, dass es nicht nötig wurde, die Bliisch abzuschießen, denn Tschirque steuerte ein zweigeschossiges Gebäude mit ein paar umliegenden Hallen an. Er lenkte den Schweber in eine Scheune und schaltete das Antriebsaggregat ab. In diesem Unterstand waren wir vor Entdeckung aus der Luft sicher – sofern die Bliisch uns nicht schon gesehen hatten.

Ich kletterte aus dem Schweber und lief zu dem offenstehenden Tor, das Tschirque benutzt hatte. Der Paladin hatte vor der Bretterwand neben dem Durchgang Stellung bezogen.

»Wir haben freies Schussfeld, Sir«, empfing mich Harl Dephins Stimme.

»Nicht schießen, Major. Vielleicht haben sie uns nicht gesehen.«

Das Anwesen war verlassen. Draußen rührte sich nichts, und in der Scheune lagen nur ein paar alte verrostete Werkzeuge, die lange nicht zum Einsatz gekommen waren. In einem Verschlag stand ein abgewrackter Automatikpflug. Ich spähte um die Ecke, in der Ferne Kamsporn in Blickrichtung *vor* mir. Es fiel mir immer noch schwer, das architektonische Arrangement zu akzeptieren. In gewisser Weise blickte ich auf den Planeten hinab. Lediglich die seit Jahrtausenden arbeitenden Lenkfelder bewahrten mich vor einem Sturz über die Weiten der Scheibe auf Kamsporn hinunter.

»Sie drehen ab«, sagte Harl Dephin.

Inzwischen waren die Kopter als wuchtige Maschinen mit an beiden Seiten angebrachten Raketenwerfern zu erkennen. Sie hatten sich dem Gehöft bis auf einen halben Kilometer genähert und schwenkten nach Süden.

»Sie fliegen Richtung Walpol.«

Ihr Kurs bestätigte meine Einschätzung, dass die Hatz auf uns anhielt und sich auf die umliegenden Haltestellen ausweitete. Ich begab mich zum Schweber und teilte Trilith und dem Kreuzwächter meine Beobachtung mit. Tschirque hatte die Fahrtunterbrechung dazu genutzt, seine Lenkmaschine einzuschalten. Ich bekam gerade noch mit, wie die holografische Sphäre über der leuchtenden Kugel erlosch.

»Lop hetzt die Bevölkerung weiter gegen euch auf«, sagte er. »Er hat bekanntgegeben, dass wir auf dem Weg nach Chamenspall sind und mit allen Mitteln aufgehalten werden müssen, damit wir die Illochim nicht nach Lupenchoi führen können.«

Ich lachte bitter auf. »Die Illochim nach Lupenchoi führen? Das ist lächerlich.«

»Ja, Atlan, aber du weißt, das interessiert niemanden. Deshalb kannst du dir die Wirkung von Lops Hetzparolen vorstellen. In allen Städten zwischen hier und Chamenspall rotten sich die Leute zusammen. Sie zerreißen uns mit bloßen Händen, wenn sie uns erwischen.«

»Gibt es keine Reaktion der Regierung aus der Hauptstadt?«

»Nein, aus Chamenspall meldet sich niemand zu Wort. Ich nehme an, dort wartet man den Verlauf der Ereignisse ab. Es würde mich auch nicht wundern, wenn Lop eine stillschweigende Vereinbarung mit der Regierung getroffen hätte, das Problem aus der Welt zu schaffen.«

Uns aus der Welt zu schaffen, hieß das. Ich hatte es längst begriffen. Trotzdem bewahrte ich mir die Zuversicht, dass die Verantwortlichen in Chamenspall uns aufmerksamer zuhören würden als der Ida-Boro und das von ihm aufgehetzt Volk.

Wir warteten eine Weile ab, bis wir sicher waren, dass die Kopter nicht umkehrten. Dann setzten wir unseren Weg fort, noch vorsichtiger als zuvor.

Kapitel 37

Parjasthina

Parjasthina taumelte. All seine Sinne waren geöffnet, als der Gesang des Züchters sich dem Ende entgegenneigte. Noch einmal hob Karainis die Stimme an, noch einmal verlangte er seinem Körper und seiner Seele das Äußerste ab und nahm der Kuh die letzten Geburtsschmerzen. Während des ganzen Vorgangs hatte Karainis sie durch sein Singen abgeschwächt, ohne sie vollständig unterdrücken zu können. Nun, da das Kalb das Licht der Welt erblickt hatte, trat allmählich Stille ein.

Nur Parjasthina war noch losgelöst von weltlichen Dingen und schaffte es kaum, in die Wirklichkeit zurückzufinden. Noch hatten mächtige Empfindungen ihn in ihrem Griff und behielten die Oberhand über seinen Verstand und dessen logische Denkvorgänge. Parjasthina empfand die Nachwehen der Geburt stärker, als die Kuh es tat.

»Du solltest nicht mehr Vergnügen empfinden als eine junge Mutter.«

Es waren Karainis' nüchterne Worte, die den Bann brachen. Parjasthinas entrückter Blick klärte sich, und die Realität empfing den Doviat mit der Lieblosigkeit des Alltäglichen. Er lauschte in sich hinein und vernahm einen verwehenden Schleier der Freude, die sich seiner für eine Weile bemächtigt hatte.

»Nanntest du es zuletzt nicht Glück?« Seine eigene Stimme kam Parjasthina fremd und unwirklich vor. So war es jedes Mal, nachdem Karainis neuem Leben zu seinem Recht verholfen hatte. Karainis, der Züchter. Bei seinen ersten Besuchen auf Erdwelt hatte der Sinn des Titels sich Parjasthina nicht erschlossen. Nach mehreren Geburten, die der Doviat miterlebt hatte, erklärte die Bezeichnung sich von selbst.

Karainis war einer von nur wenigen Züchtern in Reihen der Hohrugk. Parjasthina sah darin eine gewisse Parallele zu den Zupfsporen, die den Fortbestand der Illochim gewährleisteten.

»Vergnügen bewirkt Glück«, sagte der Bulle. »Was soll ich von Glück sprechen, wenn ihr nicht versteht, was das ist?«

»Du übertreibst wieder einmal.« In der Tat begriffen die Illochim das Konzept von Glück nur wenig. Gänzlich unbekannt war es ihnen jedoch nicht. Dafür sorgten Stunden wie jene, die hinter Parjasthina lagen.

Fürsorglich betrachtete Karainis die Mutter und ihr Kalb. In solchen Augenblicken fehlte ihm jeder Sinn für Spitzfindigkeiten seinem Herrchen gegenüber. Ansonsten hatte der Züchter sein Verhalten kaum geändert, seit er an Bord der MISTANNEN gekommen war. Er war nicht aufsässig, doch er ließ sich den Mund nicht verbieten. Nur wenn er es übertrieb und Parjasthina ihn in seine Schranken wies, kuschte er wie alle Hohrugk.

Parjasthina lächelte in sich hinein. Seine Jahrzehnte zurückliegende Prognose hatte sich bewahrheitet. Karainis hatte das Schiff nach seinem ersten Besuch nicht wieder verlassen – es nicht wieder verlassen wollen. Er war aus eigenem Antrieb an Bord geblieben. Seine Kollegen beneideten Parjasthina um sein Haustier. Zwar führten sie ebenfalls Hohrugk an Bord ihrer Schiffe mit, doch es war kein Züchter darunter.

»Wir sollten gehen und die Mutter und ihr Kalb allein lassen«, sagte der Züchter. »Das Ereignis ist vorüber. Du hast nichts mehr zu erwarten.«

Der Doviat verließ den Raum. »Das freut dich, nicht wahr?«

»Es ist mir gleichgültig«, behauptete Karainis, was Parjasthina ihm nicht abnahm. »Ich glaube nur nicht, dass die Natur vorgesehen hat, dass die Illochim sich am Geburtsvorgang der Hohrugk weiden.«

Parjasthina sah das anders. Bei der eigenartigen Konstellation konnte es sich nicht um Zufall handeln. Vielleicht belohnte die Natur die Illochim für die Selbstlosigkeit, mit der sie das Reich der Unmasse etabliert hatten, und schenkte ihnen deshalb das berauschende Erlebnis, das Karainis als Glück bezeichnete. Die Illochim nahmen die Geburtsschmerzen der Hohrugk-Kühe auf eine besondere Weise wahr. Sie empfingen die dabei frei werdenden Pheromon-Spuren, die eine höherdimensionale Komponente enthielten, über die sich die Fachleute stritten. Unstrittig war hingegen, dass die Doviate diese Pheromone spürten, rochen und atmeten. Völlig ungewohnte Glücksgefühle wurden dadurch ausgelöst, die keiner der 22 Doviate mehr missen wollte.

»Wir schenken euch Vergnügen, indem wir euch an Bord unserer Schiffe behalten und es euch ermöglichen, durch Marasin zu fliegen. Dafür erhalten wir etwas zurück.«

»Ja, es stimmt. Die Hohrugk empfinden Vergnügen dabei, die Pfade durch Marasin zu erschnüffeln«, gab Karainis zu. Er bewegte sich auf seinen Hinterbeinen durch den Korridor. Parjasthina hatte sich daran gewöhnt, dass der Züchter kaum einmal auf allen vieren lief, und sich mit seinem Benehmen arrangiert.

»Ich kenne deine Betonungen. Du brauchst dein Aber also nicht zurückzuhalten.«

»Aber. Ja, richtig, aber«, blökte Karainis. »Aber die Hohrugk empfinden kein Vergnügen dabei zu sehen, wie ihr unter den Völkern Marasins wütet.«

»Wütet?« Parjasthina hielt inne. Er musste den Kopf in den Nacken legen, um dem Züchter in die Augen schauen zu können. »Wer wütet?«

Die Nüstern des Hohrugk blähten sich. »Du und deine sogenannten Kollegen. Oder wie nennst du das, ganze Planeten in Schutt und Asche zu legen, weil sich die Bewohner gegen euch auflehnen?«

»Disziplinierung, um unser aller willen. Hin und wieder ist eine Umerziehung nötig, um den Bestand des Reichs der Unmasse zu sichern.« Parjasthina hob die Stimme. »Oder würdest du es bevorzugen, mit den Hohrugk im Chaos zu leben? Willst du wieder in den stinkenden Höhlen und Gängen deiner Heimatwelt dahinsiechen?«

Karainis schwieg.

»Ich erwarte eine Antwort. Willst du das?«

»Nein.« Der Züchter senkte seine Knochenkrone. »Nein, ich will das nicht. Bist du nun zufrieden?«

»Es geht nicht um meine Zufriedenheit, sondern darum, dass du begreifst. Alles hat seinen Preis. Du musst lernen zu akzeptieren, dass gewisse Maßnahmen unerlässlich sind, um das Chaos der Veränderung zu verhindern. Deshalb sind die Doviate unentwegt in Marasin unterwegs und garantieren ein beständiges Dasein.«

»Es ist unnötig.«

»Was?«

»Marasin ist klein geworden.«

»Kannst du dich etwas verständlicher ausdrücken?«

»Es ist unnötig, mit Schiffen unterwegs zu sein. Dank uns könnt ihr überall hingehen.«

Es stimmte. Die Vision, die Parjasthina einst gehabt hatte, war in Erfüllung gegangen. Die Illochim waren nicht mehr auf die Benutzung von Raumschiffen angewiesen, um von einem Ort zum nächsten zu gelangen. Sie benutzten die Hohrugk als Transportmedium. Das System des Körpertransports verhinderte die Abhängigkeit der Illochim von Raumschiffen und Transmittern. Speziell für diesen Zweck waren in den vergangenen Jahrhunderten Hohrugk gezüchtet worden, die jederzeit auf Abruf bereitstanden. Praktisch ohne Zeitverlust konnten Doviate, Navigatoren und Kanarves von einem Punkt Marasins an jeden anderen versetzt werden. Für diese Versetzungen schien es keine Grenzen zu geben. Ganz Marasin war dank der Hohrugk nur einen Schritt weit entfernt, und ihre unglaubliche Orientierungsfähigkeit unterstützte diese Art des Reisens.

Parjasthina empfand es heute mehr denn je als unglaublichen Glücksfall, auf die Vierbeiner gestoßen zu sein. Der schon vor langer Zeit gestorbene Kanarve Juristhan hatte seinem Volk einen unschätzbaren Dienst erwiesen. Der ohnehin nie besonders große Widerstandswille der Hohrugk war durch Züchtung und Eingriff in die Erbanlagen systematisch unterdrückt worden. Die früheren genetischen Versuche, bei denen Illochim in vielfältiger Gestalt hergestellt worden waren, hatten sich in dieser Hinsicht als große Hilfe erwiesen.

»Wir nutzen die Möglichkeit, die ihr uns bietet«, sagte er. »Dadurch wird die Raumfahrt aber nicht überflüssig. Es ist immer besser, zwei Optionen zu haben. Es wäre fahrlässig, sich in eine Abhängigkeit von euch zu begeben.«

»Abhängigkeit. Das klingt interessant. Fühlst du dich von den Hohrugk abhängig?«

Die Frage kam unerwartet, weil sie jeglicher Grundlage entbehrte. Parjasthina fragte sich, ob es sich um eine von Karainis' üblichen Spitzfindigkeiten handelte oder ob der Züchter gedankenlos vor sich hinplapperte, was er häufig genug tat. »Findest du nicht, du verkennst die Tatsachen? Wir lenken die Geschicke Marasins, ihr hingegen seid Tiere. Haustiere. Bist du so dreist, etwas anderes zu denken?«

»Nein.« Karainis bleckte seine gelben Zähne. »Nein, niemals. Wie käme ich dazu? Die Rollen sind klar verteilt.«

»Vergiss das nicht.«

»Ich vergesse nie etwas. Ich stelle auch eure Raumfahrt nicht infrage. Ohne sie hättet ihr uns nicht gefunden. Ich wundere mich nur.«

»Worüber?«

»Über Kamsporn. Über Lupenchoi.«

Parjasthina horchte auf. »Du bekommst alles mit, nicht wahr? Auch Dinge, die dir niemand erzählt.«

»Man muss nicht besonders aufmerksam sein, um von Lupenchoi zu hören. Jeder an Bord erzählt über Lupenchoi. Lupenchoi hier, Lupenchoi da. Eine Scheibe, die einen Planeten teilt. Alle Achtung! Ein gewaltiges Projekt. Meinst du, ich darf Lupenchoi eines Tages sehen?«

»Warum nicht?«

Schließlich war die Scheibe Lupenchoi kein Geheimprojekt. Ganz im Gegenteil. Sie sollte den Völkern Marasins die Überlegenheit der Illochim demonstrieren. Die Doviate erhofften sich Wirkung von diesem Symbol der Macht. Immer wieder kam es in den Weiten Marasins zu lokalen Aufständen gegen die Illochim. Sie mussten endlich aufhören. Parjasthina war guter Dinge, dass Lupenchoi dazu beitrug.

»Ich freue mich darauf«, versicherte Karainis eifrig. »Vorfreude ist etwas Schönes.«

»Dann hast du viel Schönes vor dir. Die Washiden werden nämlich noch viele Jahre brauchen, um die Arbeiten zu einem Ende zu führen. Genieße die Vorfreude.«

Kapitel 38

Atlan

»Es wundert mich nicht, dass diese Wartungsstelle vergessen wurde.« Trilith schüttelte in menschlicher Manier den Kopf. »Wie hast du dich einmal so malerisch ausgedrückt, Arkonide? Wir sind hier am A...«

»Am Ende der Welt«, fiel ich dem Schemawesen ins Wort. So kam mir der Landstrich, in den Tschirque uns geführt hatte, tatsächlich vor. Schon seit geraumer Zeit hatten wie keine Häuser mehr gesehen, und seit vielen Kilometern konnte auch von einer agrarwirtschaftlichen Nutzung keine Rede sein. Das Land lag schlicht brach, war durchzogen von Wildwuchs und knorrigem Unterholz. Zum ersten Mal seit Antritt unserer Reise sah ich kleinwüchsige Tiere, nicht viel mehr als handgroß. Sie huschten davon, als wir aus dem Schweber stiegen.

»Nagetiere«, meldete sich Harl Dephin. »Nicht besonders appetitlich.«

Ich betrachtete die schäbige Blechhütte, die sich aus hohem Gras erhob. An den Wänden hatte sich Grünspan abgesetzt, und das einzige Fenster war vom Zahn der Zeit blind geworden. Ich stand vor einem Relikt vergangener Generationen und pflichtete Trilith bei. Hierher verirrte sich niemand, zumal keine Straße zu der Wartungsstelle führte. Wir befanden uns irgendwo im Nichts.

Der Kreuzwächter machte sich an den Kontrollen des Schwebers zu schaffen. Plötzlich ruckte das Gefährt an und schoss davon. »Ich habe die Automatik programmiert«, erklärte er. »Der Schweber wird willkürlich ein paar Mal den Kurs ändern und sich dabei immer weiter entfernen. Wenn er aufgebracht und die Steuerung untersucht wird, dauert es eine Weile, seine Fahrt bis hierher zu rekonstruieren. Bis dahin sind wir weit weg.«

»Gut.« Ich erwartete, dass Tschirque sich der verschlossenen Tür annahm. Sie war durch ein simples positronisches Schloss gesichert. »Willst du nicht öffnen?«

Seine Hand glitt über die Oberfläche seiner Lenkmaschine. »Leider besitze ich hier keine Zugriffskompetenz. Da diese Wartungsstelle zum Haltestellendistrikt Walpol gehört, untersteht sie dessen Kreuzwächter – falls sie ihm bekannt ist, aber das glaube ich nicht.«

»Major, bitte verschaffen Sie uns Zutritt.«

Der Paladin beugte sich vor und versetzte der Tür einen derben Stoß. Scheppernd löste sie sich aus der Verankerung. Ich bemerkte, dass Tschirque zusammenzuckte. Er war zwar auf der Flucht, doch er konnte nicht aus seiner Haut. Die Zerstörung von Haltestelleneinrichtungen widerstrebte ihm, selbst wenn es sich um eine Bruchbude wie diese handelte.

Ich ließ Trilith und dem Kreuzwächter den Vortritt. Sie traten in eine schmale Kammer, in der nicht viel mehr Platz fand als eine in die Tiefe führende Treppe. Ich schloss mich den beiden an und winkte dem Paladin zu, der seinen Scheinwerfer einschaltete.

»Setzen Sie die Tür, so gut es geht, wieder ein, Major, und dann Kopf und Schultern einziehen.«

»Die Schulterbreite des Paladin lässt sich nicht variieren«, machte mich Harl Dephin auf die Breite des Roboters aufmerksam, während er den Eintritt notdürftig hinter uns verschloss.

Muffiger Geruch empfing mich. Der Zugang war wirklich seit einer halben Ewigkeit nicht mehr geöffnet worden. Ich stieg die Stufen hinunter, und der Paladin folgte mir. In der Enge hatte er Mühe, Anschluss zu halten. Getöse folgte mir den Weg hinab. Bei seinem Abstieg demolierte der Gigant unabsichtlich einen Teil des Geländers. Ich war froh, als er unten ankam, ohne das gesamte Treppenhaus eingerissen zu haben.

Wir passierten einen weiteren Zugang, der sich gewaltlos öffnen ließ. Das Scheinwerferlicht enthüllte einen geräumigen Gang, der für den Paladin wie gemacht zu sein schien.

Tschirque deutete auf die Wand neben sich. »Wir bewegen uns parallel zu einer Vakuumröhre. Alle paar Meter gibt es Wartungsklappen. Kommt es zu einem Unfall, wird der betreffende Tunnelabschnitt mit Luft geflutet, und die Klappen können nach dem Druckausgleich geöffnet werden.«

»Geschieht das häufig?«, wollte ich wissen.

»Während meiner Amtszeit ist es in dem zu Avidarn gehörenden Distrikt kein einziges Mal vorgekommen. Ich hatte keinen Unfall zu beklagen. Ich ...« Der Kreuzwächter verstummte. Unwillkürlich dachte er wieder an den bei Bauarbeiten eingestürzten Tunnel, der ihn seine Karriere gekostet hatte.

»Wie lange brauchen wir bis Walpol?«, fragte Harl Dephin.

»Schwer zu sagen. Ich kenne die unterirdische Aufteilung, aber ich bin nie in die Verlegenheit geraten, Teilstücke zu Fuß abgehen zu müssen.«

»Hoffentlich laufen uns keine Wartungsarbeiter über den Weg und halten uns auf.« Das Schemawesen hatte sich an die Spitze unserer Gruppe gesetzt und schritt forsch aus. »Mir würde schon eine Schätzung reichen, wie lange wir brauchen.«

Ich registrierte Triliths Unruhe. Sie konnte es kaum erwarten, ans Ziel zu gelangen. Ich nahm mir vor, ein wachsames Auge auf sie zu haben. Fraglos ging es ihr wie mir darum, die Verantwortlichen in Chamenspall vor den Illochim zu warnen, doch das war nicht alles. Ich bildete mir ein zu spüren, dass das Schemawesen die Ankunft seiner Schöpfer geradezu herbeisehnte. Schließlich wollte es unbedingt mit ihnen zusammentreffen. Ich fürchtete, dass nicht erst dann, sondern bereits im Vorfeld des Aufeinandertreffens Triliths analytisches Denken nachlassen würde. Ich wollte mir nicht ausmalen, was geschah, wenn sie sich von Emotionen antreiben ließ, mit denen sie nicht allzu vertraut war. Die psychische Belastung, den eigenen Schöpfern zu begegnen, mochte zu intensiven Reaktionen und besonders bei Trilith und ihrer Vergangenheit zu einer Kurzschlusshandlung führen, die nicht wiedergutzumachenden Schaden anrichtete.

»In zwei Stunden bricht draußen die Nacht an«, sagte Tschirque. »Ich schätze, dass wir die Haltestelle bis dahin erreicht haben. Ich bringe uns zum Verladebahnhof für Handelswaren. Die Benutzung eines Personenzugs scheidet generell aus. Unsere Bilder sind durch sämtliche Berichte gegangen. Wir drei könnten versuchen, uns unkenntlich zu machen, doch diese Option besteht für Paladin nicht. Er ist viel zu auffällig. Seine markante Erscheinungsform lässt sich nicht tarnen.«

»Ich fasse das als Kompliment auf«, gab Harl Dephin zu verstehen.

»Wie gehen wir bei dem Verladebahnhof weiter vor?« Ich hatte keine Vorstellung über den Aufbau einer solchen Einrichtung.

»Wir halten Ausschau nach einem Zug, der mit Waren für Chamenspall beladen wird, und schleichen uns an Bord.«

»Leicht gesagt«, stellte ich zwiespältig fest.

Der Kreuzwächter sah mich an. »Ja.«

Unterwegs blieben wir unbehelligt. Tschirques Schätzung erwies sich als richtig. Als wir beim Verladebahnhof von Walpol ankamen, waren etwas mehr als zwei Stunden hiesiger Zeit vergangen. Der Gang, den wir benutzt hatten, mündete in einen Seitentrakt der Haltestelle. Wir fanden uns in einer aus dem blaugrauen Basaltgestein geschnittenen Kammer wieder, in der allerlei Gerümpel lagerte.

»Puh«, machte Trilith. »Hier stinkt es ganz schön.«

»Schön und stinken passt nicht zusammen«, bemerkte der Kreuzwächter und begutachtete den Inhalt der Kammer. »Das sind Ersatzteile, die längst nicht mehr verwendet werden. Eine solche Nachlässigkeit hätte ich in Avidarn niemals geduldet. Kommt, hier entlang. Wir beschränken uns auf Fluchtstollen, die normalerweise nicht benutzt werden.«

»Hauptsache, sie sind groß genug für den Paladin.«

»Daran habe ich bereits gedacht.«

Tschirque führte uns durch ein Gewirr von Gängen und Verbindungsschächten. Die Zielstrebigkeit, mit der er sich bewegte, ließ mich vermuten, dass sämtliche Haltestellen eine einheitliche Aufteilung besaßen. Weiterhin begegnete uns niemand. Dafür drang dumpfes Dröhnen von Aggregaten an meine Ohren. Ganz in unserer Nähe waren Maschinen im Einsatz, und wo Maschinen waren, gab es zumeist Bedienungspersonal.

Schließlich gelangten wir in eine unterirdische Halle, deren Abmessungen beachtlich waren. In Avidarn hatten wir von dem eigentlichen Bahnhof nichts gesehen. Ich hatte ihn mir wesentlich kleiner vorgestellt. Hier zeigte sich die Bedeutung der Kreuzungen als Umschlag- und Verteilerbahnhöfe für die Scheibe Lupenchoi. Das Warenaufkommen war enorm.

»Beeindruckend«, gab ich zu.

»Die Rundbahn der Haltestelle Walpol verbindet 38 Städte, und die kreuzende Radialbahn führt von Chamenspall bis dicht an den Scheibenrand«, dozierte Tschirque. Sein Stolz auf die Cabis war unüberhörbar.

Wir standen in einem Alkoven, der eine leidlich gute Aussicht bot. Unter uns ruhten auf Antigravplattformen Container verschiedener Form und Größe, die vermutlich auf den jeweiligen Inhalt zugeschnitten waren. Überall in der Halle waren Roboter mit allerlei Tätigkeiten beschäftigt. Lebende Wesen entdeckte ich dazwischen nur ganz wenige. Gewaltige Kräne produzierten den Lärm, den ich in den Schleichgängen vernommen hatte. Sie bugsierten die Plattformen zu hundert Meter langen Fahrzeugen, die ich auf den ersten Blick als Cabis identifizierte. Die Magnetschwebebahnen waren aus einem rotbraunen Metall gegossen, das sie fast ein wenig düster erscheinen ließ.

Mir fiel das gedämpfte Licht in der Halle auf.

Es ist den Lichtverhältnissen von Lupenchoi angepasst, vernahm ich den Extrasinn. *Sämtliche Lebewesen auf der Scheibe sind an das Düsterlicht gewöhnt. Auf Arkon sind künstliche Lichtquellen auch nicht heller als das gewohnte Tageslicht.*

Auf Kamsporn sieht es anders aus als auf Lupenchoi, erwiderte ich. *Wer zwischen Kamsporn und Lupenchoi pendelt, muss sich permanent umstellen.*

Die Umstellung ist nicht schwieriger als die vom Tag zur Nacht. Du kennst die Anpassungsfähigkeit von Lebewesen.

In der Wand hinter den Cabis entdeckte ich verschlossene, kreisrunde Tore, durch welche die Züge in das luftleere Röhrensystem hineinfuhren. Plötzlich fiel mir etwas ein, woran ich bisher nicht gedacht hatte.

»Bleiben die Cabis in den Tunneln mit Atemluft gefüllt?«

»Gute Frage, Arkonide.« Das Schemawesen sah mich an wie vom Donner gerührt. Daran hatte sie nicht gedacht. »Ich habe keine Lust, in der Röhre zu ersticken.«

»Eure Sorge ist unbegründet«, beruhigte uns der Kreuzwächter. »Der Aufwand, die Luft in jeder Haltestelle ein- und nach dem Beladen wieder abzupumpen, wäre viel zu groß. Außerdem werden neuralgische Frachten durch Begleitpersonal gesichert.«

»Worauf warten wir noch?«, drängte Trilith.

Tschirque führte uns zu einem Antigravschacht und berührte eine Kontaktplatte. Gleich darauf stieg er in den Schacht und wurde nach unten getragen. Ich trat in das abwärts gepolte Feld, gefolgt von Trilith und dem Paladin. Die Sekunden, in denen wir dem Hallenboden entgegenschwebten, kamen mir endlos vor. Sollte jemand vor dem Ausstieg warten, konnten wir ihm nicht unbemerkt ausweichen. Als wir endlich unten waren, atmete ich erleichtert auf.

Wortlos lief Tschirque zu einem Maschinenblock und drückte sich mit dem Rücken dagegen. Das Zeitlupenhafte seiner weiten Schritte wurde durch seine dünnen Armen und Beine betont, die bei jeder Bewegung wie Fahnen im Wind flatterten. Unser Vordringen war reichlich improvisiert, doch wir hatten keine andere Wahl. Allerdings schien der Kreuzwächter genau zu wissen, was er tat. Die Einrichtung der Halle und die zum Verladen bereitstehenden Güter boten Sichtschutz in alle

Richtungen. Der von den Maschinen verursachte Lärmpegel überdeckte jedes unserer Geräusche und schluckte selbst die schweren Schritte des Paladin.

Wir hetzten zwischen Maschinen und Containern hindurch, jede sich bietende Deckung ausnutzend. Meine Hand ruhte auf dem Strahler in meiner Tasche. Sollte irgendein Wesen um die Ecke kommen und plötzlich vor uns stehen, blieb mir nur die Option, es auszuschalten, bevor es Alarm schlug. Dass wir ungesehen durch die Halle zu den Cabis vordringen konnten, hatten wir entweder purem Glück oder Tschirques Umsicht zu verdanken. Wir verharrten zwischen gestapelten Kisten, von denen aus ich die Bahnen genauer betrachten konnte. Deutlich war zu erkennen, dass sie aus einem Stück gegossen waren. Hinter offen stehenden Schotts lagen die einzelnen Abschnitte, manche voll beladen, andere noch leer.

»Wartet hier.« Der Kreuzwächter verließ unser Versteck und schritt zu den Bahnen hinüber.

»Ganz schön wagemutig.« Trilith verhielt sich wie ein Raubtier, das zum Sprung ansetzte.

»Ich glaube nicht, dass Tschirque sich durch besonderen Wagemut auszeichnet«, antwortete ich. »Er hat seine Erfolgsaussichten genau kalkuliert.«

Tatsächlich erreichte der Kreuzwächter die Züge und unterzog sie einer raschen Inspektion. Erst jetzt fielen mir die Aufschriften neben den Ladetoren auf, die er studierte. Ich nahm an, dass sie die Bestimmungsbahnhöfe nannten.

»Atlan!«, zischte Trilith, die hinter mir kauerte.

Ich drehte mich zu ihr um, gewahrte ihre Anspannung und sah mich zwei stählernen Gestalten gegenüber.

»Ich bitte um die Legitime«, schnarrte einer der Roboter auf Shuli.

Kapitel 39

Parjasthina

Dathakalaynens holografisches Abbild drückte Siegesgewissheit aus. Er saß in der Zentrale seines Schiffs, hinter sich den Panoramabildschirm, auf dem eine tobende Raumschlacht zu sehen war. Dathakalaynen gönnte ihrem Verlauf keinen Blick, sondern konzentrierte sich auf das Hyperfunkgespräch mit Parjasthina. Der symbolische Charakter war beabsichtigt.

Wir fürchten keinen Gegner, übermittelte das Bild. *Dank unserer absoluten Überlegenheit schlagen wir jeden Aufständischen im Vorbeigehen.*

Parjasthina hielt nicht viel von solcher Selbstzufriedenheit, obwohl Dathakalaynens Überzeugung nicht von ungefähr kam. Seit tausend Jahren dauerte die bestehende Ordnung an. Sämtliche Versuche einzelner Völker, sich aus dem Reich der Unmasse zu lösen, waren im Keim erstickt worden. Es waren gleichermaßen törichte wie aussichtslose Bestrebungen, sich der Beständigkeit Marasins zu widersetzen. Gegen den rechtmäßigen Anspruch Marasins waren sie allesamt gescheitert. Dennoch traten immer wieder Uneinsichtige hervor, die nicht begriffen, dass nur der gegenwärtige Zustand ein möglichst langes Überdauern der gemeinsamen Heimat sicherte.

»Wie schreiten die Bauarbeiten voran?«, erkundigte sich Dathakalaynen.

»Sie liegen im Zeitplan. Die Washiden erweisen sich immer mehr als die glänzenden Ingenieure, als die wir sie rekrutiert haben.«

»Ich hörte von Verzögerungen.«

Vor 500 Jahren hatten die Illochim mit der Umgestaltung des Planeten Kamsporn begonnen. Auf tausend Jahre war das

Mammutprojekt angelegt, das zum unauslöschlichen Fanal dafür werden sollte, dass den Illochim nichts unmöglich war. Parjasthina war nicht gewillt, Pannen oder Verzögerungen hinzunehmen. Doch Dathakalaynen war gut unterrichtet. In jüngster Zeit war es zu Zwischenfällen gekommen, die Anlass zu Besorgnis gaben. Es war bedenklich, dass sein Kollege, der sich in einem 1300 Lichtjahre entfernten Raumsektor Marasins aufhielt, davon erfahren hatte, bevor Parjasthina das Thema auf die öffentliche Agenda für die Doviate gesetzt hatte.

»Gerüchte«, wiegelte er ab. »Leider enthalten sie wie meist einen Funken Wahrheit.«

»Was willst du gegen die Unregelmäßigkeiten unternehmen?«

»Baumeister Shinchen ist auf dem Weg zu mir. Ich habe ihn einbestellt, um mir seinen Bericht anzuhören.«

Dathakalaynen drehte sich kurz um und sah auf den Schirm. »Hier zumindest läuft alles nach Plan. Die Trschknr ziehen sich zurück.«

Das klang fast so, als zweifelte Dathakalaynen daran, dass Parjasthina die Dinge im Griff hatte. Auch wenn es sich nicht um einen Vorwurf handelte, durften solche Eindrücke bei Parjasthinas Kollegen gar nicht erst aufkommen. Er überging die Bemerkung und ließ sich nichts anmerken.

»Beabsichtigst du, die Trschknr davonkommen zu lassen?«

»Damit sie ihre Wunden lecken und sich neu formieren? Du kennst mich besser. Wir dürfen keine Nachsicht walten lassen, die sich längerfristig negativ auf das Reich der Unmasse auswirken könnte. Bist du anderer Meinung?«

»Nein, ich stimme dir zu.«

»Deshalb werde ich nach der Vernichtung ihrer Flotte ihren Heimatplaneten bombardieren.«

Parjasthina horchte auf, als der Türsummer seines Quartiers anschlug. Seit ein paar Tagen hielt er sich in einer Unterkunft auf Kamsporn auf. Er verabschiedete sich von seinem Kollegen und beendete die Verbindung.

Dathakalaynen hatte recht. Er durfte keine Nachlässigkeiten dulden, sondern musste jedem Missstand mit aller gebotenen Härte begegnen. Er ging zum Eingang und öffnete. Im Korridor wartete Karainis in Begleitung von zwei Washiden. Die anderthalb Meter langen wurmähnlichen Kreaturen wieselten auf ihren 26 Beinpaaren in die Unterkunft des Doviats. Der Züchter verharrte auf der Stelle.

»Tritt ein oder bleib draußen«, drängte Parjasthina sein Haustier.

»Ich bin unschlüssig, wie ich mich verhalten soll. Ich registriere, dass du ungehalten bist.«

»Nicht deinetwegen.«

»Meinetwegen bist du nie ungehalten«, erinnerte der Hohrugk sein Herrchen. »Du bringst es gar nicht über dich, mir gram zu sein, weil ich bei den Geburtsritualen die ergreifendsten Gesänge anstimme und dir unvergessliche Glücksgefühle schenke.«

»Herein oder draußen bleiben«, bellte Parjasthina.

»Hinein.« Karainis stelzte durch den Durchgang, bevor sich die Tür schloss.

Parjasthina betrachtete die beiden Washiden, die einander zum Verwechseln ähnlich sahen. Ihre teigigen, mit Borsten bedeckten Körper waren unaufhörlich in Bewegung. Die massigen, von großen roten Augen dominierten Köpfe schimmerten purpurfarben. Die Washiden trugen Atemmasken vor den runden Mundöffnungen, ohne die sie elendig zugrunde gegangen wären.

»Wie ich sehe, hast du Unterstützung mitgebracht, Baumeister. Hast du ein schlechtes Gewissen?«, kam Parjasthina ohne Umschweife zur Sache. Er erkannte Shinchen an dem intensiveren Rot der Augen.

»Ich habe keinen Grund für ein schlechtes Gewissen. Dies ist mein Stellvertreter Hichel.«

»Wenn du es verlangst, entferne ich mich auf der Stelle, Doviat«, bot Hichel an.

Beide Washiden keiften mit unerträglich schrillen Organen, die Karainis dazu veranlassten, sich in eine Ecke des Raums zu verkriechen. Er ließ sich auf alle viere nieder, legte sich hin und rollte sich zusammen. Parjasthina hatte keine Scheu davor, den Züchter auch bei wichtigen Unterredungen zugegen sein zu lassen.

»Du bleibst, Hichel«, befahl der Doviat. »Es kommt mir sehr gelegen, dass du den Baumeister begleitest. Schließlich hast du ihn in letzter Zeit häufig vertreten. Was war der Grund dafür?«

»Ich war unpässlich«, keifte Shinchen.

»Unpässlich? Ist das zutreffend, Hichel?«

»So hat der Baumeister es mir gesagt, Doviat.«

Parjasthina hasste es, angelogen zu werden. Besonders auf die Washiden musste er sich bedingungslos verlassen können. »Die Scheibe Lupenchoi ist das größte und ambitionierteste Projekt, das Marasin jemals gesehen hat. Nichts, und ich betone, *nichts* darf dabei vernachlässigt werden. Schon gar nicht darf es den mit dem Bau beauftragten Washiden an der nötigen Einstellung mangeln. Ganz besonders gilt das für deren Baumeister.«

»Für mich?«, schrillte Shinchens Stimmorgan. »Selbstverständlich nicht, Doviat. Meine Motivation ist beispielhaft.«

»Wäre sie so beispielhaft, hätte man dich nicht in den Rauchhallen von Kamsporn gesehen. Stets warst du am nächsten Tag unpässlich. Ist das nicht ein eigenartiges Zusammentreffen?«

»Das ist ein Irrtum. Rauchhallen? Ich setze kein Beinpaar in eine Lasterhöhle.«

»Lüg mich nicht an.« Parjasthina drohte die Geduld zu verlieren. »Deine Pflichtvergessenheit sabotiert Lupenchoi. Was bist du für ein Baumeister, der seinen Arbeitern nicht mit gutem Beispiel vorangeht? Was sagst du dazu, Hichel? Nennst du so etwas einen guten Vorgesetzten?«

»Ich kann das nicht beurteilen«, antwortete der Stellvertreter weinerlich. »Ich besitze nicht die Qualifikation eines Doviats.«

Karainis richtete sich in seiner Ecke auf. Parjasthina hatte sich an die eindringliche Art, mit der der Hohrugk ihn musterte, gewöhnt. Der Züchter gab ein müdes Blöken von sich, um anzuzeigen, dass er sich durch die Lautstärke der Unterhaltung gestört fühlte, und wetzte mit seiner Knochenkrone über den Steinboden.

»Ich kann es dafür umso besser beurteilen. Ich habe keine Verwendung für einen pflichtvergessenen Baumeister. Mehr noch, für einen Drogenabhängigen, der ein Sicherheitsrisiko darstellt.«

»Nein, Doviat, du irrst dich!«, keifte Shinchen. »Ich werde mir nie wieder einen Fehltritt leisten. Von heute an stelle ich mein Leben ganz und gar in den Dienst von Lupenchoi.«

»Ich glaube dir nicht.« Blitzschnell bückte Parjasthina sich und riss dem Washiden die Atemmaske vom Gesicht.

Shinchen stieß einen schrillen Schrei aus und drehte sich um sich selbst. Die kleine runde Mundöffnung zuckte aufgeregt, während Hichel entsetzt davonwieselte. Shinchen schnappte verzweifelt nach einem für ihn atembaren Luftgemisch. Sein Schreien wurde zu einem heiseren Pfeifen und verstummte schließlich ganz. Zuckend verendete der Washide.

»Du bist der neue Baumeister, Hichel«, bestimmte Parjasthina ungerührt. »Der wichtigste Faktor in deinem Leben ist von nun an der Bau von Lupenchoi. Ich werde bald wieder abreisen, doch auch wenn ich mich nicht auf Kamsporn aufhalte, informiere ich mich jeden Tag über das Fortschreiten der Arbeiten. Engpässe dulde ich nicht, wie du eben gesehen hast. Begehe also nicht den Fehler, mich zu enttäuschen.«

»Nein, Doviat, niemals.« Hichel wagte es kaum, die Stimme zu erheben. »Ich werde all meine Kräfte bündeln, damit Lupenchoi zügig voranschreitet.«

»Das rate ich dir.« Parjasthina begab sich zur Tür und öffnete. »Du darfst nun gehen.«

Der neue Baumeister huschte auf seinen 52 Beinen nach draußen und rannte durch den Korridor davon. Parjasthinas Demonstration hatte ihre Wirkung nicht verfehlt. Er empfand keine Genugtuung und keinen Stolz auf seine Tat. Im Interesse des Reichs war sie erforderlich gewesen.

Karainis war auf die Hinterläufe gestiegen und kam gemessenen Schrittes herüber. Er betrachtete den regungslosen Washiden-Körper. Seine Nüstern blähten sich in heftiger Folge.

»Weißt du, was du bist?«, fragte er verbiestert.

»Ich habe erwartet, dass du einen Kommentar abgeben musst. Egal, was du zu sagen hast, übersieh dabei nicht, dass es notwendig war, was ich getan habe. Also, ich höre.«

»Ich habe nur eins zu sagen. Du bist böse.«

»Böse, ja?«

»Ja, böse. Bösartigkeit setzt sich auf Dauer nicht durch. Eines Tages steht man vor den Scherben seiner verderblichen Handlungen und sinniert darüber nach, wie es soweit kommen konnte. Doch dann ist es zu spät. Dir wird es nicht anders ergehen.«

»Gehst du unter die Philosophen?« Parjasthina aktivierte ein Hologramm, das ein Viertel seiner Unterkunft ausfüllte. Es zeigte Kamsporn und einen Ausschnitt dessen, was den Planeten einst als geschlossene Scheibe in zwei Hälften teilen würde. Riesige Baumaschinen und kilometergroße Antigravkräne schwebten in Orbits um Kamsporn.

»Ich gehe unter die Philosophen, du unter die Henker. Ihr seid böse. Alle Illochim sind böse, und ganz besonders die Doviate.«

»Bist du fertig?«

»Ja.«

»Dann sei so gut und mach dich nützlich.« Parjasthina deutete auf den toten Washiden. »Schaffe ihn fort.«

Karainis hob den Kadaver mit seinen Bauchschaufeln an und trug ihn zum Ausgang. »Böse«, zeterte er dabei ohne Unterbrechung. »Böse. Böse. Böse.«

Kapitel 40

Shapda-Shapda Maon

Maudi-Haup Maon richtete sich empört auf. »Karainis hat die Wahrheit gesagt. Parjasthina war wirklich böse. Er hat den Baumeister getötet. Hat ihn dafür niemand zur Rechenschaft gezogen?«

»Nein, mein Lieber«, antwortete Shapda-Shapda. »Und weshalb nicht?«

»Weil die Illochim die mächtigsten und stärksten Wesen von Marasin waren. Es war niemand da, der sie für ihre Taten bestrafen konnte«, beantwortete der Achtjährige die Frage. Er ließ sich zurück auf sein Lager fallen. »Hat Hichel Lupenchoi fertig gestellt?«

»Er hat daran weitergebaut, doch zu Ende bringen konnte er das Wunderwerk nicht. Es dauerte weitere fünfhundert Jahre, bis die Scheibe vollendet war. Viele Baumeister nach ihm wirkten an ihrem Entstehen mit.«

»Alles Washiden?«

»Ja.« Die Flößerin fühlte nach der Stirn ihres Enkels. Sie hatte den Eindruck, dass sein Fieber weiter gestiegen war. Vielleicht sollte sie an Land gehen und Medizin für ihn besorgen.

»Du, Groom.«

»Ja?«

»Zu Beginn deiner Erzählung mochte ich Parjasthina am liebsten, aber ihn mag ich schon lange nicht mehr.«

»Das ist gut. Er und die Illochim haben es nicht verdient, dass wir sie mögen.«

»Jetzt mag ich die Hohrugk am liebsten, besonders Karainis. Er lässt sich von Parjasthina nichts sagen, und er ist lustig. Ich glaube, mit ihm würde ich mich gut verstehen. Aber eins begreife ich nicht. Die Illochim haben die Hohrugk viele hundert

Jahre lang als Haustiere missbraucht. Warum sind die Hohrugk nicht weggelaufen?«

»Dazu waren sie nicht in der Lage. Ich habe dir gesagt, dass die Illochim sie gezüchtet haben.«

»Und?«

»Das bedeutet, dass sie ihnen bestimmte Verhaltensmuster aufgeprägt haben. Sie haben die Hohrugk nach ihren Vorstellungen geformt und ihren Widerstandswillen unterdrückt, damit sie problemlos mit ihnen zurechtkamen. Sie haben sie dressiert und für einfache Arbeiten abgerichtet. Die Hohrugk dienten den Illochim nicht nur als Haustiere. Sie setzten sie in der Landwirtschaft ein, im Bergbau oder bei der Gartenarbeit. Mit ihren Bauchschaufeln und den Knochenkronen eigneten die Hohrugk sich gut dafür, weil sie hervorragende Gräber waren.« Die Kapitänin beugte sich lächelnd über den Jungen. »Ist dir etwas aufgefallen, Maudi?«

»Was denn, Groom?«

Shapda-Shapda zwinkerte ihrem Enkel verschwörerisch zu. »Egal, was Parjasthina tat, Karainis war fast immer dabei.«

»Ja, das habe ich bemerkt.«

»Parjasthina hatte sich so sehr an Karainis gewöhnt, dass er ihn nicht mehr missen mochte. Andere Illochim traf es noch härter. Im Laufe der Jahre geschah nämlich etwas, das sie nicht bemerkten. Parjasthina hatte behauptet, die Hohrugk seien von den Illochim abhängig, andersherum jedoch nicht.«

»Und damit hat er sich geirrt?«

»Das hat er. Im Laufe der Jahrhunderte kam es zu einer beiderseitigen Anpassung, und die Illochim gerieten sehr wohl in ein Abhängigkeitsverhältnis zu den Hohrugk.«

»Das geschieht ihnen recht. Ich glaube, Dathakalaynen war auch nicht besser als Parjasthina.«

»Keiner der Doviate war das. Gemeinsam haben sie sich mit Gewalt zu Herrschern über Marasin aufgeschwungen.«

»Aber was du über Dathakalaynen erzählt hast, war besonders schlimm. Es genügte ihm nicht, die Flotte der Trä... Tres...«

»Trschknr«, nannte Shapda-Shapda den für Kalfater fast unaussprechlichen Namen.

»Genau die. Es hat Dathakalaynen nicht gereicht, ihre Schiffe zu zerstören, er wollte danach auch noch ihren Planeten angreifen. Hat er das wirklich getan?«

Ein düsterer Stich trat in Shapda-Shapdas violette Augen. »Das hat er, aber er war nicht der einzige Doviat, der ein solches Verbrechen begangen hat. Es geschah immer häufiger, weil die Illochim sich nicht anders zu helfen wussten. Sie hielten ihr Vorgehen für richtig. Sie konnten einfach nicht begreifen, dass nichts im Universum für die Ewigkeit gemacht ist. Ihre Ansichten von einem immerwährenden Bestand herrschender Zustände gehen an der Wirklichkeit vorbei. Jedenfalls kam es immer wieder zu Rebellionen unterdrückter Völker, die sich die Herrschaft der Illochim nicht gefallen lassen wollten.«

»Und die Illochim haben gegen alle ihre überlegenen Waffen eingesetzt und ihre Planeten angegriffen?«

Shapda-Shapda zögerte mit der Offenlegung der Gräuel, die die Illochim angerichtet hatten, um ihren Willen durchzusetzen. Sie war nicht sicher, ob ihr Enkel mit seinen acht Jahren schon alt genug war, um damit belastet zu werden. Dem Jungen entging ihr Zaudern nicht.

»Du kannst es mir sagen, Groom«, verlangte Maudi-Haup. »Ich bin schon fast erwachsen. Ich bin ein Händler. Ich will alles über die Illochim wissen, damit ich weiß, woran ich mit ihnen bin, wenn mir mal einer über den Weg läuft.«

»Wir wollen nicht hoffen, dass das geschieht, aber ich verrate dir trotzdem, was du wissen willst«, lenkte die Flößerin ein. »Die Illochim schlugen jeden Aufstand mit äußerster Härte nieder. Manchmal wirkte das, manchmal aber auch nicht. Es wird von Völkern berichtet, die sich von ihrer Niederwerfung erholten und sich abermals gegen die Illochim auflehnten. Dann befahlen die Doviate Umerziehungsmaßnahmen und ließen ganze Planeten vernichten.«

»Mit allen Bewohnern darauf?«

»Ja.«

»Das verstehe ich nicht«, seufzte der Junge.

»Ich bin froh, dass du das sagst, mein Lieber. So etwas kann man nicht verstehen. Da geht es mir nicht anders als dir. Die Illochim hingegen konnten nicht begreifen, dass jemand die von ihnen vorgegebene Ordnung brechen wollte. Auflehnung war ihnen weitgehend fremd. Sie waren auf Gehorsam und strikte Einhaltung von Regeln konditioniert.«

»Trotzdem muss etwas geschehen sein, anscheinend schon vor vielen tausend Jahren«, überlegte Maudi-Haup.

»Was meinst du?«

»Die Illochim sind nicht mehr hier. Stattdessen leben zahlreiche Völker auf Lupenchoi. Also sind die Illochim entweder freiwillig gegangen oder vertrieben worden. Nach allem, was du mir über sie berichtet hast, kann ich mir nicht vorstellen, dass sie Lupenchoi und Marasin aus freien Stücken geräumt haben.«

»Du bist ein ganz, ganz kluger Junge, Maudi. Deshalb sollst du erfahren, was mit den Illochim geschah.«

Wieder reiste Shapda-Shapda viele tausend Jahre in die Vergangenheit zurück.

Kapitel 41

Atlan

Der Paladin machte sich zum Angriff auf die beiden Roboter bereit. Der Lärm in der Halle würde ihre Zerstörung nicht überdecken, doch unversehrt lassen konnten wir sie nicht, weil wir keine Legitime besaßen. Meine Gedanken überschlugen sich. So oder so waren wir aufgeflogen.

»Nicht, Major«, hielt ich Harl Dephin von einem Angriff ab.

»Ich fürchte, wir kommen nicht umhin, etwas zu unternehmen«, sagte der Chef der Thunderbolts.

»Es ist alles in Ordnung. Ich habe die Legitime überprüft.« Plötzlich stand Tschirque neben mir. Seine Lenkmaschine strahlte ein Symbol ab, das ich zum ersten Mal sah. Es stellte einen stilisierten Cabis-Zug vor verschnörkelten Buchstaben dar. »Eure Dienste werden nicht benötigt.«

Wortlos drehten die Roboter sich um und entfernten sich. Ich sah ihnen nach, bis sie um eine Ecke verschwanden.

Trilith Anspannung ließ nach. »Ich dachte, du bekommst keinen Zugriff auf die Technik von Walpol.«

»Das ist richtig, aber noch steht mir das Symbol der Kreuzwächter zur Verfügung. Die Roboter erkennen es an.«

»Wir hätten uns dieses Versteckspiel also sparen können?«, fragte das Schemawesen verärgert. »Wir hätten einfach an den Robotern vorbeimarschieren und in eine Cabis einsteigen können?«

»Ja, aber ich wollte vermeiden, dass wir gesehen werden. Die Erinnerung der Roboter an dieses Zusammentreffen kann ich nämlich nicht löschen«, verteidigte Tschirque sich. Er spähte zu den Zügen hinüber. »Jetzt kommt, der Weg ist frei. Ich habe eine Bahn entdeckt, die morgen früh zum Rand zwischen Lupenchoi und Kamsporn fährt.«

»Also los«, forderte ich meine Begleiter auf und schloss mich Tschirque an.

Er marschierte schnurstracks zu einer Cabis hinüber. Ich beobachtete Roboter, die ein Stück weiter mit Sortierarbeiten beschäftigt waren. Sie kümmerten sich nicht um uns. Tschirque führte uns zu einem Abteil, in dem sich metallische Behälter stapelten. Er stieg auf die Verladerampe und drückte sich in den Zug. Wir huschten hinter ihm her zwischen den Containern hindurch und waren vor Blicken von draußen sicher. Viel Platz hatten wir nicht, fürchtete ich, doch ich wurde positiv überrascht. In einem Verbindungsstück zwischen zwei Abteilen gab es sogar ein paar Sitzgelegenheiten und eine bescheidene Hygienezelle, in der wir uns frisch machen und unsere Notdurft verrichten konnten.

»Das mit Sterilisationsmitteln angereicherte Wasser ist nicht besonders wohlschmeckend, aber trinkbar.« Tschirques Haut raschelte, als er sich auf einem Sitz niederließ. »Ich hoffe, euer Vorrat an Nahrungskonzentraten ist nicht erschöpft, damit wir bis morgen früh nicht verhungern.«

Ich zog einen Konzentratwürfel aus der Tasche und reichte ihn dem Kreuzwächter.

»Bis morgen früh?«, murrte Trilith.

»Früher fährt die Cabis nicht los. Wir können die Zeit bis dahin für ein paar Stunden Schlaf nutzen.«

Ich sah Trilith an, dass ihr die Antwort nicht behagte. Sie hielt die vor uns liegende Nacht für verlorene Zeit. Schließlich ließ sie sich widerstrebend neben Tschirque nieder, und auch ich nahm Platz. Der Paladin musste sich auf den Boden setzen. Wir aßen und tranken, und Triliths Laune besserte sich zusehends. Nach einer Stunde schloss sich das Ladeschott, und Dunkelheit hüllte uns ein. Im nächsten Moment flammte das gedämpfte Scheinwerferlicht des Paladin auf.

»Können wir das Schott notfalls von innen öffnen?«, fragte ich.

»Ja, du brauchst Paladin keinen Befehl zu weiteren Zerstörungen zu geben.« Tschirque hatte sein Augenband auf das

Schemawesen gerichtet. Es war kaum zu bestimmen, wohin genau er schaute. Seine nächste Frage verriet es. »Darf ich mir deinen Dolch ansehen?«

Die Psi-Kämpferin tastete nach dem Vibro-Messer. »Nein.«

»Du vertraust mir nicht? Fürchtest du, ich würde dich mit deiner eigenen Waffe angreifen, noch dazu wo Paladin über euch wacht?«

»Trilith gibt ihre Waffe nie aus der Hand«, warf ich ein. »Das hat nichts mit dir zu tun, Kreuzwächter.«

»Seit einer Weile beschäftigt mich ein Gedanke«, begann Tschirque umständlich. »Ich habe nachgedacht.«

»Über mich?«, zeigte sich Trilith interessiert.

»Nein, über Paladin. Weißt du, was ich glaube?«

»Was denn?«

»Wenn du Paladin mit deinem Dolch anritzt, erleidet er keine Verletzung.«

Ich horchte auf. Es war so, wie ich vermutet hatte. Der Kreuzwächter hatte Verdacht geschöpft. »Wie kommst du darauf?«

»Ich habe ihn beobachtet. Seine Schnelligkeit und seine Kraft erinnern an die einer Maschine. Ist er ... ein Roboter?«

Trilith stieß die Luft aus und grinste. Ich musste zugeben, dass ich beeindruckt war. Die Terraner, Siganesen und Posbis, die den Paladin gebaut hatten, hatten mit Detailversessenheit darauf hingewirkt, dass der Roboter als lebendes Wesen wahrgenommen wurde. Tschirques Beobachtungsgabe war nicht von schlechten Eltern. Ich zögerte, ihm die Wahrheit mitzuteilen.

»Ihr müsst es mir nicht sagen, wenn ihr mir nicht vertraut.«

»So ist es nicht«, gab ich unserem Führer zu verstehen. Ich fand, dass er sich unser Vertrauen inzwischen redlich verdient hatte. »Ja, es stimmt, der Paladin ist ein Roboter. Allerdings ist das nur die halbe Wahrheit. Major, zeigen Sie dem Kreuzwächter, was sonst noch im Paladin steckt.«

»Sind Sie sicher, Sir?«, fragte Harl Dephin.

»Würde ich Sie sonst dazu auffordern, Major?«

»Ich nehme an ...« Dephin räusperte sich, und der Paladin erhob sich vom Boden. »Nein, das würden Sie nicht, Sir.«

Einige Sekunden vergingen, dann öffnete sich die Fersenschleuse des Roboters, und der Kommandant trat heraus. Tschirque stieß einen undefinierbaren Laut aus.

»Ein Winzling«, entfuhr es ihm.

»Ein Winzling?«, echote der Chef der Thunderbolts empört. »Ich bin kein Winzling, sondern ein Siganese von Gladors Stern, USO-Spezialist im Dienste Lordadmiral Atlans und das zweitgrößte Besatzungsmitglied des Paladin. Nur Oberleutnant Retekin überragt mich an Körperlänge.« Er nahm Haltung an und salutierte. »Gestatten, Major Harl Dephin, Kreuzwächter.«

Die dunklen Pünktchen in Tschirques Augenband trieben zusammen und formierten sich zu einem zerfaserten Fleck. »Es stecken mehrere von deiner Art in dem Roboter?«

»Insgesamt sechs Siganesen, das ist korrekt. Wenn sie nicht mit verschiedenen Aufgaben betraut wären, würde ich sie Ihnen vorstellen, Kreuzwächter.«

Ich schmunzelte. Trotz Tschirques verbaler Vorgabe blieb der Major bei dem förmlichen Sie. »Ich denke, Ihre Kameraden können für eine Stunde von Bord gehen«, regte ich an. »Im Moment sind wir ohnehin zum Abwarten verurteilt, und somit ist gegen ein gemütliches Beisammensein nichts einzuwenden.«

»Wie Sie meinen. Ich meine, danke, Sir.« Dephin winkelte einen Arm an und sprach in sein Armbandkom. »Sie haben es gehört, meine Herren. Aussteigen und sammeln. Und Sie, Leutnant Hulos, kommen bloß nicht auf die Idee, eine Probe Ihrer Alkoholvorräte, von denen der Lordadmiral selbstverständlich nichts weiß, mit von Bord zu bringen.«

»Zu schade, dass deine Zwergenschar nicht einen Kopf mehr umfasst«, sagte Trilith.

»Wieso?«

Das Schemawesen grinste mich an. »In der Legende waren es sieben Zwerge, die um Schneewittchens Wohlergehen bemüht waren. Wie du siehst, habe ich ein paar Brocken der terranischen Mythologie aufgeschnappt.«

»In der Tat, wirklich erstaunlich. Hast du noch mehr auf Lager, mit dem du mich beeindrucken kannst?«

»Durchaus. Ich hörte zum Beispiel von der Geschichte mit dem Däumling, mit der Tschirque soeben bekannt gemacht wird.«

Ich schüttelte fassungslos den Kopf. »Terranische Mythologie, was?«

»Genau. Ich erinnere mich auch an die Legende von Paladin und der Wunderlampe.«

Hättest du nur nicht gefragt, vernahm ich das amüsierte Wispern des Extrasinns. *Das hast du nun davon.*

»Du solltest bei nächster Gelegenheit die Speicherbänke der GAHENTEPE bemühen«, riet ich dem Schemawesen. »Dann erfährst du, dass es sich sowohl bei Schneewittchen und den sieben Zwergen und dem Däumling als auch bei Paladin und ...«, ich räusperte mich, »... bei Aladin und der Wunderlampe um reine Märchenerzählungen handelt.«

»Spielverderber.« Trilith funkelte mich an.

Ich war mir unsicher, ob sie mich gefoppt hatte oder verärgert darüber war, dass sie mit ihrem Halbwissen nicht glänzen konnte. Nacheinander kamen die Siganesen aus der Fersenschleuse des Paladin zum Vorschein. Sie ließen sich von den Mikro-Antigravgeräten ihrer Anzüge auf einen freien Sitz tragen und stellten sich der Reihe nach vor. Tschirque erholte sich schnell von seiner ersten Überraschung.

»Es ist weniger die Körpergröße der Siganesen, die mich verblüfft hat. Schließlich sind wir auf Lupenchoi mit Hunderten unterschiedlicher Lebensformen vertraut«, bekannte er. »Ich habe nur nicht damit gerechnet, dass jemand aus dem Roboter aussteigt. Eigentlich ist er nichts anderes als ein Fahrzeug, das sie benutzen.«

»Wir sehen das anders. Für uns stellt der Paladin etwas ganz Besonderes dar«, widersprach Harl Dephin. »Er ist unser verlängerter Arm, sozusagen Teil eines jeden von uns. Für mich kann ich mit Fug und Recht behaupten, dass er der siebte Mann unseres Teams ist.«

»Der erste Mann«, sagte Dart Hulos. »Wir ergänzen den Paladin als Besatzung, doch wir sind nicht so unabkömmlich wie er. Eine andere Besatzung könnte an unsere Stelle treten. Der Paladin hingegen ist kaum zu ersetzen.«

»Sie stellen das Licht Ihres Teams unter den Scheffel, Leutnant«, warf ich ein. »Dies ist die zweite Version des Paladin. Er wurde also bereits ersetzt. Kein noch so ausgereiftes Wunderwerk der Technik wiegt Ihr Leben und Ihre Fähigkeiten auf, meine Herren. Ich stelle den Wert jeden einzelnen Spezialisten über den von Schlachtschiffen oder Großpositroniken.«

»Das gilt sogar für Sie, Leutnant«, versicherte Harl Dephin.

»Zu freundlich, Major.« Das lindgrüne Gesicht des Waffenwarts wurde eine Spur blasser.

Ich fragte mich, ob seine Reaktion eine Missstimmung ausdrückte. Bewertete ich etwas über, oder gab es Differenzen zwischen den Thunderbolts? Ich achtete im weiteren Verlauf des Abends darauf, ohne unterschwellige Spannungen zu bemerken.

»Ohne Ihnen zu nahe treten zu wollen, Kreuzwächter«, sagte Harl Dephin. »Sehr viel wissen Sie nicht über die Illochim.«

»Das sagte ich bereits.«

»Haben Sie zumindest eine Vorstellung davon, wie sie aussahen?«

»Ich bedaure, selbst daran gibt es nur verschwommene Erinnerungen, die jeder anders ausschmückt. Das Aussehen der Illochim ist genauso in Vergessenheit geraten wie ihr Verhalten. Das Einzige, was alle Völker eint, ist die Angst, weil die Bösartigkeit der Illochim bis heute überliefert wurde.«

Ich war dennoch sicher, und Tschirque hatte mich ja auch darin bestätigt, dass es irgendwen auf Lupenchoi oder Kamsporn geben musste, der mehr über die Geschichte der Illochim erzählen konnte. Leider schien es mir kaum möglich, denjenigen zu finden, weil die Völker dieser Welt sich gegenseitig misstrauisch beäugten. Ganz davon abgesehen, dass sie uns Illochim-Freunde lieber zur Strecke gebracht hätten, als mit uns zu reden.

Irgendwann zogen sich die Siganesen in den Paladin zurück, und es gelang mir, zwei Stunden Schlaf zu finden. Als auf Lupenchoi die Morgendämmerung einsetzte und die Cabis den Verladebahnhof verließ, war ich längst wieder munter.

Kapitel 42

Parjasthina

Ein paar Jahrtausende waren vergangen, und die Scheibe Lupenchoi stand als strahlendes Fanal über ganz Marasin. Allerdings erzielte sie nicht die Wirkung, die sich die Illochim von ihr erhofft hatten. Die Schwarmwesen waren davon ausgegangen, dass Lupenchoi auch den letzten Aufrührern die Überlegenheit der Illochim verdeutlichen und sie von weiteren Akten der Rebellion abhalten würde. Diese Erwartung erfüllte sich nicht. Zum Unverständnis der Doviate hielt der Widerstand an. Schlimmer noch, es wurden zunehmend auch Völker, die zuvor nicht in Erscheinung getreten waren, auffällig.

Parjasthina begriff nicht, wieso die Unverbesserlichen die etablierte Ordnung nicht endlich akzeptierten und sich in die Völkergemeinschaft Marasins einfügten. Die Illochim wussten sich nicht anders zu helfen, als immer restriktivere Maßnahmen anzuwenden, um das Problem in den Griff zu bekommen. Sie hätten gern darauf verzichtet, doch ihnen blieb keine andere Wahl, als den Aufrühren unmissverständlich zu zeigen, dass ihr Irrweg sie in den Untergang führte.

An der Situation änderte sich nichts. Den Doviaten kamen Gerüchte über einen Rebellenbund zu Ohren, der sich aus Vertretern mehrerer Völker zusammensetzte. Diese neue Dimension des Aufbegehrens erschütterte die Illochim. Gemäß ihrer Natur wollten sie unverzüglich dagegen vorgehen, doch das erwies sich als schwierig. Militärische Mittel richteten in konkreten Fällen etwas aus, waren aber machtlos gegen ein Phantom, das im Hintergrund blieb und sich nicht greifen ließ.

»Vielleicht existiert dieser FAVA genannte Bund gar nicht«, äußerte Parjasthina bei einer Funkkonferenz, zu der alle 22 Doviate zugeschaltet waren, seine Überlegungen.

»Warum sollte irgendwer diese Gerüchte streuen, wenn sie aus der Luft gegriffen sind?«, hielt ihm Githamainen entgegen.

»Um Unruhe unter den Völkern Marasins zu verbreiten. Um anderen weiszumachen, es würde eine breite Front gegen uns bestehen, und um sie dadurch anzustacheln.«

»Ich halte das für spekulativ.« Thopoclarc wand sich sichtlich.

»Was schlägst du vor?«

»Dass wir abwarten, bis wir konkrete Hinweise auf diesen Rebellenbund finden.«

»Ich plädiere dafür, ein paar Exempel zu statuieren.« Methiklan blieb seiner harten Linie treu. »Irgendwer wird reden.«

»Oder sich den Rebellenbund anschließen, weil er sich ungerecht behandelt fühlt.«

»Einem Rebellenbund, der gar nicht existiert?«

»Das wissen wir eben nicht. Es gibt keine Beweise dafür oder dagegen.«

Genau das war das Problem. Hatte es Widerstand gegeben, war er stets greifbar gewesen und hatte sich an einzelnen Völkern oder Personen festmachen lassen. Dies war nun anders. Möglicherweise beabsichtigten diejenigen, die die Gerüchte in Umlauf gebracht hatten, genau das. Vielleicht war es ihr Plan, die Illochim zu verunsichern und einen Keil zwischen ihre Anführer zu treiben.

Parjasthina folgte dem Disput mit zunehmender Verwirrung. Die Doviate verhielten sich emotional und verloren ihre gemeinsame Linie. Zum ersten Mal herrschte Desorientierung in ihren Reihen. Parjasthina konnte sich nicht an einen früheren Dissens bei derartig grundlegenden Themen erinnern.

»Ihr führt euch auf wie die Kanarves«, warf er seinen Kollegen vor und sorgte damit für Ruhe.

»Dann unterbreite du uns einen Vorschlag«, verlangte Dathakalaynen.

Die Doviate schwiegen und warteten auf Parjasthinas Antwort. Sie wollten die Verantwortung auf ihn abwälzen, begriff er. Auch ein solches Verhalten hatte es in der Vergangenheit nicht gegeben.

»Zweifellos können wir nicht untätig bleiben«, wählte er seine Worte mit Bedacht. »Auf vielen Welten sind genetisch veränderte Kanarves in Gestalt der Einheimischen unterwegs. Wir kontaktieren sie und rufen alle verfügbaren Informationen ab.«

»Eine gute Idee«, stimmte Githamainen ihm zu.

Seine Kollegen schlossen sich ihm an. Parjasthina war erleichtert, dass es ihm so schnell gelungen war, den aufkommenden Konflikt unter den Doviaten zu unterbinden. Ihn überhaupt feststellen zu müssen gab genug Anlass zur Besorgnis.

In der Folge setzten die Doviate Parjasthinas Vorschlag in die Tat um und zapften ihre Informationsquellen an. Die unerkannt unter anderen Völkern lebenden Kanarves bestätigten die Gerüchte und lieferten die eine oder andere Zusatzinformation. Allmählich formte sich ein Bild, das die Doviate in Aufruhr versetzte. Denn es wurde immer klarer, dass der Rebellenbund tatsächlich existierte. Parjasthina ließ die in ganz Marasin operierende Flotte in Alarmzustand versetzen, um auf alle Eventualitäten vorbereitet zu sein.

Als FAVA in die Offensive ging, taten die Rebellen das mit einem Paukenschlag, den kein Doviat erwartet hatte.

Hunderte unterschiedliche Raumschiffstypen, Hunderte verschiedene Völker.

Parjasthinas erster Gedanke beim Eintreffen der Aufnahmen zeigte das ganze Dilemma des Feuerschlags auf, den die Rebellen gegen die Illochim führten. Der Bund bestand nicht aus ein paar versprengten Einheiten, FAVA startete eine Großoffensive, die im Reich der Unmasse ohne Beispiel war. Trotz der eingeschleusten Kanarves war es den Völkern Marasins gelungen, unbemerkt eine Flotte in Marsch zu setzen, die derjenigen der Illochim an Schlagkraft ebenbürtig war.

Die Schiffe der Schwarmwesen waren an verschiedenen neuralgischen Punkten zusammengezogen. Das Hauptkontingent massierte sich im Raumsektor um Kamsporn, um Lupenchoi zu schützen. Militärisch eher von untergeordneter Bedeutung, war die Symbolkraft der Scheibe für die Illochim nicht hoch genug anzusiedeln. Wie sich schnell herausstellte, war diese Einschätzung strategisch ein fataler Fehler, denn genau damit rechneten die Rebellen und richteten ihre Angriffstaktik darauf aus.

Sie kümmerten sich nicht um Kamsporn und ignorierten Lupenchoi. Stattdessen griffen sie mehrere Zentralwelten der Illochim an. Treffender ausgedrückt – Parjasthina zuckte bei der Erkenntnis zusammen – überrollte FAVA diese Systeme geradezu. Ehe die Doviate sich darauf eingestellt und entsprechende Flottenbewegungen veranlasst hatten, hatten sich die primären Angriffsziele der Rebellen bereits in glühende Schlackehaufen verwandelt.

Die Rebellen kämpften mit der Entschlossenheit von Wesen, die nichts zu verlieren hatten. Doch genau das hatten sie. Sie setzten die Existenz des Reichs aufs Spiel. Parjasthina war unfähig, ihre Motivation nachzuvollziehen. Das änderte nichts an den raschen Anfangserfolgen der Aufständischen. Sie verwüsteten Planeten, zerstörten zahlreiche Schiffe der Illochim und töteten Millionen Schwarmwesen. Ihre eigenen Verluste waren groß, doch lange nicht so hoch wie die der Illochim.

Bereits am ersten Tag der Schlachten sah sich Parjasthina gezwungen, seine Bewertung neu zu formulieren. Die Rebellen waren den Illochim an Schlagkraft nicht ebenbürtig, sondern eindeutig überlegen. Sie drängten die Herrscher auf breiter Front zurück und ließen sich anscheinend durch nichts aufhalten.

Parjasthina hielt ständigen Funkkontakt zu seinen Kollegen. In ihren Schiffen waren die Doviate in verschiedenen Raumsektoren unterwegs. Einige von ihnen hielten sich weitab der

Kämpfe auf, andere wurden darin verwickelt, ohne ausweichen zu können. War der Verlust von Millionen Kanarves tragisch und der Tod von Navigatoren eine Katastrophe, erschütterte die Vernichtung von Einheiten, auf denen sich Doviate aufhielten, Parjasthina bis ins Tiefste seiner Seele.

Fünf Doviate hatten ihr Leben verloren.

Parjasthina gab sich keiner Lähmung hin, sondern handelte mit der den Illochim eigenen Geradlinigkeit. Er forderte die überlebenden Doviate auf, sich unverzüglich aus den Kampfgebieten abzusetzen. Ihnen durfte nichts zustoßen.

»Wir treffen uns auf Lupenchoi, um dort über unser weiteres Vorgehen zu beratschlagen«, gab er über Funk durch und hoffte, dass nicht weitere von ihnen den Tod fanden.

In rascher Folge trafen die Bestätigungen seiner Kollegen ein.

»Ich begebe mich auf direktem Weg nach Lupenchoi«, unterrichtete Parjasthina den Navigator der MISTANNEN XIII. »Karainis, du kommst mit mir.«

»Ja, ich begleite dich«, schnarrte der Züchter. »Ich bin bereit. Meinetwegen können wir umgehend aufbrechen.«

»Du bist immer aufbruchsbereit. Wir bedienen uns der Fähigkeit deiner Artgenossen, um so nach Lupenchoi zu gelangen.«

Parjasthina aktivierte zwei speziell gezüchtete Hohrugk, die er zu diesem Zweck an Bord hatte. Was aus der MISTANNEN und ihrer Besatzung wurde, war ihm in der Stunde höchster Not gleichgültig. Es galt, sein eigenes Leben zu retten und die Doviate in Sicherheit zu bringen.

Nur zwölf Doviate folgten Parjasthinas Ruf, neun seiner Kollegen waren tot. Das war eine unbekannte Situation für Parjasthina, und er wusste nicht, wie er damit umgehen sollte. Er spürte, dass die Überlebenden über den Verlust ebenso erschüttert waren wie er. Er überlegte, ob er das Thema anschneiden sollte, entschied sich aber dagegen. Denn gleichgültig, was ihnen widerfuhr, sie durften sich davon nicht beirren lassen. Im Interesse des gesamten Volkes der Illochim mussten sie weitermachen.

Und zu nichts anderem war Parjasthina bereit.

»Ich erhalte laufend Meldungen von den Navigatoren. Die Lage für unsere Flotte ist aussichtslos. Wir werden aufgerieben. Unsere Einheiten liefern den Rebellen Rückzugsgefechte, doch unsere Niederlage ist unabwendbar.«

»Das bedeutet das Ende unseres Reichs, das Ende von Marasin«, unkte Methiklan. »Das Reich der Unmasse ist zum Untergang verurteilt.«

»Nein!« Parjasthinas Stimme schnitt scharf durch den Versammlungsraum. »Gibst du so leicht auf?«

»Von Aufgeben kann keine Rede sein, ich stelle mich lediglich den Tatsachen. Denn es gibt nur eine Alternative zu unserem Rückzug«, verteidigte sich der Gescholtene. »Wir warten ab und werden wie unsere Kollegen sterben. Deine Entscheidung bleibt dir unbenommen, ich jedenfalls wähle den Rückzug.«

»Das ist eine kluge Wahl, der ich mich anschließe. Die Analysen sind unzweifelhaft. Binnen eines weiteren Tages werden die Rebellen den Sieg erringen.«

Unter den Doviaten setzte Getuschel ein. Keiner von ihnen hatte mit Parjasthinas Worten gerechnet. Seine Entscheidung verwunderte seine Kollegen.

»Allerdings mache ich eine Einschränkung«, fuhr er fort. »Wir ziehen uns zurück, aber nur vorübergehend, und konsolidieren unsere Kräfte. Nach einer Weile, wenn unsere Feinde uns am wenigsten erwarten, melden wir uns wieder und fallen über sie her.«

»Das klingt ziemlich blutrünstig«, wandte ausgerechnet Methiklan ein.

»Blutrünstig? Das darfst du durchaus so auffassen. Ihr alle dürft das.« Parjasthina war fest entschlossen, sich für die erlittene Schmach an den Völkern Marasins zu rächen. Er hatte nicht vor, ihnen ihre Heimtücke und den schändlichen Verrat durchgehen zu lassen. »Ich kehre aus dem Exil zurück und lasse unsere Feinde bluten für das, was sie uns angetan haben.«

»Warum erklärst du uns deinen Plan nicht?«, schlug Githamainen vor. »Solange wir deine Gedanken nicht kennen, können wir sie nicht teilen.«

»Wie gesagt, wir ziehen uns zurück. Einen für unsere Bedürfnisse geeigneten Planeten zu finden, von dessen Existenz die Rebellen keine Ahnung haben, ist nicht schwer. Schließlich haben wir sämtliche Sonnensysteme Marasins katalogisiert und erkundet.«

»Wir können nicht mit einer großen Flotte losfliegen, ohne dass die Rebellen es mitbekommen«, gab Dathakalaynen zu bedenken. »Sobald sie uns bemerken, greifen sie uns an.«

»Sie werden es nicht bemerken, weil wir keine Schiffe mitnehmen. Wir benutzen die biologischen Transmitter der Hohrugk für unseren Transport. Damit hinterlassen wir keine Spur.«

»Das ist prinzipiell eine gute Idee«, stimmte Githamainen seinem Kollegen zu. »Sie besitzt nur einen großen Nachteil. Wir verlieren jegliche Unterstützung. Wenn wir auf die Bühne zurückkehren, werden keine Kanarves mehr da sein. Du verkennst, wie prekär die Situation ist, weil du zu wenig auf das Verhalten der Kanarves achtest. Ich habe es in der Schlacht beobachtet, bevor ich mein Schiff verließ, und es ist mir nicht zum ersten Mal aufgefallen. Trotz ihrer unbestreitbaren Intelligenz sind sie kopflos. Sie sind auf unsere Befehle angewiesen. Leiten wir sie nicht an, begehen sie Fehler. Nach unserem Rückzug haben sie den Rebellen nichts entgegenzusetzen. Sie werden hoffnungslos untergehen. Wir mögen uns in Sicherheit bringen und unsere Rückkehr vorbereiten, durchführen können wir sie nicht, weil es nicht in unserer Macht steht, uns den Völkern Marasins zu stellen. Wir sind Anführer ohne eine Armee und stehen auf verlorenem Posten.«

Parjasthina hatte den Ausführungen seines Kollegen aufmerksam gelauscht. Sie trafen zu und waren doch leicht zu entkräften. Denn all diese Argumente hatte Parjasthina bei seinem schicksalhaften Vorhaben berücksichtigt.

Eindringlich sah er die Doviate der Reihe nach an und legte ihnen seinen Plan dar.

Kapitel 43

Atlan

Der Ruck, mit dem die Cabis zum Stehen kam, warf mich von den Beinen. Instinktiv riss ich die Arme hoch, um meinen Kopf zu schützen, und prallte schmerzhaft mit den Schultern gegen eine Wand. Ich registrierte, dass Trilith sich überschlug und einen derben Fluch ausstieß. Der Paladin stand unbeeindruckt mitten in dem Verbindungsraum und griff nach Tschirque. Sein Eingreifen verhinderte, dass der Kreuzwächter sich schlimmere Verletzungen als ein paar blaue Flecken zuzog.

»Was war das?«, schrie ich.

»Eine Notbremsung«, antwortete der Kreuzwächter. »Automatisch wird sie nur bei einem Unfall ausgelöst, doch dann würde ein Alarm ertönen.«

Ich lauschte und hörte nichts. »Also hat uns jemand angehalten.«

Tschirque aktivierte seine Lenkmaschine. »Der Zeitindex läuft synchron mit meinem Chronometer. Wir haben die Randzone erreicht. Man hat uns kurz vor der Haltestelle Lokbarn angehalten. Da dies von außen geschah, kann nur die Leitstelle dafür verantwortlich sein.«

Mir war klar, dass es sich nicht um einen Zufall handelte. Man hatte uns im Tunnel abgefangen in der Hoffnung, uns hier überwinden zu können, ohne dass Unbeteiligte zu Schaden kamen.

»Dahinter stecken Lop oder Zintob«, sagte ich. »Sie haben herausgefunden, wo wir sind. Können wir unseren Weg zu Fuß fortsetzen?«

»Durch einen der Notgänge«, bejahte Tschirque meine Frage. »Aber die Wartungsluken und die Cabis lassen sich nur öffnen, nachdem dieser Abschnitt der Vakuumröhre abgeriegelt und mit Luft geflutet wurde. Das soll verhindern, dass es zu Erstickungsunfällen kommt.«

Genau darauf setzte ich. »Wie lange dauert das?«

»Nur ein paar Minuten.«

»Lassen sich diese Sicherheitsbestimmungen umgehen?«

Die schmalen Schultern des Kreuzwächters zuckten. »Du meinst, wenn jemand auf die Idee kommt, die Luken zu öffnen, solange draußen noch das Vakuum herrscht? Damit wir ersticken?«

»Einfacher kann dein Vertrauter uns nicht loswerden.«

»Nein, die Schaltung kann nicht umgangen werden.«

»Gut.« Ich deutete zu dem Schott, durch das wir eingedrungen waren. »Sobald sich der Zugang öffnet, können wir also sicher sein, dass im Tunnel Luft und Druck angeglichen wurden?«

»Ja.«

»Was hast du vor, Arkonide?«, fragte Trilith.

»Wir steigen nicht seitlich aus, sondern vorne. Tschirque, ist die Bahn durchgängig passierbar oder müssen wir mit verschlossenen Türen rechnen?«

»Nein, genau wie dieses hier sind sämtliche Verbindungsstücke zwischen den Abteilen offen.« Der Kreuzwächter trat unruhig auf der Stelle. »Weshalb gewinne ich den Eindruck, dass mir nicht gefällt, was du planst?«

»Es sollte dir gefallen«, hielt ich Tschirque entgegen. »Es sei denn, du bist bereit zu sterben. Hört ihr das?«

»Sie kommen.« Triliths Lippenfarbe wechselte von Blau zu Schwarz. »Das klingt nach einem großen Aufgebot draußen im Rettungsschacht.«

»Major, ab nach vorne. Sobald ich ein Zeichen gebe, schaffen Sie einen Durchgang in der Zugspitze. Ich brauche nicht zu betonen, dass dann jede Sekunde zählt.«

»Selbstverständlich nicht, Sir.«

»Trilith, Tschirque, ihr begleitet den Paladin.«

Der Roboter drehte sich um und verschwand im vor uns liegenden Abteil, das Schemawesen und den Kreuzwächter gleich hinter sich. Ich hörte ihn rumoren. Er nahm auf nichts Rücksicht, was ihm im Wege stand, sondern bahnte sich mit Brachialgewalt eine Schneise durch die geladenen Güter.

Ich zog meinen erbeuteten Strahler und positionierte mich so, dass ich das verschlossene Schott im Auge hatte. Ich zählte die Sekunden, bis ich sicher war, dass meine Gefährten die Spitze der Cabis erreicht hatten. Von draußen drang lautstarkes Gebrüll zu mir herein. Eine weitere halbe Minute verstrich, bis ich ein leises Zischen vernahm. Das Verladeschott öffnete sich, und dahinter stand die Notfallluke offen. Das bedeutete, dass der Vakuumtunnel mit atembarer Luft gefüllt war. Ich stieß einen schrillen Schrei aus, der den Sensoren des Paladin nicht entgehen konnte.

Eine lärmende Menge schickte sich an, in die Bahn einzudringen. Sie bestand aus Angehörigen zahlreicher Völker. Blisch waren, soweit ich das beurteilen konnte, nicht darunter. Es war so, wie ich erwartet hatte. Lop und Zintob hatten dafür gesorgt, dass Unschuldige die Drecksarbeit für sie erledigten.

Darauf konnte ich keine Rücksicht nehmen. Da der Strahler nicht tödlich wirkte, hatte ich keine Hemmungen, mitten in die Menge zu feuern. Gleich mehrere Wesen sackten in sich zusammen, ohne dass sich der Mob davon einschüchtern ließ. Ich schoss noch einmal, warf mich herum und machte mich in Fahrtrichtung davon.

Der Paladin hatte ganze Arbeit geleistet. Kein Hindernis hielt mich auf. Ich stürmte durch den Zug und kippte um, was ich im Vorbeilaufen zu fassen bekam. Vorn klaffte ein Spalt zwischen Instrumenten und der Kabine, die für einen möglichen Zugbegleiter eingerichtet war. Ohne anzuhalten, sprang ich durch die Öffnung und kam zwei Meter tiefer in dem kreisrunden Tunnel auf die Beine.

Ich sah Trilith und Tschirque im schummrigen Licht von ein paar Notleuchten durch die Röhre hetzen. Der Paladin hatte auf mich gewartet. Er legte mit seinem Kombistrahler auf den Zug an und zerschmolz das Metall. Die gezackten, rot glühenden Ränder sicherten uns ein paar Minuten Vorsprung. Länger ließ sich die Meute nicht zurückhalten. Bis sie in den Tunnel quoll, hoffte ich, einen Weg nach draußen gefunden zu haben.

»Machen wir, dass wir von hier wegkommen, Major.«

Wir rannten hinter unseren Gefährten her und holten sie rasch ein. Trotz seiner Körpergröße war der Kreuzwächter zu Fuß nicht der Schnellste. Bei der Cabis machte ich Bewegungen aus. Jeden Moment würden die ersten Verfolger den Tunnel entern.

»Soll ich einen Teil der Decke zum Einsturz bringen?«, bot Harl Dephin an.

Tschirques fast hysterische Reaktion entging mir nicht. Ich traute dem komprimierten Basalt nicht und schreckte vor einer Zerstörung zurück, die sich womöglich nicht kontrollieren ließ. Vor uns erfuhr die Röhre einen leichten Anstieg. Ich nahm an, dass er mit dem Rand zu tun hatte, mit dem Übergang von Lupenchoi nach Kamsporn.

»Wie weit reicht der abgeriegelte Tunnelabschnitt?«

»Das ist unterschiedlich.« Tschirque atmete schwer. Das Geschrei unserer Verfolger, die aus der Cabis in den Tunnel sprangen, spülte wie eine Welle hinter uns her. »Ein paar hundert Meter noch, dann stehen wir vor einem verschlossenen Schott.«

»Hier neben uns verläuft weiterhin der Notstieg?«

»Ja.«

»Dann setzen wir unseren Weg dort fort. Major, bitte öffnen Sie.«

Trilith und Tschirque blieben stehen. Harl Dephin verzichtete auf den Einsatz seiner Waffen. Er warf den Roboter mit ganzem Gewicht gegen die Wand, und ich bildete mir ein, das Zittern des Bodens unter meinen Füßen zu spüren. Risse liefen durch das blaugraue Gestein, und feiner Staub rieselte von der Wand herab. Der Paladin hob eine seine mächtigen Pranken, ballte sie zur Faust und donnerte sie gegen den Basalt. Er steckte die Finger beider Hände in einen schmalen Spalt und verbreiterte ihn. Dahinter gewahrte ich einen Hohlraum.

»Sie kommen näher«, machte Tschirque uns auf unsere Verfolger aufmerksam.

Der Paladin grub sich in das Loch und riss weiteres Gestein heraus, bis es so groß war, dass er selbst hindurchpasste. Er packte den Kreuzwächter und hob zuerst ihn, dann Trilith und schließlich mich in den Notgang. Ich trieb die beiden an, und wir setzten unsere Flucht fort, während der Roboter sich wie eine Naturkatastrophe durch die Öffnung zwängte und hinter uns hereilte. Donnernd hallten seine Schritte durch den Gang.

Der Lärm der Meute folgte uns weiterhin. Immer wieder glaubte ich das Wort Illochim zu verstehen. Es konnte nicht lange dauern, bis die Tobenden bei dem Loch in der Wand waren. Es verschaffte uns weitere Sekunden Vorsprung. Da sie keinen Paladin in ihren Reihen hatten, der sie hochhob, mussten sie einzeln durch die Öffnung klettern und sich gegenseitig hochziehen.

Der Gang erweiterte sich vor uns zu einem kleinen Raum, von dem sternförmig weitere Korridore abzweigten. Ein eigenartiges Gefühl beschlich mich, das sich nur mit jahrtausendelanger Erfahrung erklären ließ. Instinktiv tendierte ich dazu, die bisherige Richtung beizubehalten, doch eine innere Stimme warnte mich davor.

»Wo entlang, Kreuzwächter?«, fragte ich und lauschte. Von irgendwoher drang dumpfes Grollen, dem ich keine Bedeutung zuordnen konnte.

»Geradeaus.«

Ich hielt Trilith zurück, die weiter rennen wollte. »Bist du sicher?«

»Der Plan in meiner Lenkmaschine weist nur diesen Weg aus.« Tschirque wirkte verunsichert. »Die Abzweigungen können erst kürzlich errichtet worden sein. Wir sollten auf dem Weg bleiben, den ich kenne.«

»Nein!« Trilith drängte uns zurück. »Dort vorn erwartet man uns.«

Aus der Dunkelheit schälten sich die Umrisse von Gestalten, die ich kaum erkennen konnte. Im Gegensatz zu unseren Verfolgern machten sie keinen Lärm, sondern eröffneten stumm das Feuer. Energiebahnen eilten ihnen voraus.

Der Paladin hob seinen Kombistrahler und zog den Abzug durch. Im gleichen Moment fielen vor uns dicht hintereinander zwei gestaffelte Schotts aus der Decke und verschlossen den Durchgang. Der Strahl aus der Waffe des Roboters fraß sich in die vordere Stahlplatte.

»Feuer einstellen, Major!«

»Was soll das?« Trilith wich weiter zurück. »Erst greifen sie uns an und gleich darauf versperren sie sich selbst den Weg? Das gefällt mir nicht, Arkonide.«

Mir ging es ebenso. Ich hatte das Gefühl, in eine Falle gelaufen zu sein, die ich nicht erkannte. »Wir verschwinden von hier, und zwar schnell«, kommandierte ich. »Wir nehmen den nächsten Gang.«

Wie auf ein Stichwort hin rasten weitere Schotts aus der Decke und verwehrten uns die Passage. Tschirque hastete in den letzten verbliebenen Korridor, bevor sich auch der vor uns verschloss. Wir eilten hinter ihm her und gerieten in eine kubische Kammer von etwa zehn Meter Kantenlänge. Ein sirrendes Geräusch ließ mich herumfahren.

»Wir sind eingesperrt«, stellte Harl Dephin fest, noch bevor ich mit eigenen Augen sah, dass hinter uns kein Gang mehr vorhanden war.

Narr, gellte die vorwurfsvolle Stimme des Extrasinns durch meinen Verstand. *Ihr wurdet gelenkt und habt es nicht bemerkt.*

Ich kam nicht dazu, Harl Dephin den Befehl zum Aufbrechen des Panzerschotts zu geben. Weit über unseren Köpfen entstanden ringsum Öffnungen in den Wänden. Was daraus in die Stahlkammer strömte, fiel über uns her wie ein Insektenschwarm, der durch nichts aufzuhalten war.

Kapitel 44

Parjasthina

Wie eine Armee kamen einem die 2000 Kanarves vor, die sich in der Ebene versammelt hatten, doch das war eine Lüge. Selbstbetrug. Parjasthina, der den Aufmarsch von einer Erhöhung aus begutachtete, gab sich keinen Illusionen hin, was ihm und den überlebenden Doviaten geblieben war. Ein verzweifelter Haufen Illochim, der den Rückzug antrat. Sie waren Flüchtlinge, die sich vor den Rebellen in Sicherheit brachten, um anderswo neu zu beginnen.

Kamsporn würde hinter ihnen zurückbleiben und ebenso Lupenchoi. Was als Fanal für die Unüberwindbarkeit und die Macht der Illochim erbaut worden war, geriet zu einem Symbol ihrer Niederlage und der Flucht.

Trotzdem hatten die Doviate sich einstimmig für seinen Plan ausgesprochen.

Denn die scheinbare Aussichtslosigkeit war eine Momentaufnahme, nicht bestimmt für die Ewigkeit. Parjasthina war weit davon entfernt zu resignieren. Die Illochim hatten alle Chancen, sich strahlender denn zuvor über Marasin zu erheben. Je verzweifelter die Lage seines Volkes schien, desto stärker rührten sich in Parjasthina die Kräfte, die ihn antrieben und positiv in die Zukunft blicken ließen.

»Dies ist kein Ende, sondern ein neuer Anfang.« Seine Worte waren ein Schwur.

»Du glaubst wirklich daran, dass wir Lupenchoi eines Tages wieder betreten werden?«, fragte Githamainen.

»Du nicht?«

»Unser Blick war nie primär in die Zukunft gerichtet, sondern stets auf das Hier und Jetzt.« Schwermut schwang in Githamainens Worten mit. »Meine Zuversicht hat gelitten. Wir wurden entscheidend geschlagen. Damit hätten wir nie gerechnet. Unsere Niederlage hat mir die Augen geöffnet. Alles kann geschehen, so sehr wir uns auch bemühen, es zu verhindern.«

»Alles, ja.« Das war die entscheidende Lehre, die Parjasthina aus dem Sieg der Rebellen gezogen hatte. »Es kann auch passieren, dass wir stärker werden, als wir jemals waren. Wir sind zwar nur in der Lage, wenige unseres Volkes mitzunehmen, doch dafür stehen uns Mittel zur Verfügung, die kein anderes Volk besitzt.«

»Die Zupfsporen und die Hohrugk.«

»Richtig.« Parjasthina fasste die Fleischkugeln ins Auge, fünf Stück an der Zahl. Zwei besaßen Normalgröße, doch drei Sporen waren auf das Mehrfache ihres ursprünglichen Durchmessers angewachsen. Sie waren befruchtet und standen kurz davor zu explodieren und ihre Lebenssporen in die Welt zu entlassen. »In kurzer Zeit wird unsere Stärke wieder auf Millionen anwachsen, so wie es sich für einen Schwarm gehört.«

»Hast du schon einmal darüber nachgedacht, was passiert, wenn die Rebellen uns finden?«

»Wie sollen sie uns finden?« Parjasthina war die Schwarzseherei seines Kollegen unverständlich. »Sie wissen nichts von unserem Vorhaben. Diese Verräter haben keine Ahnung, dass wir vorübergehend die Isolation wählen, um uns zu stärken und dann mit aller Macht zurückzuschlagen. Sie wähnen sich sicher, doch das ist ein tragischer Irrtum. Sie werden niemals sicher vor mir sein.«

Parjasthina würde nicht auf sich beruhen lassen, was geschehen war. Nicht in einem Jahr würde sein Zorn auf die Zerstörer des Reichs der Unmasse geringer werden, nicht in hundert und nicht in tausend Jahren. Er war entschlossen, sämtliche Völker, die sich gegen die bestehende Ordnung verschworen hatten, zur Rechenschaft zu ziehen.

»Ich werde sie mit Feuer und Tod überziehen«, murmelte er, und vor seinen Augen entstand das Bild in Flammen stehender

Sonnensysteme, in denen kein Bewohner überlebte. »Ich werde kommen und fürchterliche Rache nehmen.«

»Die Fronten haben sich verkehrt«, holte ihn Githamainen in die Gegenwart zurück. »Viele tausend Jahre lang haben die anderen Völker Widerstand gegen uns geleistet. Nun sind wir es, die aus dem Hintergrund Widerstand leisten.«

»Aber unser Widerstand wird in ungleich kürzerer Zeit zum Erfolg führen«, behauptete Parjasthina. »Weil niemand Kenntnis davon erlangt bis zu dem Tag, an dem wir die Verräter überrennen.«

Es gab zahlreiche Enklaven in Marasin, von denen nur die Illochim wussten. Die anderen Völker kannten diese Sonnensysteme nicht, weil sie abgeschieden lagen, fernab aller Handels- und Reiserouten. Auf ein System, das ihnen besonders vielversprechend erschien, hatten sich die Doviate geeinigt. Die gezüchteten Hohrugk standen in langen Schlangen bereit, um die Doviate mit fünfzig Navigatoren und den Kanarves, mit den Zupfsporen und einigen ihrer eigenen Artgenossen an den Zielort zu transportieren. Die Hohrugk, die die Illochim begleiteten, gewährleisteten, dass die Schwarmwesen jederzeit an jeden Ort gelangen konnten, sobald ihre Kräfte wieder erstarkt waren. Außerdem sollten sie auf dem Zielplaneten selbst weitere Sprünge ermöglichen.

»Begeben wir uns zu unseren Kollegen«, schlug Githamainen vor. »Sie werden sich schon fragen, was wir hier oben machen.«

Einmal noch den Blick über das weite Land streifen lassen und auf Lupenchoi schauen, dachte Parjasthina. Er hatte Kamsporn und die Scheibe nie als seine Heimat angesehen. Kein Doviat hatte das. Sie besaßen hier viele Lebenssphären und hatten, gerade in den zurückliegenden Jahren, eine Menge Zeit auf dem Planeten verbracht, doch ein wahres Zuhause war er ihnen nie gewesen. Jetzt jedoch, da auf unbestimmbare Dauer der Abschied gekommen war, empfand Parjasthina eine Verbundenheit zu dem großartigen technischen Meisterwerk, die ihm bislang fremd gewesen war.

Die beiden Doviate gingen den Hügel hinunter und wurden von ihren Kollegen empfangen. Es herrschte eine eigenartige Atmosphäre, die Parjasthina nicht beschreiben konnte. Aus der Nähe schien die Menge der Kanarves unüberschaubar.

»Es ist alles vorbereitet.« Methiklan zeigte zu den wartenden Hohrugk hinüber. »Die Tierchen kennen die Zielkoordinaten. Sie sind begierig darauf, endlich ihre Aufgabe zu erfüllen.«

»Lassen wir sie nicht länger warten.«

Was vor den Doviaten lag, war wenig aufsehenerregend. Den Körpertransport, jene räumliche Versetzung mittels der Gabe der Vierbeiner, hatte jeder Doviat mehrmals über sich ergehen lassen. Er war gefahrlos und bedeutete keinen Zeitverlust. Schneller konnte man nicht reisen.

Parjasthina vernahm ein vertrautes Blöken und wurde auf Karainis aufmerksam. »Da bist du ja. Ich würde dich vermissen.«

»Viel mehr als Karainis würdest du den Züchter vermissen, ohne den keine neuen Hohrugk geboren werden.«

Manchmal war Parjasthina die Schläue seines Haustiers fast ein wenig unheimlich. Die Tatsache, dass ein Hohrugk-Züchter offenbar eine ähnlich lange Lebenserwartung wie ein Doviat hatte, hatte er schon vor ein paar tausend Jahren als gegeben hingenommen. Er war sogar außerordentlich dankbar für die Tatsache, weil sie ihm den ewig nörgelnden Vierbeiner schon so lange erhielt.

»In welcher Reihenfolge treten wir den Transport an?«, fragte Thopoclarc. Darüber hatten sie bisher nicht gesprochen.

»Wir schicken die Kanarves vor und folgen ihnen gemeinsam mit den Navigatoren und den Zupfsporen.«

»Ich sollte bis zuletzt warten«, sagte Karainis.

Parjasthina betrachtete sein Haustier. »Warum? Willst du einen Rückzieher machen? Das lasse ich nicht zu.«

»Natürlich nicht. Was soll ich auf Lupenchoi? Ich möchte die Transporte überwachen. All dies sind keine auf normalem Weg geborene Hohrugk. Ihr habt sie speziell für diese Aufgabe gezüchtet. Ich sollte darauf achten, dass es durch die genetischen Eingriffe zu keinen Schwierigkeiten mit dem mental-biologischen Transmittersystem kommt.«

»Das ist noch nie geschehen«, wunderte Methiklan sich.

»Es fand auch noch nie ein solcher Massentransport statt, deshalb. Ich fürchte, dass in Einzelfällen etwas schiefgehen kann. Dann muss jemand da sein, der in der Lage ist, regulierend einzugreifen.«

»Das traust du dir zu?«, wollte Parjasthina wissen.

»Ich hoffe es. Oder besser, ich bin zuversichtlich.«

Parjasthina hatte gelernt, seinem Haustier in außergewöhnlichen Situationen zu vertrauen. Es bestand kein Grund, es nicht auch diesmal zu tun. »Karainis und ich gehen als Letzte«, verkündete er entschlossen.

»Somit ist das entschieden.« Githamainen winkte seinem Kollegen zu. »Wir sehen uns gleich in der neuen Welt.«

»In der neuen Welt, ja.«

»Eine neue Welt«, blökte Karainis aufgeregt. »Das wird eine Überraschung.«

Sie gingen, einer nach dem anderen. In Gruppen, in Scharen. Und Parjasthinas Zorn schwoll weiter an. Er schaute auf die zerbrechenden Hohrugk und die leerer werdende Ebene hinaus. Der Exodus ging zügiger vonstatten, als er gedacht hatte. Die Kanarves verschwanden, und zwölf Doviate folgten ihnen gemeinsam mit den fünfzig Navigatoren in ihren Feuchtekammern und den Zupfsporen. Schließlich blickte Parjasthina auf ein weites, leeres Feld hinaus.

»Deine Sorgen waren unbegründet.«

»Seien wir froh darüber, dass alles gut verlaufen ist«, sagte Karainis. »Wir sind an der Reihe.«

Parjasthina fragte sich, wie lange es dauern mochte bis zu seiner Rückkehr nach Lupenchoi. Nur Monate oder womöglich ein Jahr? Zwei vielleicht? Bei der Langlebigkeit der Doviate bedeuteten solche Zeiträume keinen Einschnitt. Anders sah es für Kamsporn und Lupenchoi aus. In zwei Jahren konnte viel geschehen. Bis dahin hatten die Rebellen womöglich das System erobert und den Planeten besetzt.

Ich werde sie vertreiben, und alles wird so sein wie bisher.

Was waren schon zwei Jahre?

»Komm schon, komm«, drängte Karainis. »Die anderen sind am Ziel angekommen und warten auf uns. Die Hohrugk warten. Eine Hohrugk-Kolonie.«

»Eine Hohrugk-Kolonie? Schlagen deine Gedanken schon wieder über die Stränge?«

»Lass mich träumen«, maulte der Züchter.

Gemeinsam begaben Herrchen und Haustier sich zu einer großen Kuh, die ihnen erwartungsvoll entgegensah. Starr stand sie da und öffnete sich für die beiden unterschiedlichen Wesen, für die sie bestimmt war. Ihre Bauchschaufel verbreiterte sich, und dann brach die Kuh buchstäblich auseinander. Parjasthina war schon des Öfteren Zeuge des Vorgangs geworden, der die räumliche Versetzung einleitete, doch es gelang ihm nicht, sich an den Anblick zu gewöhnen.

Er fühlte sich von unsichtbaren Kräften gepackt und in einen düster pulsierenden Schlauch im Zentrum der Kuh gezogen. Karainis war gleich neben ihm, und gemeinsam traten sie die Reise zu dem Planeten an, den die Doviate ausgewählt hatten. Die Begleiterscheinungen waren dieselben wie immer, zumindest zu Beginn.

Dann geschah etwas, das Parjasthina unbekannt war. Der Sog, der ihn beförderte, wurde stärker und stärker. Er nahm an Kraft zu und steigerte sich zu einem Orkan. Etwas stimmte nicht, und der Doviat drohte in Panik zu geraten. Seine Gedanken überschlugen sich, doch er war handlungsunfähig. Ein schrecklicher Verdacht keimte in ihm.

Erwies sich, ausgerechnet beim letzten Transport, Karainis' Warnung als zutreffend? Kam es zu einer Panne?

Gelächter brandete in seinem Geist auf, gleichermaßen verzweifeltes wie hämisches Gelächter. Triumphierend.

Gedankenfetzen erreichten Parjasthina, und er erkannte, dass sie Karainis' Stimme trugen. Von Entsetzen geschüttelt, begriff der Doviat, was geschah. Dies war keine Panne, sondern eine Falle. Blind war Parjasthina hineingetappt und konnte sich nicht daraus befreien.

Denn keiner der abgestrahlten Illochim würde das auserkorene Ziel erreichen, sondern in einer anderen Galaxis herauskommen. Im Unbekannten. In der Verbannung. In einer Galaxis namens Milchstraße, in welche die Hohrugk die Illochim beförderten. Die scheinbaren Haustierchen waren Bestandteil der Rebellion. Sie opferten sich, um die Anführer der Illochim für alle Zeiten aus Marasin zu verbannen.

Parjasthina stieß einen stummen Schrei aus, als er begriff, wer der Drahtzieher hinter dieser Verschwörung war.

Es war niemand anderer als der Züchter Karainis.

Kapitel 45

Atlan

Unmöglich, ging es mir durch den Kopf.

Nicht unmöglich, du Narr, fuhr mich der Extrasinn in selten gekannter Heftigkeit an. *Seit eurer Ankunft habt ihr nach ihnen gesucht, und nun haben sie euch gefunden.*

Es war tatsächlich ein Schwarm, der über uns herfiel. Aus Dutzenden Öffnungen quollen Wesen, die ich nicht zum ersten Mal sah. Sie waren etwa 1,20 Meter groß und besaßen vier kräftige Paddelbeine.

Schwarmwesen! Illochim!

Jedenfalls in einer ihrer Erscheinungsformen.

»Wehrt euch!«, rief ich meinen Gefährten zu und riss meinen Strahler in die Höhe. Ich schoss aufs Geratewohl, denn zum Zielen blieb mir keine Zeit. Der getroffene Illochim versank im Strudel seiner Artgenossen, die wie eine Welle über uns hinwegschwappten, wie ein Kollektivwesen, das von einem einzigen Verstand gesteuert wurde.

Ich vernahm einen erstickten Aufschrei des Kreuzwächters und sah gerade noch, wie Trilith nach ihrem Vibro-Messer griff. Dazwischen versank die hünenhafte Gestalt des Paladin in einer Wolke grauhäutiger Wesen, die sich ohne Rücksicht auf eigene Verluste auf uns stürzten. Es waren Hunderte, wenn nicht Tausende, die innerhalb von Sekunden in die Kammer eindrangen, und der Strom nahm kein Ende.

Gleich vor mir war ein walrossähnliches Gesicht mit einer hammerhaiähnlichen Schnauze. Ich ließ den Kopf vorschnellen und traf, doch Bewegungsfreiheit erlangte ich dadurch nicht. Die Illochim umringten mich. Sie hüllten mich ein und hinderten mich daran, auch nur einen einzigen Schritt zu machen. Ich spürte ihre glitschige Haut an den Händen und im Gesicht, und die Waffe wurde mir entwunden.

Bellendes Schreien von unzähligen Wesen schwappte über mich. Der Translator war nicht darauf programmiert, eine einzelne Stimme unter vielen herauszufiltern und sich auf sie zu konzentrieren. Die Kakophonie des Zeterns überforderte ihn hoffnungslos und machte eine Übersetzung unmöglich.

Verzweifelt stemmte ich mich gegen die Angreifer, die an mir hingen und mich durch ihre bloße Anzahl niederdrückten. Tonnengewichte schienen an mir zu hängen, und ich knickte in den Kniekehlen ein. Erfolglos versuchte ich wieder auf die Beine zu kommen.

Druck legte sich auf meine Brust, und ich war froh, statt Rippen eine Knochenplatte zu besitzen. Dennoch machte mir der Druck das Atmen schwer, und mein Verstand begann zu taumeln. Ich wollte einen Schrei ausstoßen, doch etwas Glitschiges verstopfte meinen Mund.

Noch einmal versuchte ich mich mit letzter Kraft aufzurichten. Dann zog sich das Grau der Illochim zurück, und mir wurde schwarz vor Augen.

Kapitel 46

Karainis

Regungslos lagen sie da, von dem weiten Transport über mehrere Galaxien hinweg zu Tode erschöpft und von gnädiger Ohnmacht umfangen. Kein Illochim war von den Folgen des Transmitterdurchgangs verschont geblieben, nicht die Kanarves und nicht die Navigatoren. Nicht einmal die Doviate. Einträchtig lagen sie nebeneinander am Rand eines weiten Landefeldes, auf dem schlanke, scharfgratig wirkende Raumschiffe im Sonnenlicht funkelten.

Karainis spürte nur eine leichte Schwächung. Er stellte sich auf die Hinterläufe und ließ den Blick über die bewusstlosen Schwarmwesen gleiten, die in Marasin seit Jahrtausenden für eine Schreckensherrschaft gesorgt hatten. Nichts war geblieben von ihrer Macht und ihrer Überlegenheit über alle anderen Völker der Restegalaxis.

Reich der Unmasse. Karainis spie auf die Bezeichnung.

»Willkommen in der Milchstraße«, begrüßte ihn eine blökende Stimme. Sie gehörte einer prachtvollen Kuh. »Willkommen bei den verlorenen Kindern. Ich bin Hurrinka.«

Die Mitglieder der kleinen Hohrugk-Kolonie hatten sich versammelt, um Karainis zu empfangen, ihn und die Hohrugk, die gemeinsam mit ihm ein großes Opfer gebracht hatten. Sie hatten sich ins selbst gewählte Asyl in die Galaxis Milchstraße begeben, um Marasin von den Unterdrückern zu befreien. Einen anderen Weg, die Illochim loszuwerden, hätte es nicht gegeben.

Die Kühe und Bullen, die den Züchter empfingen, waren in den vergangenen Jahrzehnten auf geheimen Wegen in die Milchstraße gelangt. Während Karainis die Rebellion in Marasin geleitet hatte, hatten sie auf einem namenlosen Planeten in der Milchstraße die notwendigen Vorbereitungen getroffen. Nun endlich griffen die Ereignisse ineinander und die Dinge ordneten sich.

»Ich danke dir, Hurrinka. Ich danke euch allen. Wir sind nun ebenso verlorene Kinder«, antwortete Karainis. »Uns allen ist der Weg zurück in die Heimat versperrt. Doch das ist nebensächlich. Wir wussten, worauf wir uns einlassen. Um Marasin zu befreien, haben wir dieses Opfer gern gebracht.«

Zustimmendes Blöken, Schnaufen, Muhen und Brüllen antwortete dem Züchter. Er gab sich ergebener, als ihm wirklich zumute war. Seine Worte wollten ihn innerlich schier zerreißen. Zum ersten Mal wurde ihm die ganze Tragweite seiner Handlung bewusst. Daheim, in Marasin, war alles so weit weg gewesen, wie ein Planspiel, wie ein Traum. Nun war es bittere, unabänderliche Wahrheit geworden. Es gab keine Heimkehrmöglichkeit für Karainis und keine für all die Hohrugk, die sich hier versammelt hatten.

Er betrachtete den am Boden liegenden Parjasthina, für Karainis das Sinnbild allen Übels, mit dem er konfrontiert worden war. Ihm hatte der Züchter den Auszug aus der Heimat zu verdanken. Von allem, was der Doviat ihm angetan hatte, was dies das Schlimmste. Er hätte ihn töten sollen, doch ihm war vorher klar gewesen, dass er dazu nicht imstande sein würde.

Er war kein abscheuliches, niederträchtiges Subjekt wie die Illochim. Er war kein Mörder wie Parjasthina.

Die versammelten Hohrugk waren ohnehin nicht in der Lage, ihren Herren ein Leid zuzufügen. Sehr wohl konnten sie sie aber in die Verbannung der Milchstraße führen. Karainis gab ihnen durch ein Zeichen zu verstehen, dass es Zeit wurde, die Illochim an Bord der startbereiten Raumschiffe zu bringen. Sie würden nicht ewig bewusstlos bleiben. Wenn sie zu sich kamen, mussten sie bereits unterwegs sein, ohne zu wissen, wo sie sich befanden.

»Du nicht, Hurrinka«, bat Karainis. »Bleibe bitte bei mir.«

»Einverstanden. Betrachten wir zusammen den letzten Akt. Ich werde erst Ruhe finden, wenn die Illochim in der Milchstraße in alle Winde zerstreut sind.«

»Mir geht es ebenso. Nach Jahrtausenden ist es schwierig zu akzeptieren, dass endlich alles vorbei sein soll.«

Die Kühe und Bullen machten sich an die Arbeit. Mit ihren Bauchschaufeln hoben sie die Schwarmwesen auf und trugen sie in langen Reihen auf das Landefeld hinaus. Es war eine stumme, eine andächtige Prozession. Zum letzten Mal betrachtete Karainis den Doviat Parjasthina, der eben aufgenommen wurde.

»Ich werde dich hoffentlich niemals wiedersehen«, sagte der Züchter. Er wünschte, er hätte sich tief in die Erde eingraben und mit sich und seinen Gedanken allein sein können. Seltsamerweise empfand er keinen Triumph. Alles war noch zu frisch, zu wenig überdacht und verarbeitet. Vielleicht würden sich Freude und das Bewusstsein des Sieges über die Illochim später einstellen, vielleicht aber auch nie.

Parjasthina wurde davongetragen und verschwand aus seinem Leben. Die ersten Hohrugk erreichten die wartenden Schiffe, und nun erkannte Karainis schmale Rampen und dunkle gähnende Eingänge, die die Schwarmwesen aufnahmen wie einen bösen Traum.

»Weißt du, wohin man die Illochim bringen wird?«

»Nein«, antwortete Hurrinka. »Es ist gleichgültig, da sie weit weg sein werden und uns nicht mehr bedrohen können. Unser Volk ist für alle Zeiten sicher vor ihnen.«

Davon war Karainis nicht überzeugt. Eine Restgefahr bestand, dass die Illochim die kleine Hohrugk-Kolonie in den Weiten der Milchstraße wiederfanden. »Die Doviate sind in der Lage, die Geburtsspuren der Hohrugk auch über weite Entfernungen hin wahrzunehmen. Wenn eine Kuh kalbt, bleibt ihnen das nicht verborgen. Dadurch werden sie uns aufspüren.«

»Nein, das werden sie nicht. Unsere Gönner verhindern es und verbergen uns. Begreif doch, wir sind wirklich frei.«

Frei, dachte Karainis. Frei von den Illochim, doch dafür Gefangene einer fremden Galaxis. Er wusste nicht, wie lange er einfach nur dastand und dem Abtransport der Unterdrücker beiwohnte. Er verlor jedes Gespür für die Zeit und schien ein stummer Beobachter an einem weit entfernten Ort zu sein. Erst nachdem auch der letzte Illochim an Bord eines der Schiffe gebracht worden war, löste er sich aus seinem tranceähnlichen Zustand.

»Sie starten.«

Karainis spürte, wie der Boden unter seinen Füßen zu beben begann. Ein tiefes, dunkles Summen erfüllte die Luft, wie die Ankündigung eines Insektenschwarms, der zu erahnen, aber noch nicht zu sehen war. Es steigerte sich zu einem Heulen und wurde zu einem Donnern, als die Schiffe von dem weiten Landefeld abhoben. Majestätisch erhoben sich die schlanken Flugkörper und strebten dem Himmel entgegen. Sie wurden rasch kleiner und verwandelten sich in winzige Pünktchen, die bald unkenntlich wurden. Karainis ließ sich auf alle viere nieder und fühlte sich zum ersten Mal seit langer Zeit wohl dabei.

»Werden wir hier verweilen?«, fragte er.

»Es gibt zwei Welten, die unsere Bedürfnisse erfüllen«, antwortete Hurrinka. »Schöne Welten, in deren Innerem wir siedeln dürfen. Wir können nach Herzenslust wühlen und graben, und niemand wird uns stören. Kein Illochim wird kommen und uns für seine Zwecke benutzen. Wir werden Hohrugk sein statt Haustiere.«

»Gleich zwei Welten?«, fragte der Züchter.

»Ja. Der eine Planet besitzt bereits einen Namen. Er heißt Lepso. Bei dem anderen handelt es sich um eine weitgehend naturbelassene Welt. Ich habe mir bereits einen Namen für sie überlegt.«

»Verrätst du ihn mir?«

»Hohrugkheim.« Hurrinka sprach das einzelne Wort andächtig aus.

Karainis lauschte seinem Klang nach. Es war ein schöner, ein passender Name für die neue Heimat der ins Asyl gegangenen Befreier von Marasin. Ein Name, der ein Versprechen für die Zukunft in sich trug und dessen Verheißung sich hoffentlich erfüllen würde.

Hohrugkheim.

Kapitel 47

Shapda-Shapda Maon

»Ich habe es gewusst, es ist etwas geschehen«, freute Maudi-Haup sich. »Die Illochim wurden geschlagen.«

»Damit war Marasin frei«, bestätigte Shapda-Shapda. »Schon nach kurzer Zeit starben die Illochim in Marasin aus. Parjasthina hatte die verbliebenen Zupfsporen mitgenommen, und ohne die Doviate gab es keine Fortpflanzung.«

»Aber Karainis und die Hohrugk, die mit ihm gingen, haben einen hohen Preis bezahlt«, sinnierte der Junge. »Der Rückweg in die Heimat war ihnen versperrt. Was ist aus ihnen geworden?«

»Diese Frage kann niemand beantworten. Karainis ist vor vielen tausend Jahren in die Milchstraße aufgebrochen. Bestimmt ist er schon vor langer Zeit gestorben.«

»Ja, das ist schade. Ich finde, er war ein Held.«

»Auf seine Weise war er das ganz bestimmt.«

»Warum spricht man dann nicht viel öfter über ihn und die Illochim?«

»Die Völker an Land haben die Geschichte verdrängt«, erklärte Shapda-Shapda. »Sie fürchten, wenn sie über die Illochim reden, wäre das ein schlechtes Omen, das die Schwarmwesen anlockt.«

»Das ist Unsinn. Die Illochim sind weit weg in der Milchstraße«, ereiferte sich Maudi-Haup. »Sie können nicht zurückkommen. Das können sie doch nicht, oder Groom?«

»Nein, ganz bestimmt nicht.«

»Glaubst du, den Hohrugk geht es gut in der Milchstraße?«

»Wer weiß.«

»Ich fände es schön, wenn sie immer noch auf Lepso und Hohrugkheim leben würden. Noch schöner fände ich es, wenn wir sie dort einmal besuchen könnten.«

»Diesen Gefallen«, Shapda-Shapda bedachte ihren Enkel mit einem tröstenden Lächeln, »kann ich dir leider nicht erfüllen. So wenig wie die Illochim zurück nach Marasin gelangen können, so wenig steht uns der Weg in die Milchstraße offen.«

Maudi-Haups Augen glänzten fiebrig. Shapda-Shapda griff nach seiner Stirn und erschrak. Sie hatte sich nicht getäuscht. Das Fieber hatte sich verschlimmert. Ihr Enkel brauchte dringend Kilatea-Globuli, um seine Krankheit zu überwinden.

»Ich werde den Kovenor verlassen und aufs Festland gehen, um dir Medizin zu besorgen«, sagte sie mit einem unguten Gefühl. Kein Flößer ging an Land, wenn es sich vermeiden ließ. Auf dem Fluss waren die Kalfater sicher, doch der Landgang bedeutete für sie eine große Gefahr.

»Warte, Groom, warte«, keuchte der Junge und hielt den Arm seiner Großmutter fest. »Bevor du gehst, möchte ich das Ende der Geschichte hören.«

»Das hast du bereits, Maudi. Die Geschichte endet mit dem Exodus in die Milchstraße und der Befreiung Marasins. Von damals an lebten wir in Frieden und Freiheit.«

»Trotzdem hast du etwas ausgelassen, da bin ich sicher«, beharrte der Junge.

»Ich weiß nicht, was du meinst, mein Lieber.«

»Die Geschichte ist immer weiter überliefert worden, sonst würdest du sie nicht kennen.«

»Das ist richtig.«

»Etwas kannst du aber gar nicht wissen.« Maudi-Haup hob die Stimme. »Nachdem Karainis in der Milchstraße eingetroffen ist, hatte er nie wieder Kontakt nach Marasin. Woher weißt du also, was ganz am Ende in der Milchstraße geschehen ist?«

Shapda-Shapda hatte nicht erwartet, dass ihrem Enkel die Ungereimtheit auffallen würde. Sie hielt große Stücke auf ihn und schien ihn trotzdem noch zu unterschätzen. »Dafür gibt es eine gute Erklärung«, verriet sie. »Die Kalfater waren damals Teil der Revolution gegen die Illochim.«

»Wir?«, fragte der Achtjährige begeistert. »Unser Volk war daran beteiligt, die Illochim zu besiegen?«

»So ist es. Wir waren in die Pläne der Hohrugk eingeweiht und wussten, dass auf der Milchstraßenwelt bereits einige von ihnen auf das Eintreffen Karainis' und der hilflosen Illochim warteten.«

»Das ist ... das ist ...« Maudi-Haup suchte nach treffenden Worten, um seiner Begeisterung den gebührenden Ausdruck zu verleihen.

»Ein schönes Ende meiner Geschichte?«, half Shapda-Shapda ihm.

»Ja, Groom, genau das. Ein wunderschönes Ende. Man hätte es nicht schöner erdenken können.«

»Ganz genau. Nun aber musst du ein wenig schlafen. Ich kehre bald mit Medikamenten für dich zurück.« Die Flößerin drückte die Hand ihres Enkels. »Versprichst du mir, dass du schläfst?«

»Ich verspreche es.« Der Junge zog eine Decke über sich und schloss die Augen.

Shapda-Shapda ließ seine Hand los und trat leise auf das Hausboot hinaus. Sie verdrängte die Gefahr, die ihr drohte, und begab sich an Land.

ENDE